도
향

사랑, 그 설렘에 취하고 향기에 물들다.

도향

사랑, 그 설렘에 취하고 향기에 물들다.

수월연심

수월연심 2

정비금(鄭秘昑) 장편 소설

水月戀心

DAHYANG ROMANCE STORY

목차

제21화
위기(危機)의 쌍둥이

"호오…… 정말 너 아직도 싸울 힘이 남아 있었어? 천음지체라고 주장하는 쌍둥이라……. 뭐, 우애는 좋다만 난 둘 다 잡아오란 명령을 들었으니 어느 한쪽만 잡아갈 거란 생각은 쓸데없을 뿐이야. 그나저나 좀 전에 칼바람이 매섭던데, 아직도 내공이 남아 있는 거야? 점점 재밌어지는군. 어디 그럼 이것도 받아 봐."

진현은 사실 손가락 하나도 까딱하기 힘든 상태였다. 그런 그녀에게 붉은 운무가 회오리바람을 일으키며 다가오고 있었다. 그리고 붉은 운무 속에 하얀 손이 보였다.

진현은 정신이 까마득해지는 것 같았다. 이번에 요녀와 손속을 나눈다면 자신은 살아남지 못할지도 몰랐다. 그냥 편안히 이대로 죽어 버린다면 하는 순간 제갈태경이 생각났다. 그가 떠오르자 포기할 수가 없었다. 온몸의 기를 쥐어짜다시피 해서 한곳

7

에 모으려고 다시 한 번 진현은 노력하고 있었다.

'바람둥이…… 보고 싶다.'

이게 마지막일지도 모른다는 생각과 동시에 태경이 그리웠다. 그리고 그녀의 그런 바람처럼 갑자기 제갈태경의 목소리가 환청처럼 들렸다.

"멈춰! 요녀야! 내 여자 머리카락 한 올이라도 건들기만 해 봐!"

제갈가의 형제가 빠르게 경공을 펼쳐서 다가오고 있었다. 유란과 홍기는 쓰러져 이미 의식이 없었다.

태경과 태준이 각자 진현과 진희에게 다가갔다.

태준은 진희의 맥을 잡아 보았다. 몸속 혈관에서 이질적인 기운들이 돌아다니고 있었다. 독에 중독된 걸 눈치채자 그의 얼굴이 굳어지고 있었다.

"남궁진희, 정신 차려! 내게 못 다한 말이 있으니 꼭 해 줘야 해."

"……그렇지 않아도 마음에 걸렸는데…… 와 줘서 기뻐요……. 당신을…… 사……."

"하지 마시오! 다 나으면 그때 가서 해 주시오. 그러니 지금은 하지 말란 말이오!"

"……지금 아니면 못 할 것 같아요……. 하게 해 줘요……."

"싫소! 듣지 않겠소! 듣지 않을 거요. 이번엔 다 나으면 무슨 일이 있어도 내 곁에 묶어 둘 거요."

의식이 흐려지는 진희의 눈에 마지막으로 보인 것은, 자신의 손을 꽉 잡은 태준의 얼굴이 말로 표현 못 할 두려움에 일그러진 것이었다. 진희의 의식은 거기까지였다. 한편 진현을 안은 태경이라고 상황이 더 좋진 않았다.

"……너…… 왜 매번 이렇게 다쳐서 나를 놀라게 해? 내 심장 뛰는 소리 들려? 미친 듯이 뛰고 있지? 너 만나고 내 수명의 반은 줄어든 것 같아."

"령령이는…… 어떡하고……?"

"알 게 뭐야! 지금 남 걱정하게 생겼어! 내 말 안 듣더니 이게 뭐야!"

"정말…… 남자가 잔소리는 으윽!"

"더 이상 말하지 마! 너 때문에…… 너 때문에…… 내가 얼마나 마음 졸이며 찾아다녔는데…… 이 무신경한 여자야……."

"……알아…… 나 사랑한다는 거."

그 말을 끝으로 남궁진현도 혼절해 버렸다. 태경이 놀라 진현의 맥을 잡아 보았다. 맥이 흐트러져 엉망이었다. 빠른 시간 내 치료를 하지 않으면 정말 큰일이었다.

"현! 정신 차려. 정말 너 때문에 내가 미쳐 버릴 것 같아! 제발 버텨 줘!"

제갈태경은 그녀가 더 이상 악화되지 않도록 양의 기운을 불어넣어 주었다. 그리고 무서운 얼굴로 독무를 향해 살기를 뿌리면서 제갈가의 형제가 운무를 향해 다가가고 있었다.

"난 너무 마음이 약해. 연인들에게 작별할 시간을 주기 위해 기다려 주다니……. 호오! 정말 가까이 볼수록 더 마음에 드는 미남들이야."

운무 속에서 기쁜 듯한 음성이 새어 나왔다. 그리고 운무가 거짓말처럼 걷혔다.

나타난 여자는 거의 알몸이나 다름없는 짧은 옷을 입고 있는, 까무잡잡한 얼굴에 요사스런 아름다움을 간직한 20대 중반의 여자였다.

　"요녀! 해독제를 내놔라!"

　태준의 목소리가 무감정하면서 낮게 울렸지만 눈빛은 누구보다 서늘했다.

　"그것도 옷이라고…… 차라리 벗고 다니지?"

　제갈태경의 빈정거림에 요녀는 화사한 웃음을 지었다.

　"어머, 멋진 오라버니! 내가 마음에 들었나 봐! 내 알몸이 보고 싶어? 우리 화끈하게 한번 어때?"

　"할망구! 징그럽게 내가 왜 네 오라버니야? 나잇값 좀 해라! 음요희."

　이 요녀의 이름은 음요희로, 겉으로 보이는 것과 달리 진짜 나이는 고희를 넘었다. 젊은 남자들의 양기를 빨아먹고 무공을 익혀 젊음을 유지하는 사악한 무공을 익혔다고 알려져 있다. 그녀의 치마폭에 빠져 헤어나지 못하는 영웅들도 많았다고 한다. 비단 얼굴이 예뻐서라기보다 그녀의 무공 중에 사람의 혼을 점령해서 헤어나지 못하게 하는 섭혼술(혼을 점령하는)이라는 것 때문이었다.

　그것으로 인해 젊은 남자들은 그녀와의 관계 후 양기를 뺏겨 죽음에 이르는 경우가 대부분이었던 것이다. 그것으로 공력을 늘였고, 섭혼술 말고도 죽음의 손이라는 소수마공으로도 유명했다. 그리고 그녀는 태경의 사부 유군명과 같은 시대의 마두였다.

　"호호홋…… 아잉, 오라버니들. 무슨 그런 실례되는 말을…….

내가 어디를 봐서 할머니야. 저기 남궁가의 계집들보다 더 어려 보이지 않아? 솔직히 내가 더 요염하잖아. 가슴도 내가 더 크고 본인들의 마음에 솔직해져 봐!"

"미친! 할망구 노망난 거 아냐?"

제갈태경이 징그럽다는 듯이 팔뚝을 벅벅 긁었다.

"그런 것 같습니다. 자기 나이가 고희를 넘겼다는 걸 모르나 봅니다."

태준의 목소리도 점점 싸늘해져 가고 있었다.

"그러지 말고 나랑 재밌게 놀아. 이리 와 봐."

갑자기 음요희의 목소리가 나른하면서도 끈적끈적해지고 있었다. 그리고 눈에선 붉은 안광이 차오르고 있었다. 섭혼술을 펼친 것이다. 음요희는 확신했다. 자신의 미모에도 자신이 있었지만, 섭혼술을 펼치면 안 넘어오는 남자가 없었던 것이다. 잠시 후 형제의 눈빛이 흐려지는 것 같았다. 걸려들었구나 하는 생각에 음요희 눈의 붉은 기운이 더욱 짙어지고 있었다.

"오라버니들…… 이리 와 봐……. 이제 진실을 말해 봐…… 누가 제일 예뻐?"

"……음……요……."

태경이 나른한 듯 낮은 목소리로 그녀의 이름을 말하기 시작했다.

"그래, 그래…… 바로 그거야……. 네 목소리가 정말 듣기 좋구나……."

태경과 태준이 홀린 듯 가까이 다가오고 있었다. 그러나 가까이 다가온 그들의 눈빛이 멍한 상태에서 뚜렷하게 바뀌더니 가

차 없이 음요희를 향해 장법을 쏟아 냈다.

"말을 끝까지 들어 봐야지! 음, 요망한 할망구란 말이었다!"

"으윽…… 네, 네놈들…… 날 속이다니……."

"누가 누굴 속여? 그 어쭙잖은 섭혼술로 우릴 어떻게 할 수 있다고 생각해? 네년의 섭혼술은, 진정한 사랑을 하는 남자에겐 아무 소용이 없다는 걸 왜 몰라? 그리고 따질 건 따져 보자고. 어딜 봐서 누구와 어디가 비교된다는 거야!"

"맞습니다. 더 어려 보인다는 말 자체가 기가 막힐 뿐입니다."

"웃기잖아? 쭈구렁 할망구 가슴을 어디다 비교하는 거야?"

"이, 이놈들! 날 가지고 놀다니! 용서 못 해!"

음요희의 착각으로 그들은 순식간에 거리를 좁혀 그녀의 경계심을 흐트러진 틈에 일격을 가했다.

"형님, 시간이 없어요. 저들을 구하려면 이 요녀를 최대한 빨리 제압하고 해독제를 먹여야 해요."

"그럼, 이렇게 바로 가야지!"

말과 동시에 태경의 신형이 폭풍처럼 쏟아져 갔다. 때를 같이 해 태준의 신형도 같이 쏟아져 갔다. 사실 음요희는 앞의 늙은 마두들보다 약간의 우위를 차지할 정도의 실력이었다. 다만 진현인 이미 다친 상태였고, 운무가 특이하게도 몸을 가리는 역할을 해 주었기 때문에 진현이 기척을 느낄 수 없었던 것이다. 이런 이유로 음요희는 지금 착각을 하고 있었다. 진현이 멀쩡하기만 했어도 이길 수 있는 상대였다. 다만, 진희에겐 아직 버거운 상대였고, 운무의 독 때문에 모두들 제대로 싸울 수도 없었던 것이다.

음요희는 눈앞의 잘생긴 형제에게 혹해 운무를 거둬들이는 일생일대의 실수를 한 것이다. 자신의 미모와 섭혼술로 형제들을 어떻게 해 보려는 흑심 때문이었던 것이다. 그 방심이 화를 부른 것이다. 피한다고 피했지만 모두 피할 수 없는 무서운 공격이었다. 곧바로 다시 방어벽처럼 운무로 몸을 가렸지만, 이미 되돌릴 순 없었다.

형제는 급한 마음에 처음부터 강한 공격을 하기 시작했다. 태경의 무공 실력은 지금 얼마나 강한 상태인지 정확히 알 수 없었다. 그의 마성이 얼마 전에 치료되었지만, 8년 동안 체력만 단련했지 머릿속에 담긴 무공을 거의 갈고닦지 못했기에 아직은 제 실력이 다 나오지 않았다. 아마도 시간이 지나면 차츰 더 강해질 것이었다.

아마 지금은 진현과 비슷하거나 그녀보다 조금 더 공력이 높아 반 수 정도 앞설 수도 있었지만, 그것조차 정확한 추측은 아니었다. 또한 반 수의 차이는 얼마든지 상황에 따라, 환경에 따라 승패가 바뀔 수도 있기 때문이었다.

지금 진현과 그의 무공은 10대고수보다는 분명 높은 단계였다. 그리고 태준은 10대고수 사부 밑에서 배웠지만, 아직 제갈태경처럼 기연을 만난 게 아니어서 내공 면에선 태경에게 밀렸다. 그러나 태준은 태경이 8년 동안 무공을 하지 않은 데 비해 계속 무공을 연마해 왔었다. 다른 10대고수를 모두 겪어 보지 않아서 그도 자신의 무공 수위를 아직 확신할 수 없었다.

음요희는 정말 오늘 낭패라는 생각이 들었다. 두 형제의 공격은 매서웠다. 솔직히 일대일로도 자신이 이기기 힘든 것 같았다. 더군다나 형제에게 일격을 당한 후라 더욱 어려웠다. 그래서 오늘은 그냥 자리를 피하려고 했지만, 그것도 여의치 않았다.

한순간 두 형제의 눈빛이 얽혔다. 그리고 제갈태준이 칼에 온 공력을 집중하는 것과 동시에 태경의 손에서도 은은한 백색의 기가 모이기 시작했다. 형제가 동시에 날아올랐고, 음요희는 심상치 않은 그들의 공격에 잔뜩 긴장한 채 운무에 공력을 집중시켰다.

콰앙!

"아악!"

폭발음과 비명 소리가 섞여 들리더니 붉은 운무가 무섭게 출렁거렸다. 그리고 잠시 후 점점 옅어지면서 그녀의 실체가 드러났다. 다친 그녀가 공력이 바닥나면서 더 이상 운무를 만들 수가 없었던 것이다. 내상을 입었는지 그녀의 입가에서 피가 주르륵 흘러내렸다.

"분하다…… 어서 죽여라."

음요희가 매서운 눈으로 노려보았다.

"해독제 내놔!"

태준이 무서운 얼굴로 다그쳤다.

"흥! 저들 중 남궁진희는 치사량의 독에 중독되어 아마 내가 해독시켜 주지 않으면 상당한 고통 속에 죽어 갈 것이다. 이제 곧 죽을 나지만 저승동무로 데려가면 되겠군."

"음요희! 해독제 어디 있어!"

"마음껏 발광해라. 해독제는 영원히 줄 수 없다."

태준의 눈빛이 이글이글 타오르면서 곧 죽일 듯이 음요희를 노려보았다.

그때였다.

"이 요녀랑 입씨름할 시간이 어디 있어! 이렇게 뒤져 보면 되지."

음요희는 비록 나이 칠십 된 노마두지만 겉으론 이십 대의 탱탱한 몸매를 지닌 아가씨였다. 그러나 태경은 망설이고 있을 수 없었다. 빨리 진현이 상처를 치료해야 했고, 다른 이들도 살려야 했다. 하지만 그러려면 본의 아니게 알몸과 다름없는 그녀의 몸을 살펴야 했다.

"너, 너!"

음요희는 깜짝 놀라 외쳐 보았지만, 내상으로 손가락 하나 움직이기가 쉽지 않아 제갈태경이 뭘 하든 제지할 수가 없었다. 더군다나 음요희는 원래가 좀 밝히는 성격인지라 태경의 손길이 지나갈 때마다 야릇한 신음마저 흘리는 것이었다.

"으흥……."

"뭐 이런 미친 할망구가 다 있어? 이 상황에 느끼고 지랄이야! 내가 지금 할망구 좋으라고 주물럭거리는 건 줄 알아? 웬걸 이렇게 많이 숨겨 뒀어. 이 할망구 일부러 그걸 노리고 온갖 잡동사닐 몸 구석구석 숨겨 둔 거 아냐? 어느 건지 당최 알 수가 없네."

태경이 찾아낸 것은 파란 병과 하얀 병 외 잡다한 게 많았다. 그러나 해약이라고 의심되는 건 파란 병과 하얀 병이었다.

"해약을 가르쳐 주면 목숨은 살려 주지."

태준이 음요희를 향해 타협을 제시했다.

"그걸 어떻게 믿어?"

의심은 하지만 그래도 한 가닥 희망의 끈을 보았는지 눈에 살고 싶은 욕망이 나타나 있었다.

"안 믿으면 할 수 없지."

태경은 진현을 빨리 데리고 가야 한다는 초조함에 기다릴 줄도, 타협할 줄도 몰랐다. 다짜고짜 하얀 약병을 들고 음요희에게 강제로 먹이기 시작했다.

"읍, 으읍……. 빨리…… 해독제…… 파란 병을 빨리 줘……."

거의 죽을 듯이 새파랗게 질려 가는 음요희였다. 이 약이 나중에 얼마나 고통스럽게 다가오는지 잘 알고 있는 그녀였기에 그냥 죽느니만 못했다.

"먹여 보면 알 수 있는 걸 시간 낭비할 필요 없잖아."

그리고 태준에게 파란 병을 던져 주었다. 태준은 급하게 진희에게 다가가 파란 병의 약을 먹였다. 그리고 홍기와 유란에게도 복용을 시켰다. 그들은 진희보단 심하진 않은 것 같았다. 다만 진희는 다치기도 하고 중독도 되어서 아직 뚜렷한 차도를 보이지 않고 있었다.

홍기와 유란이 곧 깨어났다. 걱정스런 마음에 홍기가 급하게 자매의 안부를 물었다.

"어떠냐? 둘 다 괜찮아?"

"빨리 객잔으로 돌아가야 할 것 같습니다."

"형님, 저 요녀는 어떻게 할까요?"

"단칼에 죽이고 싶지만 아직 알아낼 게 있으니 해약을 주고 무공을 못 쓰게 만들어야겠다."

"홍기 형님, 저기 파란색 약병을 복용시키고 요녀의 혈도를 점한 후 데려와 주십시오."

태경이 진현을 안고 먼저 자리를 떴다. 태준도 조심스럽게 진희를 안고 경공을 전개해 빠르게 뒤따랐다.

"오라버니, 저 둘 괜찮겠죠?"

유란이 걱정스러운 듯 쳐다보았다.

"당연하지, 괜찮고말고……."

홍기는 다른 경우는 생각도 해 보지 않았다는 듯이 크게 고개를 끄덕였다. 두 사람이 잘못된다는 건 생각도 하기 싫은 그였기에 더 큰 소리로 맞장구치고 있었다.

"예쁜 오라버니 다쳤어?"

"이게 무슨 일들이냐?"

"선배님 지금은 설명드릴 시간이 없습니다."

태경은 객잔에 가자마자 진현의 진맥을 시작했다.

맥은 불규칙하지만 태경은 진현의 천음지체를 믿고 있었다. 그랬기에 태준보다 좀 더 여유 있는 상태였던 것이다. 그러나 진현의 앞가슴 섶을 연 순간 음요희를 죽여 버리지 않은 걸 후회하기 시작했다. 사실 그건 음요희가 그런 건 아니지만, 태경이 그것까진 알지 못했던 것이다.

그녀의 아름다운 가슴에선 다시 피가 스며 나오고 있었다. 태경이 빠르게 침을 놓기 시작했다. 맥을 안정시키는 게 급선무였다. 그녀가 걱정되는 마음 때문에 조급함이 생기려는 걸 겨우 진정시키고 있었다.

진희는 꿈을 꾸고 있었다. 꿈속에서 태준이 보였지만 자신이 아무리 불러도 대답 않고 사라지고 있었다. 목소리가 나오지 않았다. 그가 사라져 가자 눈물이 나왔다.

태준은 진희가 열에 들뜬 듯 헛소리를 하자 그녀의 손을 꼬옥 잡고 귓가에 부드럽게 그녀의 이름을 속삭이며 안정시켜 주려고 노력했다. 그리고 삼 일이 지나자 그제야 해독제의 효과가 나타나는지 마침내 진희가 눈을 떴다. 그리고 자신을 애틋하게 보고 있는 태준을 보고 가슴 뭉클한 감정을 느꼈다. 태준의 손길이 부드럽게 진희의 눈물을 닦아 주고 있었다.

"나 두고…… 어디 가는 거 아니죠."

"당신 두고 아무 데도 가지 않소……. 그러니 이 예쁜 눈에 눈물보단 웃음을 채우시오."

"다행이에요……. 당신이 떠나가는 것 같아 너무 마음이 아팠어요."

"말했지 않소. 이제부턴 당신을 내 옆에 꼭 묶어 둘 거요. 만약 아버님이 당신과 태경 형님이 꼭 혼례를 올려야 한다 하면 당신을 데리고 야반도주라도 할 준비가 되어 있소."

"하아…… 당신같이 꽉 막힌 사람이 야반도주라니…… 어울리지 않아요……. 그런데 제 마음은 무척 기뻐하는 것처럼 두근거리네요."

"당신을 기쁘게 하는 일이라면 앞으로 뭐든 할 거요."

"……고마워요…… 언니는 괜찮은가요?"

"괜찮을 거요. 형님의 의술은 아무도 못 따라올 정도로 높으니 꼭 치료해 줄 거요."

그 말을 들은 진희는 안도감에 눈을 감더니 다시 무의식의 세계로 빠져 들어갔다.

태준의 손이 그녀의 머리카락을 쓰다듬고 있었다.

태경은 온 신경을 진현을 치료하는 데 쏟았다. 그 후 그는 기진맥진한 채로 그녀가 깨어나길 기다렸다. 정말 진현이 조금만 내력을 더 썼더라면 무공을 영영 잃어버렸을지도 몰랐다. 무인에게 무공을 잃는다는 건 목숨을 잃는다는 것보다 더 치욕스러운 것이었다. 그런 일은 방지할 수 있어 다행이었다.

태경은 조심스럽게 진현의 옷도 갈아입혔다. 여자 옷이 아닌, 진현이 평소에 입던 남자 옷이었다. 남자 옷을 입히면서도 그는 마음이 아파 자기 손으로 언젠가는 꼭 예쁜 여자 옷을 손수 입혀 주리라 다짐했다.

"빨리 깨어나…… 현…… 네 목소리 듣고 싶어……."

태경의 손이 그녀의 가슴을 안타까운 듯이 스치고 지나갔다. 흉터가 남지 않아야 될 텐데…….

진현이 눈을 뜬 건 이틀 후였다. 그리고 제일 먼저 눈에 들어온 태경의 모습에 눈물이 나왔다. 다시는 못 보는 줄 알았는데…….

그녀의 침대에 엎드려 자고 있는 태경은 수척해 보였다. 그동안 잠을 못 잔 건지 걱정 때문인지 여위어 보였다.

"……바람둥이……."

진현이 아주 작은 목소리로 속삭였을 뿐인데 태경의 눈이 번쩍 뜨였다.

"나 여기 있어! 괜찮아?"

진현이 태경을 보고 희미하게 미소 지었다.

"넌…… 내가 다쳤는데 잠이 와?"

"이제야 살 만한 것 같군. 인정머리 없고 무신경한 우리 아가씨 말투가 돌아온 걸 보니."

태경도 진현이 일부러 그런다는 걸 알기에 그런 그녀가 너무 반가웠다.

"진희는……."

"일어나자마자 동생부터 찾고 난 뒷전이야? 너무하다는 생각 안 해? 네 옆에서 며칠을 잠도 제대로 못 자면서 버렸는데 내게 해 줄 말은 없어? 동생은 너 아니더라도 이제 챙겨 줄 사람도 생겼으니, 이제부터라도 제발 좀 네 걱정 먼저 좀 할 수 없어?"

자기 몸은 생각하지 않고 동생부터 챙기는 진현이 못마땅했고, 항상 동생보다 자신이 뒷전인 것 같아 심술도 은근히 났다. 그러나 진현이 걱정스런 얼굴로 태경을 간절히 바라보자 태경은 더 이상 심술을 부릴 수가 없었다.

"걱정 마. 너보다 하루 먼저 깨어나서 태준이 녀석이 돌보고 있어. 해약도 제대로 복용시켰으니 넌 네 몸 걱정만 하면 돼."

"고마워……."

"아이고, 옆구리 찔러 절 받기로군. 됐으니까 걱정 말고 더 자……. 아직은 회복되려면 더 있어야 해."

투덜거리는 말과 달리 태경의 입술은 다정히 진현의 이마를 스쳐 내려가 입 맞췄다.

"심술쟁이……. 이러면 내가 어떻게 더 자."

"미안해. 그런데 도저히 참을 수가 없어. 네 입술은 뭐로 만든 거야? 여기 꿀 바른 거 아냐?"

지금 진현의 입술은 갈라지고 부르터서 엉망이었다. 그런 그녀의 입술도 달콤한 듯 이리 정성스럽게 입맞춤해 주는 그가 그녀는 좋았다.

"엉망일 텐데…… 하여튼 아부는."

"그래. 내가 아부는 좀 하지."

"곧 죽어도 입만 살아 가지곤……."

"난 입으론 이미 천하무적이야."

"훗…… 정말 못살아."

진현은 그의 뻔뻔함에 피식 웃고 말았다. 이런 능글거리는 그가 왜 이렇게 좋을까.

"이제 정말 쉬어."

진현의 웃는 모습이 아직 창백하였다.

"많이…… 그리웠어."

그리고 진현은 태경의 손을 잡은 채로 안도감을 느끼며 다시 잠에 빠져들었다.

그녀들의 몸 상태가 정상으로 회복되기 위해선 꽤 오랜 나날이 걸렸다. 그동안 사랑에 빠진 두 남자는 사랑하는 그녀들을 위해 해 줄 수 있는 모든 걸 해 주었고, 그들의 사랑은 더욱 깊어졌다.

그렇게 다친 그녀들이 회복하기까지 두 달이 흘러가고 있었다.

제22화
참을 수 없는 손길

"태준아, 진희는 좀 어때?"

"이제 거의 회복이 된 것 같습니다. 남궁진현은요?"

"아직 좀 더 있어야 되겠지만 본인이 괜찮다고 빡빡 우기면서 오늘은 떠나자고 하는구나."

"그렇지 않아도 아버님에게 오늘 연락이 왔습니다. 남궁세가에 도착했다고 빨리 오랍니다."

자매가 다치는 바람에 제갈성우가 남궁세가에 먼저 도착한 것 같았다. 형제는 예감이 좋지 않았다. 아마도 혼례 문제를 직접 의논하기 위해 간 것 같아 마음이 무거워졌다. 남궁세가는 이제 점점 가까워지고 있었기에 그 이후의 일들이 걱정되기 시작했다.

"예쁜 오라버니, 이제 괜찮아?"

령령이 걱정스럽게 진현을 올려다보며 물었다.

"꼬마야, 저리 비켜. 남궁 공자님은 쉬어야 된단 말이야."

"쳇! 정말 유세는…… 철든 내가 참는다."

"뭐야! 콩알만 한 게……."

당유란은 령령과 또다시 예전처럼 티격태격 싸우고 있었다. 유란은 홍기가 항상 옆에서 알게 모르게 달래 주고, 기분 전환도 시켜 줘서 차츰 상처가 아물어 가고 있었다. 그리고 마음을 치유하기 위해 진현과 친구가 되려고 노력했다. 그 노력으로 인해 왠지 두 사람 사이는 전에 없이 편안해 보였다. 덕분에 태경의 질투는 더욱 심해졌다.

"당유란! 너 아직 회복 덜 된 사람 옆에 너무 붙어 있는 거 아냐?"

그때 당유란의 눈이 왠지 장난스럽게 빛났다.

"남궁 공자! 정말 다쳤을 때 제가 얼마나 놀랐는데요. 정말 너무 마음이 아팠어요."

그러면서 진현에게 착 달라붙어 안기까지 했다.

태경의 이마에 핏줄이 돋아났다.

"너 뭐하는 짓이야! 남궁진현은 지금 환자잖아."

"뭐가 문제야? 내가 내 정혼자를 챙기겠다는데."

당유란이 보란 듯이 진현에게 더욱 달라붙었다. 그리고 태경의 얼굴이 찌푸려지는 걸 즐기고 있었다.

[호호호, 재밌어! 제갈태경 넘 웃기지 않아요?]

진현의 귀에 전음을 하는 당유란은 이 상황을 즐기고 있었다.

[저러다 폭발할 것 같아요.]

진현이 걱정스럽게 태경을 보며 유란에게 자제를 해 줬으면 싶은 마음을 전했다.

[이런 재미라도 있어야지요!]

당유란은 진현의 걱정에도 양보할 생각이 없었다.

"윽, 정말! 내가 참자."

이내 태경이 열을 내도 소용없다는 듯이 체념을 해 버리자 그것도 재미가 없어졌지만 말이다.

"형님, 그나저나 음요희에게 더 알아낸 건 없습니까?"

"그래. 음요희도 자세하게는 모르는 것 같더라. 독약 때문에 목숨이 경각에 달렸는데도 새로운 사실을 말하지 않는 걸 보면 말이야. 아, 한 가지만 빼고……."

[교주 매화공자 위세천 말이야. 남궁가의 자매를 노리는 것 같아. 천음지체의 여인이 필요하다고 그놈이 그랬잖아. 그놈이 진현이 천음지체라고 눈치챘을 수도 있어……. 그런데 둘이 똑같은 복장을 하고 있으니까 누가 누군지 몰라 둘 다 데려가려고 했든지, 아니면 쌍둥이라서 남궁진희도 천음지체로 의심했든지 한 거 같아.]

[남궁진현이 천음지체라는 걸 알면 정말 좋지 않겠군요. 저도 남궁 소저가 말해 주지 않았으면 여자에게만 나타나는 천음지체가, 세상 사람들이 남자로 알고 있는 남궁진현일 거라는 건 생각도 못 하고 있었습니다. 그런 믿기 어려운 사실을 위세천은 어떻게 알았을까요?]

[아마도…… 확신은 못 하고 짐작만 하고 있을 수도 있어.]

태경은 위세천이 어쩌면 자신의 병이 나은 게 천음지체인 진현 덕분이라 생각했을 수도 있다는 의심을 했다. 그렇게 많은 양의 음약을 당했으니, 천음지체가 아닌 일반 여인은 도저히 그를 감당할 수 없을 거라는 데 생각이 미쳤을 것이다.

[앞으로 그놈이 어떻게 나올지 걱정입니다. 음요희는 어떻게 했습니까?]

[할망구가 할망구다워야 된다는 생각에 내공을 몽땅 없애고 무공을 폐해 버렸더니 원래 나이로 돌아가더라. 죽이는 것보다 그냥 내버려 두는 게 더 큰 벌을 받는 거라는 생각에 그냥 두고 왔다.]

말하는 태경의 눈동자가 차가워지고 있었다. 음요희는 자신의 늙은 모습에 너무 충격을 받아 말 그대로 노망나고 말았다. 차라리 자신의 지금 모습이 꿈이길 바라며 미쳐 버렸으니 말이다. 태경은 진현을 위해서라면 얼마든지 잔인해질 수 있었다. 음요희보다 더한 존재가 나타나도 진현에게 위해가 될 수 없도록 자신이 더 강해지길 바랐다.

한편 진현은 당유란과 이런저런 얘기를 하고 있었다. 뜻밖에도 남자로 있을 땐 당유란이 부담스럽고 마음이 불편했는데 같은 여인으로선 오히려 더 마음이 편안해졌다.

[당 소저…… 많이 밝아진 것 같아 보기 좋네요.]

[이제 좀 적응되어 가는 것 같아요. 이것도 한편으론 재밌네요. 제갈태경의 질투 보셨죠? 많이 사랑하는가 봐요. 부럽네요.]

[당 소저도 가까이 있잖아요. 항상 챙겨 주고, 걱정해 주는 사람요.]

진현의 시선이 홍기에게 머물자 별생각 없이 시선을 따라가던 당유란이 필요 이상으로 강하게 부정했다.

[그런 거 아니에요! 어려서부터 친해서 그래요.]

[홍기 형님도 같은 생각일까요? 그는 아주 오래전부터 당신을 여인으로 보고 있는 것 같았는데 …….]

[사형은 그냥 절 오래 봐 와서 동생으로 생각할 거예요. 지금 사형은 남궁진희 소저를 맘에 들어하는 것 같아요.]

[글쎄요……. 제가 보기엔 당신을 보고 있는 눈빛이 더 애틋해 보였어요.]

진현의 말에 유란은 약간의 기대감을 느꼈다.

겉으로 보기엔 한없이 평화로운 일행이었지만 남궁세가에 다가갈수록 그들의 마음은 돌덩이처럼 무거워졌다. 그러나 피할 수 없는 일이기도 했다. 언젠가는 부딪쳐서 헤쳐 가야 할 길이었다.

남궁세가는 안휘성에서 제일 유명한 세가였다. 아니, 정파 무림을 통틀어 손꼽힌다고 할 수 있었다.

대문에서부터 세가의 위세가 느껴졌다. 자매는 집으로 돌아왔다는 안도감과 불안감이 뒤섞인 복잡한 표정을 하고 있었다.

"우와! 예쁜 오라버니 집 좋다. 우리 궁보다는 못하지만……."

"령령! 너네 집보다 크면 잡혀 갈 거야. 황제를 능멸한 죄로 말이야."

"늙은 언니 땜에 정말 말을 못 해."

뽀로통하게 돌아서며 령령이 앞장서서 걸어가고 있었다.

"상처는 어때?"

태경이 걱정스럽게 물었다.

"괜찮아. 내 체질 알잖아. 오는 동안 운기조식도 부지런하게 하고, 네가 또 침도 매일 놓아 줘서 이젠 다 나았어."

"정말이야?"

"그래, 내 걱정은 마. 그나저나, 너 요즘 왜 그렇게 무리하게 무공 연마를 하는 거야?"

"그냥…… 지난 8년간 못 했잖아. 그리고 빨리 더 강해져야 내가 사랑하는 사람들을 지킬 수 있잖아."

진현은 태경의 마음이 느껴져 더 이상 다른 말을 할 수 없었다. 그녀가 다친 이후 태경이 무공 연마를 너무 심하게 하는 것 같아 진현은 걱정스러웠다. 그게 모두 자신 때문이란 생각이 들어 가슴이 아파 왔다.

오늘따라 남궁가의 대문이 왜 이렇게 높고 크게 느껴진단 말인가…….

진현은 답답함에 숨쉬기가 불편해져 왔다. 저 문을 들어가면 이제 자신은 또다시 완벽한 남자가 되어야 했다. 그리고 진희와 태경은 이제 혼례를 해야 될지도 몰랐다. 진현의 눈은 아직도 안색이 창백한 진희에게로 옮겨 갔다.

"진희야, 이젠 괜찮아?"

진현이 걱정스럽게 물었다.

"내 걱정보다 언니 걱정이나 해."

진희의 잔소리가 더 이어지려고 할 때였다.

"진현아, 진희야……."

그들의 어머니 진수아가 한달음에 달려 나오고 있었다.

"어머니……."

진희가 달려가 어머니에게 안겼다. 진현은 그저 미소만 짓고 있었다. 자신도 진희처럼 달려가 안기고 싶었지만 장남인 척하는 그녀가 할 행동은 아니었다.

"어머님, 다녀왔습니다."

서늘하고 접근하기 어려운 진현이 될 수밖에 없었다.

"그래…… 다쳤다더니 얼굴이 많이 야위었구나……. 이분들은……."

진수아가 야윈 진현과 진희의 얼굴을 보고 마음이 아픈 듯 안쓰러운 눈으로 둘을 바라보았다.

"백모님, 어렸을 때 뵙고 처음 뵙습니다. 제갈태경입니다. 여긴 제 동생 제갈태준입니다. 그런데 정말 얼굴도 목소리도 아름다우십니다."

"호호호, 자네가 제갈태경이로군. 어쩜 그렇게 아부가 능숙한가? 그렇게 아부 안 해도 자네의 훤칠한 겉모습은 사위로서 일단 합격이네. 어른들이 기다리고 계시니 어서 들어가세나. 그런데 이분들은……."

진희가 차례로 령령 일행, 당유란과 홍기를 소개했다. 물론 령령의 신분은 자세히 말하지 않았다.

"처음 뵙겠습니다. 아부가 아니라 정말 아름다우시고 목소리가…… 너무 고우십니다."

홍기는 처음 보는 진수아 때문인지 유독 긴장한 얼굴로 굳어 있었다.

진수아는 그런 홍기를 보며 어디서 많이 본 듯 친숙함을 느껴정이 갔다.

"호호호. 반가워요. 어서들 오세요……."

홍기는 진수아의 상냥하면서 아름다운 목소리를 들으니 집에 계신 어머니가 생각났다. 중년의 나이였지만 진수아는 여전히 아름다웠고, 주변을 밝혀 주는 환한 존재감을 드러내고 있었다.

오랜만에 집에 돌아온 진현은 느긋하게 자신의 방에 딸린 전용 목욕탕에서 목욕을 하고 있었다. 집에서도 항상 경계심을 풀지 않았는데, 오랜 여행 후 집에 돌아와 따뜻한 목욕물에 몸을 담그고 있으니 저도 모르게 경계심이 풀어져 눈을 감고 그 편안함을 즐겼다. 그런데,

"흥이 남았어……."

갑자기 들려온 제갈태경의 목소리에 진현이 소스라치게 놀라 눈을 떴다.

"뭐, 뭐야! 어떻게 들어온 거야!"

"너야말로 이렇게 누가 들어와도 모를 정도로 경계를 풀고 목욕을 하고 있어도 되는 거야? 매사가 이렇게 허술해서 되겠어?"

"목욕할 땐 아무도 얼씬 못 하게 단단히 당부를 하는데 여길 들어오면 어쩌자는 거야!"

진현이 당황해서 두 손으로 가슴을 가리고 태경을 노려보고 있었다.

"가리지 마. 가린다고 다 가려지지도 않지만, 너와 나 사이에 새삼스럽게 그럴 필요 없잖아."

"어서 나가! 누가 들어오기라도 하면 어쩌려고 그래."

진현은 태경이 이미 기로 소리를 차단한 걸 알았지만 큰 소리를 낼 수 없었다.

"네가 목욕할 땐 아무도 못 들어온다며? 무슨 걱정이야. 그동안 너무 그리웠어. 아파서 제대로 손도 못 댔잖아."

태경의 손길이 망설이지 않고 진현의 가슴으로 다가왔다. 그리고 아주 작지만 흉이 진 가슴의 상처를 어루만졌다.

"내가…… 그렇게 흉 안 지게 하려고 노력했는데……."

안타까움으로 그의 목소리가 떨리는 것 같았다.

"괜찮아…… 이까짓 상처쯤이야……."

"내가 안 괜찮아! 너에게 털끝만큼의 상처도 생기는 걸 원하지 않아."

격렬한 태경의 반응에 진현이 놀라 그를 쳐다보았다.

태경이 다시 한 번 부드럽게 진현의 상처 주위 가슴을 어루만지더니, 그녀의 가슴을 혀로 애무하기 시작했다.

"으음…… 안 돼……. 하지 마……."

"잊었나 본데…… 난 원래부터 하지 말라면 더 하고 싶어져."

"……정말 심술쟁이야……."

"이런 날…… 좋아하잖아……."

"……그래…… 으음…… 좋아하지 않을 수가 없어."

"내가 좋은 거야? 아니면 내 손길이 좋은 거야?"

"둘…… 다…… 으음."

진현은 오랜만에 느껴 보는 태경의 손길에 온몸이 저릿거리기 시작했다.

"네 상처만 보고 가려고 했었는데…… 하필 네가 알몸으로 있을 건 뭐야……. 그러니 이건 네 죄야……."

태경의 입술이 진현의 입술에 포개어졌다. 곧 그들은 기다렸다는 듯이 서로를 목마르게 찾아갔다.

"으음…… 누가 오고 있어."

진현이 태경에게 주의를 주고 있었지만, 태경은 발걸음 소리를 듣고 무공이 강한 고수가 아니라는 걸 알았는지 여전히 진현에게서 떨어지지 않고 입술을 그녀의 가슴에 대고 있었다.

"도련님…… 목욕은 다 마치셨습니까?"

진현은 터져 나오려는 신음 소리를 가까스로 참고 평정을 가장한 서늘한 목소리를 내려고 애썼다.

"무슨…… 일이냐."

태경의 손이 부지런하게 진현의 가슴에서 좀 더 아래쪽으로 내려오고 있었다.

진현은 태경이 일으키는 불꽃에 너무나 깊이 빠져들어 도중에 관두라고 뿌리칠 수가 없었다.

"으읏……."

"도련님? 어디 아프십니까?"

참는다고 참았는데 그만 밀려드는 쾌감에 신음을 흘리는 실수를 하고 만 진현은 정신이 아득해졌다.

"……아니다……. 지난번…… 다친 상처를 건드려서 그런 것이니…… 걱정 마라."

태경의 손이 그녀의 은밀한 그곳을 침범하자 참을 수 없는 열기가 더운 김과 함께 올라왔다.

"도련님, 가주님께서 마치시는 대로 빨리 오시랍니다."

"……."

진현은 대답을 할 수가 없었다. 태경의 두 손가락이 이미 그녀의 깊은 그곳을 침범하여 들락거리고 있어 그 전율로 인해 이를 악물고 절정의 신음 소리를 참고 있었기 때문이다.

"도련님…… 정말 괜찮으십니까?"

하녀의 걱정스런 목소리에 가까스로 진현이 대답을 했다.

"괘, 괜찮다. 알았으니…… 어서 물러가거라."

하녀는 여느 때보다 숨이 가쁜 목소리라고 생각했지만 물러갈 수밖에 없었다.

발소리가 멀어지자 진현은 참고 있던 신음을 그제야 토해 내며 태경을 향해 원망을 쏟아 냈다.

"하아……. 너, 너 정말…… 못됐어……. 들킬 뻔했잖아……."

"아슬아슬하니까 더 기분 좋지? 더 이상은 나도 못 참아……."

태경은 이미 옷을 반쯤 벗은 채였다. 그리고 순식간에 옷을 벗고 진현의 욕조에 들어갔다. 물속에서 서로의 살결이 스치자 더욱더 참을 수 없는 전율이 전해졌다.

"흡……. 어떻게…… 이런 느낌이……."

태경은 그녀와 살을 맞대자 전율로 온몸을 부르르 떨었다. 그녀의 살갗이 이다지도 부드럽게 느껴지다니. 원래가 진현의 살결은 부드러웠지만 물속에서 느끼는 감각은 또 달랐다. 말로 표현 못 할 만큼 그녀의 몸이 그를 흥분시켰다.

욕조 안의 물이 흘러넘치면서 출렁거리고 있었다. 태경의 몸이 그녀의 몸속 깊은 곳을 침범해 물결과 함께 움직이기 시작했다. 묘한 물결의 움직임과 장단을 맞추듯이 둘의 몸이 출렁거리면서 격렬하게 움직였다. 참을 수 없는 쾌감으로 그의 목소리가 갈라졌다.

"하아…… 너는 정말 언제나 날 이성이 없는 짐승으로 만들어 버려…… 으읏……."

태경이 그녀의 입 안에 매끄러운 혀를 넣더니 격정적으로 입맞춤을 하기 시작했다. 그의 손은 부지런히 그녀의 가슴을 부드럽게 애무하고 있었다.

"나도 마찬가지야……. 너와 자꾸 이러면 안 되는데…… 네 손길을 거부할 수가 없어……."

"거부할 필요 없어……. 난…… 언제나 네 거야."

그들은 애초부터 하나였던 듯 또다시 하나가 되어 깊고 깊은 전율의 늪을 경험하고 있었다. 두 사람의 몸은 만나면 만날수록 더욱더 타오르고 있었다. 욕조 안의 물은 이미 흘러넘쳐 흥건하게 바닥을 적시고 있었지만 두 사람의 불길은 꺼질 줄 몰랐다.

진현이 가주 직무실 문을 열자 모두의 모습이 보였다. 머리에 물이 채 마르기도 전에 서둘러 왔건만 제일 늦은 것 같았다. 그곳엔 진희와 제갈태준, 제갈성우, 그리고 남궁가의 가주 남궁비헌이 있었다.

"죄송합니다. 늦었습니다."

진현이 사과를 하며 앉자마자 태경이 뒤이어 들어왔다. 태경의 머리도 젖은 채였다.

왠지 찔리는 진현이어서 고개를 똑바로 들지 못하고 바닥만 보고 있었다. 그러나 태경은 달랐다. 기분 좋은지 특유의 느물거리는 얼굴로 아무 일도 없다는 듯이 인사를 했다.

"아, 제가 제일 늦었네요. 연락을 늦게 받아서. 숙부님, 제갈태경입니다. 오랜만에 뵙습니다."

태경은 자기 방으로 돌아오고 나서야 여기로 오라는 연락을 받고 서둘러 온 것이다.

"오! 그래. 네가 벌써 이렇게 자라다니. 형님, 아들 모두가 훌륭하게 자랐습니다. 부럽습니다."

"그래 봤자 어디 자네 아들 진현이만큼 하겠는가. 그런데 둘 다 머리가 젖었는데 같이 목욕이라도 했느냐?"

제갈성우는 순수하게 남자끼리 목욕을 했냐고 물은 것뿐인데, 순간 방 안에 정적이 흘렀다. 진현은 얼굴이 붉어지지 않기 위해 내공으로 화기를 누르려고 안간힘을 썼다.

"하하하…… 제가 같이 하자고 했는데 이 친구가 얼마나 정색을 하는지, 그래서 저 혼자 가까운 냇가에 가서 하고 왔습니다."

뻔뻔스러울 정도로 태경은 얼굴색 하나 변하지 않고 말했다.

"이제 곧 한집안 식구가 되니, 친해질 겸 같이 목욕을 하는 것도……."

그 말에 남궁비헌이 헛기침을 하며 얼른 화제를 전환했다.

"어험…… 이렇게 모이라고 한 건 드디어 혼례날을 잡았기 때문이다."

남궁비헌은 자신이 한 말이 얼마만큼 그들에게 충격인지 알지 못했다. 네 사람이 일제히 얼음이 된 듯이 하얗게 굳어 버렸다.

"제갈 형님이 첩 들이는 문제도 사정을 설명하시면서 양해를 구하셔서 솔직히 나야 우리 딸을 위해선 절대 반대를 하고 싶었다. 그러나 태경이 구명지은을 입은 그 집안의 자식이 죽어간다는데 더 이상 어떻게 할 수도 없어서 반대할 명분이 약해지더구나. 다만 우리 예쁜 딸이 마음고생을 덜하게 자네가 마음을 더 많이 써 줄 거라 믿어 볼 수밖에. 진현인 벌써 이 집안 장남으로서 찬성을 했다니 그 의견도 존중해 줘야지."

"날은 열흘 후로 정했다."

제갈성우가 선언하듯 냉정하게 말했다.

"열흘이라고요? 아니, 무슨 혼례날이 월중행사도 아니고, 그렇게 빨리 날을 잡으시면 어떡합니까! 저희들 의견도 물어보셔야 하지 않습니까?"

태경이 딱딱하게 굳은 얼굴로 제일 먼저 말을 꺼냈다.

"어른에게 그 무슨 버릇이냐? 예로부터 혼사는 부모가 정하는 것이고, 그리고 혼례를 벌써 예전에 올렸어야 되지만 네 병을 문제 삼아 이렇게 장성하도록 하지 못했으니 이젠 당연히 올려야지."

네 사람의 안색이 점점 더 굳어지는 걸 아는지 모르는지 제갈성우가 이미 무림에 혼인 첩지를 다 돌려서 열흘 후에 남궁가에서 혼례를 올린다고 알렸기에 더 이상 미룰 수 없다고 선언해 버렸다.

태경이 뭔가 더 말을 하려고 할 때 귓가에 진현의 전음이 들려왔다.

[그만해! 네가 한마디라도 더 하면 다시는 널 안 볼 거야.]

[무슨 소리야? 그럼 이 상태로 네 동생과 혼례라도 올려야 된

단 말이야!]

　[어쩔 수 없으면…… 그래야 될지도…….]

　[너…… 무슨 말을 그따위로 하는 거야? ……너만은 내게 그런 말 하면 안 되잖아……. 내가 그 정도밖에 네게 존재감이 없는 거야?]

　화가 난 태경의 전음이 들려왔지만 진현은 대답하지 않았다.

　"혼례를 지금 꼭 해야만 됩니까?"

　뜻밖에도 다시 얘기를 꺼낸 건 태준이었다.

　"무슨 말이냐? 네 혼사도 아닌데 어딜 나서는 것이냐?"

　"아버님. 마교가 호시탐탐 기회를 노리고 있는 불안정한 시기에 사적으로 혼례를 치른다는 게 조금 눈치도 보이고, 다른 문파들이 세가의 세력 불리는 것으로 알고 고깝게 볼 수도 있습니다."

　"저도 그렇게 생각합니다. 또 다른 세가들도 세 불리기 위해 정략 혼례를 한다고 손가락질할지도 모릅니다."

　진희가 때를 놓치지 않고 말을 받았다.

　"우리 생각은 다르니 다른 사람들이 그렇게 생각해도 어쩔 수 없다. 그들도 우리와 같은 입장이었으면 똑같이 했을 것이고, 다른 사람이 뭐라 해도 감히 남궁가와 제갈가에 대놓고 뭐라고 하진 못할 것이다. 마교는 하루아침에 해결될 일이 아니기에 언제까지 미루고만 있을 수도 없는 일이다. 게다가 마교가 준동하는 이 시점에서 힘을 합칠 명분을 주는 것이기도 하고……. 그러니 모두들 열흘 후 혼례를 하는 걸로 알거라. 준비는 내가 이미 다해 두었으니 여기서 기다렸다가 바로 혼례를 하면 될 것이다.

태경이 네 어미에게도 그렇게 기별을 넣었더니, 몸이 괜찮으면 그전에 온다 하셨다. 태준인 형님을 도와 혼례 준비를 하거라."

제갈성우가 더 이상의 말을 듣지 않겠다는 듯이 단호하게 일사천리로 말해 버렸다.

"싫습니다! 저는 사랑하는 여자가 있습니다."

갑자기 태경이 자리에서 일어나며 모두에게 선언하듯 외쳤다.

모두들 깜짝 놀라 그를 바라보았다. 진현의 얼굴이 창백해졌다. 다른 사람의 얼굴에도 긴장감이 돌았다.

"어떤 여자냐? 그 여자가 마음에 든다면 첩으로 허락은 해 주겠다. 그러나 진희와 혼인하는 건 변함없다."

제갈성우의 낯빛은 좋지 못했지만, 자신도 젊은 시절이 있었기에 나름 양보한다고 한 말이었다.

[제갈태경! 한마디만 더 해 봐. 네가 보는 데서 죽어 줄 테니!]

차가운 진현의 전음이 들려왔다.

태경은 얼굴이 굳은 채로 더 이상 말을 할 수가 없었다. 그리고 진현을 한 번 노려본 후 화가 난다는 듯 문소리를 내며 나가 버렸다.

태준도 진희와 사랑하는 사이라고 말하고 싶었지만, 진희가 자신에게 생각이 있으니 가만히 있으라고 전음을 보내 와서 그녀를 믿고 참았다. 하지만 마음이 초조해지는 걸 막을 수는 없었다.

진현의 마음은 엉망으로 치닫고 있었다. 머릿속에 아무 생각도 들지 않았다. 태경이 너무나 상처 받은 눈을 해서 그런 말을 할 수밖에 없는 자신을 저주하고 싶었다. 그러나 자신에겐 선택의 여지가 없었다.

마음이 바늘로 찌르는 것 같았지만, 다른 사람의 눈엔 여전히 냉정한 진현의 모습 그대로였다.

"저 버릇없는 녀석하고는. 쯧쯧쯧…… 미안하네. 자네 볼 면목이 없네."

"아닙니다, 형님. 젊을 땐 다 저렇지요. 태경이도 청춘인데 저 인물에 사랑하는 여자가 없겠습니까. 그래도 딸 가진 부모 마음이라서 우리 진희가 좀 걱정은 됩니다. 진희에게 마음을 안 주면 어떡할지……."

"이해해 줘서 고맙네. 저 녀석이 저렇게 말해도 자네 딸에게 섭섭하게 하지 않을 걸 내 보증함세. 어쨌든 그날이 길일이니 절대 바꾸면 안 되네. 유군명 사부님이 설희도 데려온다고 했으니 설희 문제까지 같이 해결을 해야겠네."

"알겠습니다, 형님. 그렇게 알고 있겠습니다."

제갈성우와 태준까지 나가고 나자 방 안에 남궁가의 가족만 남았다.

"너희들 무슨 일 있는 게냐?"

남궁비헌이 심각하게 두 자매를 보며 물었다.

"무슨 뜻으로 물으시는지요?"

"진희야, 내 눈은 못 속인다. 사실대로 말해 보거라. 뭔가 내가 모르는 일이 벌어진 거냐?"

"아버님…… 실은…… ."

"아닙니다. 정말 아무 일도 없습니다. 그러니 심려 마십시오."

진희가 뭔가 말을 하려는 걸 진현이 단호하게 잘랐다. 남궁비헌이 걱정스런 눈빛으로 둘을 보고 있었다.

진희가 말할 기회를 잘라버린 진현을 원망하듯 바라보았다. 진현은 진희의 시선을 무시했다. 자신도 아버지의 다정함에 한순간 충동적으로 사랑하는 남자가 생겨 여자로 살아가고 싶다고 말할 뻔했다. 그러나 저토록 자신을 걱정하는 아버지와 어머니에게 화가 미칠 걸 생각하자 그 마음을 깨끗이 접어야 했다.

"진현아…… 이 애비가 정말 네게 못할 짓을 저지른 것 같구나. 지금이라도 내가 죄를 솔직히 고하고 벌을 달게 받으면……."

"안 됩니다! 어차피 벌어진 일입니다."

자신은 남자로 살아가야 했다. 그게 가문과 부모님을 위해서 옳은 결정이었다.

"쉬십시오. 아버님. 저희는 이만 물러가겠습니다."

진희가 진현과 물러가자 남궁비헌은 한숨이 나왔다. 분명히 자신이 모르는 일이 벌어지고 있었다. 그는 결코 둔하지 않았다. 진현을 생각하자 자신의 이기심에 치가 떨렸지만, 이미 너무 늦어 버렸다. 그는 이미 딸에겐 평생 죄인이었다.

제23화
또 다른 비밀

'내 죄로구나…….'

무거운 가슴을 안고 천천히 바깥으로 나온 그는 정자에 올라 밤하늘을 보고 있었다.

'이 일을 어이할꼬……. 마냥 이대로 둔다는 건 정말 그 애에게 너무 못할 짓을 하는 것인데…….'

"누구냐?"

남궁비헌의 기감에 누군가가 잡혔다.

"정말 죄송합니다. 아무도 없는 줄 알았습니다. 황보세가의 황보홍기라고 합니다."

어둠 속에서 홍기가 걸어 나왔다.

"아, 자네가 이번에 우리 애들과 새로 친구가 된 황보세가에서 왔다는 그 친구로군. 난 남궁비헌이라고 하네."

홍기는 혹시라도 남궁비헌을 먼발치에서라도 한 번 볼 수 있으면 좋겠다는 마음을 가지고 있었지만, 막상 눈앞에 갑자기 그가 나타나자 당황하고 말았다.

"처음…… 뵙겠습니다. 많이 바쁘다고 하셔서 미처 인사를 못 드렸습니다."

그 말을 하는 홍기의 목소리가 긴장을 한 것인지 유독 떨리는 듯했다.

"실제로 보니 인물도 출중하고 더 뛰어난 인재인 것 같네. 그런데 왜 그렇게 긴장을 하는 것인가? 우리 진현이 친구면 나한테 아들과 마찬가지니 아버지처럼 편하게 대하시게."

"가, 감사합니다. 평소 존경하고 위명이 쟁쟁하신 10대고수 중 첫손에 꼽히는 분을 뵙게 되어 저도 모르게 긴장이 돼서…… 영광입니다."

홍기는 남궁비헌이 아버지처럼 편하게 생각하라고 하자 오히려 더 긴장을 했다.

"그런 소리 말게. 그냥 세상 사람들이 허울 좋은 명분만 갖다 붙인 거지. 난 그렇게 존경할 만한 사람이 못 된다네."

"가주님, 지나친 겸양은 안 하느니만 못하다고 하더군요. 길 가는 어린아이를 붙잡고 물어봐도 남궁가주님의 무공은 첫손에 꼽힌다고 할 겁니다."

"허허허…… 자네 아부도 곧잘 하는군."

남궁비헌은 무겁던 마음이 황보홍기와 대화를 나누다 보니 한결 가벼워지는 것 같았다.

"정말 소문대로 쾌룡인가 보네. 자네와 대화를 하는 게 이렇게 편하고 유쾌하다니. 그전까진 내 마음의 짐 때문에 정말 괴로웠다네."

"혹시…… 자제분 혼례 때문에?"

"자네도 아는군. 우리 진현이가 좀처럼 사람을 잘 사귀지 않는데 자네를 우리 세가로 초대한 걸 보니 많이 가까운 것 같군. 헌데 혹시 자네가 알고 있는 다른 일은 없는가? 둘 다 내게 뭔가 숨기는 것 같은데 그게 뭔지 말을 해 주지 않네."

"걱정되십니까?"

"왜 아니겠나. 아비로서 스스로 자격이 의심스러워지는 날이 많네그려."

홍기가 남궁비헌을 잠시 바라보더니 전음을 날렸다.

[전 남궁진현이 여자인 걸 알고 있습니다.]

홍기의 갑작스런 전음으로 남궁비헌은 소스라치게 놀라고 말았다.

[뭣이라!]

[가주님! 그건 영원히 감출 수 있는 문제가 아닙니다. 가주님이 그렇게 걱정하시는 딸들이 어떤 희생을 치르고 어떤 상처를 안고 살아가고 있는지 살펴보십시오. 물론 가문도 중요하겠지만, 과연 딸들만큼 중요한 겁니까?]

남궁비헌의 눈빛이 크게 흔들렸다. 자신도 알고 있었지만, 차마 문제를 똑바로 보지 않고 외면하던 일이었다.

[이 문제는 자네 생각대로 그렇게 간단한 문제가 아니네. 자네 말고 또 누가 알고 있나?]

[……저 외는 아직 없을 겁니다.]

홍기는 다른 사람이 알고 있다는 말을 하지 않았다. 그러나 그게 실수였다.

남궁비헌의 눈빛이 갑자기 차가워졌다.

[미안하네. 자네는 그 사실을 말하지 말았어야 했어.]

남궁비헌이 돌연 칼을 뽑더니 홍기를 향해 휘둘러 갔다.

홍기는 깜짝 놀라 가까스로 피했다. 믿을 수 없었다. 정파에서 가장 존경 받는다고 해도 무방한 그가 자신을 향해 칼을 휘두르다니.

"이게 무슨 짓입니까!"

"미안하네. 날 용서하지 마시게!"

말을 하는 중에도 그의 칼은 홍기를 향해 무시무시한 살기를 뿌리고 있었다.

홍기는 다급했다. 남궁비헌은 10대고수답게 빠르고 날카롭게 자신을 몰아붙이고 있었다. 최선을 다해도 자신은 상대가 안 되는 고수인데, 더군다나 자신은 살수를 전개할 수 없어 피하기 급급했다.

"가주님은 제가 생각하는 것보다 훨씬 이기적이십니다!"

"어쩔 수 없네. 나뿐만 아니라 부인과 아이들의 목숨이 달린 일이네. 모두를 위해서라면 난 어떤 짓도 할 수 있다네!"

홍기는 피한다고 피했지만, 남궁비헌의 칼을 피하기엔 아직 무리였다. 그의 칼이 바로 코앞으로 다가왔다. 그때, 홍기는 뭔가를 결심한 듯 다급히 외쳤다.

"난 당신 아들입니다!"

남궁비헌의 칼이 아슬아슬하게 멈췄다. 그는 너무 어이없는 그 말에 자신도 모르게 칼을 멈추었던 것이다.

"무슨 헛소리냐!"

홍기는 멈춘 칼 앞에 겨우 한숨을 돌렸다.

"말 그대롭니다. 당신은 기억에 없다고 하면 그만이지만, 오랜 세월 눈물로 살아온 한 여인이 있다는 걸 아십시오."

홍기는 후회하는 것 같기도 하고, 속 시원한 것 같기도 한 애매한 표정을 지었다.

"살기 위해 무슨 황당한 거짓을 꾸며 대는 것이냐!"

"믿지 않으실 줄 알았습니다. 이게 뭔지 아시겠습니까?"

홍기가 내놓은 것은 남궁세가의 장자에게 대대로 내려온 독특한 문양의 옥패였다. 사실 진현에게 물려줘야 했지만, 정확히 어디서 잃어버린지 몰라 잊고 살았다. 다만, 예전 정마대전 때 잃어버리지 않았나 짐작만 하고 있었다. 그런 옥패를 눈앞의 청년이 꺼내 놓자 한동안 말문이 막혔다.

"이건 어디서 훔친 것이냐!"

"훔친 게 아니라 당신이 우리 어머니 황보약란에게 준 것입니다."

"황보약란? 난 기억에 없는 이름이다."

"그러시겠지요. 정마대전 때 당신이 다친 동안 정성으로 간호하고 돌봐 준 사람을 잊다니……. 장래 약속까지 해 놓고 그렇게 사라져 버린 당신이, 이젠 아들까지 죽이려고 하십니까? 당신이란 사람이 내 아버지란 게 부끄러울 따름입니다. 차라리 몰랐으면 좋았을 것을."

홍기의 목소리가 쓸쓸하게 들렸다. 아버지가 아들을 죽일 뻔한 일이 아니었으면 절대로 밝히지 않았을 비밀이었다. 남궁비헌은 눈앞의 현실을 믿어야 될지 말아야 될지 엄청난 혼란에 휩싸여 버렸다.

"거짓말하지 마라. 어디서 이걸 구해 온 것인지는 모르겠지만 그런 말을 내가 믿을 성싶으냐!"

그러나 곧 남궁비헌은 냉정을 회복하고. 또다시 살기를 뿌리며 칼을 휘둘렀다. 그때였다.

"상공! 무슨 짓이에요!"

갑자기 나타나 남궁비헌의 칼을 막은 건 진수아였다. 10대고수보단 명성이 덜했지만 그녀도 아미파 출신으로 알아주는 고수였다.

남궁비헌은 깜짝 놀랐다. 너무 홍기에게 열중하다 보니 주변 경계를 소홀히 했던 것 같았다.

"비키시오! 이놈을 죽여야 우리 가족이 살 수 있단 말이오."

"당신이 이렇게까지 매정한 사람인 줄 몰랐어요!"

불꽃을 일으키며 남궁비헌의 칼을 막는 진수아는 소문보다 상당한 고수인 것 같았다.

"저놈이 진현이의 비밀을 알고 있단 말이오!"

"그렇다고 죄도 없는 사람을 죽여요? 더군다나 당신을 아버지라고 하는데."

남궁비헌은 진수아가 그들의 말을 들었다는 걸 알고 당황했다.

"설마 그런 헛소리를 믿는 건 아니겠지? 내가 당신 외에 다른 여자와 그럴 리가 없지 않소!"

"저도 그럴 거라 믿지만, 두 사람 정말 많이 닮았어요. 오늘 처음 봤을 때부터 어디서 많이 본 것 같아서 더 친근하게 느껴졌는데, 당신하고 있으니 바로 알겠어요."

"쉽게 믿을 수 있을 거란 생각은 하지 않았습니다. 어차피 밝힐 의도는 없었으니까요. 그러나 제 어머님 때문에라도 이젠 진실을 확실히 밝히고 싶군요. 좀 더 확실한 증거를 말씀드리지요. 어머님이 말씀하시길, 가주님은 정마대전 때 크게 다친 적이 있다고 들었습니다. 아마도 정수리를 지나 머리 뒷부분과 겨드랑이의 상처는 무척 깊어서 큰 흉터가 남았을 거라 하더군요."

남궁비헌은 이번엔 정말 놀라서 자신도 모르게 홍기를 멍하니 보았다. 이제는 아물어 머리카락으로 가렸지만, 안을 헤쳐 보면 깊은 흉터가 있었다. 그건 진수아도 몰랐던 사실로, 본인이 말하지 않으면 모르는 부위였다.

"……겨드랑이의 상처는 알지만, 머리 뒷부분은 나도 모르는 것인데……. 정말 그런 상처가 있어요?"

"……그렇소."

그가 한참 후 스스로도 믿기 힘든 듯 천천히 말했다. 그의 시인에 진수아가 더 놀랐다. 설마 했는데…… 옛말이 생각났다.

'다른 도둑질은 해도 씨 도둑질은 못 한다더니.'

아무리 봐도 홍기의 모습은 남궁비헌의 젊었을 때와 흡사했다. 그것이 제일 큰 증거였다. 조작할 수 있는 증거가 아니었다. 진수아는 낮에 홍기를 보고 어디서 많이 본 얼굴이란 생각이 자꾸 들었다. 그런데 그게 바로 남궁비헌의 젊을 적 모습이란 게 불현듯 생각나 그를 찾아 나선 것이다.

"……여기 이렇게 있지 말고 장소를 옮겨서 자네 얘기를 들어 보고 싶네. 당신도 같이 들으실 거지요?"

진수아가 두 사람에게 눈길을 주더니 먼저 돌아서 걸어갔다. 남은 두 남자의 눈이 마주쳤다. 그들은 서로의 시선을 피하면서 진수아의 뒤를 따라가고 있었다.

남궁비헌의 방 안에 들어온 세 사람이 마주 앉았다. 남궁비헌은 이 자리가 마뜩잖은지 홍기를 똑바로 바라보고 있지 않았고, 황보홍기 역시 남궁비헌의 매몰찬 모습에 실망하여 그를 외면하고 있었다. 그러나 이미 그의 아들이라 확신한 진수아의 눈에는 그 모습마저도 닮아 보였다.

"홍기…… 라고 했지? 내가…… 말을 편히 놔도 되겠지?"

두 부자의 냉랭한 침묵을 깨고 진수아가 조심스럽게 먼저 말을 꺼냈다.

"아, 예. 물론입니다. 말씀 놓으십시오."

남궁비헌을 보려고도 하지 않던 홍기는 진수아가 한마디 하자 어쩔 줄 몰라 했다. 자신이 처음 여기 온 목적은 아버지라는 사람의 얼굴이나 한 번 보고 가려는 생각에서였는데, 결국 죄 없는 진수아에게까지 폐를 끼치고 말았다는 생각에 미안하고 죄스런 맘이 들었던 것이다.

"이제 차근차근 모든 것을 얘기해 봐."

"부인, 들을 필요 없소!"

"제발, 가만히 좀 계세요! 그냥 딱 봐도 당신이랑 너무나 닮았는데 이게 부정한다고 될 일인가요?"

남궁비헌은 진수아가 자신에게 화내는 모습을 거의 본 적이 없었기에 충격으로 더 이상 다른 말을 할 수가 없었다.

"어머님은…… 어떤 분이시지?"

진수아가 불편하게 앉아 있는 홍기에게 다정하게 물었다.

"어머님 성함은…… 황보약란입니다. 황보세가의 가주인 제 아버님의 여동생입니다."

남궁비헌은 여전히 아무 생각도 나지 않았다. 그리고 사실 그가 믿을 수 없는 이유 중 하나가, 아무리 기억을 잃었어도 어떻게 자신이 진수아를 두고 다른 여자와 몸까지 섞어 자식을 낳았는가 하는 거였다. 남궁진현이 지금껏 남장한 표면적인 이유는 가문의 대가 끊긴다는 이유였지만, 그 이면엔 진수아에 대한 그의 사랑이 다른 여인은 허용할 수 없었기 때문이다. 저 녀석의 말이 사실이라면 자신은 두 얼굴을 한 위선자일 수밖에 없는 것이었다.

그러나 홍기는 그의 생각을 아는지 모르는지 자신과 황보약란이 그동안 어떻게 지내 왔는지 담담히 얘기하고 있었다. 어차피 저지른 일, 지금은 진실을 얘기해야 할 때라고 생각한 것이다. 홍기의 얘기가 시작되자 남궁비헌도 듣지 않을 수 없었다.

황보홍기는 황보가의 서자로 알려져 있었다. 황보세가의 가주 황보현은 어디서 얻은 자식인지는 모르지만, 그를 자신의 핏줄이라며 데려와 키웠다. 황보현의 부인은 샘이 많고 기가 센 여인이었다. 그래서 자신의 부군이 어디서 바람피워 밖에서 낳아 온 자식이라고 홍기를 극도로 미워했다. 자신의 아이들을 위협

할 정도로 뛰어난 두뇌와 타고난 친화력은 세가의 많은 사람들이 그를 따르게 만들었기 때문이다.

황보홍기도 1년 전까진 자신의 진짜 아버지가 황보현인 줄 알았다. 그러나 어느 날 자신의 아버지와 고모가 하는 말을 엿듣게 되었다. 그의 고모인 황보약란은 어렸을 때부터 몸이 허약해 바깥출입을 잘하지 않았다. 그래서 꽃다운 나이에 황보가의 뒤쪽에 작은 사당을 짓고 늘 불공을 드리며 있는 듯 없는 듯 조용히 살아가고 있었다. 홍기가 늘 천대받고 질시를 받아도 밝고 꿋꿋한 이유가 그의 고모 때문이었다. 거의 고모가 자신을 키워서 사랑을 넘칠 정도로 받았기 때문에 특별히 다른 어머니의 사랑이 부럽다거나 한 적이 없었다. 그리고 그 이유를 작년에 황보현과 고모인 황보약란의 얘기를 몰래 듣고 나서 알게 되었다. 황보약란이 바로 그의 어머니였던 것이다. 황보현이 자신의 여동생이 몰래 낳은 아이를 자신의 아이로 가장해 키워온 것이다

황보홍기는 너무나 충격적인 사실로 인해 엿듣고 있다는 걸 황보현에게 들키고 말았다. 그리고 그날 모든 사실을 알게 된 그는 고모를 처음으로 어머니라고 부르게 되었다. 황보약란은 그동안 숨긴 걸 미안해하면서 많이 울었지만, 홍기는 어머니가 생겨서 너무나 감사하다고 그녀가 미안해하지 않도록 해 주었다. 그리고 자신의 아버지 얘기도 그때 듣게 되었다.

황보약란은 원래 절에 불공을 드리러 가는 일 말고는 거의 바깥출입을 하지 않았다. 그런 그녀가 어느 날 나갔다가 비를 흠뻑 맞고 와서는 몇 날 며칠을 앓아눕더니, 임신을 했다는 청천벽력 같은 소리를 자신의 오라버니에게 했다. 그러자 황보현은

누구의 아이를 가졌는지 노발대발 캐물었지만 그녀가 울면서 끝까지 말하지 않자 거의 포기하고 아이라도 지우라고 했다. 처녀의 몸으로 아이를 가진 게 알려지면 여자로서나 가문으로서 수치스런 일이 아닐 수 없었다.

그러나 그녀는 기어이 아이를 낳겠다 고집을 부렸다. 어쩔 수 없이 황보현은 그녀를 몰래 절로 보내 아이를 낳도록 해 주었다. 그리고 그 후 이 사실이 알려지면 아이가 많은 상처를 받을 것이라고 황보약란을 설득했다. 차라리 남자인 자신의 자식으로 둔갑시키는 게 세상의 눈으로부터 관대해질 것이라고. 그러면 아이에게도 더 좋을 거라고 말이다. 황보약란은 자신보다 자식이 받을 상처가 걱정되어 찢어지는 가슴으로 허락할 수밖에 없었다. 위안이 되는 점은 다행히 자신이 곁에서 돌볼 수 있다는 것이었다.

황보약란으로부터 들은 자신의 아버지는 바로 현 남궁세가의 가주 남궁비헌이었다. 사실 자신의 어머니도 남궁비헌이 남궁세가의 사람인 줄 처음엔 모르고 좋아했다고 한다. 25년 전 그날, 절에 불공드리고 돌아가는 길에 생사를 오갈 정도로 많이 다친 그를 발견하고 간호해 준 사람이 바로 그녀였다. 남궁비헌이 마교와의 전쟁으로 인해 큰 부상을 입고 쓰러져 사경을 헤매는 걸 자신이 다니는 절로 데려가 치료해 주고, 정성스럽게 그를 간호해 주면서 사랑이 싹튼 것이다. 그러나 그는 큰 부상으로 자신이 누군지 기억하지 못하고 황보약란을 의지하고, 그녀의 정성에 감동해 그녀와 사랑하는 사이가 된 것이다. 자신이 누군지 몰라 방황할 때 그녀의 따뜻한 위로가 큰 힘이 된 그였다. 그런데 하필 두 사람이 장래를 약속하고 사랑을 나눈 그다음 날 그가 사라져 버린 것이다.

황보약란의 충격은 매우 컸지만, 그를 진심으로 사랑했기에 그의 핏줄을 임신한 걸 다행으로 여겼다. 그가 누군지 안 것은 자신의 오라버니가 너무 집에만 있으면 건강에 안 좋다며 두문불출하던 그녀를 억지로 바람이라도 쐬자며 남궁세가의 혼례에 데려가서였다. 신랑의 얼굴을 본 순간 그녀는 하늘이 노래지고 억장이 무너지는 기분이 되고 말았다. 자신이 그토록 사랑한 그 남자가 행복한 듯 신부를 보며 웃고 있었다. 그리고 그녀를 보며 형식적인 인사만 하고 다른 사람에게 가 버렸다. 그녀는 너무 놀라 아무 말도 못 하고 멍하니 그를 바라보기만 할 수밖에 없었다.

기억이 돌아온 남궁비헌은 그녀를 기억하지 못했다. 마음 약한 그녀는 눈앞에서 사랑하는 남자가 다른 여자와 혼례를 올려도 아무런 말도 못 하고 눈물만 삼키면서 후들거리는 몸과 터질 듯한 심장의 소리를 안고 돌아올 수밖에 없었다. 그리고 자신이 그의 행복한 혼례에 방해되지 않도록 아무에게도 말하지 않았다. 아이를 낳은 후에야 황보현에게 절대 남궁비헌에게 알리지 말 것을 조건으로 고백을 했다. 황보현은 이미 황보홍기가 자신의 아이라고 해 버린 뒤라 어떻게 따져 볼 수도 없어, 그저 기가 막혀 할 뿐이었다.

그러나 황보홍기가 훌륭히 자라 주어 자신의 든든한 오른팔이 되자 자신의 아들과 다름없이 대했고, 아버지로서 항상 홍기를 보듬어 주었다. 그리고 그는 이제 황보세가의 다음 대 유력한 가주 후보가 되었다. 그런 그가 용봉소집령으로 무림맹에 가서 자신의 핏줄인 남궁가의 자매를 보니, 특별한 관심을 가지지 않을 수 없었던 것이다.

그의 긴 얘기가 끝났음에도 두 사람은 입을 다물지 못했다. 특히 진수아의 놀람은 말로 표현 못 할 정도였다. 좋아하는 남자가 자신의 눈앞에서 다른 여자와 혼례하는 모습을 봐야만 했던 그 심정을 어떻게 말로 표현할 수 있단 말인가. 자신은…… 과연 그렇게 할 수가 있었을까? 자신 없었다. 얼굴 모르는 그녀가 새삼 대단하게 느껴졌다. 황보약란, 어떤 여자일까. 보통 여자가 아니기에 자신을 그토록 사랑하는 저 사람이 기억을 잃은 동안 사랑하지 않았겠는가. 하지만 한편으론 배신감과 질투심을 느낄 수밖에 없었다. 실상 그것은 한 남자를 사랑하는 여인으로서 당연한 마음이었지만, 그 마음이 든 순간 그녀는 지독한 자기혐오에 빠졌고, 눈앞에 있는 청년에게 너무나 미안해 그의 눈을 똑바로 바라보지 못했다. 눈길을 돌리던 그녀는 여전히 남궁비헌의 믿을 수 없다는 빛이 역력한 눈과 마주쳤다.

"아니오! 그럴 리 없소! 내가 당신을 두고 다른 여인과 몸을 섞다니, 말도 안 되는 소리요. 당신이 누구보다 내 마음을 잘 알지 않소! 당신과의 사랑을 위해 내가 진현이 그 아이에게 무슨 짓을 저질렀는지 당신도 알지 않소!"

믿어지지 않는 건 남궁비헌이 더했다. 지금껏 자신의 사랑을 한 번도 믿어 의심치 않았던 진수아의 눈에 배신감을 본 남궁비헌은 미칠 것만 같았다. 오직 이날까지 그녀에 대한 진심으로 모든 것을 감수하며 살아 온 그였던지라, 그 사실이 부정된다는 건 있을 수 없는 일이었다. 그러나 진수아는 남궁비헌보다 더 빨리 자신의 마음을 정리했다. 뭔가 분명히 이유가 있을 것이다. 사랑하는 그를 지금껏 의심해 본 적이 없었다. 그가 자신을 위해 모든 것을 감수했던 것을 생각하면 남궁비헌의 사랑을 의심해 배신감이 들었다는 게 미안했고, 또한 황보홍기의 말이 사실이라면 자신 때문에 두 모자의 삶이 가시밭길이었다는 데 생각이 미치자 자신이 너무나 이기적이었다는 생각이 들었다.

진수아는 호흡을 크게 했다. 남궁비헌을 너무 사랑하는 마음 때문에 짧은 순간이지만, 자신의 마음이 불신으로 흔들렸던 걸 부끄럽게 여겼던 것이다.

"네, 당신을 믿어요. 그러니 그렇게 불안한 눈빛은 하지 마세요. 결과가 어떻든 제가 어떻게 당신의 사랑을 의심할 수가 있겠어요."

"아, 다행이오……. 정말 고맙소, 부인. 그럼, 저 녀석의 말이 거짓이라는 걸 알겠구려."

"아니요, 이 청년의 말 또한 거짓이 아님을 믿어요."

진수아가 확신에 찬 눈빛으로 두 남자를 번갈아 가며 쳐다보았다.

"그게 무슨 말이오?"

남궁비헌은 여전히 진수아가 자신을 믿지 못하는 게 아닌가 하는 생각이 들었다.

"생각해 보세요. 저 청년은 신분이 확실한 황보가의 사람이에요. 만약 어디서 이름도 들어 보지 못한 청년이 이런 말을 했다

면, 당연히 불신을 하며 조사를 철저히 시켜 그 진상을 밝혔겠
지요. 그렇지만 그는 우리 애들이 믿고 같이 온 사람이에요. 더
구나 황보가의 다음 대 가주가 될지도 모를 청년이 무엇 때문에
없는 말을 지어내어 당신과 나의 약점을 들춰 내겠어요? 현재의
황보세가는 남궁세가 못지않게 명성이 자자한데 그런 일을 할
이유가 없지 않겠어요. 마음만 먹으면 사실을 알 수 있는 그런
거짓말을 했을 리도 없을 것이고, 무엇보다도 그의 눈빛이 너무
나 정직한 젊은 날의 당신을 닮았어요. 그러니…… 어떻게 믿지
않을 수 있겠어요."

진수아는 감정의 소용돌이에 휩쓸린 마음을 남궁비헌보다 먼
저 정리하며 본래의 차분하고 지혜로운 그녀로 돌아와 논리정연
한 말로 남궁비헌을 설득하기 시작했다. 남궁비헌은 진수아의
설명에 그만 할 말을 잃고 말았지만, 기억나지 않은 사실을 인
정할 수도 없었다.

"황보홍기라고 했지? 저 사람의 잘못을 용서해 줘. 저 사람의
눈먼 사랑이 자네에게 몹쓸 짓을 하고 말았지만 내가 대신 진심
으로 사과하면 안 될까?"

"아, 아닙니다. 저야말로 몸 둘 바를 모르겠습니다. 그냥……
한 번이라도 얼굴을 보고 가려 한 제 욕심 때문에 일이 이렇게
까지 될 줄은 몰랐습니다. 정말 면목 없고 죄송할 따름입니다.
어머님."

그런데 홍기의 마지막 말로 인해 남궁비헌과 진수아의 눈빛이
동시에 흔들렸다.

홍기는 자신이 실수했다는 걸 그제야 깨닫고 아차 했다. 단순

히 남궁 자매와 호형호제하는 사이라 진수아를 어머님이라 부른 것인데, 자신이 어머님이라고 부르는 게 자칫 나는 이 집안의 아들이라고 뻔뻔히 주장하는 오해를 불러올 수도 있다는 데 생각이 미쳤던 것이다.

"죄송합니다. 그런 뜻으로 한 말이 아니라 남궁 동생들과 친해져서 당연히 친우의 어머님을 부른다는 게……."

"아니다…… 듣기 좋구나."

진수아는 조용한 미소를 지으며 한쪽에서 필요 이상으로 안쓰럽게 쩔쩔매는 덩치 큰 남자아이같이 순수한 그의 손을 자신이 감싸 쥐었다. 같은 순간 남궁비헌은 처음엔 이 녀석이 이렇게 뻔뻔하게 나오다니 하는 생각에 노기가 솟구쳐 당장 내쫓을 생각을 했는데, 의외로 진수아의 행동에 할 말을 잃어버렸다.

"상공…… 진짜 당신의 아들이군요. 우리가 그토록 소원하던 아들이 이렇게 있는 줄도 모르고."

진수아는 홍기의 목소리로 어머니란 말을 듣자 온갖 애환이 밀려오며 목소리가 잠겨 나왔다. 질투심에 사로잡힌 순간이 있었나 할 정도로 진수아는 빠르게 마음의 정리를 했고, 황보홍기를 받아들일 준비를 하고 있었다. 그 이면엔 어쩌면…… 자신이야 어찌 되든 진현이 여인으로서의 삶을 되찾을 수 있을지도 모른다는 희망과 저렇듯 반듯한 아이가 마음에 든 복잡 미묘한 감정이 있는지도 모른다. 이런저런 이유로 눈물이 나려는 걸 무던히도 눈을 깜빡이며 참았지만, 어느덧 진수아는 눈물을 흘리고 말았다.

한편 남궁비헌은 진수아가 진짜 아들이란 말을 할 때 그토록 아들을 갖기를 소망한 그 절절한 심정이 느껴져 가슴이 아파졌다. 아들…… 자신과 마찬가지로 진수아도 남궁가와 딸인 남궁진현에게 죄인이 될 수밖에 없었던 상황에서 너무나 원하는 아들이었던 것이다. 눈앞에 이렇게 장성한 청년이 진짜 자신의 아들이 맞단 말인가? 여전히 그는 이 상황이 모두 믿어지지 않았다. 그렇지만 핏줄은 당기는 거라고 누가 말했던가……. 그의 시선은 자꾸만 눈물을 흘리는 진수아의 작은 손에 잡힌 채 미안한 얼굴로 허둥지둥 그녀를 달래며 어쩔 줄 몰라 하는 청년에게 머무르고 있었다.

'내가…… 대체 무슨 짓을 했단 말인가…….'

그 의문은 여전히 그를 괴롭히고 있었지만, 이 상황은 단순히 부정한다고 될 일이 아님을 누구보다 잘 알고 있었다. 남궁비헌의 마음에는 혼란으로 인해 거센 바람이 불고 있었다.

진현은 자신의 방으로 돌아와서도 멍하니 아무것도 못 하고 앉아 있었다. 뒤따라 진희가 들어왔지만 진현은 돌아보지도 못하고 눈빛은 공허하게 먼 곳을 보고 있었다.

"언니…… 언니."

진희가 여러 번 부르자 마지못해 시선을 돌렸다. 그러자 진희가 생각에 잠긴 눈으로 자신을 보고 있었다. 갑자기 진현은 먹은 것들이 다 튀어나올 정도의 구역질이 나기 시작했다. 머리가 빙글빙글 돌았다. 참으려고 하면 할수록 구역질은 참기 힘들었다. 욕실로 달려가는 진현을 놀란 눈으로 쳐다보던 진희가 뒤따라가 등을 두들겨 주었다. 한참을 구역질을 하던 진현이 창백한 안색으로 앉았다.

"하아, 소화가 잘 안 되는 모양이네."

"그게…… 아니지? 얼마나 된 거야?"

진현이 시선을 피하며 말을 하지 않았다.

"알고 있었지? 제갈태경에게 말했어?"

쏟아지는 진희의 물음에 진현은 더 이상 견디기 힘들었다.

"제발 그러지 마. 나 죽을 만큼 힘들어."

진현의 목소리가 떨리더니 눈에 눈물이 차올랐다. 모든 것이
서럽게 느껴졌다. 진현은 남 앞에서 한 번도 울어 본 적이 없었
다. 아니, 유일하게 한 남자 앞에선 울긴 울었다. 우는 모습을
감추려고 했지만 들켰었다. 그러나 이번엔 달랐다. 감추기엔 너
무나 그 서러움이 커서 도저히 감출 수가 없었다. 그녀의 어깨
가 오늘따라 더욱 작게 느껴졌다.

"진희야…… 흐흐흐흑…… 나 어떡해야 하니! 어떡해야 할
까…… 흐흐흑……."

행여 울음소리가 새어 나갈까 울면서까지 기를 차단시키고 울
어야 하는 진현이었다. 진희는 아직 기를 차단하는 무공을 펼치
기에 공력이 부족했다.

진현을 안아 주는 진희의 눈에도 눈물이 차올랐다.

"우리 언니, 가엾은 우리 언니…… 흐흑흑……."

진현의 한 서린 울음소린 진희의 가슴을 후벼 팠다. 급기야
쌍둥이는 끌어안고 통곡을 하고 말았다.

한참을 울던 진현이 진정하고 얘기를 시작했다.

"세 달쯤 된 것 같아. 아닐 거라고 믿고 싶은데 무공을 배우

는 내가 몸의 이상을 모를 수가 없잖아. 그에겐 절대 말할 수 없어. 말하면 모든 것이 끝이야. 절대 날 포기하지 않을 거야."

자신의 임신 상태를 눈치채고 있었지만 막상 이렇게 누군가에게 털어놓으니 더 실감 났다.

"언니…… 언니 배 속엔 지금 소중한 생명이 자라고 있는 거야. 이건 세월이 지난다고 해결되는 일이 아니잖아. 언니는 엄마가 된단 말이야."

진희의 엄마 소리에 진현은 갑자기 망치로 얻어맞은 것처럼 멍해졌다. 자신은 평생 엄마라는 단어와는 거리가 멀 것 같았는데. 그리고 축복을 받아야 마땅할 그 생명이 이렇게 숨겨야 되는 존재가 되다니.

"나도…… 엄마라는 게 되긴 하는구나. 어떡하니, 아기에게 너무 미안해. 난 좋은 엄마는 못 될 것 같아."

"언니는 좋은 엄마가 될 거야. 배는 점점 불러 올 텐데 나중엔 어떡하려고 생각했어? 설마 없애려고 한 건 아니지?"

"솔직히 처음엔 겁나서 그런 생각을 안 한 건 아니야. 그러나 지금은 생각도 못 하겠어. 나중에 무공 연마한다는 핑계라도 대고 멀리 떠나려고 생각 중이야. 그래서 이 애를 낳으면 다른 사람에게 맡기고 가끔씩 찾아가면 안 될까 하는 생각까지 했어. 그러면 안 될까?"

"그래도 그런 구체적인 생각이라도 하고 있다는 게 다행이네. 그런데 제갈태경은 어떡할 거야? 끝까지 숨길 거야? 그는 언니를 용서하지 않을 거야."

"용서하길 바랄 면목도 없어. 진희야…… 우리가 너무 안일하게 생각했어. 모든 게 잘될 거라는 생각을 어떻게 할 수가 있었던 건지. 네게도 미안하지만, 넌 제갈태경이랑 혼례를 올려. 그게 세가나 무엇보다 부모님을 위해서 옳은 일일 거야."

"제발 그런 말도 안 되는 소리는 그만해. 그렇게 하면 우리 모두는 평생 고통 속에 살아야 될 거야."

"그래…… 평생을 아파해야겠지. 그래도 결론은 그렇게 하지 않으면 안 된다는 거야. 부모님이 위험해지는 일을 넌 할 수 있어?"

"……."

진희도 진현이 부모님 얘길 꺼내자 더 이상 안 된다고 할 수가 없었다.

"나는 그렇다 쳐도 제갈태경은 절대 나와 혼례를 올리지 않을 거야."

"하게 할 방법이 있어. 꼭 그렇게 하게 될 거야."

진희의 눈이 뭔가 더 할 말이 있는 듯 망설이고 있는 것 같았지만 더 이상 말을 하지 않고 그녀를 가만히 안아 주었다.

한편 태경은 너무나 화가 나고 어이가 없어서 월담 후 경공을 전개해 한참을 달렸다. 가슴속에서 화가 폭발할 것만 같았다. 진현에 대한 원망이 솟아올랐다.

"으아아아아! 남궁진현! 이 못된 여자! 날 보고 어떡하라고!"

그의 손에서 제멋대로 장풍이 뻗어 나오면서 주변을 초토화시키고 있었다. 화를 풀 길 없는 태경의 마음이 아무 데나 기를 뿜어내고 있었다. 이렇게라도 하지 않으면 미쳐 버릴 것만 같았다.

한참을 미친 사람처럼 마구 무공을 펼치던 태경이 털썩 주저앉아 버렸다. 날씨는 봄 날씨였지만 봄바람이 아닌 겨울바람이 불고 있는 것처럼 마음이 시려 왔다.

"넌 정말 못된 여자야……. 너를 사랑하지 않았으면 좋으련만……."

넋이 빠진 듯 중얼거리는 목소리는 아무도 듣는 이 없이 바람에 흩어지고 있었다.

태경은 한바탕 화풀이를 하고 왔지만 가슴속에 진현에 대한 원망이 쉬 가시질 않았다. 그런데 뜻밖에도 진현이 자신의 방에 와 있자 원망이 눈 녹듯 없어지면서 반가운 마음만 들었다. 그러나 겉으론 내색하지 않고 진현을 차갑게 쳐다보았다.

진현은 태경의 눈길에 용기가 사라지려는 걸 참고 특유의 서늘함을 유지하려고 노력했다.

"오래 기다렸어."

"또 무슨 소릴 하려는 거야?"

차가운 태경의 목소리가 날이 선 것처럼 들렸다.

"동생과 혼례를 올려 줘."

태경은 혹시 했는데 이런 어처구니없는 말을 또 듣자 더욱더 기가 막혔다.

"너……미쳤어? 어떻게 그런 말을 내 앞에서 눈도 깜짝하지 않고 할 수 있는 거야? 너 정말 그렇게 냉정한 여자야?"

진현은 다음 말을 하기 위해 속으로 숨을 한 번 들이켰다. 자신의 심장이 너무 심하게 뛰지 않기를 바랐다.

"그래. 나 냉정하다 못해 심장이 없는 여자야. 아이까지……
지워 버렸으니까."

태경은 처음엔 진현의 말을 이해를 못 했다. 아이? ……그러
나 잠시 후 진현의 말뜻을 새겨 본 그의 안색이 창백하게 변해
갔다.

"아이를…… 지웠다고?"

진현인 태경의 얼굴을 똑바로 보지 못했다. 냉정하게 시선을
옆으로 돌리고 최대한 평정을 가정하고 말하려고 노력했다.

"그래. 내게 아이가 생긴다는 건 말이 안 되잖아. 난 남자로
살아야 되는데 아이 따위가 있으면 가문과 내게 좋을 게 하나도
없으니까."

태경인 지금 앞에서 말하는 여자가 자신이 알던 그녀가 아닌
것 같았다. 입은 거칠었지만, 마음이 여린 진현이었다. 그런 그
녀가 아이 따위라는 말을 하며 자신들의 아이를 지웠다고 하는
걸 믿어야 된단 말인가?

"누구 마음대로! 누구 마음대로 아이를 지운 거야!"

태경이 격하게 진현의 양팔을 세게 잡으며 그녀를 돌려세웠
다.

"날 똑바로 보고 말해! 믿을 수 없어. 네 입에서 그런 말이 나
온다는 걸 믿을 수 없어. 너…… 남궁진현 맞아? 남궁진희인 거
야?"

"나 맞아. 이런 말을 하는데 진희에게 시킬 것 같아?"

진현이 맞다는 건 그도 알았다. 그러나 눈앞의 진현은 낯설었
다.

"믿을 수 없어. 넌 이 제갈태경을 너무 우습게 보는 경향이 있어! 그따위 뻔한 거짓말에 내가 속을 거라 생각해? 내가 직접 널 진맥해 봐야겠어."

"이거 놔! 내 말이 거짓말 같아?"

진현이 최대한 냉정하게 그의 말을 자르며 뿌리쳤다.

"그래! 거짓말이야! 내게 그런 거짓이 통할 것 같아!"

태경이 자신 있게 말하며 진현의 손목을 낚아채 갔다. 하지만 순순히 잡혀 줄 진현이 아니었다. 진현도 고수인지라 금방 태경이 원하는 대로 잡혀 주지 않았다.

"거짓말을 하고 있으니까 순순히 응해 주지 않는 거잖아!"

태경은 확신이 든 듯 멈춰 서서 진현을 노려보았다.

"내 말을 부정하고 싶은 마음은 알겠지만, 그게 진실이야. 좋아. 진맥을 해서 내 말이 사실이면 진희와 혼례를 올린다고 약속해."

태경은 그 말에 불안했지만 진현이 아이를 지웠다는 생각은 들지 않았다.

"……좋아. 그렇게 하지."

그럴 리가 없다고 생각했지만 선뜻 응하기가 겁나기도 했다.

진현이 조금 망설이더니 손목을 내밀었다. 태경인 처음에 자신 있어 하던 얼굴이 점점 굳어지기 시작했다. 진현이 긴장한 채로 손목을 재빠르게 다시 회수했다.

"내 말이 맞지? 네가 한 약속…… 잊지 마."

"어떻게…… 어떻게…… 그럴 수가…… 남궁진현…… 너 대단하다. 가문이 그토록 중요해? 아이도, 나도 네게서 지울 만큼?

그래…… 그게 그렇게도 지키고 싶었단 말이지. 그렇게 원한다는데 소원대로 해 줄 테니…… 제발 눈앞에서 사라져."

태경이 말로 표현 못 할 아픔을 담고 진현을 보고 있었다. 그리고…… 그의 눈동자에 물기가 어른거렸다. 진현의 마음이 미친 듯이 흔들렸다. 그의 아픈 눈을 보고 싶지 않았다. 사실이 아니라고 말하고 싶었다.

진현은 태경이 자신의 말을 믿지 못해 사실을 확인할 거라는 걸 알고 있었다. 그래서 모험을 한 것이다. 진맥을 통해 아기의 맥박 소리를 들을지도 몰라서 진현은 몸속 아기의 기까지 차단하는 위험한 수법을 펼쳤다. 솔직히 될지 안 될지는 자신할 수가 없었던, 처음 펼쳐 보는 수법이었던 것이다. 그런데 그게 통했나 보다. 태경에게 들킬까 봐 재빨리 손목을 빼 버려서 태경은 좀 더 자세하게 진맥할 기회를 놓쳐 버린 것이다.

"약속…… 지킬 거라 믿어."

마지막까지 태경의 가슴에 못을 박은 진현은 자신의 발걸음이 빠르게 보이지 않도록 되도록이면 천천히 걸어서 나가고 있었다. 혼자가 될 때까지 울지 않기 위해 감정을 다스리려고 안간힘을 썼다. 방 안에 혼자 남겨진 태경이 멍하니 그녀의 뒷모습을 보고 있다는 걸 느꼈지만, 감히 돌아볼 엄두를 내지 못했다. 돌아서 가는 진현의 마음도 너무 아파 빨리 사라지고 싶었지만, 눈치 빠른 태경이 서둘러 떠나는 모습을 본다면 의심을 할지도 몰랐기 때문이다.

'미안해, 미안해. 이 빚은 내세에 꼭 갚을게. 날 미워하는 대신에 너무 많이 아파하지 마. 우리 아기 여기 잘 있어. 내가 정

말…… 잘 키울게.'

진현의 마음의 소리를 듣지 못하는 태경의 마음은 갈가리 찢어지고 있었다. 삼월이었지만 그들의 머리 위로 하얗고 소담스런 눈발이 바람에 흩날리고 있었다.

'너무…… 춥구나.'

진현은 몸으로 느끼는 추위가 아닌 이젠 정말 혼자라는 느낌 때문에 너무 외로웠다. 울음을 참으려고 그렇게 노력했지만, 두 눈에선 눈물이 걷잡을 수 없이 흐르고 있었다 서로의 얼굴을 보지 못한 채 가슴 깊이 올라오는 슬픔으로 두 연인은 소리 없는 눈물을 서럽게 흘리고 있었다.

그리고…… 열흘 후…… 아무도 원치 않는 혼례날이 돌아오고 말았다.

제24화
혼례하는 날

남궁세가는 아침 일찍부터 분주했다. 혼례 준비로 며칠 전부터 다들 정신이 없었던 것이다.

혼례로 인해 손님들이 속속 도착할수록 세가는 많은 인파로 붐비고 있었다.

"정말 이 방법밖에 없었나요? 후회하지 않을 자신 있어요?"

여기는 진현의 방이었다. 유란이 안타깝다는 듯이 진현을 보고 말을 걸었다.

"후회는…… 그에게 말을 한 그 순간부터 하고 있었어요. 그래도 되돌릴 순 없어요."

"정말 이해가 안 돼요. 사랑하는 사람을 다른 사람과 혼례를 시킬 만큼 그렇게 가문이 중요해요? 난 절대 이해하지 못하겠어요."

"이해하려고 애쓸 필요 없어요. 이렇게 사는 건 나 한 사람이면 족하니까요……."

"당신을 보면 정말 답답해져요. 친구 하려고 했지만 하기 싫어요."

"나같이 독한 여자와 친구 안 하길 잘했어요. 당 소저는 홍기 형님 놓치지 말고 꼭 잡으세요. 요즘 형님도 무슨 근심이 있는 것 같던데."

"지금 남 신경 써 줄 때예요?"

"도련님, 당 소저의 가족들이 오셨습니다."

바깥에서 하녀의 목소리가 들려오자 진현은 금방 위엄 있는 목소리로 돌아갔다.

"알았다. 곧 간다고 전해 드려라."

하녀가 물러가자 진현은 유란을 향해 씁쓸한 미소를 지어 보였다.

"이번에 혼례가 끝나면 파혼한다고 부모님께 말할 거예요."

당유란이 진현에게 결심했다는 듯이 말했다.

"그래야겠죠."

"어휴, 정말 바보 같아요, 모두들."

한숨을 쉬고 당유란은 가족을 보기 위해 밖으로 나가면서도 진현에게 안타까운 시선을 던졌다.

혼자 남은 진현의 마음은 슬픔으로 물들고 있었다.

'아가야, 오늘은 네 아버지 혼례날이구나. 축하해 줄 만큼 그 정도로 뻔뻔하진 못한가 보다. 마음이…… 너무나 아프구나. 엄마 참 못됐지.'

진현의 쓸쓸한 독백은 아무도 들을 수 없었다. 그녀의 눈은 안개가 낀 듯 뿌옇게 흐려져 가고 있었다.

"당신이 기다려 보라고 해서 기다렸지만 더 이상 기다릴 수 없소. 아무도 하지 않으면 내가 막을 거요. 이대로 당신을 형님에게 보낼 순 없소!"

태준이 진희를 보며 초조한 듯 손을 비비고 있었다.

갑자기 진희가 태준의 입술에 뜨거운 입맞춤을 하며 안겨 왔다. 이른 아침이지만 잔치로 바빠서 언제 사람이 지나갈지 몰라 기를 열어 놓고 있어야 했다. 두 사람의 안타까운 듯한 입맞춤을 먼저 멈춘 건 진희였다. 몸이 달아올라 왔지만 진희는 여기서 더 이상 지체할 수 없음을 알고 있었다.

"나 믿죠? 믿어야 돼요. 당신이 일을 저질러서 내 계획을 망치게 둘 순 없어요. 혼례 끝날 때까지 말해 주지 않으려고 했는데, 지금 말할 테니 잘 들으세요."

그리고 진희의 전음이 시작됐다. 진희의 전음을 다 들은 태준의 안색이 창백해졌다.

"그 방법 외에 다른 방법이 없단 말이오?"

"더 이상 다른 말은 하지 마세요. 지금으로선 이게 우리 모두에게 최선의 방법이에요. 그러니 내게 협조를 해 주셔야 해요. 반드시 그렇게 한다고 말해 주세요. 그렇게 해 주실 거죠? 이대론 우리 네 사람 모두 불행해지는 수밖에 없으니까요."

태준은 형님을 생각하자 진희의 생각을 대놓고 반대할 수가 없었다. 요즘의 형님은 정말 껍데기뿐이라는 걸 느꼈다. 멍하니 말 한 마디 하지 않았다. 누가 말리지 않으면 죽을 만큼 무공 연마만 하고 있을 것 같았다. 그의 눈은 죽은 자의 눈처럼 감정 없이 텅 비어 있었다. 정말 태경인 겉만 멀쩡했지 이미 죽은 사람과 다름없었다. 이대로 가다간 정말 형님이 죽을지도 모르겠다는 생각마저 했던 그였다. 그리고 결정적으로 진희의 단호한 표정은 지금껏 태준이 한 번도 본 적 없는 것으로, 어떤 반대도 할수 없게 만들었다. 하녀가 진희를 찾으러 오자 그들은 급히 헤어질 수밖에 없었다.

"아가씨, 여기서 뭐 하세요? 오늘이 혼례날인 거 아시죠? 빨리 준비를 하셔야지요. 얼마나 할 게 많은데요."

태준은 진희 뒷모습을 바라보며 아무것도 할 수 없는 자신이 무기력하게 느껴져 견딜 수 없을 만큼 화가 났다. 태준의 가슴도 바짝바짝 타들어 가고 있었다.

무림에서 내로라하는 사람들이 모두 모인 잔치였다. 남궁세가는 무시할 수 없는 존재였고, 때문에 청첩장을 받은 사람들도 나름대로 한 가닥 하는 사람들이라고 생각할 수 있었다. 쏟아지는 인파에 정신을 못 차릴 정도로 바쁜 세가였으나 잔칫집답게 활기가 넘치고 있었다.

"홍기야, 얼마 만에 보는 우리 아들이냐."

황보현이 홍기를 얼싸안으며 반가워했다.

"아버님, 소자 심려를 끼쳐 드렸습니다. 건강은 괜찮으십니까?"

"그래. 나야 항상 건강하지. 우리 아들이 보고 싶은 것 말고는."

[어머님은 안 오신 겁니까?]

홍기의 전음이 황보현의 귀에 들려왔다.

[안 그래도 네가 모든 사실을 말했다고 해서 놀랐는데 어떻게 된 일이냐? 네 어미는 아무것도 모른다. 안 오려는 걸 내가 억지로 데려왔는데, 방금 전까진 있었는데 보이지 않는구나. 남궁비헌이 사실을 인정하더냐?]

황보현의 물음에 홍기는 씁쓸한 미소만 지은 채 고개를 가로저었다.

[차라리 오지 않으시는 게 나을 뻔했습니다. 자신이 과거에 사랑했던 남자가 얼마나 매몰차고 인정머리 없는지 모르는 게 나을 테니까요.]

[그 정도냐? 나쁜 놈! 그런 놈에겐 약란이도, 너도 절대 줄 수 없다. 괜히 긴장했구나.]

황보현은 홍기를 친자식으로 생각하고 있었다. 그래서 전서구에 홍기가 모든 사실을 남궁비헌에게 말했다고 했을 때 이제 자식을 뺏길지도 모른다고 생각하니 뭔가 억울하고 서운했다. 지금껏 어렸을 때부터 자신이 곁에서 돌봐 주고 키워 준 아이였고, 피가 섞이기도 했기 때문에 홍기를 대단히 아꼈다. 남궁비헌이 홍기를 인정하지 않는다고 하자 화가 나기도 했지만 안심이 되기도 했다. 혼례 첩지를 받았지만, 오지 않으려 했다. 그러나 남궁비헌의 처 진수아가 여동생을 데리고 꼭 오셨으면 좋겠다고 서신에 얼마나 사정을 했던지 미안한 마음에 할 수 없이 오게 된 것이다.

그는 남궁비헌을 무림맹이나 정파 모임에서 한 번씩 볼 일이 있었지만, 그때마다 마음속에서 일어나는 울분으로 사고를 칠까 봐 그렇게 말을 많이 섞지 못하고 지나치는 데면데면한 사이였다. 자신도 한 가문의 수장인지라 치부가 드러나서 좋을 건 없었기 때문이다.

떨떠름했지만 남궁비헌은 혼주로서 인사를 하기 위해 그들에게 다가오고 있었다. 많은 사람들이 오고 가는 자리라 매우 복잡해서 사람들이 서로 간에 부딪히고 하는 일이 많았다. 갑자기 누군가 자신에게 부딪치며 넘어지려는 걸 급하게 잡아 주었다.

"미안합니다."

"미안……."

회색 승복만 언뜻 눈에 들어왔는데, 그 여승이 자신을 바라보며 놀란 듯이 말문이 막혀 얼음처럼 굳어 있자 그제야 남궁비헌은 자세히 그녀를 볼 수 있었다. 비록 승복을 입고 있었지만, 머리를 깎지 않아 긴 머리가 단정히 묶여 있었고, 눈가의 주름이 거의 보이지 않아 언뜻 보면 아가씨로도 보이는 어디서 많이 본 느낌의 여자였다. 그녀의 눈동자가 그를 보자 울 듯이 커지더니 급하게 본래대로 돌아왔다. 남궁비헌은 그녀의 눈동자에 담긴 눈물을 언뜻 본 것 같아 움찔했다. 자신의 마음이 아프다. 왜 그런 걸까. 모르는 여자인데……. 승복 입은 모습이 어떻게 저리 안쓰럽고도 서럽게 보인단 말인가. 그의 마음 깊은 곳에 파문이 일어났다. 깊게 봉해진 기억의 한 자락이 열리는 것 같았다.

"혹시 저를 아십니까? 저는 여기 남궁세가의 가주 남궁비헌이라고 합니다. 어디서 많이 뵌 분 같이 낯이 익는데."

"남궁비헌…… 좋은 이름이네요. 황보…… 약란이에요."

"황보약란?"

황보약란은 남궁비헌이 다 알고 있으리라곤 생각하지 못하고 본명을 말했다. 그런데 희한했다. 황보약란의 목소리가, 독특한 미성을 가진 진수아와 무척 닮았던 것이다. 하늘 아래 진수아처럼 아름다운 미성을 가진 이가 또 있을 줄이야.

"저는 황보약란이에요."

그 순간 그의 머릿속에서 예전에 들었던 듯한 목소리가 울려 퍼졌다.

그녀의 목소리가 진수아처럼 한 번 들으면 잘 잊히지 않는 그런 미성이라니.

"약란…… 황보약란."

남궁비헌이 충격으로 그녀의 이름을 중얼거리고 있었다. 그는 기억을 잃은 동안 진수아와 목소리가 너무 비슷한 그녀를 무의식중에 진수아로 느꼈을지도 모른다는 데 생각이 미쳤다.

"고모님, 어디 다녀오셨습니까? 걱정했습니다."

홍기가 다가오며 약란을 반갑게 맞이했다. 약란은 정신을 수습하고 홍기를 향해 최대한 밝은 표정을 내려고 노력했지만, 마음은 온통 남궁비헌에게 가 있었다. 오지 않으려 했다. 아니, 오더라도 그와 부딪히지 않으면 된다고 생각했다. 그러나 한편으로 이렇게라도 한 번 보고도 싶었다.

그는 변한 게 없었다. 여전히 수려한 외모에 눈가의 주름만 살짝 있을 뿐이었다. 이제는 그를 보면 흔들리는 소녀가 아니라고 자신 있게 말할 수 있을 줄 알았다. 처음 그를 봤을 때가 18살 때였다. 남궁비헌은 그때 25살이었다. 그러나 그녀는 틀렸다. 자신은 생각보다 더 많이 남궁비헌을 사랑하고 있었나 보다. 아직도 그의 목소리에 심장이 마구 뛰었다. 다만 이제는 감정을 얼굴에 나타낼 정도로 어리지 않을 뿐이었다. 사실 남궁비헌은 약란을 만났을 때 이미 진수아라는 사랑하는 정혼녀가 있었던 것이다. 단지 다쳐서 기억을 상실한 동안 진심으로 대해 준 약란을 다시 사랑하면서 비극이 시작된 것이다. 기억만 온전했어도 약란과 사랑하는 사이는 되지 않았을지도 몰랐다.

남궁비헌의 머릿속이 온통 그녀의 목소리로 울리고 있었다. 머리가 아파 왔다. 수 년째 뭔가 기억이 나려고 하면 덮치던 두통은 황보약란을 직접 보고 목소리를 듣자마자 더욱 심해졌다. 그의 머릿속으로 아련한 목소리와 더불어 봉해진 기억의 한 가닥이 생각나려 하고 있었다.

"약란은 이제 상공밖에 없어요. 사랑해요……."

"약란! 여기 이거 보시오! 이 꽃 당신 주려고 내가 가져왔소!"

"아직 몸도 다 낫지 않았는데 위험하게 꽃을 꺾어 오셨습니까?"

"약란! 다음에 우리 애가 태어나면 이름을 뭐라고 지을까……. 당신의 눈처럼 맑고 깊은 물이 되라는 뜻으로 홍기(泓企)라고 지었으면 좋겠소."

"상공! 정말 좋은 이름이에요."

남궁비헌은 한순간 심한 두통 다음에 떠오른 기억으로 그 자리에서 얼어붙은 듯 서 버렸다. 생각났다…… 약란!

　어찌 그녀를 잊어버릴 수 있단 말인가. 그녀를…… 아마 진수아에게 미안해서 스스로의 기억을 봉인하고 있었던 건지도 몰랐다. 기억을 하려고 하면 할수록 두통이 깊어진 건, 못난 자신이 현실을 마주하기 두려워 도피해 버린 걸지도 몰랐다. 행여 기억하여 진수아가 황보약란의 존재를 알게 되면 자신을 떠날지도 모른다는 두려움 때문에 말이다.

　진수아가 그녀를 이번에 꼭 초대하라고 했을 때 그는 반대했었다. 그러나 진수아는 그의 말을 무시하고 홍기에게 꼭 올 수 있도록 하라고 신신당부를 하면서, 혹시라도 홍기가 말을 하지 않을까 봐 손수 편지까지 써서 보낸 것이다. 진수아는 홍기의 말을 모두 다 믿었던 것이다.

　원래가 마음이 약하고 눈물이 많은 진수아인지라 홍기의 얘기에 많이 울고 나니 황보약란 생각이 더욱 간절히 났던 것이다. 아마도 황보약란이 그렇게 눈물로 세월을 보내고 있었기 때문에 자신들이 벌을 받아 더 자식을 못 낳은 건지도 모른다는 생각이 들었다. 그 때문에 진현이 희생을 하고 있었기에 진수아는 홍기를 보자 용기가 생기면서 자신마저 든든해지는 것 같았다. 가엾은 진현이 때문이라도 홍기가 남궁비헌의 아들이었음 하는 바람이 남궁비헌보다 더 들었다. 젊었을 때라면 질투로 절대 그런 생각을 할 수 없었겠지만, 진현으로 인해 마음고생을 해 온 진수아는 홍기라는 아들을 낳아 준 황보약란에게 남궁비헌 몰래 부인의 자리까지도 내줄 결심을 하고 있었던 것이다.

"남궁가주, 그동안 잘 지내셨소? 여긴 내 아들과…… 여동생 약란이오."

황보현은 겉치레 인사를 했다. 남궁비헌의 마음속에선 소용돌이가 휘몰아치고 있었다. 방금 생각난 약란으로 인해 홍기까지 자신의 진짜 아들임을 이제야 확실히 알게 되었던 것이다. 자신이 지어 준 이름인데 어찌 모를 수가 있단 말인가. 그는 건성으로 인사를 하면서 약란을 뚫어질 듯이 바라보았다.

'그녀는 세월이 지났어도 아직도 기억 속의 그 모습 그대로란 말인가.'

그때처럼 아이같이 순수하고 때 묻지 않은 모습…… 목소리뿐만 아니라 그 느낌마저…… 진수아와 닮았다. 그래서 자신이 기억을 잃은 와중에도 사랑을 느낀 것일까. 나이가 들어도 그는 남자였다. 엊그제 사랑 고백하고 오늘 처음 본 것처럼 가슴이 뛰어왔다. 그때였다. 누군가에게 도착했다는 연락을 받은 것인지 뒤쪽에서 진수아의 목소리가 들리자 남궁비헌의 심장은 쿵하고 내려앉았다. 이제는 기억나지 않는다 할 수 없는 현실이 닥친 것이다. 그녀가 한달음에 가까이 다가왔다.

"반갑습니다. 황보가에서 오셨나요? 어느 분이 황보약란이십니까?"

"제가…… 황보약란입니다만."

약란은 진수아가 자신을 찾자 영문을 몰라 그녀를 바라보았다. 남궁비헌의 부인이 자신이 찾을 일이 있으리라곤 꿈에도 몰랐다.

"당신이군요. 정말…… 보고 싶었답니다."

두 여인은 서로가 인사를 하면서도 이상하게도 목소리가 자신의 목소릴 듣는 것 같아 깜짝 놀랐고, 그건 주변 사람들도 마찬가지였다. 어떻게 이리 닮은 목소리란 말인가? 황보홍기가 처음 진수아를 보았을 때 생모인 황보약란이 떠올랐던 것은 우연이 아니었다. 두 여인의 목소리가 너무나 흡사했던 것이다. 그리고 두 여인은 뭔가에 놀란 듯이 동시에 남궁비헌을 바라보고 있었다.

그녀들을 바라보는 남궁비헌의 표정은 복잡했다. 자신이 자초한 이 상황에 스스로 용서할 수가 없었다. 아무리 목소리가 닮았어도 기억을 잃은 채로 다른 여인과 관계를 맺어 아이까지 갖게 하다니……. 자신으로 인해 두 여인을 오랜 세월 아프게 했다고 생각하니 마음이 너무나 복잡했던 것이다.

진수아는 황보약란보다 3살이 많았다. 약란은 무공을 거의 못해서 누군가가 감싸줘야 될 보호본능을 불러일으켰다. 진수아는 약란을 보자마자 그녀의 맑은 눈동자가 마음에 들었다. 거짓이나 욕심이 없는 눈이었다. 남궁비헌을 바라보자 그가 죄책감과 자기혐오에 빠진 얼굴로 황보약란을 보고 있었다. 그때 진수아는 깨달았다. 남궁비헌 기억이 돌아왔음을! 진수아는 질투가 안 난다면 그를 사랑하지 않는 거라고 스스로 위로하였다. 그리고 황보약란의 손을 잡고 반가운 마음을 전하며 남궁비헌에게 환한 미소를 지어 주며 그를 위로해 주었다. 스스로를 미워하지 말라고, 모두 다 이해한다는 듯이 말이다.

"우리는 아무래도 안채에 가서 따로 얘길 좀 나눠야 할 것 같네요."

진수아의 말에 황보약란은 두려움을 느끼면서 앞장서 가는 부부의 뒤를 따라갔다. 황보현과 홍기도 안색을 굳히며 따라갈 수밖에 없었다.

불과 얼마 전에 황보홍기는 여기 안채에서 자신의 신세 내력을 말했는데, 오늘은 그 관련 있는 사람 모두가 빙 둘러 앉아 있었다. 남궁비헌은 주위를 물리고 아무도 가까이 오지 못하게 해 두었다. 오직 단출한 다과만 내놓은 상태였지만, 모두 먹는 것엔 관심이 없었다.

이번에도 진수아가 먼저 입을 열 수밖에 없었다. 그도 그럴 것이 남궁비헌은 입이 있어도 말을 할 수 없었고, 황보약란은 먼저 뭐라고 할 성격도 아니었다. 게다가 황보현은 괜히 무슨 말을 더 했다가 홍기라도 빼앗길까 봐 입을 꾹 다물고 있었다. 홍기도 어른들이 아무 말도 않는 자리에 자신이 먼저 끼어들 순 없었다.

"약란 동생…… 홍기가 이 사람 아들인 거 알아요."

진수아의 말에 황보약란은 왠지 짐작은 했지만, 그 말을 직접 듣자 눈이 커지면서 심장이 심하게 뛰기 시작했다. 자신은 이미 진수아를 만났을 때부터 남궁비헌이 자신을 진심으로 사랑해 준 게 아니란 걸 느끼고 절망으로 가득 차 버렸던 것이다. 그래도 20년 넘게 그가 한순간이라도 자신을 진짜 사랑했다고 믿으면서 살아온 게 더 나았단 걸 이제야 알았던 것이다. 그러나 자신의 사랑은 깨졌지만, 그의 사랑만이라도 지켜 주고 싶었다.

"미, 미안합니다. 절대로 두 분을 곤란하게 하려던 게 아니었어요. 정말이에요, 저분은 잘못이 없어요. 부인과 제 목소리가 닮아서 절 사랑하는 거라 착각을 해서 그랬다는 걸 오늘에야 알게 되었어요. 절대 절 사랑해서 그런 게 아니니 저분을 탓하지도 마시고 귀찮게 해 드리는 짓도 않을 테니 염려 마세요. 정말입니다."

황보약란은 조용하고 말수도 별로 없는 성격이었다. 지금껏 그녀가 이렇게 말을 많이 한 걸 황보가의 남자들은 본 적이 없었다. 너무나 열심히 사과하는 황보약란 때문에 황보현과 황보홍기의 심기는 극도로 불편해지고 있었다. 남궁비헌은 자신을 두둔해 주고 있는 황보약란을 보는 순간 가슴이 뻐근해지며, 단순히 정말 그녀가 진수아와 닮아서 그런 것인지 몇 번이고 자문하고 있었다.

진수아는 차분히 자신이 사랑하는 남자를 위해 변명을 하는 그녀를 보고 있었다. 필사적일 정도로 남궁비헌을 보지 않고 진수아를 보며 뭐가 두려운지 두 손을 맞잡고 바들바들 떨면서도 자신과 남궁비헌의 사이를 걱정해 주고 있었다. 행여 자신이 사랑하는 남자가 자신으로 인해 상처 받고 힘들어질까 봐 그녀는 진수아게게 애원하다시피 하고 있었다. 그런데 갑자기 진수아가 남궁비헌의 손과 황보약란의 손을 잡더니 두 손을 포개어 주었을 땐 두 사람은 펄쩍 뛸 듯이 놀라 서로의 손을 떼려고 했다. 그러나 의외로 진수아는 공력까지 써 가며 두 사람의 손을 떨어지지 못하게 했다.

"무슨 짓이오, 부인! 이 손 놓으시오!"

남궁비헌이 화가 나서 소리쳤다. 그는 강제로 손을 빼려고 했지만, 잘되지 않았다. 자신이 같이 공력을 일으키면 중간에 무공을 모르는 황보약란이 다칠 수도 있었고, 또 진수아와 공력까지 써 가며 이런 문제로 싸우고 싶지 않았다.

"상공…… 그러지 않아도 돼요. 약란 동생은 너무 오랜 세월 동안 혼자 아파 왔잖아요. 조금은…… 당신의 손길로 한 번쯤은 위로해 줘도 저 아무렇지도 않아요. 당신이 사랑하는 진수아라 는 여자 그렇게 마음이 작지도 연약하지도 않아요. 그러니…… 날 너무 나쁜 여자로 만들지 말아 줘요. 그리고 약란 동생…… 날 언니라고 불러도 돼요. 아니지, 우린 처음부터 친자매처럼 목 소리까지 비슷하니, 아마도 이것도 하늘이 내린 인연인 것 같아 요. 이 시간부터 내가 먼저 말을 놓을게. 그러니 두 사람 아무 사이도 아닌 척 그렇게 있지만, 그건 내 눈에 자칫 위선으로 비 춰질 수도 있다는 걸 알아줬으면 좋겠어."

"그, 그렇지만…… 이분은 정말로 절 사랑한 게 아니에요. 그 러니 그런 오해 푸시고 제발 저를 이대로 돌아가도록 해 주세 요. 부탁입니다."

황보약란은 바로 자신의 손 위에 남궁비헌의 손이 있었고, 그 의 손을 억지로 잡아 누르는 진수아의 손아래에서 바르르 떨리 는 손을 감추고 싶었다. 바보같이…… 아직도 어린애처럼 감정 하나 다스리지 못하고 이렇게 들켜 버리고 말다니…… 스스로가 너무나 못나 보였고 진수아와 남궁비헌에게 미안했다.

"당장, 홍기와 약란 동생을 곤란하게 뭘 어떻게 하자는 게 아 니야. 그러기엔 우리 사정도 만만치 않고, 그저 다만 동생이 오 랜 세월 앓았던 사랑이 지금 이 순간 조금이라도 보답을 받았으 면 해서 그런 거야. 오해하지 마."

진수아의 진실된 마음은 느껴졌지만, 황보약란은 여전히 남궁비헌에게서 아무런 말도, 심지어 눈도 마주치지 않는 그를 느끼며 진수아가 그를 오해한다고 생각했다. 그는 자신을 사랑하지 않았다. 그저 자신이 진수아의 목소리가 닮아서 그렇다는 걸 너무나 잘 알고 있었기에 자신이 여기 두 사람의 사랑에 방해가 된다는 생각에 견딜 수 없는 죄책감을 느꼈다. 그녀는 무공을 모르지만 손을 억지로 잡아 빼려고 했다.

그런데 그때였다. 아무런 말도 않고 눈도 마주치지 않은 그의 손이 빠져나가려는 약란의 손을 살짝 잡았다. 황보약란의 커다란 눈이 더욱 커다래지며 남궁비헌을 쳐다보았다. 자신이 제대로 느낀 게 맞는 건지 그냥 자신이 혼자 오해한 건 아닌지…… 그녀의 눈이 혼란에 빠져 남궁비헌을 바라보았다. 진수아는 금방 그 차이를 느끼고 자신의 공력을 거둬들이고 두 사람이 좀 더 손을 꼭 잡을 수 있도록 자신의 손을 빼려고 했다. 그런데 남궁비헌의 또 다른 한 손은 진수아의 손을 꽉 잡고 놓지 않았다. 우습게도 남궁비헌은 진수아가 손을 놓고 물러나는 것도, 황보약란이 손을 빼려는 것도 허용하지 않았다. 그런 스스로에게 혐오감이 들었지만, 지금은 그냥…… 이 상태로 있고 싶었다. 두 여자 중 누구도 자신으로 인해 마음이 다치는 걸 볼 수 없었다. 단지 그뿐이었다.

자신이 황보약란을 진심으로든 아니든 한때 관계를 맺은 여인이란 건 변함이 없었고, 진수아는 자신의 일생을 걸며 딸의 인생까지 망치도록 사랑한 여인이었던 것이다. 스스로가 참 못났다는 걸 자각하며 느끼는 혐오감은 더욱 깊어졌지만, 포개진 두 여인의 손은 그에게 따뜻한 온기를 주고 있었다. 세 사람은 그렇게 한동안 움직이지 못했다.

그 모든 것을 지켜보는 황보현과 홍기는 세 남녀의 일에 한마디도 하지 못한 채 그냥 지켜만 볼 수밖에 없었다. 두 사람은…… 이 순간만큼은 세 남녀에게 있어 이방인이었다. 그들의 문제는 그들 스스로 풀어야만 했던 것이다. 황보현은 자신이 뭐라고 간섭할 시기는 예전에 지났다는 걸 알고 있었다. 하려면 그때…… 홍기의 아버지가 누군지 알았을 때 그때 했었어야 했다.

황보홍기는 황보약란의 얼굴에서 고통과 회한을 보다가 다시 조금이라도 기뻐하는 기색을 보니 자신의 존재가 그냥 잘못 태어난 존재는 아닌 것 같아 마음이 한결 편해졌고, 이런 모든 일을 적극적으로 받아들이며 자신의 어머니와 생부를 연결해 준 진수아의 존재가 다시금 위대하고 존경스러워졌다. 그녀는 충분히 한 남자가 모든 걸 걸 정도로 사랑스러운 여인이었던 것이다. 그리고 보니 한 남자를 사랑하는 두 여인은 목소리뿐만 아니라 분위기, 생김새도 어딘가 닮은 것도 같았다. 저 사람은…… 자신의 어머니를 정말 사랑했을까? 지금의 정황으론 아마도 기억을 잃은 그가 진수아로 착각했을 확률이 더 많아 보였지만, 홍기는 나중에라도 꼭 그걸 물어보고 싶었다. 그러나 홍기는 그 답을 영원히 못 들을지도 몰랐다. 왜냐면 당사자인 남궁비헌도 자신의 마음을 정확히 무엇인지 정의 내리지 못했기 때문이었다.

유란은 진현의 방에서 나오면서 도저히 이해할 수 없다고 생각했다. 자신은 절대 저렇게 살지 않을 것이다. 그래, 난 좀 이기적이야. 가문? 그런 거 알 게 뭐야! 나 말고도 잘 돌아가는데. 내가 싫어서 혼약을 파한다고 해도 아무도 의심도 안 할 것이다. 또 변덕을 부린다고 혀를 차며 혼을 내긴 하겠지만, 자신이 아니라는데 억지로 시키진 않을 거라는 단순한 생각을 하는 그녀였다.

"당유란!"

갑자기 자신을 부르는 소리에 유란의 고개가 들렸다.

"오라버니!"

유란은 반갑게 달려가 당소진의 품에 덥석 안겼다. 자신은 남궁진현처럼 그런 고민을 할 줄도 몰랐고, 고맙게도 자신에겐 진짜 오라버니가 있었다. 당소진은 다음 세대 당문의 가주가 될 인물이었다. 집안이 원래가 큰 키인지 훤칠한 키에 시원시원하게 생겼다. 눈매가 좀 날카로워 보이는 것 외엔 전체적으로 까무잡잡한 얼굴에 야성미 넘치는 남자답게 생긴 얼굴의 미남이었다.

그가 오룡삼봉에 들지 못한 이유는 워낙 독에만 치중하다 보니 세상에 잘 나가지 않았고, 그리고 한 번씩 모습을 드러내면 너무 독한 살수에 사람들의 평판이 썩 좋지만은 않았기 때문이다. 그런데 무룡이 빠진 자리에 요즘 그가 슬며시 거론되고 있었다. 독룡으로 말이다.

"너 어디에 정신을 팔고 다니기에 내가 불러도 대답을 안 해?"

그가 유란의 머리를 쥐어박았다. 그는 막내 동생 유란을 좋아했다. 나이 차가 좀 나서 더 귀여웠다.

"아얏! 오랜만에 만났는데 오라버니 눈엔 내가 어린애로 보여?"

유란은 당소진을 오랫동안 집에서도 보지 못했었다. 그는 독에 관계되는 무공을 익히기 위해 10대고수인 자신의 할아버지와 묘족들이 사는 남만에 다녀왔던 것이다. 그래서 그런지 얼굴이 예전보다 더 까무잡잡하게 변해 좀 더 야생의 향기가 났다.

"안 보는 새 철 좀 들었나 했더니 그대로구나."

"헤헤…… 갔던 일은 잘됐어?"

"그래, 원하는 걸 구하기는 했는데…… 워낙 양기가 센 놈이라 걱정이야. 이번에 익힐 독공이 당문에서 책으로만 전해지고 아무도 아직 못 익힌 거잖아……. 우리가 만년화린(만년을 산다는 영물 물고기)을 잡은 건 정말 운이 따랐기 때문이야. 그놈의 독 기운은 우리가 당문이 아닌 일반인이었으면 벌써 한 줌의 독수로 녹아내렸을 테니 말이야."

"그럼, 잡긴 잡은 거구나!"

당소진의 입꼬리가 말려 올라가며 환한 웃음을 지었다.

"그래! 할아버지와 내가 잡았어."

"정말, 잘됐다. 어떻게 할아버지와 남궁세가로 바로 오신 거야?"

"그래, 그놈을 좀 더 연구해서 독 기운을 완화시킬 실마리를 찾아야 해. 그런데 마침 혼례로 인해 제갈가의 가주님이 여기 계신다니 해박한 지식에 도움을 요청하실 것 같더라. 어차피 초대 받았는데 다시 당문으로 갔다가 오기도 뭐 해서 겸사겸사 잡자마자 바로 오게 된 거야. 정말 지독히도 뜨거운 놈이었어. 떠나기 전 할아버지가 말씀하신 독공을 완전히 익히지 않았으면 되레 내가 그놈의 독에 당했을 거야."

"와! 그 정도였어? 정말 내 오라버니지만 정말 대단하고 멋진 오라버니라서 어디 가서 막 자랑하고 싶을 정도야!"

"녀석, 아부하고는……. 또 무슨 부탁이 있어서 내게 잘 보이려고 하는 거야?"

"헤헤헤. 아냐, 그런 거. 그냥 이렇게 든든한 오라버니가 있어서 좋아서 그래, 정말이야. 부모님은 안 오셨어?"

"남궁 가주님을 뵙는다고 가셨어. 너도 이제 혼례를 올릴 때가 됐잖아."

"얘기가 나왔으니 말인데 나……혼약 파하려고."

"뭐라고? 무슨 일 있었어? 그놈이 바람이라도 피웠어?"

당소진의 눈빛이 차갑게 변하면서 되물었다.

"아, 아니! 그게 아니라…… 내가 마음이 변했어."

"마음이 변해? 너 혼약이 무슨 어린애 장난인 줄 아니? 너도 그 정도는 알고 있다고 생각했는데."

"몰라, 아무튼 남궁진현같이 서늘한 남자하곤 평생 살기 싫어. 차라리 홍기 사형이 낫지."

"황보홍기? 너 혹시 그를 좋아해서?"

"몰라, 몰라……. 아무튼 있다가 부모님께 말씀드릴 테니 내 편 들어줘야 돼."

"어휴, 내가 참……. 어쩐지 무슨 꿍꿍이로 아부를 하나 했더니……. 철 좀 들었나 했던 내가 바보다. 쯧쯧쯧……."

당소진이 혀를 차면서 보자 유란의 입이 삐죽거렸다.

"그게 아니라니깐!"

'어떡하지, 홍기 사형을 좋아하는 걸로 오해를 해 버렸는데…… 그래도 그게 낫지.'

"내 동생…… 너무 예쁘다……."

진현은 진희와 같이 있었다. 붉은 혼례복에 금색이 수놓아져 있고, 머리는 예쁘게 올림머리를 하고 있었다.

"언니, 지금이라도 늦지 않았어. 사실을 밝히자."

진현의 고개가 슬픈 듯 가로저어졌다.

"그럴 수 없어. 네게 미안해. 처음부터 그가 나를 사랑하게 할 게 아니라 널 사랑하게 했어야 했는데."

"그런 말이 어디 있어. 이대론 정말 후회할 거야."

"그러겠지. 그래도 안 되는 건 안 되는 거야."

"휴우, 언니 뜻대로 할게. 그렇지만 나 언니 평생 원망할 거야."

"그래, 그렇게라도 해. 그래야 내 죄책감도 덜하지."

"아가씨, 시간 다 되었습니다."

하가 혼례 시간이 다 되었음을 알려 왔다.

"나 무섭고 떨려. 제갈태준에게도 미안하고……. 나 좀 안아 줘."

진현은 그제야 다른 사람도 자신 못지않게 아프고 슬퍼하고 있다는 걸 알았다.

'자신의 감정만 생각하다니. 정말 최악이구나.'

진현은 미안한 마음에 진희를 더욱더 꼬옥 안아 주었다.

혼례 시간이 되었다. 태경은 멍하니 아무 생각도 없었다. 시중드는 하인들이 붉은 혼례복을 입혀도 아무런 힘이 없는 것처럼 시키는 대로 하고 있었다. 그의 눈은 공허해 생기를 잃은 지 오래된 것 같았다. 오늘이 혼례라는 것도 인식하지 못하는 듯했다. 식장에 도착한 태경의 초점 없는 눈이 누군가를 발견하자 생기를 띠었다가 급속도로 굳어졌다.

남궁진현은 진희를 부축해 나오고 있었다. 마치 깨어지기 쉬운 물건을 다루듯이 애지중지 혼례복을 입힌 진희를 세심하게 데려오고 있었다. 일부러 그를 외면하고 있는 게 느껴질 만큼 진현은 태경을 전혀 볼 생각을 하지 않았다. 그녀는 온통 남궁진희에게 온 신경을 쏟고 있는 것처럼 보였다.

'야속한 여자…… 마지막일지도 모르는데 눈길 한 번 안 주는구나.'

쓸쓸함으로 인해 더욱더 마음이 아파 왔다. 예식이 시작되고, 천지신명께 삼배를, 그리고 부모님께 삼배. 혼례는 너무나 허무하게 금방 끝나 버렸다.

'남궁진현…… 너와 난 이제 정말 끝이구나.'

태경은 진희와 붉은 천을 나누어 잡고 천천히 걸어 나가고 있었다.

가슴속에서 뜨거운 무엇이 올라오는 것 같았다. 갑자기 이 모든 것을 걷어차 버리고 남궁진현이 자신의 여자임을 밝히고 싶었다. 남궁진현이 그의 시선을 외면한 채로 먼 곳을 보고 있었다. 밝은 얼굴은 아니었다. 그녀의 얼굴도 어두워 보였다.

'날 사랑하긴 한 거야?'

태경은 입 밖으로 튀어나오려는 말을 힘겹게 삼켜야 했다.

평소 술을 잘 먹는 태경이었지만 오늘따라 심하게 많이 마셨다. 주는 사람들의 술을 한 번도 거절하지 않았고, 자신이 찾아서 더 먹었다. 도저히 맨 정신으로 신방에 들어갈 수가 없었던 것이다.

내공으로 취기를 없애지도 않았다. 비틀거리는 그를 누군가 신방에 데려다 주었다. 사람들의 웃음소리가 오늘따라 더 듣기 싫었다.

"나…… 왔어."

신부는 얌전하게 앉아 붉은 천을 두른 채 그를 기다리고 있었다.

"남궁진희…… 너라도 그러지 말았어야지. 그녀의 말을 듣지 말았어야지."

취기로 인해 꼬인 혀로 진희를 원망하는 태경이었다.

"……."

진희는 말이 없었다.

"나아쁜 여자……. 나아쁜…… 남궁진현. 그래…… 네 소원대로 나 혼례했다. 이제 만족한 거야? 첫날밤까지 치러야 진짜라고? 좋아, 좋다고 그래 주지……. 뭐 어때? 소싯적에도 여자들과 잘만 놀아났는데 못 할 것도 없지."

주정을 부리며 비틀거리는 걸음으로 진희에게 다가가 얼굴을 가린 붉은 천을 걷자 진현과 똑같이 생긴 진희가 거의 울 것 같은 표정으로 그를 보고 있었다. 진현과 너무 똑같은 그 얼굴에 태경은 흠칫했다. 찰나의 순간 진현으로 보여 술이 확 깨는 것 같았다. 진희가 눈물을 머금고 태경을 보고 있었다. 그제야 자신뿐만 아니라 진희도 싫었을 것이라는 데 생각이 미쳤다.

"미안해, 정말 미안해. 내가 너무 내 생각만 했어. 너라고 좋아서 그런 것도 아닌데, 언니나 나나 정말 밉지? 그래도 언니보단 날 더 많이 미워해. 어쩌면 그 여자 겉으론 아무렇지도 않은 척해도 홀로 가슴이 썩어 문드러지고 있을지도 몰라."

진희의 눈에 고인 눈물이 흘러내렸다. 진현을 원망하는 마음이 크면서도 아직도 진현을 두둔하는 그의 모습이 바보 같으면서도 감동스러워서 그랬을까? 쌍둥이라서 그런지 진희의 그 모습이 또다시 진현처럼 느껴져 태경은 몸이 떨려 왔다. 마치, 마치…… 그날처럼……. 나를 죽여 달라고 했던 그날 밤 진현의 눈처럼 태경의 마음을 쑤셔 대는 것 같았다. 설마…… 설마?

태경은 떨리는 마음으로 그녀의 손을 천천히 잡아갔다. 몸이 따끔거리는 느낌이 났다. 그의 몸의 떨림이 점점 더 짙어졌다. 그 느낌에 용기를 내어 이번엔 조심스럽게 그녀의 붉은 입술에 살짝 자신의 입술을 대어 보았다. 그리고 그는…… 다음 순간 그녀의 입술에 격하게 자신의 입술을 마주 대었다. 그녀였다. 자신을 그토록 절망하게 만든 그녀의 느낌이었다. 입맞춤하던 태경은 그녀가 꼼짝을 하지 않자 그제야 뭔가를 느낀 듯이 그녀의 혈도를 풀어 주었다.

"언제부터 바뀐 거야?"

"혼례 올릴 때부터."

"왜 말해 주지 않았어?"

"진희가…… 나를 속였어. 안아 달래서 안아 주다가 혈도를 찍히는 바람에."

"이젠 돌이킬 수 없어. 넌 나와 혼례를 한 거야. 처제에겐 내가 평생 고맙다고 할게."

태경의 목소리는 정말 고맙고도 기뻐서 떨리고 있었다.

"내가 밉지 않아?"

"미워. 아기는 평생 가슴의 한으로 남겠지만, 그것마저도 너를 포기하게 할 수는 없었어."

"미안, 미안해. 사실…… 아기는 무사해."

"뭐……라고?"

놀란 태경이 진현의 손목을 잡고 다시 진맥을 하였다. 그리고 얼굴에 서서히 퍼지는 기쁨을 보며 진현은 사실대로 말하길 정말 잘했다는 생각이 들었다.

"고마워, 정말 고마워. 역시 넌 그럴 여자가 아니었어."

"차마 그렇게 하진 못했어. 너와 나의 아기이니까."

제갈태경의 기뻐하는 얼굴과 대조적으로 진현의 얼굴은 아직도 어두운 채였다.

"마냥 기뻐할 수가 없는 게, 진희가 나로 가장하고 살아가야 되잖아. 부모님이 금방 눈치채실 거지만 되돌릴 수 없다는 걸 알겠지. 진희가 나 때문에 희생이 커. 어쩌면 나 대신 평생을 남자처럼 하고 살아야 하는데."

"그렇군. 태준이 녀석 많이 아파하겠군. 두 사람을 위해서 우리도 방법을 찾아보자. 염치없게도 난 너라서 너무 좋아."

태경의 입술이 천천히 다시 뜨겁게 그녀의 입술 위에 포개어졌다. 진현의 목 깊은 곳에서 전율에 잠긴 신음 소리가 터져 나왔다.

그의 손에서 지풍이 쏘아지더니 촛불이 꺼지고 이내 방은 컴컴한 어둠의 장막을 둘렀다. 그의 손이 다급하게 그녀의 혼례복을 벗겨 가고 있었다. 그러나 진지하고 다급했던 그는 혼례복으로 인해 기어이 욕을 하고 말았다.

"뭐가 이렇게 복잡하게 많이 입은 거야! 젠장!"

다급한 그의 마음과는 달리 옷은 벗겨도, 벗겨도 양파껍질처럼 또 있었다. 태경의 몸은 다시는 못 볼지도 모를 진현을 만나자 더욱더 뜨겁게 불타오르고 있었지만, 진현의 속살을 보기까진 험난한(?) 여정이 남아 있었다.

제25화

납치된 남궁진희

　한편, 태준은 못 먹는 술을 너무 많이 마셨다. 술기운이 온몸을 휘감아 돌았다.

　다른 사람들 모두가 잠들 시간 신방도 곧 불이 꺼질 것이다. 절망감이 밀려왔다.

　술꾼들도 거의 쓰러져 잠이 들고, 사방이 점점 조용해지는 것 같았다. 병째로 마시는 술을 누군가의 손이 잡았다.

　보지 않아도 누군지 알 수 있었다. 고개를 들지 않고 술병을 잡은 손을 겹쳐 꽉 잡아 버렸다. 고개를 들어 보니 남장한 진희가 태준을 슬픈 듯 보고 있었다. 두 사람 다 잡은 손을 통해 온기를 느끼면서 떨어질 줄 몰랐다.

　[이러지 마세요. 몸 버려요.]

　누군가에게 들킬까 봐 전음으로 마음을 전해야 했다.

[……당신이 이렇게 평생을 살아야 된다면…… 나도 평생 혼자 살 거요.]

태준의 전음이 진희의 몸을 전율케 했다. 눈물이 나려는 걸 꾸욱 참았다. 자신은 이제부터 남궁진현인 것이다. 언니가 지금껏 그렇게 살았으니 이제부턴 자신이 그렇게 살아가면 된다고 생각했다. 제갈태준만 아니면 덜 힘들었을 텐데.

[바보 같은 생각 말아요.]

[당신을 닮아 나도 바보가 되어 가는 것 같소.]

두 사람을 신경 쓰는 사람은 없는 것 같았다. 오늘은 남궁세가의 큰 경삿날이다. 세가의 모든 윗분들을 비롯해 친지들과 무림의 명숙이 모인 자리였다. 그러나 잔치가 파하고 외부인은 대부분 급히 갔지만, 세가의 사람들은 하룻밤을 자고 내일 가는 사람들이 더 많았다.

[둘 다 바보로군요.]

[그래서 천생연분인 줄 알았소.]

[그래도 내가 당신 형님과 혼례를 올리는 것보다는 이게 더 나아요.]

[알고 있소. 그래도…… 마음이 아픈 건 어쩔 수가 없소.]

[사람들이 이상하게 보겠어요. 이제 가서 쉬세요.]

태준이 아직도 진희의 손을 겹친 채 잡고 있었다. 그녀의 온기를 놓치기 싫었던 것이다. 살짝 손을 빼는 진희였다. 태준이 일어서면서 비틀거리자 진희가 재빨리 부축했다. 태준은 일어서자 더욱 심하게 비틀거렸다. 그녀의 몸이 자신의 옆에 있지만 안을 수 없어 이렇게라도 체온을 느껴야 한다는 게 미칠 것 같은 그리움을 주었다. 방까지의 거리가 왜 그렇게 가까운지…….

취기가 올라 비틀거리는 태준을 침대에 뉘었다. 털썩 쓰러지듯이 눈을 감는 그를 진희는 안타까운 듯이 쳐다보다가 이불을 덮어 주곤 한참을 보고 서 있었다. 그는 잠든 것처럼 감은 눈을 뜨지 않았다. 술이 과했나 보다. 잠든 그의 얼굴은 남자치고는 긴 속눈썹이 드리워져 슬퍼 보였다. 아쉬운 듯 그를 보고 진희가 가려 했다. 가냘픈 그녀의 손목을 덥석 잡는 그의 커다란 손이 보내기 싫은 듯 꼬옥 잡고만 있었다.

진희는 울음이 터질 것만 같았다. 한 손으로 얼굴을 가린 태준의 얼굴 위로 반짝이는 물기를 본 것 같아 그녀도 눈물이 났다. 그러나 어느 순간 천천히 빼는 손을 태준은 더 잡지 못하고 놓아줄 수밖에 없었다.

이렇게 마냥 있고 싶었지만 현실로 돌아와야 했던 것이다.

[제갈태준…… 안녕. 영원히…… 사랑해요.]

진희가 마지막 전음을 끝으로 밖으로 나가며 문을 닫아 버리자 태준이의 감춰진 팔이 내려오면서 그의 얼굴이 보였다. 너무나 아팠지만 눈물을 그녀에게 보이고 싶지 않았다.

'당신은 나쁜 여자요. 사랑하게 만들어 놓고 이렇게나 아프게 하다니.'

그의 슬픈 독백이 허무하게 가슴으로 메아리쳤다.

태경은 진현의 아름다운 몸을 고생(?)한 끝에 겨우 볼 수 있었다. 예전에 동굴 속에서처럼 혼례날도 옷을 찢어 버리고 싶은 걸 간신히 참았다. 그가 진현과 한 몸이 된 게 처음은 아니지만,

그렇다고 몇 년을 산 부부도 아니기에 이미 그녀의 몸이 주는 전율을 경험한 그가 더 이상 참기란 여간 어려운 게 아니었다. 초인적인 인내심을 발휘하고 그녀의 가슴을 만지자 그 기쁨이 더욱 컸다. 원래 얻기 힘든 먹이가 더 맛있게 느껴지는 법이라고 했던가. 그의 입술은 다신 못 만날 줄 알았던 그녀를 보자 감개가 무량하여 굶주린 듯 그녀에게 입맞춤하고 말았다. 그러나 곧 그는 처음과 달리 가슴을 천천히 조심스럽게 혀로 애무하기 시작했다. 지금은 거의 아물었지만 그래도 흉터가 남아 있는 그녀의 가슴은 언제 봐도 안타까웠다. 한동안 입술이 그곳에서 원을 그리며 머물다가 천천히 밑으로 내려왔다. 진현은 그의 입술이 자신을 애태우듯 전신을 돌아다닐 때마다 미친 듯이 휘감는 전율로 몸을 바르르 떨렸다.

"그만해…… 힘……들어."

진현이 마침내 참기를 포기했다.

"뭐가…… 힘든 거야?"

태경의 손이 그녀의 배꼽을 사랑스러운 듯 한참을 헤매더니 점점 밑으로 내려왔다.

"나빠…… 그런 걸 물어보고."

"듣고 싶어…… 말해 줘."

진현은 본능이 시키는 대로 몸을 내맡기고 있었다.

"그렇게 해 주는 게 좋아. 입술이 지나갈 때마다 몸이 짜릿하면서도 화끈한 게 견디기 힘들어."

"이렇게 하는 건 어때?"

그의 입술이 그녀의 가슴을 자근자근 씹으면서 빨아 대더니,

한 손은 그녀의 허벅지 사이의 검은 숲을 쓰다듬기 시작했다. 그녀의 몸이 다시 화끈거렸다.

"그리고 또 이건 어때?"

이번엔 그의 입술이 그녀만의 검은 숲까지 내려오더니, 숲속 깊은 그곳에 고여 있는 은밀한 우물 속 깊이 혀를 넣어 두레박질하듯 저울질하며 마시기 시작했다.

"그, 그만해!"

진현은 그의 동작에 펄쩍 뛸 만큼 놀라 자신도 모르게 벌떡 일어날 뻔했다.

"후후후…… 너 말 안 하면 더한 고문도 할 수 있어……. 말해 봐, 어느 게 더 좋아?"

"시, 싫어. 부끄럽게 어떻게 그런 걸 물어!"

"싫어? 사랑하는 우리 부인이 싫다는데 할 수 없지. 아쉽지만 관둬야지, 뭐."

갑자기 태경이 진현에게서 멀어지려고 하는 듯이 얼굴을 들자, 진현은 그의 체온이 떨어지는 허전함이 견딜 수 없을 만큼 싫었다.

"두, 둘 다 좋아!"

진현이 어둠 속에서 얼굴을 붉히며 말하자 태경이 승리한 듯 입가에 미소를 그렸다. 진현으로부터 좋다는 말을 들은 태경은 본격적인 탐험을 하듯 그녀의 깊은 그곳으로 다시 얼굴을 묻기 시작했다. 그녀의 모든 것이 사랑스럽고 소중했기에 가랑이 사이의 깊고 어두운 숲을 지나 수줍은 듯 삐져나온 분홍빛에다 싫증 내지 않고 입을 맞추며 소중히 그곳을 오물거리며 물고 빨았다. 그로 인해 점점 깊이 채워지는 샘물은 드디어 넘쳐흐르며 그녀를 깊은 쾌감으로 몰고 가 흐느끼게 만들었다.

태경은 자신의 욕심을 진심으로 뒷전으로 미루고 진현을 실신 직전까지 애무한 다음, 그제야 자신도 나신으로 변했다. 군살 없는 복부와 자잘한 근육으로 다져진 아름다운 몸이 나타났다. 그리고 태경이 그녀와 한 몸이 되려는 순간…… 욕망으로 인해 까맣게 빛나던 태경의 눈동자가 갑자기 날카로워졌다. 뒤이어 진현과 눈을 마주치자 진현의 눈동자도 몽롱하던 상태에서 뚜렷하게 변하고 있었다.

"제기랄! 어떤 놈인지 가만 안 둬!"

태경의 입에서 욕지거리가 튀어나왔지만, 그걸 무시하고 진행하기엔 그 소리가 심상치 않았다. 더욱이 남궁세가에서 이런 날 소란을 피우는 인물이라면 보통이 아닐 것이라는 걸 알기 때문이다. 대체 남궁세가에 무슨 일이 일어나고 있단 말인가.

도착한 두 사람이 본 것은 세가의 담을 넘어 들어오고 있는 정체불명의 많은 무리들이었다. 사람들이 진현과 태경에 뒤이어 우르르 쏟아져 나오고 있었다. 그들은 가슴에 마(魔)라는 글자를 새긴 검은 옷을 입은 무리들이었다.

이미 남궁가의 무사들도 비상을 알리고 곳곳에서 무리에 맞서 칼을 빼어 들고 있었다.

"웬 놈들이냐!"

가주 남궁비헌이 형형한 안광을 비치며 정체불명의 무리들을 노려보고 있었다. 긴장감이 흐르는 그곳에 진현과 손을 섞은 적이 있는 장로 3명과 본 적 없는 평범한 얼굴의 젊은 남녀 한 쌍, 20구쯤 되는 강시들이 있었다. 강시들은 일당백의 무력을 행사한다고 알려져 있었다. 반면 남궁세가는 천 명쯤 되는 식솔들이 있었지만 무사들이 700명쯤, 그 외 세가의 친지들과 부녀자들이 300명쯤 되는 숫자였다. 마교의 무리들이 얼마만큼 온 것인지, 여기 온 300명 정도가 다인지 아니면 담장 너머 어딘가에 무리가 더 있는지 파악이 되지 않았다.

"잔치가 있다길래…… 잔치 음식 좀 얻어먹어 볼까 해서."

박여시가 어슬렁거리면서 천천히 앞으로 나왔다.

태경은 소리 나도록 이를 갈고 있었다. 다른 때도 아니고 첫날밤! 그것도 결정적일 때 이놈들이 나타나 방해하다니.

'절대 용서 못 해!'

[저놈은 마교의 장로인 박여시고, 옆에는 10대고수 중 한 명 우장한, 또 한 놈도 마교 장로 진승남이야. 예전에 당유란을 구할 때 마주친 놈들이야. 그날 날 다치게 한 놈들이야.]

진현의 전음이 들리자 태경은 분노가 더욱더 끓어오르는 걸 느꼈다. 안 그래도 볼 때마다 진현의 가슴의 흉이 마음에 걸렸는데.

"백여시, 짐승남! 너희 둘은 절대 오늘 무사하지 못해!"

"이것들이! 내 이름은 진승남이란 말이야! 똑바로 부르지 못해!"

"내 이름은 박여시다. 요즘 젊은 것들은 왜 이렇게 머리가 나쁜 거야. 가르쳐 준 걸 그새 잊다니."

이상하게도 진현이 똑바로 가르쳐 주었는데도 태경도 잘못 불러 버린 것이다. 마두들은 진현이 그렇게 잘못 가르쳐 줬다고 생각해서 더 화가 많이 났다. 이런 걸 두고 부부일심동체라고 하던가?

"시끄럿! 그거나 그거나 차이도 없구만. 잔말 말고 이거나 받아!"

태경의 몸이 보이지 않는 속도로 앞으로 쏘아져 갔다. 왜 왔는지 관심 없었다. 아니, 물을 필요도 없었다. 분명 좋은 의도로 오지 않았다는 걸 알고 있었기에 태경은 속전속결을 택했다. 그들의 목적이 뭐든 간에 자신이 있는 한은 뜻을 이루지 못하게 만들 것이다. 빨리 해치우고 얼른 아까 마저 끝내지 못한 첫날 밤을 치르고 싶은 생각이 아마도 가장 큰 이유인 것 같았다.

진승남이 깜짝 놀라 최대한 빠른 경공으로 뒤로 물러났다. 물러난 자리에 커다란 폭음과 함께 구덩이가 생겼다.

'뭐 이런…… 괴물 같은 놈이 다 있어?'

자신이 조금만 늦었더라면…… 식은땀이 등골을 타고 흘러내렸다. 태경의 공격은 그만큼 그에겐 충격을 안겨 줬다.

제갈태경을 선두로 모두들 일제히 싸우기 시작했다. 강시들이 갑자기 움직였다. 사람들은 도검으로 아무리 강시를 내리쳐도 흠집 하나 나지 않자 당황하기 시작했다.

"비켜라."

남궁비헌의 칼이 매섭게 강시를 베어 갔다. 역시 10대고수였다. 일반 무사들이 휘두른 칼은 상처 하나 입히지 못했는데 그의 칼은 팔을 잘랐다. 그러나 팔이 잘려도 시체인 그들이 멈출 리는 없었다. 팔이 잘린 채 그대로 다시 덤볐다.

한편 진승남과 박여시가 동시에 태경을 공격하고 있었지만, 어딘가 모르게 태경은 여유가 있었다. 진현은 진희의 연검을 방에 두고 나왔고, 자신의 칼은 진희가 가지고 가 버려 급한 김에 옆에 무사의 칼을 빌렸다. 진현은 사람들이 자신을 진희로 알고 있어 제왕검법을 쓸 수가 없었다. 진희를 찾아보았지만 웬일인지 보이지 않았고, 태준마저 보이지 않았다. 서서히 걱정되기 시작했다. 이렇게 소란스러운데 안 보인다? 둘이 혹시 따로 있다면 좋겠지만.

진현은 아까부터 팔짱을 끼고 말없이 서 있는 젊은 두 남녀가 신경 쓰였다. 평범한 옷을 입은 두 남녀는 마교인답지 않게 눈빛이 깊고도 깨끗해 보였다. 그래서 더 근접하기 힘든 분위기가 풍겼다.

그녀는 경계심을 풀지 않고 그들을 지켜보는 한편 태경이 무사한지도 간간이 확인하고 있었다. 혼례복 대신 아침에 입으라고 준비해 둔 옷을 입고 나온 진현은 치마가 거치적거렸다. 새색시가 입어야 될 옷이었다. 그런데 태경과 2명의 마두 싸움에 지켜보던 우장한마저 끼어들자 진현이 다급하게 태경에게 다가갔다.

"왜 왔어? 나 혼자서도 충분해. 구경이나 하고 있어."

태경의 목소린 진현이 걱정하는 것 하곤 거리가 멀 정도로 여유로웠다. 10대고수 세 명을 동시에 상대하는 것과 같은데 태경은 전혀 밀리지 않았다. 태경인 진현이 생각하는 이상으로 강한 고수인 것 같았다. 그는 요 근래 매일 미친 듯이 무공 연마만 한 탓에 무공이 한층 높아져 있었다. 안심한 것도 잠시, 진현은 어머니에게 갔다.

어머닌 홍기와 같이 어떤 사람을 보호하고 있었는데 단순한 손님이라 생각했다

진수아는 홍기와 황보약란을 지키고 있었다. 황보현은 혼례가 끝나고 먼저 갔지만, 얘기가 어떻게 오고 간 건지 홍기와 약란은 일단은 세가에 머물러 있었다. 진수아가 며칠만이라도 머물러 달라고 강력하게 요청했기 때문이다. 어차피 혼례 다음이라 며칠 머무는 사람들이 많을 것이기에 다른 이유를 만들 필요도 없을 것이고, 이상하게 생각하는 사람도 없다는 그녀의 말은 틀린 말이 아니었다.

황보약란은 세가에 머무는 첫날부터 자신이 짐이 되는 것 같았다. 한사코 가려고 했지만 이제는 가고 싶어도 마음대로 갈 수 없다고 했다. 놀란 황보약란이 남궁비헌을 보자, 그가 예전의 익숙한 그리움을 담은 눈으로 자신을 바라보고 있었다. 그에 가슴이 떨려서 더 이상 거절할 수가 없었다. 그의 눈빛은 예전이나 지금이나 자신을 거절할 수 없게 만들었다. 그리고 무엇보다 홍기가 이제는 행복해졌으면 하는 마음이 컸다. 정식으로 인정을 받진 못해도 엄연히 이 집안의 사람임을 인정해 주고 사랑받길 원했다. 눈치 보며 친부의 사랑을 갈망하며 살아갈 자식을 보고 있을 용기가 없었던 것이다.

홍기와 진수아가 황보약란을 보호하며 힘겹게 마교의 마수들과 강시를 상대하고 있었다. 진수아가 위험하자 홍기는 자신의 몸을 돌보지 않고 도왔다. 진수아는 그런 홍기가 너무 고마웠고 든든하게 느껴졌지만, 상황은 점점 나빠지고 있었다. 그때 진현

이 나타났다. 진현은 나타나자마자 강시의 목을 단칼에 잘라 버렸다.

"진희야, 안 다쳤니? 진현인 이 소란스런 때에 어딜 간 건지."

진현을 진희로 알고 진수아가 말했다. 진현은 죄책감에 어머니를 똑바로 바라보지 못했다.

"전 괜찮아요. 그보다 이제 좀 쉬세요. 어머니, 많이 힘드셨죠."

그녀의 말에 진수아가 물끄러미 쳐다보더니 가까이 다가왔다. 진현은 어머니가 자신들이 바뀐 걸 눈치챈 건 아닌지 걱정되어 긴장했다.

"아무리 싸움 중이라지만 여자애 머리가 이게 뭐니…… 어여쁜 머리가 다 흐트러졌네."

가만히 머리를 귀 뒤로 넘겨주곤 부드럽게 쓰다듬어 주었다. 진현은 속으로 안도의 한숨을 쉬었다. 게다가 자신을 아직 진희로 알고 있어서 다행이라 생각했던 것이다.

'아직 모르시는구나, 다행이다.'

"괜찮아요. 지금 머리가 문제가 아니잖아요."

말을 하면서도 진희의 칼이 쉴 새 없이 창궁무애검법으로 다가오는 적을 무찌르고 있었다.

"진희야, 무겁고 진중한 창궁무애검법보다 날카롭고 가벼운 아미파 검법이 네가 지금의 적을 상대하기엔 더 나을 거야."

진수아의 말에 진현은 순간 당황했다. 그녀는 제왕검법을 배우느라 아미파의 검법은 흉내만 내는 정도로만 배웠다. 어머니처럼 아미파 검법에 정통한 사람은 대번에 성취를 알아챌지도 몰랐다.

"전 이게 더 편해요. 어머니."

진수아의 눈을 피하면서 진현은 급히 적을 상대해 갔다. 진수아가 그런 진현의 뒷모습을 아픔이 담긴 눈으로 보고 있는 걸 진현은 몰랐다. 진수아는 이미 진현임을 눈치챈 것이다. 어릴 때부터 바꿔치기를 할 때면 남궁비헌에게 엄청 혼났지만, 진수아가 말해 주지 않으면 남궁비헌도 금방 눈치를 채지 못했다.

진수아는 두 아이를 늘 바로 구별했다. 두 아이가 아무리 겉모습이 똑같아도 엄마는 마음으로 느끼는 것이다. 그리고 결정적으로 진희는 어리광을 부리고 애교를 부리는 말을 많이 했지만, 진현은 다년간 몸에 밴 습성처럼 가족을 먼저 신경 쓰는 말을 했던 것이다. 결정적으로 진희는 여자아이로 자랐기에 머리모양에 신경 써서 머리카락 하나 소홀히 하지 않았다. 반면 진현은 머리에 별로 관심이 없었다.

진수아는 여장을 한 진현이 너무나 예뻐서 마음이 아팠던 것이다. 그동안 얼마나 이렇게 입고 싶었을까. 이렇게나 예쁜데……. 그 애들에게 무슨 일이 있었는지 몰라도 이렇게 해야할 사연이 있을 것이다. 가령…… 사랑하는 사람 때문이라던가. 진수아의 눈이 제갈태경에게 머물렀다. 진현의 눈이 걱정스러운 듯 자꾸만 그를 보고 있었던 것이다.

'그랬던 거구나. 미안하다……. 엄마가 돼서 딸들이 어떤 사랑을 하고 있는지도 알지 못하고. 내가 벌을 받더라도 꼭 바로잡아 주마.'

진수아는 눈시울을 붉히며 황보홍기를 보았다. 자신을 목숨 걸고 지켜 준 홍기를 보니, 남궁세가의 장남으로서 손색이 없을 것 같았다. 저 정도면…… 남궁세가의 장자 자격이 충분하고말 고.

　진현은 이상했다. 두 남녀가 꼼짝을 하지 않고 싸움을 지켜보 더니 진현과 눈이 마주치자 여유 있게 웃어 보이기까지 했다. 그리고 진현의 귀에 들리는 전음.

　[분탕질은 이쯤에서 끝내마. 남궁진현은 우리가 데리고 간다. 너까지 데려가고 싶지만, 저 괴물 같은 놈 때문에 희생이 너무 커서 오늘은 이만 간다. 남궁진현만은 무슨 수를 써서라도 데려 오라고 했으니 임무 완수다. 그럼…….]

　남자의 전음을 끝으로 갑자기 적들이 물러나기 시작했다. 진 현은 뭔가 좋지 않은 예감이 떠오르며 다급해졌다.

　한 쌍의 남녀는 한순간 모습을 감추어 담을 넘어 사라져갔다.

　"기다렷! 기다리란 말이야. 내가 남궁진현이다! 그 애는 남궁 진희야, 날 데려가!"

　진현은 다급한 마음에 멀어지는 그들이 들을 수 있도록 공력 을 실어서 크게 외쳤다.

　너무나 급박한 상황이라 진현은 남이 알면 안 되는 비밀이란 걸 신경 쓸 겨를이 없었다. 그사이 태경은 우장한의 한쪽 팔을 깨끗하게 잘라 버리고 있었다. 나머지 둘도 심각한 내상을 입은 채 우장한을 부축해 도망치기 바빴다. 그리고…… 장내 사람들 은 그 말을 고스란히 들어 버리고 말았다.

　사람들은 진현이 공표하다시피 한 그 말 때문에 마교의 뒤를 쫓을 생각도 못 하고 잘못 들은 건 아닌가 하는 심정으로 그녀를 쳐다보고 있었다. 제갈태경은 이제 올 것이 왔다는 심정으로 재빠르게 진현의 곁에 와 섰다. 세 명을 상대한 그는 약간 지치긴 했어도 상처 하나 없이 멀쩡한 상태였다. 그러나 진짜 싸움은 지금부터라는 생각에 태경은 온 신경이 곤두서고 있었다. 그리고 우려하던 일이 드디어 벌어지기 시작했다.

"이게 무슨 소린가? 내가 잘못 들은 건가? 혼례를 한 여인이 남궁진희가 아니고 남궁진현이라니?"

제갈성우가 놀라고 얼떨떨한 눈으로 자신의 의제 남궁비현과 진현을 번갈아 보고 있었다.

제26화

밝혀지는 비밀

"어서 말해 보시게."

제갈성우의 재촉에 남궁비헌은 온몸의 솜털이 곤두서는 것 같았다. 그도 이제야 눈치를 챈 것이다.

남궁비헌이 천천히 진현을 향해 돌아섰다. 그의 얼굴이 딱딱하게 굳어 있었다.

"너는……?"

"죄송합니다…… 아버지."

진현이 모든 것을 체념한 듯 고개를 푹 숙였다.

사람들이 수군거리기 시작했다.

"이게 무슨 일이야? 남궁진현이 여장을 해서 혼례를 올린 게 아니라면…… 그는 원래부터 여자였단 말이잖아? 여태껏 남궁세가가 세상을 기만한 것이란 말인가?"

"그러게 말이야. 어찌 세상을 속이고 버젓이 무림제일세가로 떠받들어지고 있었단 말인가?"

"우릴 완전 바보로 만든 거잖아. 이것 말고 뭘 또 속이고 있는지 알 게 뭔가."

사람들의 비난과 수군거림이 커져 갔다. 그때 남궁가의 장로 중 가장 실세인 남궁단후가 굳은 얼굴로 앞으로 나섰다.

"남궁진현, 진정 자네가 여인이란 말인가! 이런 천인공노할 거짓을 누가 주도했단 말인가!"

장내가 조용해진 가운데 천천히 앞으로 나선 사람은 진수아였다.

"제가…… 저 혼자 그런 겁니다. 다른 사람은 죄가 없습니다. 더 이상 아이 낳을 수 없다는 말을 듣고 제가 제정신이 아니었나 봅니다. 저를 벌하여 주십시오."

진수아가 진현의 앞을 가로막으며 모든 일을 홀로 했다고 고백하고 있었다.

"아닙니다. 장로님! 어머니 잘못이 아닙니다! 제가, 제가 그렇게 하고 싶어서 그런 것입니다. 얼마든지 밝힐 기회가 있었지만 제가 모두를 속였습니다. 저를 벌하여 주십시오."

남궁진현이 다시 진수아의 앞으로 나섰다.

"진현아, 비키지 못하겠느냐! 이건 너와 상관없는 일이다. 어린 네가 무얼 알았겠느냐. 내가 시킨 대로 한 것을."

진수아가 위엄 어린 눈으로 진현을 보고 있었다. 이에 아랑곳하지 않고 다시 진수아를 감싸며 진현이 나서려고 할 때, 모든 것을 체념한 듯한 한숨을 내쉬더니 남궁비헌이 나섰다.

"장로님, 그리고 여러분…… 저 두 사람은 잘못이 없습니다. 사실 이 모든 것은 제가 주도한 것입니다. 저는…… 제 부인 진수아를 누구보다 사랑합니다. 그런데 그런 그녀와의 혼례는 제가 유명세가에 태어난 죄로 너무나 험난했습니다. 겉으론 찬성하는가 싶었던 세가의 원로들이 저 몰래 처에게 모진 조건을 내걸었습니다. 바로 3년 안에 아들을 낳아야 정식으로 남궁세가의 안주인으로 인정한다는 말도 안 되는 조건을 말입니다."

남궁비헌의 말이 끝나기가 무섭게 군중이 술렁이기 시작했다.

"뭐야? 명문정파라는 남궁세가가 그렇게 치졸한 짓을 한 거야?"

사람들의 쑥덕거림이 점점 커지자 남궁단후는 이대로 있어선 안 되겠단 생각에 나서지 않을 수 없었다.

"남궁비헌! 지금 누구에게 누명을 씌우는 것이냐?"

진수아도 처음 남궁비헌이 그 얘길 엿들었다며 진현에게 남장을 시켜야 한다고 그녀를 설득시켰던 기억이 떠올랐다. 그때 자신이 좀 더 강하게 반대를 했더라면……. 뒤늦은 후회를 해 봐야 소용없다는 걸 알지만 그런 마음이 드는 것까진 어쩔 수 없었다. 남궁비헌이 남궁단후의 말에 반박했다.

"있지도 않은 일을 말한 게 아닙니다. 그 자리엔 저 말고도 한 사람이 더 있었으니까요. 바로 제 의형입니다."

그의 말이 끝나자 깊은 한숨 소리가 들리며 제갈성우가 천천히 걸어 나왔다.

"휴우…… 저도 지금 무척 혼란스럽군요. 그러나 의제가 한 말이 맞습니다. 그때 저도 같이 있었으니까요. 의제는 그때 그 일을 막으려고 했지만, 그의 관상엔 아들이 있었기에 분명히 아들을 낳을 것이라고 제가 호언장담을 하며 나서지 말라고 극구 말린 적이 있었습니다. 그때만 해도 결국엔…… 두 사람이 행복해질 줄 알았습니다. 헌데, 제가 관상을 잘못 본 것 같습니다. 정말 저의 실수로 인해 여러 사람이 고통을 겪었다고 생각하니 몸 둘 바를 모르겠습니다."

제갈성우는 심하게 자책하고 있었다. 자신으로 인해 가장 아끼는 아들 제갈태경과 남궁비헌 가족들이 겪었을 고통에 더 이상 어떻게 해 볼 수 없을 정도로 미안하고 부끄러웠다. 그것도 모르고 아들의 불행으로 망가진 자신의 집안과 비교하며 행복한 가정을 꾸리고 뛰어난 아들을 둔 남궁비헌을 얼마나 부러워했던가. 제갈성우의 고백에 사람들이 또 한 번 경악하고 말았다. 제갈성우! 그가 누구던가? 지금껏 한 번도 실수란 걸 모르고 살아온, 절대적 진리라 불리는 사람이었다. 그런 그가 실수를 했다니.

"전 이 사람을 진심으로 사랑했기에 그녀가 없는 삶을 생각할 수가 없었습니다. 그래서 한순간 이기적인 결정을 해 버렸습니다. 어여쁜 딸에게 평생 남자로 살아가도록 강요했습니다. 그게 부인을 더 사랑하는 것이라 생각을 했지만, 결과는 이 사람을 평생 눈물과 한숨으로 살게 만들고 말았더군요. 이 사람은 항상 딸아일 보면서 안타까워 눈물을 흘리고, 양심에 걸려 몇 번을 고백하자 했습니다. 그걸 제가 말렸습니다. 그러니 부인과 딸은 아무 잘못 없습니다. 쌍둥이가 태어난 순간 부인은 산고로 정신을 잃었고, 산파인 매향이는 저의 강요로 말 못 할 마음의 고통을 겪다 일찍 세상을 떠나 버렸습니다. 갓 태어난 아이가 무슨 결정을 할 수 있었겠습니까. 이 모든 것이 저의 잘못이니 벌은 달게 받겠습니다. 그러니 여러분, 부디 벌은 저에게만 주십시오."

남궁비헌은 공력을 실어 모든 사람이 들을 수 있도록 천천히 또박또박 자신의 죄를 인정하였다.

그러자 남궁단후가 다시 나섰다.

"남궁비헌! 그렇다면 진정 너의 죄가 크구나! 20년이란 세월을 세가는 물론이고 세상을 속이다니. 그래나 이 모든 것의 발단은 가문의 대를 잇지 못해 발생한 일! 일의 발단이 된 진수아의 죄가 가장 크다."

처음부터 그녀를 못마땅하게 생각하던 그가 이때다 싶어 말을 꺼냈다. 이 기회에 어떻게든 진수아를 몰아내려고 작정을 한 것 같았다.

"어머닌 죄가 없습니다."

"제 처는 죄가 없습니다."

남궁비헌과 남궁진현이 동시에 진수아의 앞을 가로막으며 외쳤다.

"남궁진현, 네 죄도 무시 못 할 것이다. 어릴 때는 몰라서 그렇다고 해도 커서는 그 사실을 같이 숨긴 것이니 그 죄 또한 가볍지 않다. 제갈가를 속여서 혼례를 한 죄도 잊어선 아니 될 것이다. 제갈가의 가주께는 정식으로 사과드리지요. 혼약을 파기한다고 해도 뭐라 말할 입장이 못 되니 말씀을 해 주시지요."

남궁단후는 제갈성우를 뻔뻔하게 쳐다보았다. 제갈성우는 그를 보지 않고 계속 남궁비헌을 보고 있었다. 지금도 분명 아들 인연이 끊어지지 않고 있는데…… 정녕 자신이 잘못 봤단 말인 가. 그는 지금 너무나 혼란스러워 다른 말은 귀에 잘 들어오지 도 않았다. 지금껏 자신이 알고 있던 모든 것이 흔들리고 있었 던 것이다. 그때 잘못 봤다면 지금이라도 제대로 보여야 하는데 여전히 남궁비헌의 관상은 아들이 있는 걸로 나타나 있었으니 그는 미칠 것만 같았다. 그런 그의 상태를 모르고 모든 사람이 제갈성우의 대꾸를 기다렸다. 그러나 그보다 먼저, 제갈태경이 분노를 폭발하고 말았다.

"누구 마음대로! 그녀는 이미 나와 혼례를 올렸어! 이 영감이 보자보자 하니까 사람 말이 말같이 들리지 않아? 그녀가 무슨 죄가 있다는 거야? 평생을 여자인 걸 숨긴 채로 긴 세월 살아온 것도 서럽거늘 죄를 물어? 영감탱이 노망이라도 난 거야! 따지 고 보면 그런 말도 안 되는 조건을 내건 영감탱이가 제일 잘못 한 거잖아!"

분노에 차서 소리친 태경은 누가 그녀를 해코지할까 겁내는 사람처럼 얼른 진현을 끌어당겨 자신의 뒤에 숨겼다.

"이, 이노옴! 이 망나니 같은 놈!"

남궁단후가 태경의 말에 분노로 얼굴이 벌게지며 노성을 내질 렀다.

"그리고 말이야, 또 하나 의문이 드는 게 비열한 영감탱이가 아들을 낳으면 세가의 안주인으로 인정해 준다는 그 조건을 왜 걸었느냐는 거지. 누구도 혼례를 하고 아들을 낳을지, 딸을 낳 지 아무도 알 수 없는데, 그때 가서 가문의 대를 잇지 못한다는 명목을 내세워도 되는데, 왜 굳이 혼례 전에 그런 말을 한 걸까? 이건 마치 넌 절대 아들을 낳을 수 없을 거야라는 소리로 들리는 건 나 혼자뿐인 거야? 영감, 대체 뒤로 무슨 짓을 한 거야?"

"뭐, 뭣이라! 무, 무슨 말도 안 되는 누명을 씌우는 것이냐! 절대 그런 일 없다."

남궁단후는 20년 전 진수아에게 음기가 최고로 강한 만년설삼을 탕약에 몰래 넣은 적이 있었다. 그런데 그걸 마치 본 것처럼 정확히 맞힌 제갈태경으로 인해 말을 더듬거리고 말았다. 남궁비헌은 경황이 없었지만 이 와중에도 제갈태경에게 감탄하고 있었다. 심증은 있었지만 확증이 없던 그 일을 제갈태경이 너무나 쉽게 유추해 냈기 때문이다.

그러나 그도 모르는 사실은 태경은 그 일을 그냥 유추한 것이 아닌 확신을 하고 있단 사실이었다. 그는 이미 진현을 치료해줄 때 만년설삼의 기운을 어렴풋이 느꼈던 적이 있었다. 그로 인해 천음지체를 금방 떠올리지 못하고 혼동을 한 적이 있었다. 진현이 태아 때 복용한 그 미세한 영약의 기운을 설마 제갈태경이 알아냈다고는 아무도 생각 못 했던 것이다.

"이보시오! 제갈가주. 저 버릇없는 놈에게 이런 모욕을 당하고도 내가 가만있을 것 같소? 이 혼사는 없던 것으로 합시다."

남궁단후는 제갈태경과 더 이상 말을 섞으면 자신이 손해라는 걸 깨달았다.

"남궁 장로님, 그 문제는 제가 생각 좀 해 봐야겠습니다."

심란한 제갈성우는 신중히 대답을 했지만, 제갈태경은 그 대답이 맘에 들지 않았다.

"생각은 무슨 생각을 하고 계십니까! 아버님, 만약 그녀와 혼약을 파기한다면 저는 제갈가를 등지고서라도 이 혼례를 유지할 겁니다. 그녀는 이미 제 아이를 가졌단 말입니다."

제갈태경의 말에 진수아를 비롯한 모든 사람이 놀라 둘을 쳐다보았다. 진현은 부끄러웠지만 고개를 숙이지 않고 당당하게 제갈태경의 옆에 섰다. 태경은 그런 진현의 손을 꼭 잡아 주었다. 제갈성우는 너무나 놀라 일순간 말문이 막혀 멍하니 있을 수밖에 없었다. 그는 자신의 의제 가족이 겪었을 마음고생 때문이라도 혼약을 파기할 생각은 없었다.

'손주라니…… 제갈가의 핏줄……손주라고?'

"그게…… 정말이냐?"

가까스로 마음을 진정시키며 제갈성우가 물었다.

"아버님이 직접 진맥해 보십시오."

제갈성우가 기다렸다는 듯이 진현의 손목을 잡았다. 모든 사람의 시선이 그의 얼굴에 머물렀다. 그의 얼굴에서 서서히 기쁨의 기색이 나타났다.

"……정말이구나. 벌써 석 달째로구나. 귀한 손주니 몸조심해야 하느니라. 이 시간 이후 남궁진현은 우리 제갈가의 며느리임을 확실히 인정합니다. 누구든 해를 입히면 제갈가의 적이 될 것이오."

제갈성우의 목소리가 선언하듯 울려 퍼졌다. 태경은 너무 기뻐서 주위의 시선은 아랑곳하지 않고 진현을 꼭 끌어안고 이마에 입을 맞추었다. 그러나 진현은 같이 기뻐할 수가 없었다.

[부모님은 걱정하지 마! 내게 맡겨. 이제 난 네 서방님이잖아!]

태경의 전음이 진현에게 들리자 진현은 눈물이 났다. 이제야 제갈태경의 떳떳한 부인이 되었고, 아이도 인정받으며 낳을 수 있다고 생각하니 안도감이 들었다. 오랜 세월 그녀를 눌러온 마음의 짐을 드디어 내려놓게 된 것이다. 이렇게 든든한 사람이 자신의 부군이 되었다는 게 비로소 실감이 났다.

"우리 딸…… 정말 잘됐다. 이제 한시름 놓았구나. 진희만 무사하면 난 어떻게 되어도 괜찮은데. 장로님, 벌은 나중에 달게 받겠으니 진희를 구할 기회를 주십시오."

"그 일은 죄인인 네가 걱정할 문제가 아니다. 남궁진희는 우리가 구할 것이다. 너는 남궁가의 대를 끊은 죄로 세가에서 제명하겠다."

진수아는 남궁진희가 걱정되어 자신의 죄를 빨리 인정하고 그녀를 구하고 싶었지만, 남궁단후는 끝까지 진수아를 내버려 두지 않았다.

"안 됩니다. 이 사람은 죄가 없습니다. 그녀를 벌하시려면 저도 같이 벌하십시오."

"상공! 안 돼요."

"당신이 없는 이곳에 내가 무슨 이유로 남아 있단 말이오. 세가는…… 다른 사람이 이으면 되지만 당신의 부군은 나 아니면 안 되지 않소."

"상공……."

진수아는 감격에 차서 더 이상 말을 잇지 못했다.

"남궁비헌! 아직도 정신을 못 차렸구나! 내가 너를 그리 잘 봐주려고 했는데, 좋다. 둘 다 죄를 물어 세가에서……."

"저기…… 잠시 만요……."

그때 한쪽에서 이 사태를 혼란스럽게 지켜보던 황보약란이 나섰다. 그녀는 처음엔 이게 무슨 일인지 몰랐다가 홍기에게 진현의 사정을 듣고는 이해를 하게 되었다. 그리고 오랜 세월 이 가족이 받았을 고통을 생각하니 자신보다 더 안됐다는 생각에 마음이 아팠다. 진수아가 어머니로서 겪었을 심적 고통을 생각해 보니, 너무나 안타까웠던 것이다. 그들이 이대로 죄를 받게 놔둘 수가 없었다. 그래서 소극적이고 조심스런 그녀가 용기를 내었다. 사람들의 시선이 이번에 가냘픈 그녀에게로 향했다. 승복을 벗고 어느덧 진수아가 내어 준 옷을 예쁘게 입은 그녀는 나이가 무색하게 아름다워 보였다.

"감히 누군데 우리 남궁세가의 일에 참견하느냐!"

남궁단후가 느닷없이 끼어든 황보약란에게 노해서 소리쳤다. 가뜩이나 제갈태경 때문에 심기가 불편했는데, 이번엔 이름도 모르는 여자가 또다시 자신의 말을 막은 것이다.

황보약란이 언제 이렇게 사람들 앞에 나서 봤던가. 그녀는 금방 겁을 집어먹고 돌아서 가고 싶은 마음이 들었지만, 진수아와 남궁비헌을 위해 다시없는 용기를 쥐어짰다.

"저어…… 저는…… 황보세가의 황보약란이라고 합니다. 두 사람의 죄가 남궁세가의 대를 잇지 못한 거라고 하셨는데, 그렇다면 대를 이을 아들이 생기면 두 사람의 죄가 면해지나요?"

남궁단후는 어이가 없었다.

"그걸 지금 말이라고 하는 것이냐! 당연히 그러하다."

남궁단후는 진수아를 끔찍이 생각하는 남궁비헌이 절대 다른 여자와 관계를 했다는 생각은 하지 않았다.

"그럼, 두 사람의 죄를 면해 주세요. 그에게는 아들이 있어요."

황보약란이 안도의 숨을 내쉬면서 기쁜 듯이 말을 했다.

"뭣이라고! 무슨 말도 안 되는 헛소릴 지껄이는 것이냐!"

남궁단후는 이 여인이 제정신이 아니라고 생각했다. 그의 서슬에 놀란 황보약란의 얼굴이 하얗게 질렸다. 그런 그녀의 앞에 남궁비헌이 나섰다.

"당신같이 여린 사람이 왜 이런 자리엔 나선 것이오. 이렇게 세상 사람들에게 공개적으로 망신을 당하면서까지 나설 필요는 없소."

남궁비헌은 안타까운 마음에 황보약란을 바라보았다.

"그, 그렇지만…… 수아 언니도, 당신도 벌을 받게 되는데 저만 가만히 있을 수가 없어서……."

진수아와 남궁비헌은 황보약란의 마음이 고마웠다. 부끄럼 많고 순진한 그녀가 이 기회에 세가의 인정을 받으려고 나온 것도 아니고, 단지 두 사람을 위해 나서 준 것을 알았기 때문이다.

"남궁비헌! 저 여인의 말이 무슨 말이냐?"

남궁단후의 공력을 실은 목소리가 쩌렁쩌렁하게 울렸다. 남궁비헌이 말하기 전에 진수아가 나섰다.

"그녀의 말은 사실이에요. 그리고 그 뒤에 있는 황보홍기라는 청년이 그녀와 이 사람의 아들로, 남궁가의 핏줄입니다. 저희도 불과 얼마 전에 알았습니다."

그리고 진수아는 짧게 남궁비헌과 황보약란의 과거를 말해 주었다.

그들의 과거를 듣고 가장 많이 놀란 사람은 제갈성우였다. 그는 머릿속이 확연히 정리가 되었다.

자신은 틀리지 않았던 것이다. 남궁비헌은 진짜 아들 인연이 있었던 것이다.

"아, 이런…… 이럴 수가…… 내가 틀리진 않았지만, 인연이 그렇게 이어져 버리다니……. 결국엔 내 잘못이 커구나. 그때 알량한 지식을 드러내며 말리는 게 아니었는데."

제갈성우는 탄식을 하지 않을 수 없었다. 자신이 차라리 미래를 안다고 하지만 않았어도 그들의 인연이 이렇게 꼬이지도 않았을 것이란 커다란 자책감이 생겼다.

"저의 죄는 달게 받겠으니 황보약란을 남궁비헌의 정실로 맞아 주시고, 황보홍기를 아들로 인정해 주셔서 세가의 대를 잇게 해 주십시오."

사람들은 진수아의 말에 경악했다. 쾌룡 황보홍기가 사실은 남궁비헌의 핏줄이라니.

"그럴 수는 없어요. 저는 언니의 죄가 면해지지 않고 남궁가에서 제명된다면 절대 이 집안엔 들어오지 않을 거예요. 홍기도 마찬가지고요."

황보약란은 약한 모습은 어디 가고 단호한 표정을 하고 나섰다.

"그러지 마. 동생은 지금부터라도 행복할 권리가 있어. 난 그럴 자격이 없어."

"왜요? 솔직히 홍기가 제 아들이지만 가문의 대라는 게 꼭 남자가 꼭 이으란 법이 있나요? 저기 언니의 자랑스런 딸을 보세요. 아까 언니 딸이 싸우는 걸 봤는데 아마 어떤 남자라도 그녀의 칼을 막기가 쉽지 않을 거예요. 최고의 기재에게서 최고의 무재가 나온다는 말이 모두 맞는 건 아니에요. 그 만큼의 피나는 노력이 뒤따라야 완성이 되는 것 같아요. 무공의 문외한인 제가 봐도 저기 새신랑을 빼곤 아무도 그녀의 칼을 제대로 못받을 것 같던데요. 여자인 그녀가 남자처럼 살아가기 위해 얼마나 피 눈물을 흘려 가며 무공을 연마했을까요? 어떤 남자보다도 더 열심히 했을 거라는 걸 언니도 아시잖아요. 그렇게 잘 키운 딸을 두고 왜 남자가 꼭 남궁가를 이어받아야 된다고 하시는 거예요? 언니가 겪었을 마음고생을 생각하면 저는 이런 곳에 아무리 있으라고 해도 못 있을 것 같아요.”

'그를 아무리 사랑해도요……'

황보약란은 마지막 말은 속으로 삼켜 버렸다. 그녀의 말은 사람들의 마음을 크게 술렁이게 했다. 사실 진현의 무공은 정말 발군이었다. 강시를 그렇게 단칼에 여럿 베는 건 10대고수라도 어려운 일이었다.

“그건 맞는 말입니다. 이 사람이 제 아내라서 하는 얘기가 아니라, 여기 있는 어떤 사람보다도 뛰어난 사람입니다. 그녀의 무공은 저와 비슷하니까요. 그리고 저분 말씀대로 가문을 남자가 이으란 법을 대체 누가 정한 겁니까? 여자도 뛰어난 인재면 얼마든지 가문을 대표할 수 있다고 생각합니다. 아들을 못 낳은 게 그리 큰 죄인 겁니까? 아버지, 만약 아내가 딸만 낳는다면 어떡하실 겁니까?”

제갈성우는 제갈태경의 갑작스런 말에 얼른 대답이 생각나지 않았다. 그런데 가만히 생각해 보니 자신의 집안엔 대대로 남자가 많았고 여자가 귀했다. 그래서 손녀가 생겨도 귀여울 것 같았다. 그리고 진현이 태경이만큼 고수라고 하니, 제갈가에 무력이 그만큼 유명해질 것 같은데 굳이 아들을 원할 이유는 없는 것도 같았다.

"……내 생각엔…… 손녀도 나쁠 건 없는 것 같구나. 더군다나 여자가 귀한 우리 집안엔."

제갈성우의 대답에 진현은 남몰래 안도의 한숨을 쉬었다. 진현은 황보약란의 등장에 당황했지만, 황보홍기가 친오라버니라서 정말 다행이면서도 좋았다.

"우리는 남궁세가다. 제갈세가와는 다르다. 남궁진현은 이제 제갈가의 사람이라니 더 이상 왈가왈부하지 않겠지만, 황보홍기가 진짜 세가의 핏줄이라면 두 사람의 죄를 면해 주고 마땅히 세가의 대를 이어야겠지. 하지만 두 사람이 세상을 속인 죄는 면하지 못할 것이다."

남궁단후는 끈질기게 자신의 바람이 마치 세상 사람들의 바람인 것처럼 교묘하게 말을 만들었다. 자신의 입으로 두 사람의 죄를 면하게 해 준다고 했지만, 이대로 물러서고 싶지 않았던 것이다.

"그렇군. 남궁비헌은 지금껏 군자인 척했지만 거짓된 삶을 살아왔다. 이는 우리를 기만한 죄다."

사람들 중 누군가 소리치자 모든 사람이 죄를 물어야 된다고 웅성거리기 시작했다. 이른바 군중심리를 이용한 선동자가 있었던 것이다. 아마도 남궁단후의 전음을 들은 누군가인 것 같았는데, 군중들 틈에 있어서 누군지 보이지 않았다. 진현은 눈물이 자꾸만 나왔다. 부모님이 자신으로 인해 죄를 받을 것 같자 너무나 마음이 아팠다. 진현이 그의 품에 안겨 눈물을 삼키는 모습에 태경의 마음도 같이 쓰라려 더 이상 보고 있기 힘들었다.

펑!

갑자기 마당 한가운데 커다란 구멍이 뚫렸다. 제갈태경이 장력으로 만든 것이다.

"누구든 이 두 분에게 위해를 가한다면 저 구덩이처럼 만들어 주지. 불만 있으면 나오라고!"

태경의 눈빛은 날카로웠고 목소리는 싸늘하게 울려 퍼졌다. 사람들은 좀 전에 있었던 일을 단박에 떠올렸다. 10대고수 버금가는 세 명과 맞붙고도 멀쩡했던 그였다. 숨 막히는 침묵이 흐르고 있었다. 그때였다.

"아유, 정말! 유모가 남의 집안일에 참견하지 말고 있으라고 해서 가만히 있었는데 정말 답답해서."

갑자기 군중들 틈에서 귀여운 소녀가 나타났다. 큰 눈을 초롱초롱 빛내면서 나타난 그녀는 주령령이었다.

"령령아, 들어가 있어."

진현이 당황해서 령령을 말렸다.

"아, 뭐 나도 지금 기분은 별로거든. 예쁜 오라버니가 딱 내 이상형이었는데 여자라서 기분은 좋지 않지만 그래도 이건 아니잖아. 뭘 그렇게 잘못해서 모두들 못 잡아먹어 그러는 거야? 뭐가 그렇게 복잡한 문제야? 아들이 없어서 죄라고 해서 아들이 나타났잖아. 그러면 다 된 거잖아? 그리고 이분들이 뭐 그러고 싶어서 그랬겠어? 저기 못생긴 영감탱이 때문이잖아. 유모, 내 말이 맞지?"

령령은 어렸지만 조리 있고 생각이 빈틈이 없었다. 마침 당유란도 령령과 때를 맞춘 듯이 거들었다.

"그건 령령의 말이 맞는 것 같아요. 비록 남궁진현이 여자인 게 밝혀졌지만, 우리에게 해를 끼친 것도 아니고, 본의 아니게 사람들을 속이며 살아오면서 마음고생도 심했을 텐데 그런 것도 생각해 주셔야 할 것 같아요. 제일 큰 피해자인 저도 가만히 있잖아요. 제일 우스운 꼴이 되어 버렸는데 제가 괜찮으면 다 된 거 아닌가요?"

사실 당가만큼 체면을 구긴 가문도 없었다.

여자라는 걸 모르고 혼약까지 한 터인데 집안 망신을 당해도 이만저만이 아니었다.

"오, 늙은 언니! 정말 이럴 땐 나랑 마음이 통하네. 좋아, 내가 젊은 언니로 불러 준다."

령령이 당유란을 보면서 귀여운 미소를 지었다. 이럴 땐 둘이 아주 죽이 척척 맞았다.

"누가 괜찮다고 했느냐! 혼약이 무슨 애들 장난이더냐! 남궁 가주, 우리 당가의 떨어진 체면은 어떻게 보상해 주실 거요?"

그때 당유란의 아버지, 현 당문의 가주 당노민이 싸늘한 인상으로 나섰다.

"아빠!"

당유란이 당황해서 당노민과 남궁진현을 번갈아 쳐다보며 어쩔 줄 몰라 했다.

"사실 그 부분에 대해선 정말 할 말이 없습니다. 계속되는 장남의 혼인문제로 장로원의 압력을 견디기 힘들었습니다. 그래서 여인임을 감추기 위해서라도 당가와 혼약을 해야 했습니다. 모두가 제 잘못입니다. 제 한 목숨으로 보상이 된다면 기꺼이 드리겠습니다. 그리고 자네와 진현이는 더 이상 이 일엔 끼어들지 말게나."

남궁비헌이 낮은 목소리지만 단호하고 위엄 넘치는 얼굴로 나서려는 진현과 제갈태경을 제지했다.

"하지만……"

[사위, 우리 딸 잘 부탁하네. 그리고 진희도 구해 주리라 믿네. 여기까지만 하면 자네 할 도린 다한 거네. 정말 고맙네. 딸아이의 원래 자리를 되찾아줘서.]

귓가로 남궁비헌의 전음이 들려오자 제갈태경은 더 이상 나서지 못했다.

[진현아, 지금부터 아비가 하는 말 잘 듣거라! 이제 넌 제갈가의 사람이니라. 좋은 남자 만나서 이 아비는 마음이 놓인다. 제갈세가와…… 손주까지. 그러니 여기에 널 절대 말리게 하고 싶지 않다. 이 아비의…… 마지막 부탁이라고 생각해다오.]

진현은 할 말이 많았지만, 남궁비헌의 목소리가 너무나 단호하게 들려 나서지도 못하고 입술을 꽉 깨물고 눈물을 머금은 채 아버지를 바라볼 수밖에 없었다.

태경은 진현의 꽉 다문 입술이 바르르 떨리는 걸 보았다. 그 모습은 그 어떤 것보다 태경의 가슴을 아프게 했다.

[걱정 마, 내가 장인어른이 가만히 있으란다고 가만있을 사람으로 보여? 나 알지? 너 말고 다른 사람 말은 안 들어. 설사 장인어른이라고 해도 말이야.]

태경이 전음으로 진현을 위로하며 안심시켰다.

"남궁비헌, 당신의 그 한 목숨으로 이 일이 해결된다고 보는 거요? 세가 대 세가의 혼약은 단순한 혼약이 아닌 걸 알고 있지 않소. 그 결합으로 2세를 보기도 하겠지만, 상권과 이권 등 복잡한 사정들이 얽혀 있다는 것을 누구보다 잘 알 것이오. 남궁가와의 혼약으로 두 가문의 상권이 크게 번창함과 동시에 이권을 미리부터 챙긴 사람들도 상당수일 텐데, 우리 두 가문이 혼약을 파함으로써 손해를 보게 되는 그 많은 사람을 어떻게 할 것이오?"

당노민의 말은 억지가 아니기에 더욱더 남궁비헌을 궁지에 몰아넣었다. 무림선 가문과 가문의 혼약이 단순한 일이 아니었다. 둘이 좋으면 금상첨화겠지만, 아니어도 가문을 위해 기꺼이 혼약을 하는 경우가 부지기수였다. 당노민의 말은 틀린 데가 없었고, 괜히 화를 내는 게 아니었다. 조리 있고 현실감 있는 그의 말에 다시 좌중은 수군거리기 시작했다.

[오라버니, 어떻게 좀 해 봐. 이대론 아빠 때문에 남궁가주님이 위험해지실 거야!]

당유란이 발을 동동 구르며 당소진에게 도움을 청했다. 유란은 어릴 때부터 어려운 일이 있으면 항상 당소진에게 조언을 구했다. 그는 다음 대 가주답게 영민한 머리로 그녀가 친 골치 아픈 사고를 잘 해결해 주곤 했다. 그래서 더 그를 믿고 따랐던 것이다.

[너, 그럼 약속부터 해라. 다음번엔 경솔하게 행동하지도 말고, 지금부터 내가 하는 일에 조건 없이 따르겠다고.]

[오라버니, 무슨 대안이 있는 거야? 알았으니 얼른 어떻게 좀 해 봐.]

[좋아. 이번이 마지막으로 널 믿는 거다. 다신 이런 경솔한 행동은 하지 마.]

[어휴, 잔소리쟁이 오라버니, 알았다고요!]

유란의 말이 끝나기가 무섭게 당소진이 입가에 의미심장한 웃음을 띠며 앞으로 나섰다.

"저 아버님…… 말씀 중에 죄송합니다만, 제가 주제넘게 한 말씀드리겠습니다."

사람들은 갑자기 훤칠한 키에 날카로운 눈매의, 야성적인 인상의 미남자가 끼어들자 의아한 듯 쳐다보았다.

"이 문제가 그리 간단한 문제는 아니라는 건 알고 있습니다. 그렇지만 아버님도 아시다시피 남궁가주께서 고의로 그런 것도 아니고, 그동안 얼마나 마음고생이 심하셨겠습니까."

"그건 나도 알고 있다만, 그런 동정만으론 이 문제를 해결할 수 있는 건 아니지 않느냐."

"알고 있습니다. 그래서 제가 이 문제를 해결하기 위해 한 가지 제안을 하려고 합니다."

당노민은 아들을 바라보았다. 아들은 평소에 말수가 그렇게 많은 편도 아니지만 심계가 뛰어나고 허튼소리를 할 녀석은 아니기에 중요한 순간에 절대 함부로 나서진 않을 것이란 걸 은연

중 믿고 있었다.

"당가와 남궁가는 혼약으로 이익을 약속한 부문이 있을 것입니다. 그리고 당가는 애초에 남궁가의 장남과 혼약을 했습니다."

당소진은 여전히 여유로운 표정을 짓고 좌중을 한 번 쭈욱 훑어보았다. 그러다가 제갈태경과 눈이 마주쳤다. 그러자 태경의 머릿속에 뭔가가 떠올랐다.

'장남? 그렇군! 내가 현이에게 너무 신경을 쓰다 보니 냉정하게 생각하질 못했어! 저 형씨 보통이 아니군. 이 제갈태경이 사랑하는 여자 때문에 한순간 이성보단 감정이 앞서 일의 정곡을 놓치는 실수를 하다니.'

태경의 표정을 읽은 것인지 당소진은 다시 한 번 의미심장한 표정을 지으며 말을 이어 갔다.

"남궁진현이 여자인 게 밝혀진 마당에 혼약이 파기되어야 마땅하지만, 굳이 그럴 필요가 없을 것 같습니다. 그가 여자가 아니어도 현 시점에선 장남이 될 수는 없기 때문이죠. 바로 황보, 아니 남궁홍기 때문이죠. 그가 이제부턴 남궁세가의 장남이기 때문입니다. 그러니 애초에 유란이 남궁홍기와 혼약을 했다고 보면 잘못된 건 아무것도 없는 것입니다."

당소진의 말에 일순간 사람들은 혼란에 빠졌다가 다시 나온 듯했다.

"하하하…… 당신, 마음에 들어. 정말 명쾌한 해답이야. 좋아, 이 제갈태경에게 형님이라 불릴 자격 있어."

제갈태경은 그 명쾌한 답이 맘에 든다는 듯이 당소진을 보며 큰 소리로 웃었다.

당소진의 입꼬리가 슬쩍 올라갔다. 사람들이 꿀 먹은 벙어리처럼 아무런 말도 하지 못했다. 그만큼 그의 말이 논리정연했기 때문이다. 그리고 그의 말이 끝남과 동시에 당유란과 남궁홍기의 눈빛이 약속이나 한 듯이 마주쳤다. 그리고 두 사람 다 깜짝 놀라 얼굴이 붉어져 서로의 시선을 피했다.

"오라, 소진이 말대로 그런 방법도 있었구나. 남궁 장로님은 어떻게 생각하시는지요. 이미 다 밝혀진 마당에 홍기를 남궁가의 장남으로 이제 세상에 밝히고 인정을 하시지요."

남궁단후는 지금 속으로 화를 삭이면서 겉으로 드러내지 않으려고 무척 노력하는 중이었다. 당노민의 말에 이러지도 저러지도 못하게 되어 버린 것이다. 망설이는 그의 귓가로 제갈태경의 전음이 냉랭하게 들려왔다.

[영감, 빨리 대답해! 영감 대답 여하에 따라 내년 이맘때가 영감뿐만 아니라 반대하는 모든 늙은이의 제삿날이 될 수도 있다는 걸 명심해!]

남궁단후는 그의 싸늘한 눈빛을 보니 능히 그러고도 남을 것으로 보여 등골이 오싹해졌다.

"아, 알겠소. 그가 이미 남궁비헌의 핏줄인 건 모두들 알고 있으니, 오늘 이후로 남궁가의 장남으로 인정하겠소. 아울러 황보약란도 남궁가의 사람으로 인정하겠소."

[더 남았잖아. 영감!]

태경이 망설이는 남궁단후를 향해 소리 없는 지풍을 쏘아 보냈다.

[영감, 작은 신음조차 흘렸다간 더한 고통을 맛보게 될 거야!]

그리고 다음 순간 남궁단후는 참을 수 없는 통증에 굵은 땀방울을 흘리며 쥐어짜듯이 태경에게 전음을 보냈다.

[뭐, 뭘 어떻게 더 하란 것이냐……]

뒷목에서 시작된 끔찍한 통증은 점점 전신으로 퍼져 나갔다. 신음조차 못 내던 그의 안색이 눈에 띄게 나빠졌다. 하지만 정말 짧은 순간이었기에 사람들은 그의 상태를 눈치채지 못했다.

[이건, 맛보기라고 해 두지. 더한 걸 겪고 싶지 않다면 나머지 문제도 깔끔하게 처리하란 말이야! 난 장인어른이 아니야. 영감이 꾸밀 음모 따위가 무섭지도 않거니와 그런 시간조차 주지 않을 테니까. 설사 염라대왕이라고 해도 내 여자에게 해가 된다고 생각되면 바로…… 죽여 버리면 그만이니까!]

'미, 미친놈.'

제갈태경의 전음은 남궁단후에게 진실로 죽을지도 모른다는 두려움을 주기에 충분했다. 남궁단후의 머릿속은 이미 하얗게 탈색되어 가고 있었다.

그는 지금 남궁단후와는 등을 지고 남궁진현만을 보고 있었다. 보지 않고도 보이는 것처럼 지풍을 쏜 후 고통혈을 자극하였던 것이다. 이렇듯 무시무시한 고통을 느끼게 하는 건 의술과 무술이 뛰어난 제갈태경만이 할 수 있는 재주였다. 뛰어난 의술을 지닌 그는 사람의 혈을 마음대로 조절할 능력이 있었다. 예전엔 그게 침으로만 가능했지만, 지금은 지풍으로도 가능했다.

인간의 신체에 가장 고통스럽고도 두렵게 하는 혈을 잘 아는 이가 제갈태경을 제외하곤 그의 아버지 제갈성우가 있지만, 그는 제갈태경처럼 무공이 높지 않기에 제갈태경만이 구사할 수 있는 높은 상승의 무공이었다. 그 고통이 다시 생각나자 남궁단후의 마음이 급해졌다. 무조건 그것만은 피하고 싶었다. 돌아서 태연하게 진현만을 바라보고 있는 것처럼 보이는 그를 아무도 의심하지 않았다. 연기력과 무공 모두를 갖춘 제갈태경이었기에 가능한 일이었다. 만약 남궁진현이었으면 그렇게 하지 못했을 것이다. 무공은 태경이와 비슷할 수 있어도 의술을 할 수 없거니와 연기도 제갈태경처럼 뻔뻔하게 할 수 없을 것이기에 금방 탄로 났을 것이다.

"그, 그리고 남궁비헌과 진수아의 죄도 여러분이 동의한다면 이 시간 이후로 묻지 않을 것이오."

진땀을 흘리면서 남궁단후가 말을 마치자 제갈태경이 기다렸다는 듯이 나섰다.

"자, 이제 모두 해결된 것 같으니 이 얘긴 이쯤에서 마무리하는 게 서로 좋을 것 같군요."

제갈태경은 잘생긴 얼굴에 미소를 띠고 있었지만, 눈은 전혀 웃고 있지 않았다. 그게 사람들에게 더 큰 공포감을 심어 주었다. 앞서의 격전에서 그가 보여 준 무위는 고수들 중 가장 강한 실력인데 누가 뭐라고 하겠는가. 아무도 나서지 않았다. 서로들 눈치 보기도 바빴던 것이다.

진현은 그 순간, 이제 자신의 부모가 무사하다는 걸 느끼고 너무나 기뻐 가만히 있을 수가 없었다.

"어머니…… 어머니."

달려가 진수아의 품에 안겨 뜨거운 눈물을 흘렸다.

"그래…… 우리 딸…… 어여쁜 내 딸. 이렇게 예쁜 줄 엄마가 왜 몰랐을까."

진수아와 진현이 끌어안고 우는 모습은 다른 사람들의 눈시울도 붉게 물들게 했다. 그 오랜 세월 수없이 응석 부리고 싶고, 울고 싶은 마음이 한순간 터져 버린 진현은 보는 사람의 마음까지 아프게 만들었다. 남궁비헌도 새삼스럽게 자신의 잘못된 선택으로 인한 고통의 세월을 보낸 모녀 때문에 눈물이 흐르는 걸 막지 못했다.

'그래…… 오늘뿐이다. 다음부턴 절대 네 눈에 눈물 흐르게 하지 않으마.'

제갈태경의 굳은 결심을 진현은 알고 있을까? 아마 느끼고는 있을 것이다. 그가 얼마나 자신을 사랑하는 줄 알고 있기에.

제27화
화미남(花美男) 탄생

한편 태준은 진희가 나가 버리자 자신 곁을 영영 떠나 버릴
것 같은 느낌이 들어 가만히 누워 있을 수가 없었다. 어떻게든
진희를 좀 더 잡고 같이 있고 싶었다. 그래서 곧바로 진희를 뒤
따라 나왔다. 저만치 진희가 누군가와 얘기를 하고 있었다. 남궁
가의 늙은 하인인 진 할아범이라고 소개를 받은 게 생각났다.
진 할아범이 어렸을 때부터 재밌는 얘기를 많이 해 줬다고 들은
적이 있던 태준은 그러려니 했다. 그런데 그 하인이 진희 쪽으
로 고개를 숙이며 뭔가 할 말 있는 듯하다가 느닷없이 진희의
혈도를 찍어 버렸다. 꼼짝 못 하는 진희를 둘러메고 늙은 하인
이라곤 볼 수 없는 경공을 발휘하여 순식간에 담을 넘어 달아나
기 시작했다.

깜짝 놀란 태준이 뒤따랐지만 하인은 상상을 초월하는 경공

실력을 가지고 있었다.

태준이 전력을 다해서 쫓아갔지만 좀처럼 거리를 좁힐 수 없었다. 진희와 자꾸 멀어지는 느낌에 태준은 애가 타서 젖 먹던 힘까지 다해 달려갔다. 태준이 이렇게 진희를 뒤쫓는 순간, 남궁세가에선 진현의 비밀이 밝혀지고 있었다. 다행인지 불행인지 그 하인은 태준의 기척을 느끼지는 못하고 그저 바람처럼 앞으로만 나아가고 있었다. 그리고 그가 이틀을 달려서 도착한 곳은 골목의 담벼락이었다.

태준은 처음엔 그 담벼락을 넘어가려고 했다. 그런데 예사 높이가 아니었다. 엄청난 높이의 담벼락은 경공으로 뛰어넘을 수 있는 수준이 아니었다. 뭔가 다른 장치를 움직여 사라졌다는 것인데……. 태준은 조급해지려는 마음을 다스리며 천천히 담벼락을 살펴보았다. 기관 장치를 찾기 위해서였다. 제갈가는 예로부터 기관 장치 분야에서도 남들보다 더 발달된 지식을 자랑해 왔다. 하지만 조급함 때문인지 잘 알 수가 없었다.

'제갈태준, 침착하자. 그녀는 괜찮을 거야. 처음부터 죽일 생각이었다면 납치하진 않았을 거야.'

일단 여기가 어딘지부터 파악하려는 생각에 태준은 담벼락에서 벗어나 주변을 둘러보았다.

놀랍게도 여기는 황제의 자금성과 인접한 어느 대갓집이었다. 대갓집은 자금성과 얼마 떨어지지 않은 곳에 있었다. 누구네 댁인지 현판을 확인해 보려던 태준이 빙 둘러 집의 정문을 찾았다. 그리고 마침내 그가 찾아낸 현판은, 당금 황제의 총애를 받는 후궁 현비의 친정집인 좌의정 왕정 대감댁임을 나타내고 있었다. 현비는 황제와 나이 차가 무려 15살이나 났다. 그래서 그런지 유독 나이 들어 얻은 현비를 총애했고, 그 총애는 곧 왕정의 권력으로 나타났다.

태준은 막무가내로 이 집을 들어갈 수 없다는 걸 알았다. 잘못하다간 반대로 누명을 쓸지도 몰랐기 때문이다. 진희 걱정에 한시라도 빨리 이곳을 쳐들어가고 싶었지만 경솔하게 행동할 수 있는 문제가 아니었다. 그리고 태준은 마음에 들지 않지만 결단을 내려야 했다. 일단 되돌아갈 수밖에 없었다.

"아버님, 태준이 돌아왔습니다."

"어서 들어오너라."

태준은 태경에게 그동안의 자초지종을 듣고 크게 안도했다. 다행이라는 생각이 드는 한편, 진희만 있었어도 자신도 진희와 같이 기쁨을 누릴 수 있었을 텐데 하는 아쉬움이 들었다. 태준은 이제는 사돈이 된 남궁세가와 이제 어엿한 남궁가의 장남이 된 남궁홍기를 여기서 보니 감회가 새로웠다. 그리고 진희가 납치된 상황을 얘기하기 시작했다. 그의 얘기가 끝나자 모두들 놀라움이 깃든 표정으로 그를 바라보았다.

"그럼, 마교의 끄나풀이 황제와도 관련이 있을 수 있겠군요. 진희가 어디 있는지 알았으니 어서 구하러 가요."

급한 마음에 진현이 일어서며 나서려 했다.

"기다려! 넌 여기 있어. 내가 가서 꼭 처제를 데려올 테니까."

제갈태경의 말에 진현은 눈을 동그랗게 뜨고선 절대 있을 수 없는 일이라는 듯이 쳐다보았다.

"무슨 말이에요? 내가 당연히 같이 가야 해요."

"그건 사위 말이 맞는 것 같다. 진현아, 진희가 걱정되는 마음은 알지만 넌 지금 가장 조심해야 되는 시기다. 지난번에 싸울 땐 몰라서 아무 말 못 했지만, 행여 무리하거나 다치기라도 하면 너뿐만 아니라 아기에게도 하나 이로울 게 없다. 특히나 조심해야 되는 게 지금이니 말이다."

진수아가 태경의 말을 거들고 나섰다.

"그렇지만……."

"처제 구해 올게. 네가 옆에 있으면 나마저 신경 쓰여 싸울 수도 없어. 그러니 넌 몸조심하고 여기 있어. 제발 그래 줘. 나 믿지?"

진현은 태경의 진지한 말투에 진실이 담긴 걸 알고 있었다. 그러나 자신 때문에 납치된 진희가 걱정돼서 자신이 가만히 있다는 게 용서가 되지 않았다.

"며늘아가, 이제 넌 홀몸이 아니니 마음대로 결정해선 안 된다. 태경이와 태준이 구해 올 거다."

제갈성우마저 그렇게 말하자 진현은 마음대로 우길 수가 없었다.

두 눈 가득 걱정되는 마음을 담은 진현을 태경은 안심시키듯이 두 손을 꼭 잡고 이마에 입맞춤을 했다.

"왜 이래요! 어른들 계시는데."

태경의 뻔뻔스런 돌발 행동에 사람들이 할 말을 잃고 쳐다보고 있었고, 진현은 넘치는 서방의 사랑에 부끄럽고 민망하여 몸 둘 바를 몰랐다. 어른들 앞에서 하는 존댓말도 익숙하지 않아 더욱 좌불안석이 되어 버린 진현이었다.

"이제 내 마누란데, 뭐. 그리고 너 남는다고 안 하면 이번엔 입으로 숨도 못 쉴 정도로 해 버릴 거다."

태경이 놀리는 듯한 미소를 짓고 있었지만, 진현은 더욱 민망 해졌다.

"정말, 지금 장난칠 때예요!"

진현의 얼굴이 붉어져 태경을 밀쳤지만, 진현을 꼭 안은 태경 은 물러나지 않았다.

"장난 아냐. 난 한다면 하는 걸 알잖아."

"알았어요. 대신 정말 꼭 무사히 모두들 다치지 말고 돌아와 야 해요."

진현은 태경의 고집에 지고 말았다.

"알았어. 이렇게 예쁜 마누라를 두고 내가 안 돌아올 리가 없 잖아. 혼례한 지 얼마 되지도 않는데 억울해서라도 빨리 돌아 올 거야."

"험, 험……. 이 녀석 대체 장인, 장모님도 계시는데 이게 무 슨 버릇없는 행동이야. 장가간 놈이 이젠 철 좀 들어라."

제갈성우가 더 이상 보고 있기 민망한지 제갈태경에게 타박을 주었다.

"형님, 놔두십시오. 이제 신혼이지 않습니까. 게다가 내 딸을 저리 좋아하는데 전 보기 좋기만 합니다."

"역시, 장인어른이 저하고 뭔가 좀 통하시는군요. 그리고 장모님, 전 진현이가 예뻐 죽겠습니다. 그래서 그녀가 근심하는 건 못 봅니다. 고생만 하고 아프게 살아온 만큼 이제부터라도 제가 책임지고 그녀를 행복하게 해 줄 테니 너무 심려 마십시오."

"고맙네. 앞으로도 그렇게만 살아 주게. 난 내 딸이 사랑받는 게 내 유일한 바람이네. 그리고 자네도 다치지 말고 꼭 무사히 다녀오길 바라네. 우리 딸이 과부되는 건 자네보다 내가 더 싫네."

"물론입니다. 그 점은 염려 마십시오. 진현이가 보고 싶어서라도 처제와 무사히 돌아오겠습니다."

"저도 동생을 구하는 데 도움이 되고 싶습니다."

가만히 듣고 있던 남궁홍기가 걱정이 되는지 나섰다.

"어, 형님은 이제 이 집안의 장남인데 다치기라도 하면."

"장남이니 장남 노릇을 하려고 하는 거다. 이제껏 진현이 해 왔던 장남 노릇을 이제는 내가 하려고 하는 거다. 남궁가의 일이 생기면 이제는 내가 나서야 하지 않겠느냐."

"당연히 그래야 하느니라. 그러니 이 애도 보내 주세요."

황보약란이 거들고 나서자 진수아와 남궁비헌, 남궁진현은 감격스럽고도 든든한 느낌이 들었다.

"그렇게 생각해 준다니 너무 고맙구려."

"약란 동생, 정말 고마워…… 홍기도."

남궁비헌과 진수아가 황보약란을 보며 고마운 눈빛을 보냈다.

"일단 황제와 얽힌 걸 알았으니 우리도 황궁에 들어갈 명분이 있어야겠지."

태경의 말에 일제히 모두들 누군가 생각나는지 고개를 끄덕였다.

　주령령을 자금성에 데려다 주기 위해 길을 나선 이들은 제갈 형제, 남궁홍기. 그리고 뜻밖에도 당소진도 같이 가 준다고 따라 나서 주었다. 당가는 남궁홍기와 당유란의 혼약을 마무리 지어야 했다. 게다가 당가의 어른들이 제갈성우와 그들이 돌아올 때까지 만년화리를 연구할 예정이었기에 자신도 뭔가 도움이 되고 싶었던 것이다. 힘이 되어 주겠다고 했을 때 평소 자신이 제일 잘났다고 생각하여 타인의 칭찬에 인색한 제갈태경이 한마디 했다.

　"역시, 생각대로 화통하십니다. 형님."

　"자네 땜에 가는 게 아닐세. 유란이가 홍기가 안 다치게 해 달라고 얼마나 들볶어 대던지. 그곳에 남아 있으면서 시달리느니 가는 게 편한 것 같아서네."

　"사매가요? 사매가 정말 제 생각을 그렇게 많이 해 줬단 말입니까?"

　홍기가 반색하며 물었다.

　"자네는 아직도 날 형님이라 부르지 않는 걸 보니 이번 혼약이 별로 마음에 들지 않나 보네."

　"혀, 형님! 그럴 리가요."

　홍기가 당황해서 형님이라며 재빨리 불렀다.

　"난 혀, 형님은 아니네. 지금 보니 자네 말도 더듬는군. 아무래도 이번 혼사를 물러야……."

　"형님! 형님! 정말 존경합니다. 전 말을 더듬지 않습니다. 정말입니다."

"큭큭큭……."

"호호호……."

제갈태경과 령령이 웃음을 참지 못하고 웃고 말았다.

이렇게라도 긴장감을 풀어 주는 당소진은 알려진 것과는 다르게도 무척 재밌는 사람이었다.

"정말 당소진 오라버니는 저기 제갈태경처럼 잘난 척 안 하면서 너무 재밌는 분 같아요."

"야, 꼬맹아. 난 잘난 척을 하는 게 아니라 원래 잘난 거다."

"알았어, 알았다고. 유모, 그나저나 나 이 오라버니들을 내 호위무사로 임명하면 이름을 지어야 할 텐데 뭐라고 지을까? 화미남(花美男) 4인방 할까, 아니면 유성(流星) 4인방이라고 할까?"

"야, 꼬맹아, 화미남이 뭐냐! 기생집 기둥서방 느낌이잖아. 차라리 유성이 낫겠다."

유난히 기생오라비에 대한 열등감이 심한 태경이었다.

"에이씨, 자꾸 꼬맹이 그럴 거야. 난 공주라고."

"거봐. 씩씩대는 게 아직 철없는 꼬맹이잖아."

태경과 령령이 투닥대다는 걸 구경하다 보니 어느덧 자금성에 와 있었다. 유모가 자금성의 문지기에게 명패를 내보이자 보초를 서던 병사가 곧바로 예를 갖춰 인사를 했다.

"공주님을 뵙습니다. 천세, 천세, 천천세."

"됐다."

우쭐거리며 령령이 명령했다.

[꼬맹아, 너 좀 있어 보인다.]

태경의 전음이 령령의 귀에 들렸다. 령령의 얼굴이 찡그려졌다.

'공주라니깐……'

전음을 못 하는 령령이 속으로만 구시렁댔다. 공주 체면에 태경과 싸울 수도 없었으니 말이다.

"그리고 여기 이 네 명은 이번에 새로 강호에서 뽑은 내 호위 무사 화미남(花美男) 4인방이야. 숙소를 따로 마련해 줘."

[야, 너! 그거 하지 말랬잖아!]

태경의 말을 무시하고 태경 쪽으로 혀를 날름하고는 자금성 쪽으로 성큼 앞장서는 령령이었다. 나름 자기를 틈만 나면 놀리고 무시하는 태경에 대한 복수였던 것이다. 하지 말라면 더 하고야마는 령령은 태경이와 참…… 어찌 보면 천적이었다. 자금성으로 들어오는 그들을 맞이라도 하듯이 육중한 문이 삐거덕 소리를 요란스럽게 내면서 천천히 열리고 있었다.

과연…… 자금성에선 어떤 일들이 벌어질지.

화미남 4인방이 병사를 따라 궁내를 돌아다니자 여기저기서 사람들이 힐끔거리며 쳐다보았다. 특히 궁녀들이 많은 관심을 가지고 속닥였다. 물론 4인방 모두 무공이 뛰어났기에 그녀들의 말소리를 어렵지 않게 들을 수 있었다.

여인의 이목을 잡아끄는 데 발군인 제갈태경에게 궁녀들은 무의식중에 눈길을 주었다.

남자나 여자나 잘생겼다는데 싫어할 사람이 어디 있겠는가. 태경이 웃으며 손까지 여유 있게 흔들어 주자 궁녀들이 얼굴을 붉히며 그의 잘생긴 얼굴을 힐긋거렸다.

"제갈태경! 너 우리 진현이 놔두고 바람피우면 내 손에 죽을 수도 있다."

남궁홍기가 태경에게 그답지 않게 냉랭하게 말했다.

"아니, 형님은…… 무섭게 왜 이러십니까. 전 그냥 인사만 잠시 한 것뿐인데."

태경이 찔끔거리며 얼른 손을 내렸다.

"이거야 원! 꼭 동물원 원숭이가 된 것 같잖아!"

당소진이 기분이 썩 좋지 않은지 툴툴거렸다.

그녀들뿐만 아니라 모두들 화미남의 얼굴들로 화제를 삼았다.

화미남 4인방이 근위병들이 훈련하는 데를 지나갈 때였다. 평소 근위병들 중에서도 무공이 뛰어나고 얼굴도 제법 영준한 근위병들 몇몇이 못마땅하다는 듯이 그들을 보면서 비아냥거리는 소리가 들렸다.

"반반한 얼굴만 믿고 하늘 높은 줄 모르는 놈들!"

그 소리가 들리자 당소진의 눈매가 가늘어졌다. 가뜩이나 기분이 나빠진 상태인데 이런 말까지 들리자 그의 기분이 더 상해 버린 것이다. 그 근위병 옆을 지날 때 그의 손에서 알게 모르게 뭔가 뿌려졌다.

[뭡니까, 형님?]

태경의 눈은 속일 수 없었다.

[그냥, 변비가 심해 보여서 화장실이나 좀 자주 갔다 오라고 도움을 준 것뿐이야.]

그 말이 끝남과 동시에 그 근위병은 엉덩이를 감싸 쥐고 냅다

뛰기 시작했다.

[형님, 효과가 빠르네요. 전 그놈의 혀라도 마비시키시나 했는데.]

[그것도 좋은 방법이군. 다음번에 그런 말 하는 놈이 있으면 그렇게 해 보는 것도 괜찮겠네.]

둘은 죽이 척척 맞았다.

[형님, 이렇게 넓은 궁에서 어떻게 진희의 행방을 찾을 수 있을까요?]

걱정 담긴 태준의 전음이 태경의 귀에 들려왔다.

[걱정 마. 머리를 맞대면 방법이 있을 거야.]

그때였다.

"모두들, 한쪽으로 비켜서 고개를 숙이시오."

앞의 병사가 주의를 주었다.

"왜 그러십니까?"

"현비마마 일행이시오."

태경의 눈이 반짝였다. 어느새 고개를 숙인 일행은 한쪽으로 비켜서 있었다.

"자네들은 누구인가?"

목소리가 부드럽고 고왔다.

"현비마마를 뵙습니다. 령령 공주님의 새로운 호위무사입니다."

4인방도 얼떨결에 같이 인사를 하고 고개를 숙였다.

"그래? 고개를 들라."

네 명이 고개를 들어 현비를 바라보았다. 일행은 목소리로 들었을 때는 분명 그녀가 청순하겠거니 했으나, 막상 고개를 들고 보니 청순함과 요염함이 묘하게 어우러진, 마치 천의 얼굴을 가진 여우라는 느낌이 들었다. 당년 25세의 현비는 황제의 총애를 받을 만했다.

[저 여자 좀 밝히게 생겼는걸.]

당소진이 전음으로 태경에게 말했다.

[진짜 관상학상으로도 남자 여럿 울릴 여운데요.]

[너 관상까지 보냐?]

[제 아버지가 누굽니까? 관상은 제갈가의 기본 교육입니다. 우리 아버지께선 여태껏 한 번도 관상을 틀린 적이 없었습니다. 그런 아버지 밑에서 배운 겁니다.]

당소진은 의외로 제갈태경이 관상도 본다는 말에 귀가 솔깃해지는 것 같았다.

[그래? 시간 되면 나중에 나도……]

당소진의 전음은 중간에 멈췄다. 현비의 목소리가 들렸기 때문이다.

"호호호…… 궁녀들이 수군거릴 만하구나. 모두들 미남자네."

현비가 빠른 시간 내에 퍼진 소문을 벌써 들었나 보다. 누군가가 보고를 한 것이 틀림없었다.

"과찬이십니다. 그런데 마마님의 소문은 믿을 게 못 되나 보옵니다."

"그게 무슨 말인가?"

현비는 말을 꺼낸 제갈태경을 고개를 갸웃거리며 쳐다보았다.

"마마님의 미모는 소문보다 훨씬 뛰어나셔서 저희들이 눈을 뜨기가 힘들 지경입니다."

[형님, 아부가 심하십니다. 형수님이 알면 어쩌시려고.]

[제갈태경! 너 이럴 거야!]

[너 혀에 기름이라도 칠한 거야?]

태준, 홍기, 소진의 전음이 동시에 태경의 귀에 들렸으나 신기하게도 태경은 겹치게 들리지도 않았고, 모두를 알아들었다.

"호호홋홋…… 정말 얼굴만 잘생긴 줄 알았는데 듣기 좋은 말도 할 줄 아는구나. 오늘은 푹 쉬고 나중에 연회에 한번 초대하마."

현비가 기분 좋은지 웃으면서 사라져 갔다.

일행이 안내받은 방은 4명이 충분히 묵고도 남을 공간으로, 호화롭고 넓었다.

그들만 있게 되자 태경이 전음으로 그들에게 주의를 주었다.

[천장에 2명, 바닥에 2명 감시가 있어. 말할 때 조심해. 거의 기척이 없는 걸 보니 아마 은신술을 배운 놈들인 것 같아. 그리고 현비에게 그런 말을 한 건 다 앞으로의 일처리를 위함이야. 현비는 스스로 아름다운 걸 아는 여자야. 황제까지도 자기가 맘대로 할 수 있다고 생각할 정도로 자기가 세상에서 젤 잘나고 예쁜 여자인 줄 아는 여자야. 그런 여자에게 아부해서 호감도를 상승시키는 건 당연한 거 아냐? 막말로 지가 사랑하는 여자에게도 못 하는 말을 그 여자 앞에선 더더욱 못 할 태준이 녀석하고, 이런 입에 발린 말은 당유란 때문에 소진 형님 눈치가 보여 못 하는 홍기 형님이나, 아부를 할 성격도 아니지만 할 의무를 못

느끼는 소진 형님. 대체 나 아니면 누가 이런 말을 할 수나 있겠어? 그러니 나라도 해야 하잖아. 모두들 공과 사는 구분하자고. 여기 있었던 일은 모두 내 마누라에겐 비밀이야. 진현이 성격들은 익히 알고 있지? 이게 다 진희를 구하기 위해 적을 방심시키는 전략이야. 우리가 여자들만 밝히는 한심한 놈들로 비춰지면 경계심이 많이 약해지니까.]

태경은, 다른 사람은 일대일로만 할 수 있는 전음을 동시에 세 명에게 하고 있었다. 이런 건 손으로 꼽을 만큼 드문 경우였다. 그의 무공은 나날이 진보하고 있었다.

"오늘따라 몸이 많이 피곤하네. 난 오늘 일찍 자야겠다. 아……함."

태경이 피곤한 척 기지개를 켜면서 하품을 했다.

[정찰 갔다 올 테니 아무런 내색 말고 자는 척해. 소진 형님, 같이 가시죠.]

"나도 피곤한데 일찍 잘까……."

두 사람은 자는 척 기척을 내면서 베개를 이불 속에 대신 넣은 채 귀신같은 은신술을 펼쳐 빠져나왔다.

구중궁궐의 호위는 철통같았다. 그러나 태경의 무공을 따라올 사람이 없었고, 당소진은 당가의 비전인 잠행술을 익혀서 들킬 염려가 거의 없었다. 적에게 소리 없이 접근하여 암기와 독기를 뿌리려면 반드시 잠행술이 뛰어나야 해서 당가 사람은 필수로 익히고 있었다. 이것은 은둔술과 비슷했지만 조금 달랐다. 은둔술은 주위의 사물과 어울려 모습을 잘 보이지 않게 하는 게 위주였지만, 잠행술은 기척을 죽이고 가까이 다가가는, 그러니까 적이 눈치채기 전에 빠른 경공과 은밀한 움직임을 바탕으로 한다고 생각하면 될 것이다.

[자네 날 일부러 지목한 건 아니지?]

[낮에 현비를 만났을 때 은밀히 투하한 게 당가의 추적술에 사용하는 천리추종향인 걸 제가 모른다곤 생각 마십시오. 형님께서도 저녁 나들이하실 생각이었잖습니까? 물론 저도 데리고 가실 생각이었고요. 이 넓은 궁궐에서 현비의 처소를 찾으려면 애를 먹을 게 뻔한데 형님 덕에 빠르게 찾겠군요. 앞장서시죠.]

[네 녀석의 눈을 속이긴 힘들 거라 생각했다. 어차피 너도 같이 간다고 생각은 하고 있었지만.]

[태준인 지금 이성적으로 생각하는 능력이 좀 떨어질 겁니다. 그래서 아예 제가 못 오게 한 겁니다. 나라도…… 그랬을 테니까요…….]

[태준은 진희를 좋아하는 거냐?]

[아마…… 그런 것 같습니다. 우리들 좀 아픈 사랑들을 했었지요. 이제 진현이와 제가 해결이 되었으니 태준이도 얼른 진희를 찾아서 행복했으면 좋겠습니다.]

[사랑이라…… 그게 그렇게 좋으냐?]

[형님은 나이도 제일 많으시면서 아직 사랑도 한 번 안 해 보셨습니까?]

[무슨 소리! 나도 여자라면 많이 겪었다. 수많은 여자 내게 반해서 몸을 던진 게 한두 번이 아니다.]

왠지 펄쩍 뛰는 당소진의 전음이 미심쩍게 느껴지는 태경이었다.

[정말입니까? 제가 본 관상으론 초년기엔 여인네 운이 없고, 그 이후에도 여인이 겨우 한 명 있는데, 그 사람도 형님과 이어지는 운은 아닙니다.]

[뭐야? 그럼 내가 평생을 혼자 산다는 거야?]

당소진은 뭔가 태경에게 말려드는 것 같았는데 너무 흥분한 나머지 눈치채지 못했다.

[뭐…… 잘하면 귀인의 도움을 받아 총각 딱지를 뗄지도 모르겠군요.]

[귀인? 그게 누군데? 언제 나타나는데?]

당소진은 마음이 급한 듯 연이어 질문을 하고 있었다. 태경의 입꼬리가 웃음을 참는 듯이 실룩거렸다.

[그 귀인은…… 벌써 나타나 있습니다.]

[뭐? 정말인가? 어디, 어디 있단 말인가?]

[멀리서 찾으실 필요 없으십니다. 바로…… 눈앞에 있지 않습니까?]

당소진은 잔뜩 긴장해서 귀 기울이다가 태경의 말에 어이가 없어서 그를 쳐다보더니, 그제야 태경의 입꼬리가 말려 올라가 웃음을 꾹 참고 있는 게 눈에 띄었다.

[너…… 이제 보니 날 놀린 것이냐?]

당소진의 분노에 찬 눈동자가 태경을 쏘아보았다.

전음으로 말을 하는 중에도 쉬지 않고 몸을 움직인 그들은 어느덧 어느 한곳에 도착하자 동시에 멈췄다. 향이 여기서 멈춰졌다.

당소진을 놀려 먹는 재미에 시간 가는 줄 모르고 도착은 했지만, 당소진의 분노는 생각보다 오래갔다. 태경을 죽일 듯이 노려보더니, 어떤 독으로 이 녀석을 죽여 줄까 하는 표정으로 품 안으로 손을 넣고는 갈등하는 표정이 자못 심각하게 보였던 것이다.

'내가 너무 심했나? 다 거짓은 아닌데…….'

[흠흠…… 여긴가 보군요. 비켜 보십시오.]

당소진의 분노를 잠재우기 위해 태경은 얼른 그의 시선을 다른 곳으로 돌렸다.

태경이 손가락에 기를 모아 지붕을 향해 지풍을 쏘았다. 그러자 가느다란 구멍이 소리도 없이 뚫렸다. 현비의 방이었다.

[여기도 밀정이 깔렸군요. 밀정인지 호위인지 모르겠지만, 숨어 있는 놈들만 해도 열 명은 넘겠는데.]

"아미야, 낮에 본 화미남 4인방 말이야. 넌 누가 가장 잘생겼다고 생각하느냐."

"모두들 잘생겼는데, 제 이상형에 가까운 사람은 제갈태경입니다."

"호오, 그래?"

"마마님은요? 우리끼리니까 그냥 누가 제일 괜찮은지 말씀해 보십시오."

"무엄하다. 황제 폐하를 모시는 내가 그런 사적인 감정을 가진다는 생각 자체가 불순한 것이지 않느냐!"

"마마님, 전 그런 뜻이 아니라……."

시녀가 다급하게 사죄를 올리려고 하자 갑자기 현비가 웃었다.

"호호호. 농 한번 해 본 걸 가지고 뭘 그리 긴장하는 것이냐. 내 마음을 황제 폐하께서 알고 계시는데 이런 놀이도 못 하면 정말 재미없겠지? 황제 폐하는 언제나 내 마음속에 꽉 차 계시단다. 다만, 객관적으로 볼 때 제갈태경과 당소진이 조금 특이한 느낌을 주더구나. 내 느낌이지만 제갈태경은 아마 여자를 많이 다뤄 본 놈일 거야. 당소진은 반대고 말이야."

[저 여자가 뭐라는 거야! 내가 겪어 본 여자들이 몇인데.]

[맞아요. 형님! 저도 여자를 그렇게 소문처럼 많이 다뤄 보진 않았습니다.]

두 사람은 좀 전의 상황은 잊고 현비의 말에 똑같이 분개하고 있었다.

그리고 시간이 좀 더 지나 시녀도 물러간 야심한 밤에 현비는 잠자리에 들었다.

[별일 없잖아, 그만 가야 되나?]

[형님, 이제부터 시작인데 벌써 가면 안 됩니다. 기다려 보십시오.]

그리고…… 태경의 말처럼 끈질기게 버티고 새벽이 오려는 때쯤 현비 혼자 자는 방에 누군가 소리 없이 스며들었다. 그리고 기로 소리를 차단하고 은밀한 그림자와 현비가 밀담을 나누었다. 그러나 태경의 고강한 무공은 기로 차단된 그 소리까지 빠짐없이 듣고 있었다.

"교주님, 보고 싶었어요. 저를 잊어버리신 줄 알았어요."

"너처럼 뜨거운 여자를 어떻게 잊어버리겠느냐."

"밀정들은……."

"걱정 마라. 모두들 잠재웠으니까."

바로 행방을 알 수 없었던 위세천이었다. 태경은 찰나간 흥분으로 기를 방출할 뻔했지만 다행히 잘 참고 듣기만 하고 있었다.

"교주님의 손길은 언제나 저를 참을 수 없게 만드십니다."

그의 손은 뜨겁게 현비를 애무하고 있었다. 그러나 눈은 냉혹하게 현비를 바라보고 그녀의 반응을 관찰하는 것 같았다. 현비는 천음지체는 아니었지만, 위세천이 자신의 양기 해소를 위해 선별해 뽑아 둔 여인 중 한 명이었다. 천음지체를 대신할 여인들을 충당할 때, 그들은 돈으로 해결되면 돈으로, 그것이 안 될 시엔 강제로 잡아 왔던 것이다. 그중 현비는 천성부터 밝히는 음기 강한 음란녀였기에 대번에 위세천의 강한 양기에 길들려졌고, 그의 아비 또한 야망이 컸기에 그들의 일에 기꺼이 동조했던 것이었다.

위세천은 무공을 익힐수록 양기가 강해져 극양의 신체로 변해 갔고, 천음지체를 못 찾은 그가 음기 강한 여인들을 상대로 양기를 분출하고 있었다. 그 양기를 견딜 수 없는 여인은 하룻밤만에 죽어나갔고, 그나마 현비처럼 좀 더 강한 음기의 여인들이 그의 손에 길들려졌다. 그러나 현비는 모르고 있었다. 자신이 위세천을 원하면 원할수록 자신의 수명이 짧아진다는 것을 말이다. 위세천은 절대로 말해 주지 않을 것이다. 단 한 명의 여인을 제외하고는 현비든 뭐든 그에겐 다 같은 소모품일 뿐이었다. 비록 소모품일지라도 현비의 적극적인 몸짓에 그의 남성은 점점 부피를 키워 가고 있었다.

"오늘 오고 한동안 못 올 것 같다."

"혹시 이번에 저희 집으로 데리고 온 그 계집년 때문인가요?"

현비의 목소리가 질투로 날이 선 것 같았다.

"그녀를 함부로 말하지 말라! 감히 너 따위가!"

위세천의 목소리가 서늘하게 변하더니 현비를 안아 가던 손길을 거둬 버렸다.

"교주님, 제가 잘못했으니 제발 그냥 가시지 마세요."

현비가 급히 공무의 커진 남성에 자신의 뜨거워진 알몸을 갖다 대었다.

"넌, 네 임무만 충실히 하면 된다. 그 외엔 일체 간섭 말라!"

위세천의 목소리는 북풍한설처럼 냉랭했다.

"교주님…… 저를 사랑해 주세요. 전 언제나 당신 거예요. 다시는 쓸데없는 참견은 안 할게요. 제발…… 부탁이에요."

현비는 자신의 말을 후회하면서 그에게 절실하게 매달렸다. 이미 그에게 길들여진 그녀는 오랜만에 자신을 찾은 그를 그냥 보내는 어리석은 일은 하고 싶지 않았다.

"그래야지. 넌 그냥 황제만 잘 구워삶으면 된다."

"아흑, 아…… 네…… 음…… 교주님…… 그, 그곳은…… 허헉…… 헉!"

위세천의 손이 그녀의 음란한 그곳을 가차 없이 침입하고 있었다. 그에게 길들여진 현비는 열락에 들떠서 모든 것을 잊고 그에게 매달리고 있었다.

진현의 비밀을 아는 위세천은 진현을 잡아왔다고 확신을 하고 있었지만, 섣불리 그녀에게 다가가지 못했다. 그녀가 자신의 정체를 안 이상 순순히 그를 받아들이지도 않을 것이고, 혹여 그 성격에 세게 저항하다 자결이라도 할까 봐 그답지 않게 걱정이 되었던 것이다. 그는 진현을 본 순간부터 그녀에게 매료되었다. 비록 제갈태경의 질투를 유발하기 위해 자신에게 다정하게 대해 주었던 걸 눈치챘지만, 그것마저 기분이 좋았던 것이다.

그는 그녀와 사랑으로 맺어지길 원했다. 자신의 몸 상태는 하루빨리 음기를 원했지만, 서두르지 않고 다른 여인으로 대체하며 그녀에게 거는 마라섭혼공이 성공적으로 끝나길 바라고 있었다. 그 대법은 이제 거의 막바지에 이르러 그를 설레게 했다. 이제…… 조금만 더 있으면…… 그녀는 완벽한 내 사람이 된다.

그는 그녀의 대법에 방해가 될까 봐 그녀를 가까이에서 본 적이 거의 없었다. 멀리서 봐도 그 아름다운 모습에 한동안 가슴이 뛰고, 하루를 기분 좋게 보낼 수 있었던 것이다. 자신의 복수에 그녀가 필요했지만, 사실 그녀가 없어도 이런 대체품으로 얼마든지 자신의 양기를 풀면 그만이었다. 몇 명의 여인이 죽어 나가든 그게 남궁진현만 아니면 괜찮았고, 한 번도 여인에게서 느껴보지 못한 감정으로 그는 행복하기까지 했던 것이다.

현비의 하얀 나신이 땀에 젖어 뱀처럼 그의 남성을 조여 오자 한순간 그녀가 남궁진현으로 보여, 그는 아까보다 더 뜨겁게 그녀를 정렬적으로 탐했다.

"현……."

위세천이 그 말을 갑자기 내뱉자 옆에 있던 제갈태경은 부지불식간에 잡고 있던 지붕의 기와를 가루로 만들어 버렸다. 그 소리에 들키는 줄 알고 당소진의 눈이 화등잔만 해졌다. 그러나 위세천은 정사에 완전히 빠졌는지 평소라면 듣고도 남을 그 소리를 그답지 않게 듣지 못하고 여인에게 빠져 있었다.

"네…… 하악, 하악, 교주님……."

현비는 남궁진현을 부른다곤 생각 못 하고 자신을 부르다 만 것으로 착각하며 대답하고 있었다.

두 남녀의 뜨거운 밤이 시작되고 있었다.

그러나 한쪽에서 귀식대법을 펼쳐 죽은 듯이 숨어 있는 이들은 죽을 맛이었다. 위세천이 보통 놈이 아니라며 귀식대법을 펼치라는 태경의 전음에 당소진은 긴장하며 귀식대법을 펼친 것이다. 그러나 시간이 지날수록 농도가 짙어지는 질펀한 정사에 얼굴이 벌게진 당소진이 먼저 눈을 뜨고 일어났다. 그리고 뒤이어 제갈태경이 소리도 없이 빠져나왔다.

[너 대체 아까 너답지 않게 왜 그런 거야? 너 때문에 들키는 줄 알고 얼마나 조마조마한 줄 아냐?]

당소진의 원망에도 제갈태경은 얼굴을 찌푸린 채 생각에 잠겨 있었다.

'하필, 저놈이 내가 진현이와 사랑을 나눌 때 부르는 애칭을 부를 게 뭐람! 기분 더럽네. 진짜 우리 진현일 부른 건 아니겠지?'

왠지 모르게 불길하고 찜찜했다. 다른 남자가 그녀의 이름만 불러도 자신도 주체 못 할 정도로 살심이 끓어오르는 것 같았다.

제28화
미남계(美男計)

[짐작대로 좌의정 왕정이 맞긴 한데, 어떻게 진희를 구해 와야 할까?]

홍기의 물음에 모두들 뾰족한 수가 생각나지 않는지 얼굴을 찡그렸다.

[내게 좋은 수가 있긴 한데…….]

태경의 말에 모두들 반색을 했다.

[형님, 어서 말씀해 주십시오.]

태경이 모두의 얼굴을 한 번 스윽 보더니 말했다.

[미남계!]

[예?]

모두들 무슨 말인지 모르겠다는 얼굴로 태경을 보았다.

[현비는 사실 아주 음탕한 여자로, 남자를 아주 밝히지. 그리

고 우리들에게 관심도 있고…… 현비도 무공을 익힌 여자야. 내가 볼 땐 방심할 수 없는 실력이야. 그래서 유혹할 사람이 필요한 거야. 모두들 아시다시피 난 유부남이라서 안 돼.]

모두들 묵묵부답……. 아무도 대답이 없자 태준이 결심한 듯 나섰다.

[제가…… 제가 해 보겠습니다. 그녀를 위해서라면…….]

태준이 내키지는 않지만, 진희를 구할 마음에 하겠다고 나섰다. 태경의 얼굴이 못마땅한 듯 일그러졌다.

[네 녀석은…… 일을 망칠 확률이…… 반반인데……. 홍기 형님도 그런 쪽으로 소질이 없으실 거고, 소진 형님 이럴 때 나서 주셔야지요. 현비의 말이 틀렸다는 걸 알게 해 주셔야 되지 않겠습니까?]

[뭐, 뭐라고! 나보고 하라고?]

갑자기 당소진이 더듬거렸다.

[내가, 왜? 난 아무 상관 없다. 진희는 내 동생도, 내가 사랑하는 사람도 아닌데, 내가 왜?]

[하참! 이 형님 의리 없긴! 여기 짝 없는 사람이 형님 말고 누가 있습니까? 홍기 형님은 정혼했지, 이놈은 진희 생각뿐일 테고, 난 혼례했잖아요. 누구 마누라한테 죽는 꼴 보고 싶습니까? 그리고 여자 많이 겪어 보셨다면서요? 그럼 이 일은 식은 죽 먹기보다 쉬울 텐데 뭘 그렇게 걱정합니까! 혹시 여자를 아직 경험해 보지…….]

[무슨 소리! 내가 하마! 내가 한다고, 까짓것 여자 하나 요리하는 게 뭐가 어렵다고. 나한테 맡겨!]

태경의 입꼬리가 왠지 음모를 꾸미는 것처럼 올라가자, 당소진은 자신이 왠지 태경의 말장난에 놀아난 것 같았다.

'이놈이, 왜 난 모두 알고 있소 하는 눈빛이야. 기분 나쁘게. 뭔가 또 걸려든 것 같은 찝찝한 느낌이……'

그러나 지금에 와서 무른다고 할 순 더더욱 없었다.

그리고…… 다음 날…….

"이리 오너라. 당소진이라고 했느냐? 네가 전음으로 한 말이 사실이냐? 그런 대역죄를 저지르고도 네가 살아남길 바라느냐!"

"마마님, 소인은 그런 뜻이 아니옵니다. 마마님의 솔직한 마음을 알고 싶어 대역죄인 줄 알면서도 이럴 수밖에 없었사옵니다."

"그래? 정말로 나를 호위하던 호위무사들을 모두 당가의 미약으로 잠재운 게 사실이냐?"

"그, 그러하옵니다. 마마님. 소인은 마마님같이 아리따운 사람을 지금껏 만나 본 적이 없었사옵니다. 마마님은 첫눈에 소인의 마음을 훔쳐 가셨사옵니다. 이런 마음을 품으면 안 된다는 걸 알지만, 제 마음을 소인도 어쩌지 못하여 이리 죄를 저지르고 말았습니다. 죄를 물으신다면 소인, 달게 받겠사옵니다."

"그래? 무엄한 놈! 당장 너의 죄를 물어야겠으니 이리 가까이 오너라!"

현비의 목소리가 냉랭하니 위엄 있게 들려왔다.

당소진이 내키지 않는 발걸음을 내디뎠다.

'이거 태경이 놈 생각이랑 다르잖아. 얼씨구나 좋아하는 게

아니라 화가 난 것 같은데. 이러다가 제명에 못 죽는 거 아닐까?'

걱정스런 마음을 숨기고 당소진은 천천히 다가갔다.

"네 이놈! 네놈은 중죄인이니라. 벌을 내려야겠으니 좀 더 가까이 오너라."

당소진이 현비의 코앞까지 왔을 때였다. 싸늘한 표정으로 당소진을 바라만 보던 현비가 갑자기 당소진에게 다가들면서 그를 벽으로 밀어붙였다.

'으헉, 이 여자가 왜 이래!'

당소진은 너무 놀라 딸꾹질이 나올 지경이었다. 일단 태경이 가르쳐 준 대로 현비에게 마음이 있다는 듯이 계속 눈짓을 했다.

현비의 처소에 좀 전에 화미남 모두 초대를 받았다가 모두 돌아가고, 지금은 둘만 남았다. 현비가 당가의 의술이 남다르다는 소문을 들었다며 당소진에게 진맥을 부탁했던 것이다. 그리고 당소진이 결정적으로 감시하는 눈길을 모두 당가의 미약으로 잠재웠다는 전음을 듣자마자 현비의 반응이 이렇게 달라진 것이다.

"마, 마마…… 너무 서두르지 마십시오. 바, 밤은 이제부터이옵니다."

'어떡하지? 어떡해야 되는 거야? 이다음엔 이 여자를 어째야하는 거냐! 태경이 이놈은 아까까지 전음으로 가르쳐 주던 일을 왜 안 하는 거야! 지금이 제일 필요할 때인데 전음을 안 하고 뭐하는 거야! 이 순간을 즐기고 있는 거 아냐!'

그랬다. 태경은 당소진을 골탕 먹이려고 그냥 지켜만 보고 있었다.

[야! 뭐해!]

[제가 그만큼 가르쳐 드렸으면 이젠 형님이 알아서 하셔야지요. 요릴 거의 제가 다해 드렸는데 먹는 것도 제가 도와 드려야 합니까?]

"어휴, 역시 내 짐작대로 순진하니 귀엽네. 여자 경험 없지?"

"무, 무슨 말씀을! 제, 제 나이가 몇인데 그런 말씀을……."

[야, 어떻게 좀 해 봐! 내가 먹히게 생겼다.]

[아, 글쎄, 먹히든 먹든 총각인 형님이 손해 날 게 뭐 있습니까! 제가 그만 빠져 드리는 게 도린 것 같은데.]

"호호호…… 어휴, 이 근육 좀 봐! 너무 단단하다."

현비가 당소진의 가슴에 손을 불쑥 넣더니 쓰다듬기 시작했다. 그러더니 손이 점점 밑으로 내려가는 것이었다.

[안 돼! 가지 마! 그래, 나 동정이다. 무공에만 미쳐서 여자하고 담쌓고 지냈다. 꼭 이런 말을 들어야 속 시원해지냐!]

[에? 동정씩이나? 큭큭큭…… 그것까진 말씀 안 해 주셔도 되는데.]

어쩔 줄 모르던 당소진이 갑자기 현비의 손을 잡더니 반대로 현비를 벽으로 밀어붙였다.

[형님, 여자에게 선수를 뺏기면 안 됩니다. 현비하고 위치를 바꾸세요.]

이런 태경의 가르침 때문이었다.

"어멋, 이 박력! 너무 멋있어. 흐흥."

현비가 콧소리를 내면서 당소진에게 더욱 바짝 안겨 왔다.

[야, 이 여자 문어처럼 찰싹 더 달라붙잖아.]

[……그게…… 전…… 여자를 유혹해서…… 달라붙게 하는 건 잘해도…… 떨어지게 하는 건…….]

[야, 야, 너 그게 무슨 소리야? 이러면 말이 다르잖아.]

태경이에게선 아무 소리도 들리지 않았다.

[야! 야! 제갈태경!]

당소진은 다급하게 태경을 불렀다.

"뭐 하는 것이냐! 밤은 생각보다 짧단 말이다. 더 이상 끄는 것은 시간 낭비일 뿐이다."

몸이 달아오른 현비는 조바심이 나는 것인지 당소진을 재촉하며 화까지 내고 있었다.

"마, 마마님. 자, 잠시만요. 이, 이런 일이 하도 오랜만이라 제 심장이 너무 두근거려서…….'

"어머, 정말이네. 심장이 정말 미친 듯이 빨리 뛰네. 호호 호…… 기분 좋은걸."

그리고 현비의 손이 당소진의 바지 속으로 쑥 들어가 그의 물건을 잡기 직전에 이르렀다.

그때였다. 빠르게 혈도를 찍는 손으로 인해 현비의 몸이 뻣뻣이 굳어 버렸다.

그리고 천장에서 제갈태경이 뛰어내렸다. 지풍으로 방심한 현비의 혈도를 몇 군데 찍어 버린 것이다.

현비의 눈이 놀람과 노여움으로 크게 떠졌지만, 목소리가 나오지 않아 눈만 크게 떴다.

그리고 당소진이 현비에게 강제로 뭔가를 먹였다. 그런 후 태경의 손이 현비의 아혈(말하는 혈)을 풀었다.

"무엄하다. 방금 먹인 게 무엇이냐!"

"무엄하고 자빠졌네. 이제 와서 그 말한다고 먹혀 들어가냐? 묻는 말에 대답이나 해. 안 그럼 방금 먹은 독약의 해약은 영영 받을 수 없을 줄 알아. 형님, 그 독약이 어떤 겁니까?"

"휴, 살 것 같다. 그거? 현비라서 귀한 것만 먹었을 것 같아서 신경 좀 썼다. 당가에서도 몇 번 사용하지 않은 비전이다. 만약(萬藥)이라고, 만 가지 독약 성분을 정성스레 담아서 10년에 열 알씩만 제조하는, 당가에서도 보기 힘든 약이야. 제때 해독제를 먹지 않으면 피부가 녹아내리지. 아마 아름답게 치장한 얼굴을 보는 게 오늘이 마지막일 수도 있어."

현비의 얼굴이 하얗게 질려 갔다. 무엇보다도 얼굴에 집착하는 현비였다. 자신의 얼굴이 녹아내린다는 상상만으로도 두려움에 몸서리 쳐졌다.

"원하는 게 무엇이냐?"

두 사람의 얼굴에 미소가 나타났다.

다음 날 아침 4인방이 급하게 령령의 처소에 들러 자초지종을 얘기하고 있었다.

령령은 썩 내키지 않았지만, 찬성하지 않을 수 없었기에 마지못해 고개를 끄덕였다.

"알았어. 현비가 싫지만 작전상 어쩔 수 없네."

그때였다. 령령의 처소 문이 벌컥 열렸다.

"령령!"

령령의 이름을 아무렇지도 않게 부르며 들어온 여자가 있었다. 화려한 궁장머리를 한 채 들어온 여자와 그 뒤에 조용히 시립하고 있는 여인이 있었다. 눈에 확 띄는 미모의 여자는 이제 18-19세 정도의 나이였고, 뒤에 있는 여인도 비슷한 또래로 얼굴이 병색이 짙은 것처럼 창백해 보였다. 그러나 그녀의 미모가 화려함으로 무장한 앞의 여인보다 더 눈길을 끄는 건 확실했다. 갸름한 가는 얼굴선과 아래로 살짝 감은 눈 위로 속눈썹이 길게 자리 잡고 있었다. 삼단 같은 긴 머리가 등 뒤로 물결치고 있었다.

"말괄량이 못된 언니가 아침부터 웬일이야?"

령령이 시큰둥하게 대답했다.

"세령 공주님을 뵙습니다."

백리홍이 한쪽으로 물러나면서 인사를 했다.

세령 공주는 령령에겐 정작 눈길을 주지 않고 화미남 4인방만 바라보고 있었다.

세령도 궁녀들이 수군거리는 소리를 못 들었을 리 없었다. 궐 안에만 갇혀 있던 그녀가 언제 강호의 미남자들을 볼 수 있었겠는가…….

"당신! 이름이 뭐야?"

세령의 관심을 받은 남자는 제갈태경이었다. 그러나 정작 태경의 눈길은 공주의 뒤편에 시립해 있는 여인에게 못 박혀 있었다. 태경의 눈에 작은 떨림이 나타났다. 그의 눈길을 느껴선지 그녀가 고개를 들고 태경을 보았다. 사슴처럼 큰 눈동자에 놀람과 반가움이 나타났다.

"그 사람 혼례했거든! 그리고 우리 바빠. 나중에 다시 와."

령령이 고소하다는 듯이 세령에게 말하곤 자리를 털고 일어났다.

"얼른들 와. 급하다고 했잖아."

령령의 뒤에서 세령이 낭패한 얼굴로 그들의 뒷모습을 보고 있었다. 그리고 같이 온 그녀도 그들의 뒷모습을 섭섭하고 안타까운 눈으로 바라보고 있었다. 좀 전보다 그녀의 안색이 더욱더 창백해지는 것 같았다.

"와! 현비마마 집은 정말 아름답네요. 제가 가까이 살면서 여태껏 놀러 오지 못해 후회가 돼요."

령령을 앞장세우고 화미남 4인방은 현비의 친정집에 들렀다. 아무래도 령령이 같이 가야 자신들도 의심받지 않고 현비의 집에 갈 수 있기 때문이었다.

현비는 창백한 안색으로 고분고분 령령을 데리고 자신의 친정집으로 나들이 올 수밖에 없었다. 자신의 피부가 썩어 녹아내린다는 건 생각도 하기 싫었기 때문이다. 사실 령령은 현비를 아주 싫어했다. 황비인 자신의 어머니에게 아버지인 황제가 소홀한 게 여우 같은 현비 때문이라 여겼기에. 사실이 그러했다. 그래서 그녀는 정말 싫었지만 4인방의 작전 때문에 어쩔 수 없이 이렇게 현비의 집에 놀러오는 척할 수밖에 없었다. 왕정이 놀라서 달려 나왔다.

"마마님, 공주마마, 기별도 없이 이리 갑자기……."

"공주님이…… 여기 오고 싶다고 하셔서…… 겸사겸사…….
너무 격식은 차리지 마세요. 조용히 하루만 묵고 갈게요. 황제
폐하께도 말씀드렸습니다."

"예, 마마…… 방 준비시키겠습니다."

그리고…… 밤이 되어 령령이 현비를 붙들고 담소를 나누는
사이, 태경과 태준은 현비가 말한 장소를 탐색하기 시작했다.

[형님, 진법입니다.]

[그래, 이까짓 거 우리 둘이 풀면 금방이겠구나. 귀곡자의 사
방팔괘진이냐?]

[네, 맞습니다. 형님은 동쪽을, 전 서쪽을 해체하죠.]

귀곡자는 전국시대의 사람으로, 사람의 심리를 이용하여서 놀
기를 좋아했고, 세간에 떠도는 어려운 진법은 모두 귀곡자의 작
품이 많았다. 사방팔괘진은 특히 전설적인 진법으로, 사람을 해
하는 것보다는 주변 경관과 자연스럽게 어울려 본래의 목표물을
은폐할 때 사용하는 것으로 유명했다. 진법이 펼쳐지면 아무런
거부감 없이 주변과 완벽한 동화를 보여 진법을 펼친 자 외엔
찾기가 불가능하다고 전해지고 있었다. 이 진법은 가둬 두는 효
과는 탁월하지만 직접적인 해는 없었다. 아마도 시전자는 안에
있는 이가 혹여 다칠까 봐 해가 되는 진법을 펼치지 않은 것 같
았다.

그러나 그 힘들다던 진법도 제갈가의 뛰어난 기재 소리를 듣
는 형제를 만나 해체될 위기에 놓이게 되었다. 아마도 한 명이
면 좀 더 고전하면서 오래 걸렸을지도 모를 진법이, 두 사람이
나눠서 풀자 얼마 안 있어 풀려 버렸다. 그리고 뜻밖에도 작은

오솔길이 나타났다. 길을 따라 걸어가는 곳곳에 예쁘고 화려한 꽃들이 양옆을 수놓고 있었고, 이름 모를 작은 새들도 짝을 맞춰 놀고 있었다. 그리고 곧 작지만 화려한 별채가 나타나면서 누군가 별채에 머물고 있는 게 보였다.

그들은 기척을 죽이고 다가갔다. 진법을 믿어서 그런지 그곳엔 사람의 기척이 많이 느껴지지 않았다. 태준은 조심스레 문틈으로 안을 살폈다. 그곳엔 뜻밖에도 진희가 그림같이 아름답고 화려한 옷을 입고 수를 놓고 있었다. 진희는 원래가 모든 남자가 반할 정도로 예뻤지만, 지금의 모습은 정말 월궁항아를 방불케 하는 미모였다. 긴 머리를 내려뜨리고 콧등에 작은 주름을 만들면서 무언가를 열심히 하는 것 같았다. 태준의 가슴이 떨려왔다. 자신도 모르게 진희 앞에서는 한 번도 불러 준 적이 없는 그녀의 이름을 부르고 있었다.

"남궁……진희……."

아주 작은 소리였지만 그 소리에 그녀가 얼굴을 들고 태준이 있는 쪽을 바라보았다.

"홍접(紅蝶)이니?"

커다랗고 까만 눈을 들어 진희가 약간의 두려움이 깃든 음성으로 물었다.

태준은 진희를 보자 더 이상 망설이고 있을 수 없었다. 다른 생각은 아무것도 할 수 없었다. 그저 오랜만에 보는 진희를 안고 정말 그녀가 맞는지 느끼고 싶었다. 그리고 그 생각은 곧 행동으로 나타났다. 진희에게 다가가 그녀가 사라질까 봐 꽉 안아 버렸다.

"너무 보고 싶었소."

"까아악! 놔요. 놓으란 말이야. 이 불한당아. 홍접 어디 있어! 홍접!"

태준은 진희도 자신을 보면 무척 좋아할 거란 걸 믿어 의심치 않았다. 그런데 진희가 태준을 불한당 취급하며 빠져나가려고 바둥대자 어안이 벙벙해져 진희를 놓치고 말았다.

"설마…… 이 제갈태준을 모른다고 하는 거요?"

"제갈태준인지 뭔지 내가 어떻게 알아! 후안무치한 놈아!"

태준의 얼굴이 멍하게 진희를 보았다. 아무리 보아도 진희가 틀림없었다.

"아가씨, 무슨 일이세요?"

"홍접, 청접, 어디 갔다 온 거야? 이놈 어떻게 좀 해 봐."

하늘에서 뚝 떨어져 내리듯 불쑥 나타난 남녀. 여자는 그저 예쁘다는 정도였고, 남자는 지극히 평범해 보였다. 태준은 처음 봤지만, 태경은 본 적이 있었다. 바로 남궁세가에 진희가 납치되던 날 밤에 강시를 데리고 쳐들어왔던 그들이었다.

"네놈들은! 여길 어떻게 알고 온 거지?"

청접이 놀랍다는 듯이 눈썹을 치켜 올리면서 물었다. 그러나 결코 두려워하거나 하는 눈빛은 아니었다. 그만큼 자신 있다는 뜻도 되었다.

"왜, 우리가 못 올 데를 온 건가? 우리 사람을 데려갔으니 우리가 찾으러 온 건 당연한 거 아닌가."

제갈태경이 천천히 들어오면서 그들을 훑어보았다.

"제갈태경…… 반갑다고 해야 할까? 언젠가는 한 번쯤 부딪혀야 할 놈이라 은근히 기대도 하고 있었는데 말이야."

"그래, 그럼 실망을 줄 수는 없을 것 같군."

[태준아 멍하게 있지 말고, 내가 이 두 사람을 상대하고 있을 테니 남궁진희를 데리고 여길 빠져나가.]

태경의 전음으로 정신을 차린 태준이 칼을 빼어 들었다.

[좀 이상하지만 그녀가 틀림없습니다. 형님 혼자선 둘을 상대하기엔 무립니다.]

[넌 아직 날 잘 모르는구나. 걱정 말고 진희를 먼저 데리고 가거라. 내 입으로 이런 말하긴 뭐하지만…… 나를 믿어라.]

잠시 망설이던 제갈태준은 태경과 눈짓을 교환했다. 두 사람이 동시에 공격을 하는 듯하더니 태준이 갑자기 방향을 바꿔서 진희의 혈도를 찍어 등에 걸치고 바람같이 사라져 버렸다.

"이런! 여우 같은 놈들! 홍접, 저 둘을 쫓아! 수련하시고 계신 교주님이 알면 우린 죽은 목숨이야!"

"알았어!"

여자가 방향을 바꾸려 하자 태경의 손에서 곧바로 가늘지만 위력적인 지풍이 쏘아져 앞을 막았다.

"제갈태경! 너 혼자서 우리 둘을 상대할 수 있을 거라고 생각하는 거냐?"

"그걸 네놈들이 왜 걱정을 해! 이제부터 슬슬 나도 알아 볼까?"

"멍청한 놈! 후회하게 해 주마."

청접과 홍접의 손에선 어느덧 가느다란 실처럼 생긴 무기가 나왔다.

"호오! 천잠사로 만든 무긴가? 다른 사람 눈엔 잘 안 띄겠지만 내 눈엔 아주 잘 보여."

말은 그렇게 하지만 태경은 긴장을 늦추지 않았다. 그들의 실력이 예사가 아니란 건 알았다. 이곳에 다른 호위를 아무도 놔두지 않고 이들만 남겨 둔 것만 봐도 위세천이 이들을 얼마나 믿는지 알 것 같았다. 그의 손에서 서서히 내공이 모이고 있었다.

한편 태준은 진희를 안고 왕정의 집 대문을 뛰어넘어 내달렸다. 이미 령령 일행에게는 일정한 시간이 지나도 자신들이 돌아오지 않으면 적당히 핑계를 대고 물러나라고 해 두었다.

한참을 달려 한적한 곳에 다다른 태준은 겨우 한숨 돌리며 멈춰 섰다. 그리고 진희를 내려놓고 그녀와 눈을 맞췄다.

"내 말 잘 들으시오. 소리치지 않는다고 약속하면 혈도를 풀어 줄 테니, 그 증거로 눈을 깜빡이시오."

진희의 아름다운 눈이 감겼다 떠졌다.

태준이 진희의 혈도를 풀어 주었다. 진희는 약속대로 얌전히 그를 가만히 보고만 있었다.

"……정말…… 날 잊어버린 거요……?"

"……."

"당신이 걱정돼서 미칠 것 같아 잠도 제대로 못 자고 숨도 제대로 못 쉬었는데…… 이렇게 나를 잊어버리다니…… 내가 당신에게 그 정도밖에 안 되는 존재였소?"

태준의 목소리가 안타깝고도 애절하게 진희의 마음을 울렸다.

"……미안해요……. 전 당신이 누군지 기억이 안 나요. 사람을 잘못 본 것 같아요."

"잘못 볼 리가 없지 않소. 남궁진희! 말할 때 반짝거리는 예쁜 눈빛도 그대이고, 오뚝한 콧날도 그대이고, 그리고…… 이렇게 끌어안으면 내 품에 딱 들어오는 당신과 입맞춤하고 싶어 미칠 것 같은 심정이 되게 하는 입술도."

말과 동시에 태준이 진희를 끌어당겨 그녀의 입술에 뜨거운 입맞춤을 하기 시작했다. 너무나 그리운 그녀였다. 이 느낌을 어찌 다른 사람과 헷갈릴 수가 있단 말인가. 아무도 그에게 이런 마음을 들게 하지 못했다. 남궁진희 그녀 외에는.

그녀는 그가 기억나지 않았지만 그의 입맞춤을 거부할 수 없었다. 숨이 막히도록 입맞춤을 하는 그의 입술은 그녀의 온몸을 전율로 울리게 했으며, 왠지 모르게 슬프게 느껴졌다. 자신도 모르게 그의 입맞춤에 반응을 하면서 거부할 수가 없었다. 깊고 깊은 입맞춤은 두 사람을 정신없게 만들었다. 그러다가 그녀가 갑자기 그를 밀쳤다.

"이러지 마세요. 난 남궁진희가 아니에요. 당신은 다른 사람과 착각을 한 게 맞아요. 난 사공사란이에요. 당신이 사랑하는 여자가 나와 많이 닮은 것 같은데 난 다른 사람이에요."

태준은 믿을 수가 없었다. 분명히 그녀가 맞았다. 그런데 왜 그녀는 자신을 다른 사람이라고 한단 말인가.

제29화

기억하지 못하는 사랑

"정녕 이 제갈태준을 모른단 말이오?"

"제갈이라면…… 정파 사람이군요. 난 어릴 때부터 마교에서 나고 자라서 바깥으로 나가 본 적이 없어요."

"좋소. 그렇다 칩시다. 그놈들이 무슨 짓을 했는지 모르겠지만, 당신이 나를 잊어버렸다면 다시 나를 사랑하게 만들고 말겠소. 내가 이대로 당신을 포기할 거란 생각을 하고 있다면 생각을 바꾸시오!"

"안 돼요. 난 정혼자가 있어요!"

"뭐요! 도대체 정혼자는 또 누구란 말이오?"

태준이 어이없고도 놀라서 되물었다.

"누구긴 누구예요. 바로 위세천 교주님이시죠. 우린 어릴 때부터 같이 자라서 자연스럽게 사랑하는 사이가 되었어요. 곧 혼례도 올릴 거예요. 그는 언제나 날 존중해 줬어요. 그와 어린 시절을 함께한 기억이 온전히 있고, 요즘은 그분이 무공을 연마한다고 거의 뵌 적이 없었지만, 얼마 전에 오셨을 땐 정말 저를 사랑하신다는 걸 느낄 수 있을 만큼 잘해 주셨어요. 비록 우리가 정혼을 했지만 혼례날까지 저의 순결을 지켜 주시겠다고 하시는 그런 그분이 거짓을 말할 리 없어요."

진희의 입꼬리가 올라가면서 예쁜 미소를 만들었다.

태준의 가슴이 질투로 불타올랐다. 그녀가 자기가 아닌 다른 사람을 말하면서 미소를 짓자 미치도록 분했다.

"다른 남자를 생각하며 내 앞에서 미소 짓는 행동 용납하지 않겠소. 남궁진희!"

태준의 입술이 격렬하게 진희의 입술을 덮쳤다. 지금껏 태준은 마음속 욕망을 참으며 진희를 부드럽게 대하려 노력했다. 그러나 지금은 도저히 참고 있을 수가 없었다. 그가 질투심의 폭발로 진희의 입술에 거의 강제로 입맞춤하다시피 하자 진희는 그가 두려워 벗어나려고 바둥거렸다. 그러나 그의 단단한 두 팔은 그녀를 꽉 안고서 놓아주지 않았고, 거친 숨을 몰아쉬며 그녀를 몰아붙였다. 처음엔 반항하듯 힘껏 도리질 치던 그녀도 어느 순간 그의 입맞춤에 열정적으로 반응하고 있었다. 깊고도 위험스럽게 서로가 서로를 탐하는 남녀의 갈망은 꺼지지 않고 거세게 타오르고 있었다. 태준의 손이 진희의 가슴 섶으로 들어갔다.

"으으음……."

그녀의 신음 소리와 그의 신음 소리는 이제 한 목소리처럼 들려왔다. 태준은 터질 듯한 열망으로 그녀를 갖고 싶었다. 떨어져 있던 동안 자신의 몸과 마음이 알게 모르게 그녀를 그리워하는 마음이 쌓여 갔었고, 재회의 기쁨도 잠시 그녀가 그를 모른다고 외면하고 다른 남자를 사랑한다고 말하자 그의 인내심이 폭발하고 말았다.

제갈태준은 제갈태경과는 달라서 항상 자신의 욕망을 저 깊은 곳에 봉해 두고 어느 정도 선을 지키면서 진희를 대하고 있었다. 그러나 지금의 태준은 그렇게 하지 못했다. 마음속 깊은 곳에 있는 또 다른 제갈태준이 진희를 보자 더 이상 참을 수가 없었던 것이다. 못 볼지도 모른다는 마음으로 헤어진 그녀를 다시 찾고 싶었다. 더 이상은 참고 있고 싶지 않았고 누구에게도 빼앗기고 싶지 않았다.

"나 아닌…… 다른 남자를 더 이상 말하지 마. 남궁진희……."

태준은 이제 예의를 차리는 말투가 아니라 거친 말투로 진희를 대했다. 항상 예의범절에 얽매여 있던 태준의 가면이 벗겨져 나가 버린 것이다.

진희는 정신이 없었다. 왠지 이 느낌이 생소한 느낌이 아닌 것 같았다. 익숙하면서도 낯선 남자를 보는 듯한 혼란스런 눈빛으로 그녀가 그를 보았다. 자신의 기억엔 분명 이 사람이 없었다. 자신은 일월신교의 성녀였다. 그리고 자신의 사랑은 위세천이라고 알고 있었다. 자신의 기억 속엔 언제나 위세천이 있었고, 그와 다정히 자라 온 게 기억이 나지만, 이 위험스런 남자는 기억이 나지 않았다. 그런데도 처음 본 남자로 느껴지지 않았다.

자신의 이런 마음이 드는 건 교주에게 미안한 행동이었다. 이 남자는 위험스럽게 느껴졌지만 또한 치명적으로 매력적이었다.

만약 자신이 위세천을 먼저 알지 않았으면 틀림없이 사랑하게 되었을 남자인지도 몰랐다. 그러나 자신은 일월신교의 교도들을 책임지는 성녀로서 한낱 욕망에 흔들리는 그런 여자가 될 수는 없었다. 제갈태준의 입맞춤이 다시 시작되려 하자 진희는 입을 꼭 다물고 이번엔 욕망에 굴복하지 않으려 단단히 마음을 먹고, 그의 입술을 피하려고 도리질을 쳤다. 완력에 있어선 그를 당할 수가 없었다. 그리고 자신의 마음을 자신이 마음대로 못 하는 게 억울했다. 그의 입술에 입맞춤하고 싶은 자신의 마음이 분해서 눈물이 다 났다.

태준의 눈이 욕망으로 까맣게 물들었다가 돌아왔다. 입술은 입맞춤의 여파로 부풀어 올라 있었다. 조금만 더 있었으면 아마…… 그녀를 강제로 가져 버리는 몹쓸 짓을 했을 수도 있던 위험한 순간이었다. 그녀의 눈물 덕분에 제정신을 차렸지만, 그의 마음은 너무나 아파서 회복하기 힘든 상처를 이미 입어 버렸다. 자신이 사랑하던 여인은 이미 다른 남자를 사랑한다고 하는데, 자신이 그녀를 강제로 갖는다고 그녀의 마음이 돌아서는 것도 아니었으니까.

'제갈태준…… 왜 이렇게 어리석으냐.'

"좋소…… 당신을 보내 주겠소."

그녀의 눈이 놀라서 크게 떠졌다. 정말 보내 준다는 말인가?

"대신 이 칼로 나를 찌르고 가시오."

태준이 자신의 손에 칼을 쥐여 주자 진희의 두 손이 가늘게 떨려 왔다.

'내가 이 사람을?'

"아마 나를 찌르고 가면 당신의 남자가 아주 좋아할 거요. 그리고 난 당신에 대한 나의 미련을 끊을 수 있을 거요. 당신이 나를 완전히 잊었다는 걸 믿어 주겠소."

"꼭…… 그래야만 하나요?"

진희의 목소리가 두려움 때문에 떨려 나왔다.

"그렇소. 꼭 그래야만 하오. 안 그러면…… 난 영영 당신을 보내 줄 수가 없소."

태준이 단호하게 진희를 보면서 자신의 가슴을 내밀었다.

칼을 드는 진희의 손끝이 파르르 떨렸다. 태준의 두 눈이 진희의 아름다운 눈을 흔들림 없이 마주 보고 있었다. 그녀의 손이 서서히 태준의 가슴으로 향하고 있었다. 그러나 망설임으로 가슴 앞에 멈춰 선 칼은 좀처럼 그를 찌르지 못하고 있었다.

"나에 대한 미련이 없다면 여길 이렇게 찌르란 말이오!"

갑자기 태준이 진희가 잡은 칼을 손으로 잡으면서 자신의 가슴을 찔렀다. 그녀가 자신의 곁에 없다면 자신도 살고 싶지 않았다. 푸욱 들어가는 칼이 느껴지면서 가슴에서 뜨거운 피가 솟으며 그녀의 얼굴에 튀었다.

그 순간 진희의 머릿속에 떠오르는 한 장면…… 그때도 이렇게 피가 많이 났었는데…….

"바보같이 왜 맨손으로 그걸 잡아요."

"당연히 지켜 줘야 되잖소. 당신은 형의 정혼녀니까."

"당신 혹시 남자로서 뭐 문제 있어요?"

"날 자꾸 시험하지 마시오. 남궁진희! 그러다가 돌이킬 수 없는 일이 일어날 거요. 돌이킬 수 없는 일이…… 일어날 거요. 돌이킬 수 없는 일이……."

그녀의 머릿속으로 그의 목소리가 울려 퍼졌다. 그랬다. 지금 그녀는 돌이킬 수 없는 일을 만들고 말았다. 어느덧 태준을 보는 진희의 두 눈에 눈물이 주르르 흘러내렸다.

"이게, 이게 무슨 짓이에요!"

태준의 몸이 짚단처럼 진희에게로 풀썩 쓰러졌다.

"……정말…… 예나 지금이나…… 제갈태준…… 당신은 바보 같은 남자군요."

진희가 제갈태준을 부축해 조심스레 자신의 무릎에 머리를 기대게 하고 뉘었다.

"내가 못 찌르는 걸 알고 있으면서……. 스스로 찌르다니…… 그런 바보 같은 남자가 어디 있어요."

"이제…… 기억난 거요? 이렇게 해도 당신이 나를 기억하지 못할까 봐…… 조바심이 들었소."

"정말로 기억하지 못하면 어쩌려고 그랬어요."

"그러면 그냥 죽을 수밖에. 당신이 나를 기억 못 하는데 내가 존재할 이유가 없잖소."

슬픔과 아픔을 담은 진희의 두 눈이 태준을 바라보았다.

"당신…… 목숨 가지고 두 번 다시 날 시험하지 마세요. 그러면…… 다시는 당신을 안 볼 거예요. 아니, 나도 당신을 가슴 아프게 해 버릴 거예요. 나 혼자만 아프면 억울하니까요."

진희의 눈물이 흘러 태준의 얼굴 위로 떨어졌다.

"……울지 마시오. 내가 잘못했소. 내 다시는 이런 모험하지 않겠다고 약속하겠소. 상처도 생각보다 심하지 않으니 너무 걱정 마시오."

"정말 나빠요. 내 심정이 어떤지 알기나 해요?"

"미안하오. 이제 절대로 당신을 놓치지 않을 거요."

"정말…… 바보 같은 사람이군요. 안 되는 걸 아시잖아요. 난 남궁진현으로 살아가야 한단 말이에요."

진희는 아직 남궁세가에서 벌어진 일을 몰랐기에 목소리 가득 슬픔이 배어 있었다.

"당신에게 해 줄 말이 있소."

"말 많이 하지 마세요.

"이 말만은 꼭 하고 내 얌전해지겠소."

그리고 태준은 남궁가에서 벌어진 일들을 얘기하기 시작했다. 그리고 태준의 얘기가 계속될수록 진희의 두 눈이 커다랗게 떠지고 있었다.

"다행이에요. 언니가 이제야 제자리를 찾았군요. 그리고 홍기 오라버니가 진짜 오라버니라서 너무 기뻐요."

"그리고 무엇보다도 중요한 건 이제 당신과 나도 떳떳이 사랑할 수 있다는 것이오. 조만간 부모님께 말씀드리도록 합시다."

"그런데 당신, 이렇게 말을 많이 하면 안 되잖아요. 지혈은 했지만 아직도 피가 자꾸 나오는 것 같아요. 어디 얼마나 많이 다쳤는지 한번 봐요."

"돼, 됐소. 이 정도는 괜찮소."

"어서 이리 봐요."

태준이 우물쭈물 상처를 보여 주지 않자 진희는 자신이 걱정할까 봐 태준이 상처를 자꾸 숨기려고 하는 것 같았다. 정말 많이 다쳤는가 보다. 어떡하지.

"빨리 봐요. 바보같이 왜 자꾸 우물쭈물하고 그래요."

진희가 괜찮다는 태준을 강제로 꼼짝 못하게 잡았다. 옷 앞섶이 붉은 피로 흥건히 젖어들고 있었다. 태준의 옷을 벌리자 진희는 놀라서 눈이 동그랗게 떠졌다.

"이게…… 뭐예요?"

"그게…… 돼지피요. 당소진 형님이 오늘 당신을 구하러 가기 전에 나와 형님에게 몇 가지 물건을 나눠 주었소. 고수를 만나 싸울 때, 허허실실 작전으로 다친 척해서 적을 방심하게 만들라고 준 거요. 내가 진짜 바본 줄 알았소? 사랑하는 당신을 겨우 만났는데 죽기는 왜 죽소."

사실 좀 전에도 태준은 진희가 자신을 진짜로 찌를까 봐 자신이 먼저 돼지피를 겨냥해 재빨리 찔러 버린 것이다. 진희가 잘못 찌르기라도 하면 그때는 정말 돌이킬 수 없는 사태가 벌어질지도 몰랐기에 먼저 선수를 친 것이다.

진희는 어이가 없었다. 자신 때문에 많이 다친 줄 알고 울고불고 난리를 쳤는데.

"미안하오. 그렇지만 이렇게 하니까 기억이 빨리 돌아오지 않았소. 마침 이게 생각이 나지 않겠소."

"제.갈.태.준!"

진희의 두 손에서 공력이 모아지고 있었다.

"날 갖고 놀다니! 이번엔 제대로 죽여 드리지."

퍼, 펑!

태준이 재빨리 경공으로 달아나자 그녀는 헛손질을 하고 말았다.

"남궁 소저, 내 잘못했다고 하지 않았소. 이러다 정말 다치겠소."

"지금 이게 장난으로 보여! 목숨 갖고 장난을 쳐? 내가 얼마나, 얼마나 놀랐는 줄 알아!"

"아, 알았소. 무조건 잘못했소."

태준이 진희의 장력을 피해 요리조리 달아나기 바빴다. 쩔쩔매는 태준을 쫓아다니는 진희는 화가 많이 났지만, 그래도 마음 한구석이 홀가분한 걸 숨길 수 없었다. 어쨌든 언니가 사랑하는 사람과 살 수가 있고, 자신의 정인이 다치지 않아서 너무나 기뻤던 것이다. 이제는 우리도 행복할 수 있을까…….

그녀의 마음에 희망이 자라고 있었다.

한편, 태경은 쌍접(雙蝶)이라는 남녀와 치열한 싸움을 하고 있었다. 하지만 대체로 태경이 잡은 승기를 놓치지 않고 있었다.

태경이 어느 순간 사라졌다가 부지불식간에 청접의 등 뒤를 노렸다. 홍접이 재빠르게 막아섰지만 태경이 조금 더 빨랐다. 태경의 장력을 맞은 청접이 비틀거리자 두 사람의 합격술에 틈이 생겼다. 그 틈을 태경은 놓치지 않았다. 섬전처럼 빠르게 몰아붙이면서 다가섰다. 그리고 태경의 마지막 장력을 피하지 못하고 두 사람 다 피를 토하면서 나뒹굴었다.

"으윽, 제갈태경! 역시 네놈은 강하구나."

홍접이 눈에 독기를 뿜으면서 쏘아보았다.

"흥, 어쩌냐! 이제야 알아서…… 잘 가거라."

그의 손에서 마지막 일격이 쏘아져 나간 순간, 갑자기 뿌연 독무가 시야를 가렸다.

"제갈태경! 네놈과는 언젠가는 승부를 다시 가릴 날이 올 거라고 생각했다. 천마신공 완성이 눈앞에 있어서 지금은 네놈과 싸우지 못함이 애석하구나. 아쉽지만 우리의 승부는 석 달 후 처음 대결을 펼쳤던 용봉대전 그 장소에서 가리자. 내가 만약 진다면 개인적인 은원뿐만 아니라, 마교도 네놈이 살아 있는 한 봉문하겠다. 천음지체가 있었으면 더 강하고 빨리 완성되었겠지만, 이제 그 모든 게 상관 없어졌다. 곧 남궁진현도, 무림도 내 것이 될 것이다."

연막 속에서 위세천의 목소리가 울렸다.

"야! 누구 마음대로!"

연기를 향해 일장을 내질렀다. 그러나 이미 두 남녀를 데리고 사라져 버린 그였다.

위세천을 놓쳐서 분했지만 석 달 후를 기약했으니 아마 그때가 되면 모든 것이 정리가 될 것이다. 그놈이 죽든지 아니면 자신이.

'내가 무슨 생각을 하는 거야. 난 절대 질 수 없어. 난 예쁜 마누라와 태어나지 않아도 알 수 있는 우리 둘을 닮아 예쁠 아

가랑 알콩달콩 살 거라고. 그렇지만…… 천마신공이 위력적이긴
하지. 예전 정마대전 때 천마를 죽이기 위해 모두 몇 명이 동원
된 건지. 천마신공이 좀 무섭긴 하네. 나도 지지 않으려면 사부
님의 도움이 필요하겠구나.'

태경은 사부를 생각하자 설희가 생각나 얼굴이 어두워졌다.
놓친 위세천이 새삼 아쉬웠다. 하나라도 마음의 짐을 덜었으면
좋으련만. 지금의 위세천이라면 자신이 이길 수도 있었지만 천
마신공을 완성한 그는 장담할 수가 없었다. 태경은 태준이 처제
를 잘 데리고 갔을 걸로 생각했다. 기뻐하는 진현의 얼굴이 보
고 싶었다. 그러다가 문득 생각난 그녀…….

'유설희…… 너를 어쩌면 좋단 말인가. 왜 궁에 있는 걸까.
설희가 여기 있다는 건 사부님도 가까이 있다는 말인데.'

제갈태경의 마음이 복잡해져 왔다. 그럴수록 진현이 보고 싶
어져 얼른 집으로 돌아가고 싶었다. 혼례를 올렸지만 아직 제갈
가에 데리고 가지도 못했던 것이다. 장인, 장모님이 좀 섭섭해하
더라도 이제 정식으로 제갈가로 데려가야겠다고 결심했다. 어머
니가 진현일 보면 무척 좋아하실 거라고 생각했다.

사실 태경의 어머닌 혼례날 오기로 되어 있었지만, 그날 갑자
기 지병이 도져서 오지 못한 것이다. 혼례날 태경이 자신이 정
신적인 공황상태에 빠져서 어머니마저 제대로 챙기지 못해 불효
를 저지른 셈이 되고 만 것이다.

태경의 어머니 장경주는 뛰어난 재녀였고 화통한 성격이었다.
그런 그녀도 태경이 주화입마로 시한부 목숨이 되어 버린 걸 알
고는 그 자리에서 쓰러져 몸져누워 버린 것이다. 그나마 태경의

몸이 나았다는 말을 듣고 조금의 차도를 보여 혼례날 오려고 했는데, 오랜 병을 앓음으로써 떨어진 체력을 단시간에 회복할 수가 없었던 것이다.

태준을 제외한 화미남은 자금성으로 되돌아왔다. 령령은 진희가 구출되었다는 걸 알고 안도의 한숨을 쉬었다.

"근데 태경 오라버니, 현비는 그럼 마교 사람인 거야?"

"그래, 현비를 추종하는 세력 중 상당수가 마교와 연관이 있을 거야. 아마 네 아버지께 말씀드려서 청소를 한번 하라고 해야 될 거야."

"그런데 현비 해독은 시켜 준 거야?"

령령이 당소진을 보고 물었다.

"내가 미쳤냐! 그 여자를 지금 해독시켜서 어쩌자고. 그리고 그 약은 사실 그렇게 독한 약은 못 돼. 겁 좀 먹으라고 내가 엄포를 좀 준 것뿐이야."

"형님, 그러면 그 약이 어떤 약인데요?"

"그거, 해독약을 제때 먹지 못하면 온몸에서 고약한 냄새가 날 거야. 그러면 현비는 자신의 몸이 썩어 들어가는 줄 알고 아마 똥줄이 타들어 갈 거다."

"호호호…… 역시 오라버니는 재밌어."

"령령아, 한 가지 물어보자. 세령 공주와 같이 온 그 여인은 누구냐?"

당소진이 령령에게 의문스럽게 물었다.

"왜? 오라버니 관심 있어?"

"그냥 궁금해서 그런 거지. 왠지 궁녀는 아닌 것 같고."

"맞아, 그녀는 유설희라고 우리 어마마마의 병을 고치러 온 의원님 딸이야. 저번엔 성찬 오라버니와 급히 강호로 간 이유가 그 의원님을 찾기 위해서야. 어마마마가 자꾸 시름시름 아프셨거든……. 아마도 그것도 마교의 짓이 아닌가 싶어. 황후이신 어마마마가 돌아가시기라도 하면 총애 받는 현비가 황후 자릴 꿰찰 수도 있다고 생각했을 테고, 그것이 아니라도 최소한 권력은 더 막강해졌을지도 모르지. 그래서 용하다는 의원을 다 동원했지만 소용없었어. 그때 한 의원이 유 의원님을 추천시켜 줬어. 의술이 화타나 편작처럼 유명하시다고……. 나도 이틀 전에 봤어. 의원님 따님이 자금성이나 이런 데가 처음이라고 성찬 오라버니가 세령 언니 보고 안내해 주라고 한 거야. 어마마마의 병을 거의 낫게 하신 것 같거든. 그러니 극진히 대접할 수밖에……. 그런데 안됐어. 중이 제 머리 못 깎는다고 의원님 따님이 중병인데 의원님의 의술로도 어떻게 할 수가 없다나 봐."

령령의 목소리가 안타깝게 들렸다. 태경의 속이 타들어 갔다.

'결국…… 다른 수가 없단 말인가. 그녀를 정말……어떡하면 좋단 말인가.'

남궁세가로 돌아가기 전날 밤 태경에게 강성찬이 찾아와 지난날의 고마움을 표현했다. 그리고 황제 폐하께서 같이 오길 청했다며 그를 데려갔다.

'귀찮게 황제 영감이 왜 보자고 하는 거야? 강성찬하고 령령에게 다 얘기했는데.'

태경은 억지로 귀찮음을 무릅쓰고 마지못한 듯 따라갔다.

현 황실의 황제 앞에서 태경은 예를 갖춰 인사를 올렸다. 황제의 눈빛이 위엄 있게 번쩍였다. 범접하지 못할 위엄에 다른 사람 같으면 주눅이 들 만도 한데 제갈태경의 눈빛은 조금의 흔들림도 없었다. 사실 태경은 이 나라의 황제라도 자기 가족에게 못할 짓을 한다면 용서하지 않겠다는 오만방자한 성격이었다.

"그대가 제갈태경이로구나. 듣던 대로 출중한 인물이로군."

어쩐 일인지 황제 폐하의 옆엔 세령 공주와 령령, 그리고 유설희까지 있었다.

"과찬이십니다. 폐하."

"현비 일은 내 령령과 성찬에게 들어서 알고 있으나, 현비는 이 나라의 지체 높은 신분인데 어찌 그대의 말 한마디에 내가 그녀와 좌의정 왕정을 상대로 마교도라고 몰아붙일 수 있단 말이냐. 증거가 없다면 오히려 현비를 모독한 죄로 다스려질 것이다!"

황제의 목소리가 싸늘하면서도 위엄 있게 들렸지만 태경은 기죽지 않았다.

"폐하, 현비에게 직접 들어 보시면 아실 것입니다. 아마 그녀는 지금 사실대로 말하지 못하면 곤란한 처지일 테니, 자신의 입으로 말한다면 폐하께서도 명분이 서실 것이옵니다."

"……그러한가? 그렇다면 현비 일은 일단 사건을 내 철저히 조사하여 진상을 규명하도록 할 것이네. 아무튼 그것과는 별개로 지난번에 령령을 구해 준 적도 있다고 하니, 그대에게 특별히 상을 내리도록 하겠다. 그대는 무공이 뛰어나고 인물도 출중하니 내 특별히 부마가 될 수 있는 기회를 주겠다. 마침 세령 공주가 혼기가 차고 그대를 특별히 마음에 들어 하니 영광으로 알라."

태경은 너무 놀라고 어이가 없었다.

"폐하, 황공하오나 소인은 이미 며칠 전에 혼례를 올렸나이다. 저 말고 다른 좋은 사람에게 그 영광을 누리게 하옵소서."

"그건 이미 령령에게 들어서 알고 있다. 그러나 자고로 남자는 삼처사첩을 거느려도 되는 건 익히 알고 있지 않느냐. 세령이도 그건 개의치 않는다 하니 마음 쓰지 않아도 된다."

"폐하, 소신이 사랑하는 여인은 이 세상에 단 하나뿐이옵니다. 만약 그 여인을 배반하고 다른 여인을 맞으라고 하신다면 소인 불충하게도 거절할 수밖에 없사옵니다."

"뭣이라! 네 이놈! 감히 어명을 거역하다니 그러고도 네가 살아남길 바라느냐!"

"폐하, 고정하시옵소서. 제갈태경은 그런 뜻으로 말씀드린 게 아닐 것이옵니다."

강성찬이 황제의 분노에 당황하여 급히 제갈태경을 두둔하고 나섰다.

태경의 얼굴에서 고민하는 게 역력한 갈등의 빛이 보였다. 다른 사람이 보기엔 목숨이 위태로운 지경이니 받아들일까 말까 하는 고민을 하는 것으로 보일지도 모르겠지만, 실상 그의 고민을 알면 거품을 물 일이었다. 바로 저놈의 황제 영감탱이를 두들겨 패 버려야 하나, 말아야 하나를 두고 갈등하는 중이었기 때문이다.

"폐하, 몇 번을 말씀하셔도 소인의 대답은 변하지 않사옵니다. 세령 공주님의 미모가 경국지색이고 어딜 가나 빠지지 않는 혼처인데 군이 두 번째 부인을 한다는 것은, 공주님 개인의 체면뿐만 아니라 황실의 체면 또한 땅에 떨어지는 것이옵니다. 폐하께서도 잘 아시겠지만 부인이 많으면 가정이 평화롭지 못하고, 어명에 의해 마지못해 공주마마를 맞이한다고 해도 전 지금의 부인과 한시도 떨어지지 못하는 못난 팔불출이기에 공주님을 결국 불행하게 만들 것입니다. 두 분 모두 그것을 바라진 않을 것이라 사료되옵니다."

제갈태경은 갈등을 일단 접고 강성찬과 령령의 관계를 생각해서 좋은 말로 한 번 더 사양을 하였다. 언젠가 진희가 입맛 살았다고 했던 말은 괜히 한 말이 아니었다. 그는 확실히 달변가였다.

그때였다.

"호호호…… 아바마마 내가 말했잖아. 제갈태경은 부인 외엔 절대 다른 여자를 거느리지 않을 거라고. 내가 이겼지? 아바마마가 아끼는 흑진주 목걸이 그거 나 줘야 돼. 어차피 현비 주려던 거였잖아. 세령 언니도 포기해."

세령의 얼굴이 샐쭉해졌다. 어쩐 일인지 옆의 설희는 복잡한 표정으로 태경을 보고 있었다.

"이런, 이런…… 정말이구나. 내가 졌다. 령령아, 그래도 저 녀석 갈등은 좀 하는 것 같지 않더냐? 내가 잘못 본 건가, 헛헛헛……."

황제는 언제 화를 냈냐는 듯이 헛웃음을 흘렸다. 사실 황제와 령령은 내기 중이었다. 태경이 과연 이 제안을 받아들이는지 아닌지 말이다. 태경과 진현의 사랑을 잘 아는 령령은 당연히 이길 자신이 있었던 것이다.

"호호호. 아바마마께는 갈등하는 모습으로 보였을지 모르겠지만, 결코 그런 의미의 고민은 아니었을 거예요. 그는 절대 지금의 부인 외엔 다른 여인을 맞이하지 않을 테니까요."

"옜다, 욘석아! 보는 눈은 있어 가지고."

황제가 던져 준 목걸이는 진주치고는 커다랗고 신비로운 까만색으로 윤이 났다. 령령의 눈이 황홀해졌다.

"와, 정말 예쁘다."

령령은 목걸이를 향해 황홀한 눈빛을 던졌다.

태경은 어이가 없어서 화도 못 내고 두 사람을 바라보고 있었다.

그러나 황제 앞이라 망나니처럼 행동할 수가 없었다. 자신은 이제 곧 애아버지가 될 테니 말이다.

"태경 오라버니, 이거 받아. 이거 진현언니에게 예물로 내가 주는 거야. 혼례날 변변히 준 게 없잖아. 이거 아주 귀한 거야. 서역에서 공물로 들어온 거야. 현비가 이걸 아주 탐내서 아바마마를 날마다 졸랐었어. 이게 뭐라더라, 인어의 눈물? 맞죠?"

황제의 고개가 끄덕여졌다.

"이걸 둘러싼 전설이 많았어. 말 그대로 소문일 뿐이겠지만, 이게 진현 언니와 아기를 지켜주는 부적이 되었으면 좋겠어."

태경은 령령의 생각이 기특하고 고마워 처음으로 진심 어린 인사를 했다.

"공주마마 망극하옵니다."

태경이 령령이 주는 진주목걸이를 받기 위해 령령의 곁으로 갔을 때 유설희와 눈이 마주쳤다. 유설희의 눈은 맑고 투명해 항상 생각을 읽기 쉬웠는데, 지금은 그녀가 무슨 생각을 하는지 전혀 알 수가 없었다.

제30화
불편한 동행

　"제갈태경, 그대가 큰일을 해 준 걸 내 알고 있다. 마교 놈들이 황실까지 넘보다니, 정말 큰일 날 뻔했더군. 그리고 령령의 목숨을 구해 준 걸 항상 기억하고 있을 것이다. 자네 부인이 아기를 가졌다니 몇 가지 보약도 같이 보내 줄 터이니 건강한 아이를 낳기를 바라네."

　황제는 의외로 진현의 건강까지 챙겨 주며 태경에게 사의를 표했다.

　"그리고 이번에 제갈가로 가게 되면 유설희 소저도 같이 데려가 주게. 마침 그쪽 방향으로 가야 한다고, 할아버지 되는 분이 자네와는 잘 아는 사이라고 그렇게 말하며 잠시 자리를 비웠네. 황후의 마지막 약제를 구하기 위해 잠시 다녀올 데가 있다면서 곧 뒤따라간다고 하더군."

태경의 안색이 어두워졌다. 하지만 황제는 이미 사부님께 언질을 받은 것 같았다.

'하필 내가 직접 설희를 데려가야 된다니.'

설희의 눈이 제갈태경의 안색을 살피고 있는 것 같았다.

"알겠사옵니다. 폐하……."

제갈태경은 무거운 어조로 이런 말 말고는 할 수가 없었다.

그다음 날 화미남 4인방은 유설희와 함께 자금성을 나섰다.

홍기는 원래 타고난 성격이 쾌활하고 모든 사람에게 먼저 다가가는 친화력을 가졌지만 당유란과 정혼한 상태로 다른 여인을 편하게 대해 줄 수가 없었고, 태경인 집이 가까워질수록 마음이 어두워져 갔다. 영문을 모르는 당소진은 아리따운 아가씨가 동행하자 괜스레 부끄럽고 마음이 들떴다. 사실 설희와 당소진의 나이 차는 10살이다. 그러나 당소진은 여자 경험이 거의 없어서 남녀 사이의 일에 대해선 설희와 별반 차이도 없었다. 황제는 병약한 설희를 위해 호화로운 마차를 내어 주었다. 넓은 마차는 4명이 타고 있어도 넉넉했다. 특히 잠이 오면 한쪽에 누워 잘 수도 있었다.

아마 이것도 설희를 위해서인 것 같았다. 약간 창백한 안색의 설희는 자금성을 벗어나도 태경에게 아는 척 말을 걸지 않았다. 그저 조용히 아래를 내려다보고 침묵을 지킨 채로 시선을 발끝으로 두고 있었다. 유설희는 태경의 혼례가 정략혼이라고 알고 있었다. 가문과 가문을 연결하는 혼례라고 생각했기에 자신은 첩으로 들어가도 충분히 태경의 사랑을 받을 수 있다고 생각했다. 그러나 그 생각은 황제 앞에서 태경이 공주를 거절할 때부터 바뀌고 있었다. 제갈태경이 그녀를 보고 희미하고도 어색한 미소를 지었지만, 그 이면에는 그녀를 어떻게 할까 하는 고민이 느껴졌다.

그녀는 어릴 때부터 부모님이 돌아가시고 한 분뿐인 할아버지와 살면서도 그다지 외롭지 않았었다. 그것은 병을 치료하기 위해 한동안 같이 살았던 제갈태경 때문이었다. 부모님께서 어떻게 돌아가신지 어렸을 땐 제대로 파악도 못 했던 그녀였지만, 커 가면서 태경의 주화입마로 인해 돌아가셨다는 걸 알았을 땐 충격이 컸었다. 그러나 그것도 그냥 사람이 어떻게 할 수 없었던 사고라고 스스로를 납득시켰다. 어느새 태경이를 많이 따르고 그를 좋아하던 그녀였기에 그를 증오하고 부모님의 원수를 갚겠다고 하기엔 늦어 버렸던 것이다.

태경은 언제나 자신을 우선으로 챙겨 주었다. 툭 하면 잘 아프던 그녀였기에 방에만 있는 시간이 많았고, 다른 사람들과 어울려 지내는 건 생각도 못 했었다. 설희는 그런 태경이 너무나 좋아서 커서는 그와 꼭 혼례할 거라고 항상 생각했었다. 그러나 태경이 자신의 마성을 제어할 줄 알게 되면서 만남이 뜸해져 설희의 그리움은 나날이 커져 가고 있었다. 주변에 사람이라곤 할아버지와 가끔씩 오는 제갈 부자와 산속의 약초꾼들이 전부였기에 이번에 이렇게 황제까지 만나게 될 줄은 꿈에도 몰랐었다.

설희는 자꾸만 황제 앞에서 당당하게 한 여인만을 사랑한다고 말하는 태경의 모습이 생각나 마음이 심란했다. 섭섭하고 서러웠다. 자신의 병이 불치병이라는 걸 알았을 땐 절망에 빠지기도

했지만, 곧 태경과 혼례를 하면 고칠 수 있다는 말을 들었을 때
는 배로 기뻤다. 그래서 첩이면 어떠랴. 오라버니와 서로 좋아하
는데, 라는 생각을 하고 있었던 것이다. 생각이 깊어지자 몸에
무리가 갔나 보다. 갑자기 몸에 한기가 나기 시작했다.

당소진은 옆에 아가씨에게 말을 걸고 싶었지만, 숫기가 없어
눈치만 보고 있었다.

숫기가 없다 뿐이지 눈치가 없진 않는 그였기에 뭔가 그녀와
다른 사람들간의 어색하고 답답한 침묵을 의식하고 있었던 것이
다. 그런데 갑자기 그녀의 얼굴이 하얗게 변하면서 입술이 새파
랗게 되어 가는 걸 보게 되었다.

"유 소저, 괜찮으십니까?"

제갈태경은 당소진의 목소리에 깊은 생각에 빠져 있다가 정신
이 들었다. 그가 정신을 차렸을 땐 당소진이 재빠르게 먼저 유
설희를 진맥하고 있었다. 진맥하는 당소진의 얼굴도 같이 새파
랗게 변했다.

"극음지체라니!"

당문의 다음 대 가주답게 그는 단번에 그녀가 앓고 있는 병을
알아보았다. 이미 극음지체의 징후가 나타나고 있었지만, 일반
의원은 접해 보지 않아 병명을 모르고 지나치는 게 다반사였다.
설희는 신음 소리를 내고 싶었지만 꾹 참았다. 자신이 신음 소
리를 내면 제갈태경이 양심의 가책을 느낄 테니까. 부모의 죽음
이 사고였음을 알았고, 그가 그 일로 얼마나 자책하고 괴로워했
는지 철이 들 무렵부터 알고 있었다. 그가 자신에게 잘해 준 것
은 죄책감 때문이었음을 애써 외면하고 있었는데 이번에 확연히

알게 되었던 것이다. 그가 자신에게 가지는 감정은 연민이었다. 자신을 보면 자신의 죄가 떠올라 더 괴로워하고 있었음을 이제는 부정할 수가 없었다. 기껏 여동생 같은 느낌이었을 것이다.

그 차이를 인정하자 몸은 더욱 나빠지고 있었다. 입술을 깨물고 신음을 참고 있기란 쉽지 않았다. 자신의 체질은 한기가 들기 시작하면 얼음보다 더 차가워지면서 도저히 정신을 차리고 있을 수가 없는 체질이었다. 그럴 때마다 할아버지가 침으로 한기를 임시로 막아 주었던 것이다. 근본적인 치료는 될 수 없지만, 그래도 할아버지가 옆에 있을 땐 재빨리 고통을 면할 수 있었다.

아마 유군명은 태경이의 의술을 믿었기에 같이 보낸 것이리다. 태경은 그녀를 모른 척할 수가 없었다. 자신 때문에 부모를 잃은 그녀에겐 그는 언제나 죄인인 것이다. 그러나 자신이 행동하기 전에 당소진이 빠르게 그의 품에서 침구를 꺼냈다. 빠르게 혈맥을 차단하여 그녀가 발작을 일으키는 통로를 임시로 봉하기 시작했다.

이건 웬만한 의술로는 하기 힘든 침술법이었다. 태경이 못지않은 침 솜씨를 발휘하는 그의 이마에선 굵은 땀방울이 흐르고 있었다. 극음지체를 실제로 본 건 처음이었다.

의학책을 통해 증상을 읽기는 했지만, 눈앞에 촌각을 다투는 환자를 마주 대하리란 생각은 해 본 적이 없었다. 이 침술법엔 상당한 내공이 수반되기 때문에 일부 극소수의 의원들은 알고 있어도 체력적으로 힘들었다.

"아프면 아프다고 소리를 지르시오! 그렇게 속으로만 참으면 더 아프게 느껴진단 말이오!"

당소진의 목소리가 설희의 귀에 들리자 정신을 잃기 직전의 그녀가 고개를 들고 그를 보았다. 굵은 땀방울을 비 오듯 흘리면서 자신에게 침을 놓는 손길을 늦추는 않는 그의 모습이 보였다.

'이 사람…… 당소진이라고 했나? 태경 오라버닌 줄 알았는데.'

왠지 실망하는 마음이 들면서 그녀는 서러워지고 원망하는 마음이 들었다. 왜 오라버니는 나를 기다리지 않고 다른 여자를 사랑하게 된 것일까. 정말 그녀만 사랑하는 걸까.

그리고 그녀는 마지막까지 신음 소리를 흘리지 않고 기절해 버리고 말았다.

태경은 설희가 왜 신음 소리를 내지 않는지 알고 있어서 더 괴로웠다. 만약 진현을 사랑하지 않았으면 자신은 유설희와 혼례를 올렸을 것이다. 사랑이란 걸 알기 전의 그라면 도리를 다해야 하는 일에 망설이는 일은 없었을 것이기에 지금의 자신이 처한 상황이 괴로웠다. 기절하는 그녀를 안아 들며 당소진을 도와 내공으로 그녀에게 기를 불어넣어 주기 시작했다.

"이제…… 내게 뭔가 설명을 해 줘야 할 것 같은데."

잠든 것처럼 평온한 안색이었지만 아직은 새파랗게 보이는 유설희를 보면서 당소진이 제갈태경에게 한 말이었다.

진현은 제갈태경의 귀환 소식에 날듯이 경공을 전개해 대문 앞으로 달려 나왔다.

헤어진 지 며칠 되지 않았지만 몇 년은 된 것 같았다. 진현의 얼굴이 좀 야윈 것 같았고, 왠지 배도 좀 부른 것 같이 보였다. 태경은 남궁세가가 가까이 다가오자 진현을 볼 생각과 유설희 생각으로 인해 복잡한 마음이 되었지만, 그녀가 보고 싶은 생각이 더 많았다. 너무나 그립고 그리워서 가슴이 다 아플 지경이었다.

진현은 기다리지 못하고 마차가 도착했을 때 제일 먼저 다가갔다. 당연히 제갈태경이 달려 나와 그녀를 꼭 안아 주리란 걸 의심하지 않았다. 마차의 문이 열리고 제갈태경이 보였다. 진현의 얼굴이 활짝 핀 복사꽃 같았다. 그러나 다음 순간 그녀의 얼굴이 하얗게 질려 갔다. 제갈태경의 품에 자신이 아닌 다른 여자를 안고 내리고 있었던 것이다.

유설희가 정신을 차린 건 남궁세가에 거의 다다랐을 때였다. 깨어 보니 제갈태경이 자신을 안고 내리고 있었다. 기분이 좋았다가 이내 그가 다른 곳을 보면서 괴로운 눈빛을 하는 걸 보았다. 유설희의 눈이 자연스럽게 그곳으로 향했다. 아름다운 그녀를 본 순간 유설희는 그녀가 제갈태경이 사랑하는 그녀임을 단번에 알 수 있었다. 두 사람의 재회에 자신은 불편한 존재가 되고 만 것이었다. 같은 여자로서 사랑하는 사람이 다른 여자를 품에 안고 있다면 자신의 심정이 어떨지 생각하자 제갈태경의 품에 안겨 있을 수가 없었다.

"내려 주세요. 오라버니 이제 괜찮아요."

그러나 태경은 유설희를 내려 줄 수가 없었다. 그녀의 상태가 어떤지 잘 아는 그였다. 그녀를 내려놓는다면 기운 없는 그녀가

서 있을 수 없음을 잘 알고 있었다.

"객기 부리지 마."

진현을 보는 그의 눈이 아픔과 그리움을 담고 흔들리고 있었다. 자신의 품으로 그녀를 안을 수 없는 이 상황이 너무나 싫었지만, 선택의 여지가 없었다. 진현은 안색이 하얗게 되었다가 이내 원래대로 되돌아왔다. 그녀가 누군지 알았던 것이다. 제갈태경이 유일하게 자신 말고 안아야 되는 여자임을.

제갈태경이 천천히 걸어서 진현의 곁으로 다가왔다. 이런 날이 오리란 걸 진현도 알고 있었다. 그러나 이성은 알고 있었지만 가슴으로 느끼는 느낌은 몇 배나 달랐다. 모든 것을 알고 있었지만, 막상 눈앞에 그가 다른 여자를 안고 있는 걸 보니 견디기가 쉽지 않았다. 자신의 어머니는 어떻게 황보약란을 받아들인 걸까. 자신과 똑같은 이런 심정이었을까. 질투로 인해 가슴에서 불이 나는 것 같고, 눈에선 눈물이 날 것 같은데 왜 담담히 그 상황을 받아들인 걸까.

"어서 와. 고생했어."

의외로 나오는 목소리는 마음과 달리 침착해서 진현은 다행으로 생각했다. 태경의 심정을 알고 있으면서도 그가 원망스러웠고, 유설희에게 몹시 질투가 났다. 그런 그녀의 심정은 그녀 말고는 아무도 느낄 수 없을 것이다. 이 남자는 알고 있을까 지금 자신의 마음을.

"……미안."

뭐가 미안하다는 거야. 이 여자를 지금 안고 있어야 되는 거, 아니면 앞으로도 안아야 되는 거? ……그런 말 하는 이 남자가 정말 미웠지만 이렇게 질투심으로 미칠 것 같은 자신의 마음이 더더욱 싫었다.

제갈태경이 유설희를 안고 진현을 스쳐 지나갔다. 진현의 가슴으로도 상실감이 스쳐 지나갔다. 손만 뻗으면 있는 사랑은 자신의 곁을 지나가고 있었다. 넋이 나간 듯 서 있던 진현의 눈이 자꾸만 뿌옇게 흐려지는 것이었다. 그리고 어느새 다가온 진수아가 진현의 몸을 끌어안아 주었다. 따뜻한 엄마의 품이 느껴지자 더 서럽게 느껴졌다.

그러나 소리 내어 울 수가 없었다. 자신이 울면 그의 발걸음을 붙잡을 것이고, 그건 그의 마음을 더욱더 아프게 하는 걸 알고 있었던 것이다.

"어떡해요. 언니가 너무 가엾어요. 우리 애긴 당분간 못 하겠어요."

진희는 진현이 엄마 품에 안겨 소리 없이 흐느껴 우는 걸 지켜볼 수밖에 없는 자신의 무능함이 싫었다. 쌍둥이라서 그런지 너무나 진현의 마음이 잘 느껴졌다.

"만약 당신이 저런 처지에 놓여서 다른 여자를 들여야 된다면 그땐……."

진희가 태준의 눈을 똑바로 바라보았다. 태준은 왠지 등골이 오싹해지는 한기를 느꼈다.

"난 절대로 절대로 그런 일 없을 거요."

진희가 다시 원래의 예쁜 눈으로 태준을 사랑스럽게 쳐다보았다. 태준은 자신이 잘못 본 걸 거라고 스스로를 위로했다.

진현은 정자에서 멍하게 헤엄치는 물고기를 바라보고 있었다.

"나 안 보고 싶었어? 난 보고 싶어 미치는 줄 알았어."

진현은 뒤에서 살며시 껴안는 태경의 팔을 느끼면서 상념에서 깨어났다.

"나…… 참 이기적이지. 전엔 너와 혼례를 올려서 여자로서의 삶을 살아가기만 한다면 뭐든 다 참을 수 있다고 생각했어. 그런데 그게 말처럼 쉽게 되지가 않네. 하……."

"바보구나. 날 사랑하고 있는 네가 아무렇지도 않다면 그게 더 이상한 거잖아. 그리고 아마 나라면, 너를 다른 사람과 공유한다는 건 죽었으면 죽었지 생각도 못 할 거야. 그러고 보니 내가 더 모순투성이 이기적인 남잔가 봐."

태경이 따뜻하게 진현을 감싸고 그녀의 배를 가만히 쓰다듬었다. 진현은 더 이상은 슬픔을 참고 있을 수 없었다. 임신을 한 그녀의 감정은 극도로 예민해져 있어서 예전의 진현이라면 참을 수 있는 일도 지금은 도저히 참을 수가 없었다. 그리고 감정은 점점 고조되어 볼 위로 눈물이 주르르 흘러내렸다.

"어떡하지? 그땐 너를 다른 사람과 나눌 수 있다고 생각했는데, 지금은 도저히 그렇게 못 하겠어. 아까 네가 유설희를 안고 내 앞을 지나갈 때 그 여자를 네 품에서 밀어내고 싶어 미치는 줄 알았어. 흐흐흑……."

진현의 목소리가 띄엄띄엄 흐느끼면서 나오자 태경은 너무나 미안하고 미안해서 아무 말도 못 하고 그저 뒤에서 진현을 안고 그녀의 뺨에 자신의 뺨을 꼬옥 갖다 댔다.

"약속할게. 그런 일은 없을 거야. 너 말고 다른 여자를 안는 일은 절대 없어. 날 믿어."

태경은 진현이 자신을 볼 수 있도록 돌려세웠다. 두 눈 가득 슬픔과 아픔을 담고 진현이 태경의 눈을 보았다. 눈앞이 흐려져 그의 잘생긴 얼굴이 제대로 보이지가 않았다. 태경의 입술이 진현의 떨리는 입술에 살며시 닿았다. 정열적이진 않아도 그의 마음이 나타나는 따뜻한 사랑이 담긴 입맞춤을 받고 있으니 그녀의 몸이 서서히 진정이 되었다.

"서방님, 아가씨…… 제갈 가주님께서 찾으십니다."

진현이 불안한 듯 태경을 보고 있었다. 태경이 진현의 손을 감싸고 걱정 말라는 눈으로 그녀를 감싸 안으며 천천히 걸음을 옮겼다.

"태경아, 며늘아기에겐 미안하지만 설희의 병이 저리 깊으니 얼른 혼례를 치러야 되겠구나. 너도 봐서 알겠지만 저대로 두면 설희는 얼마 못 산다."

제갈성우가 태경과 진현을 앞에 두고 어두운 얼굴로 말을 꺼냈다.

"……저는 그럴 수 없습니다. 다른 방법이 있을 겁니다. 제가 꼭 찾겠습니다."

"아직도 정신을 못 차린 게냐! 사람이 죽어 가고 있는데, 그것도 너로 인해 홀로 남겨진 저 애를 무책임하게 놔둔다는 게 말이나 되는 소리냐!"

노한 제갈성우의 목소리가 쩌렁쩌렁하게 울려 퍼졌다.

"저는 그렇게 못 한다고 말씀드렸지 않습니까! 부인, 갑시다. 더 들을 필요 없소."

진현이 곤란한 듯 고개를 흔들었다. 자신마저 버릇없이 시아버지를 두고 뛰쳐나갈 순 없었던 것이다.

태경은 재촉하다 안 되자 할 수 없다는 듯이 진현을 한 번 쳐다보곤 그들을 남겨 두고 화를 참지 못하고 나가 버렸다. 조금만 더 있으면 화를 참지 못하고 아버지라도 손을 섞을 것 같았기 때문이다. 그러나 그녀를 혼자 두고 나온 걸 그는 두고두고 후회하게 될 줄은 까맣게 모르고 있었다.

당소진은 자꾸만 그 아가씨가 마음에 걸렸다. 자신도 모르게 설희의 거처에서 서성대고 있었다. 그때였다. 방문이 열리면서 설희가 나왔다. 창백한 안색이지만, 아까보다는 괜찮은 것 같았다. 설희는 방에만 있기 갑갑해서 산책이라도 하려고 문을 열자 마당에서 서성이는 남자를 보게 되었다. 낯선 사람을 두려워하는 그녀가 깜짝 놀라 다시 들어가려고 하자 그가 그녀를 불렀다.

"소저, 잠시만 기다려 보시오. 나요, 당소진이오!"

설희가 방으로 가려던 발걸음을 멈추고 그를 다시 돌아보았다. 그 남자였다. 자신이 기절하기 전에 땀을 뻘뻘 흘리면서 자신을 치료해 주던 그 남자였다. 할아버지 외엔 자신을 치료할 사람이 제갈태경뿐이라고 생각했기에 그에 대한 호기심이 생겨났다.

"아…… 예……. 아까는 정신이 없어서 인사도 못 드렸네요.

정말 뭐라고 감사를 드려야 할지…… 유설희라고 합니다."

"유 소저, 실례가 안 된다면 내가 진맥을 한번 더 해 봐도 되겠소?"

"그러지 않으셔도 돼요. 제 병은 제가 잘 알아요. 이제 얼마 안 남았어요. 이 고통에서 곧 해방될 거예요."

그렇게 말하는 설희의 눈은 모든 것을 초월한 듯했다. 설희는 단번에 알 수 있었다. 제갈태경의 그녀를 보는 순간, 자신은 절대 끼어들어서도 안 되지만, 끼어들 자리도 없다는 걸 말이다. 사랑하는 두 사람에게 몹쓸 짓을 시키는 자기 자신은 용납할 수가 없었다. 그래서 곧 아무도 모르게 떠나리라고 생각했다. 한편으로 홀가분하단 생각이 들었다. 제갈태경에게 섭섭했지만, 가슴이 찢어질 만큼 아프다거나 하는 건 아니었기에 더욱더 미련을 일찍 버릴 수 있었다. 단지 자신이 그가 아니면 삶을 더 이어 가지 못하는 게 애석할 따름이었다. 아직은 한창인 나이에 못 해 본 것도, 하고 싶은 것도 많다는 게 너무 아쉬웠다.

'아니지? 나 아직 살아 있잖아. 그러니 지금 하나라도 해 보는 것도 괜찮지 않을까.'

유설희의 그런 생각을 아는지 모르는지 당소진이 말을 걸어 왔다.

"말은 들었소. 제갈태경과 혼례를 치르면 낫게 된다고. 그 방법 말고는 없는가 보오."

"저기, 당 공자. 우리 이런 얘기 말고 날씨도 좋은데 가까운 곳에 어디 나들이나 갈까요?"

"나들이요?"

"네. 나들이요. 전 지리를 잘 모르니 당 공자가 앞장 서세요."

그러면서 대문으로 향하는 설희를 당소진이 멍하니 바라보았다.

"유 소저, 이러면 몸에 안 좋습니다."

갑자기 설희가 돌아보았다.

"오늘만큼은 환자가 아닌 여자로서 살아보고 싶어요. 이제껏 계속 전 아픈 사람 취급만 받아서 정상적인 사람으로 한번 살아보고 싶어서 그래요. 그렇게 해 주실 거죠?"

당소진은 설희가 강한 의지를 담고 그를 쳐다보자 더 이상 그녀를 말리지 못하고 그렇게 해 주고 싶었다.

"좋습니다. 제가 이 근처에 좋은 곳을 알고 있으니 안내해 드리죠. 대신 소저는 제가 하는 대로 따라 오셔야 합니다."

"어멋, 뭐하시는 거예요!"

그는 덥석 설희를 안아 들었다.

"무례를 용서하십시오. 이런 몸으로 그곳까지 가는 건 무리기에 나들이하고 싶으시면 그저 가만히 계셔 주십시오."

그리고는 날듯이 경공을 전개해 담을 넘었다.

설희는 태경을 제외하곤 어떤 남자에게도 이렇게 안겨 본 적이 없었다. 제갈태경도 항상 그녀를 환자나 동생으로 여겼지 여자로서 대해 준 적이 없었다. 어릴 때 악몽을 꾸고 울면 안아 주던 그의 품을 커서는 한 번도 빌려 주지 않았던 것이다.

그런데 오늘 그녀는 보호받고 있다는 느낌이 들었다. 당소진의 품에 안겨 바람을 가르듯이 달려가자 신기했다. 두근대는 느낌이 들기 시작했다. 아마도…… 처음으로 맞아 보는 바람 때문일 거야.

태경은 화가 났다. 진현을 홀로 두고 나온 게 마음에 걸렸다. 그리고 홧김에 뛰어나와 멀리 가지 못하고 서성이다가 얘기 소리가 들려와 보니, 유설희가 당소진의 품에 안겨 사라지는 걸 보게 되었다.

'두 사람…… 잘 어울리는데……. 젠장…… 설희의 병을 어떻게 해야 둘을 엮어 줄 수가 있을 텐데.'

"제갈태경, 뭐하는 거야? 우리 오라버니 못 봤어?"

어느새 당유란이 다가와 말을 걸었다. 가르쳐 주려다가 두 사람에게 방해가 될 것 같아서 입을 닫아 버렸다.

"어떡하지. 우리 할아버지께서 오라버니 못 기다리고 직접 오셨어. 저번에 남만에 가서 잡은 만년화리에 문제가 생겼나 봐. 그래서 더 못 기다리고 직접 가지고 오셨어. 기다리면 약효가 떨어진다면서. 혹시 보면 빨리 좀 오라고 전해 줘."

"알았어."

대답을 건성으로 하고는 태경은 다시 혼자만의 상념에 빠져들었다. 설희의 체질을 어떻게 해야 고칠 수 있을까. 이 문제를 풀지 못하면 진현이 여인으로서 삶을 제대로 살아보지도 못하고, 불행해지는 삶이 되고 말 것이다.

"어, 가만 당유란이 방금 뭐라고 한 것 같은데? 뭐라고 했더라?"

제갈태경이 당유란을 다시 찾을 때쯤엔 그녀는 이미 사라지고 없었다.

"여기 정말 좋네요."

유설희는 탁 트인 계곡에 발을 담그고 작지만 꽤나 높은 폭포
가 떨어지는 이곳을 마음에 들어 했다. 자그마한 두 발이 물장
구를 치면서 움직였다. 햇살이 그녀의 얼굴 위로 쏟아졌다.

"마음에 드시오?"

당소진은 왠지 뿌듯해졌다. 그녀가 기뻐하니 자신의 심장이
쿵쾅대는 것 같았다.

'정말, 아름답다.'

유설희는 극음지체로, 오래 살진 못해도 타고난 미색은 쌍둥
이와는 또 다른 아름다움을 가지고 있었다.

"우왓, 물고기다!"

설희는 치마를 걷어 올리고 계곡의 맑은 물에 첨벙 뛰어 들어
가 물고기를 쫓아다녔다.

얼마 만에 느껴보는 자유스러움인지……. 어릴 때 말고는 거
의 이렇게 놀아 본 적이 없었다.

너무나 즐거워 가슴속에서 뭔가 뻥 뚫리는 느낌이 들었다. 당
소진은 유설희가 너무나 좋아해서 몸에 좋지 않다고 말리고 싶
어도 입이 떨어지지 않았다.

"아……."

그러나, 얼마 전 발작을 일으켜 기운이 없다는 걸 너무 간과
한 결과 설희는 휘청거렸다. 당소진이 옷을 젖는 걸 무시하고
그대로 날아 그녀를 잡았다.

두근…….

누구의 심장 소린지 구분되지 않을 정도로 두 사람에게 동시에 들린 것 같았다.

좀 전에 안겼을 때도 부끄러워 새빨개진 그녀였는데, 다시 붉게 물든 그녀의 뺨이 예뻐 보였다. 설희는 솔직히 자신의 감정이 뭔지 알 수가 없었지만, 이 남자가 자신의 심장을 빨리 뛰게 하는 것 같았다. 그리고 그녀는 얼마 남지 않은 자신의 삶에 갑자기 해 보고 싶은 게 늘었다.

'시간이 조금만 더 있어서 그를 좀 더 알 수 있었으면.'

'그녀는 태경의 부인이 될 여자다. 이렇게 두근거리면 안 되는데.'

두 사람 다 애써 드는 감정의 파편을 수습하려고 노력했다.

어느덧 물 바깥으로 나온 그를 유설희가 망설이듯 말했다.

"이제…… 내려 주세요."

"아, 이런…… 미안하오."

그제야 당소진은 조심스럽게 그녀를 땅에 내려 주었다.

"그거, 알아요? 당신은 좋은 분이에요."

"당신도 좋은 여자요."

두 사람의 곁으로 따뜻한 바람이 머물다 가고 있었다.

제갈태경이 그렇게 나가 버리고 둘만 남게 되자 왠지 이 상황을 예상하기라도 한 듯 제갈성우가 망설이듯 말문을 열었다.

"휴우…… 아가. 네게는 못할 짓이지만 사람 목숨은 살리고 봐야 하지 않겠느냐. 그리고 다른 사람도 아니고 태경이에게 갚지 못할 빚을 지게 한 사람들이다."

제갈성우가 진현에게 어렵게 말을 꺼냈다. 진현은 제갈성우의 말이 옳다는 걸 알고 있었다. 그리고 자신이 그에 맞서 반박할 말이 없다는 것도 알고 있었지만, 왠지 그의 다음 말이 듣고 싶지 않았다.

"네, 아버님. 알고 있습니다."

"너라도 이성적이어서 다행이구나. 저 녀석 저대로 두면 절대 설희를 들이지 않을 것이다. 그러니 확실히 책임질 일을 마련해 주어야 될 것 같구나."

"그게…… 무슨 말씀이신지?"

"이건 네가 하기에 달렸다. 이 약을 태경이가 먹는 음식에 섞어라. 자식과 며느리에게 못할 짓을 시키는 내 마음도 편치 않지만, 이 방법이 아니면 안 되니 어쩌겠느냐, 그저 사람 하나 살려야 한다는 것만 생각하거라."

자그마한 약봉지를 내미는 제갈성우의 손을 진현은 멍하니 쳐다보았다.

"이것이……?"

"……음약이다."

"뭐……라고요?"

진현은 자신이 잘못 들은 거라고 생각했다. 천하에 어떤 아버지가 자식에게 음약을 먹여 가면서까지 여자를 안으라고 한단 말인가. 음약…… 매화공자가 여자를 강제로 안을 때 쓰던 그런 종류의 약이었다. 음심을 폭발시켜 관계를 가지지 않으면 해독되지 못하고 죽을 수도 있는 그런 약인 것이다.

"설희는 내가 직접 손을 쓸 테니, 너는 태경이에게 이걸 먹여

라. 너라면 의심을 하지 않을 것이다. 정말 시아버지로서 면목 없구나. 그래도 설희가 죽는다면 그 죄책감을 너희 부부가 평생을 가지고 가는 것보단 낫지 않겠느냐. 나도 고민하고 또 고민했다. 그리고 오늘 태경이에게 한 번 더 말해 보았지만, 저 녀석 반응은 역시 내 예상을 벗어나지 않더구나. 너와 같이 부른 건 괜히 처음부터 널 혼자 불러서 뭔가 다른 눈치를 채게 하고 싶지 않아서 그랬다. 그 녀석은 유난히 눈치가 빨라 웬만해선 틈을 보이지 않으니 말이다. 정말 미안하단 말 말고는 달리 할 말이 없지만, 넌 정이 많고 남다른 책임감이 강한 아이라 그렇게 하리라 믿는다."

제갈성우도 마지막 양심은 있는지 차마 진현의 대답을 듣지 못하고 방을 나갔다. 홀로 남은 진현은 너무 무서워서 그것을 똑바로 바라볼 용기도 낼 수 없어 한참을 그냥 그렇게 앉아 있었다. 그러나 이윽고 덜덜 떨리는 손으로 천천히 약을 집었다.

'내가…… 내 손으로 그를 그 여자에게 보내야 된다니. 이건 꿈일 거야…….'

꿈이기를 바랐다. 이런 일이 어떻게 내게 일어난단 말인가…….

제31확

운명의 장난

"오라버니, 어디 갔다 온 거야?"

당유란이 의심스럽다는 듯이 당소진과 유설희를 쳐다보았다. 방금 전까지도 유설희를 안고 경공을 전개해 온 당소진이었기에 왠지 모르게 잘못한 걸 들키기라도 한 듯이 화들짝 놀랐다.

"어디긴…… 잠시 바람 쐬고 왔지."

"이분 소저가 제갈태경의? 정말 미인이시네요. 소개 안 시켜 줘?"

왠지 모르게 당유란의 눈가가 힐끔 올라가는 것 같았다. 같은 여자로서 질투심이 나기라도 한 걸까? 아니면 여자로서 진현이 편이 되어 경계심이라도 드는 걸까?

"아, 여기는 내 동생 당유란이라고 합니다. 이쪽은 유설희 소저다."

203

"아, 당 공자가 많이 아낀다는 막내동생이시군요. 반가워요."

설희가 웃으면서 당유란에게 스스럼없이 손을 내밀었다. 멀뚱히 그 손을 보더니 마지못한 듯 손을 잡아 인사를 하고는 유설희를 외면한 채 당소진에게 돌아섰다.

"이러고 있을 시간이 없어. 저번에 잡은 만년화리가 문제가 생겼어. 할아버님이 직접 가지고 오셨어. 얼른 가 봐."

"그래? 알았다. 유 소저, 그럼 나중에 또 뵙겠습니다."

"오라버니가 유 소저를 또 왜 보는데? 남의 여자잖아."

당유란의 한마디에 두 사람 사이에 어색한 침묵이 흘렀다.

"너 나중에 나 좀 보자. 유 소저, 얘가 나이는 유 소저보다 많아도 철이 없습니다. 죄송합니다."

"아, 아니에요. 전 괜찮으니 개의치 마세요. 급하신 것 같은데 얼른 가 보세요."

"아야야……. 오라버니 내 귀 놓고 가."

"천하의 말괄량이 같으니라고. 할 말, 안 할 말 좀 가리면 안 돼? 따라와."

사라지는 그들의 뒷모습을 한동안 물끄러미 바라보고 있던 설희는 두 사람의 허물없음이 부럽기만 했다.

"참 사이좋은 남매구나. 나도…… 저런 오라버니라도 있었으면."

돌아서는 그녀의 뒷모습이 쓸쓸해 보였다.

"할아버님, 만년화리에 무슨 문제라도."

당소진이 들어왔을 땐 제갈태경과 십대 고수 중 한 사람인 그들의 할아버지 당주용이 심각하게 얘기를 나누고 있었다.

"어? 태경이는 웬일이냐?"

"아, 제갈태경이 안 그래도 이 문제를 해결하기 위해 도움을 주겠다고 해서 상의 중이다. 너도 알다시피 제갈태경이 의술이나 이런 쪽으론 유명하지 않느냐. 우리 당가의 독술과 그의 의술이 합쳐지면 뭔가 방법이 있을 것 같아서 말이다."

"형님, 어떤 영물이든 자신이 살던 곳을 떠나면 아무리 비슷한 환경을 해 줘도 얼마 못 삽니다. 죽은 영물은 약효가 급격히 떨어지니 살아 있을 때 빨리 복용을 해야 합니다."

"우리도 그걸 알고 있지만, 양기가 강한 이놈을 중화시키려면 뭔가 다른 해결책이 있어야 되지 않느냐. 이대로 소진이가 먹기라도 한다면 약효는커녕 몸이 견디질 못할 것이다."

당주용이 고민스럽다는 듯이 태경을 보며 말했다.

"그래서 제 생각을 말씀드리자면……."

태경이 뭔가 말을 하려는 찰나에 하녀가 진현이 찾는다는 전갈을 했다.

"아, 죄송합니다. 제가 조금 있다 다시 오겠습니다. 방법이 있으니 조금만 기다려 주십시오."

제갈태경은 남궁진현이 찾는단 소리에 모든 걸 뒤로한 채 부리나케 달려갔다.

진현은 오늘따라 아름답고도 어여쁘게 치장을 하고 그를 기다리고 있었다.

"와, 이게 다 뭐야? 이게 정말 우리 부인이 다 한 거야?"

"으응…… 하녀들도 좀 도와줬어. 가만히 생각해 보니 혼례를 했지만 네게 따뜻한 밥 한 끼 못 해 줬잖아. 나도 하면 잘할 수 있어."

"우리 부인 솜씨 좋은데. 냄새도 정말 좋잖아. 이거 내가 좋아하는 건데 이건 어떻게 알았어?"

"관심이 있으면 다 알게 되어 있어."

진현이 은은한 미소를 띠고 태경을 바라보았다.

"너 오늘 좀 이상하다."

제갈태경이 빤히 진현을 바라보았다.

"왜, 왜 그래?"

"그냥 내 느낌일까? 얼굴은 웃고 있는데…… 너를 보는 내 마음이 왜 따끔거리는 걸까……."

진현은 태경의 말에 깜짝 놀랐다. 자신이 연기를 한다고 했지만 눈치 빠른 태경이 뭔가 이상한 걸 느끼는 것 같았다. 전에도 알고 있었지만, 진현은 연기를 엄청나게 못했던 것이다. 감정이 얼굴에 잘 드러나 감추는 걸 잘할 수 없었기 때문이다. 그러나 오늘은 정말 최대한 자연스럽게 보이려고 몇 배의 노력을 하고 있었다.

"쓸데없는 생각은…… 오랜만에 술도 한잔 먹어 봐."

"아, 술이다. 정말 오랜만이네. 너도 한잔할래?"

"난 애기 땜에 마시면 안 되잖아."

"아, 그렇지. 어떤 녀석이 나올지 기대된다. 날 닮으면 한 주량 할 텐데. 엄마 닮아서 예쁜 딸이 나왔으면 좋겠다."

"딸이면 가문을 이을 수가 없잖아."

"너, 아직도 그렇게 생각하는 거야?"

제갈태경이 정색을 하고 진현을 바라보았다.

"우리는 그렇게 생각하지 않아도 오랜 세월 그렇게 대대로 내려온 관습이 하루아침에 바뀔 수는 없잖아. 세가의 다른 어른들도 계실 테고."

"잘 들어! 만약 말이야. 만약에 세가에서 딸이라고 가정하고 그런 식으로 나온다면 가문 따위 상관없이 너와 나, 그리고 우리 딸 이렇게 오붓하게 살면 되는 거야. 내가 가족 하나 부양 못할까 봐? 나 무공 말고도 재주 많아. 의술로도 먹고살아도 되고, 하다못해 무공으로 표사 노릇을 해도 되고, 아니면 깊은 산속에서 사냥을 하면서 살 수도 있어. 어때? 든든하지?"

진현은 태경의 눈을 보았다. 자신이 믿을 수 있는 그런 눈이었다.

"알고 있어. 널 왜 못 믿어. 이 세상에 모든 사람을 다 못 믿어도 너만은 믿을 수 있을 텐데."

"그래, 나도 그래. 이 세상에서 너보다 더 믿는 사람은 없어."

"으응…… 고마워."

진현은 왠지 찔리는 양심과 죄책감에 고개를 들고 그를 바로 볼 수가 없었다.

"캬아, 오늘따라 술맛도 죽이네. 이게 맛있어 보이네."

"제비탕이야, 처음 해 본 거라."

"네가 해 준 거라면 설사 독약이 들었더라도 내가 못 먹겠어?"

진현의 몸이 가늘게 떨렸다. 태경은 아무 의심 없이 제비탕을 한 숟가락 떴다.

"으……으윽…… 너……."

"미, 미안해."

진현은 태경이 알았다고 생각되자 안색이 하얗게 질렸다.

"간이 너무 안 맞잖아! 이렇게 짠 걸 어떻게 먹어?"

다행인지 불행인지 그는 전혀 의심하지 않고 있었다.

"그, 그런가? 그건 먹지 말고 다른 걸 먹어."

"됐어. 이건 네가 제일 처음 한 음식이잖아. 이게 뭐든 다 먹을 거야."

그리곤 태경은 정말 깨끗하게 음식을 비워 갔다. 진현은 자꾸만 눈물이 나려고 하는 걸 참았다. 여기서 울면 모든 게 수포로 돌아가 버릴 거야.

"커억! 잘 먹었다."

트림까지 하고는 태경은 행복한 듯 진현을 바라보더니, 진현의 무릎을 베고 벌렁 드러누웠다.

"아, 정말 이게 행복한 거지. 부인이 주는 밥을 먹고 이렇게 무릎 베고 누우니 아무 욕심도 없네. 오늘따라 우리 부인 왜 이렇게 요염하게 보이는 거야. 나 벌써부터 달아오르네. 우리 아가에게 해가 되면 안 되는데 괜찮겠지?"

태경의 손이 진현의 허벅지를 쓰다듬기 시작했다. 진현의 가슴이 점점 더 아파 왔다.

"아가씨! 제갈 가주님께서 급히 서방님을 찾으십니다. 설희 아가씨가 갑자기 발작을 일으키셨답니다."

태경이 벌떡 일어났다.

"금방 갔다 올게."

"응, 어서 가 봐."

진현이 희미한 미소를 지으며 대답했지만, 그녀의 속마음은 전혀 다른 말을 외치고 있었다.

'가지 마.'

"여기서 꼼짝 말고 기다려. 어디 가면 안 돼."

"알았어……. 내가 어딜 가겠어."

'제발, 그 여자에게 가지 마.'

"갔다 오면 뜨겁게 알지?"

"어서 가 봐."

'가지 마! 내가 아닌 다른 여자를 안지 마. 제발…….'

나가려던 제갈태경은 멈칫했다. 왠지 뭔가가 자신을 붙드는 것 같았다. 그리고 태경은 돌아서서 진현을 와락 껴안고 격하고도 뜨거운 입맞춤을 하였다. 오늘따라 몸이 더욱 진현을 안고 싶어 안달인 것 같았다.

"서방님! 급하시다 하옵니다."

떨어지지 않는 입술을 억지로 떼고 태경이 방을 나섰다.

"갔다 올게. 더 있다간 이성을 잃어버리고 널 가져 버리겠다. 아, 참. 그리고 이거 잊어버릴 뻔했네. 령령이 우리 혼례 예물이라면서 너한테 주라고 했어. 아무리 바빠도 이건 목에 걸어 주고 가야지."

태경이 진현의 목에 검은 흑진주를 걸어 주며 이마에 입맞춤을 해 주곤 밖으로 나갔다.

태경이 안 보이자 꼿꼿이 서 있던 진현이 무너지듯이 주저앉았다.

"가지 말란 말이야! 가지 말라고. 내 말이 안 들려? 이 바보야⋯⋯."

진현의 머리가 흔들거렸다. 어지럼이 심해졌다. 그렇게 한참을 눈을 감고 마음을 다스리기 시작했다.

"남궁진현, 침착하자. 이러면 태아에게 안 좋아. 그가 죽는 것도 아니잖아. 이러지 말자. 아기를 생각해야지."

스스로에게 최면을 걸어 보며 안간힘을 써 보았지만 가만히 있을 수가 없었다.

"안 되겠어. 지금이라도 그를 붙들어야겠어."

벌떡 일어난 진현이 태경이 사라진 방향으로 급히 뒤따라갔다.

제갈태경은 신경질이 났다. 몸속에서 화기까지 올라오는 것 같았다.

'제기랄, 하필 그 순간에⋯⋯. 아버진 자기가 침을 놓아도 되잖아. 왜 나까지 부르는 거야.'

유설희의 방으로 들어선 그는 뭔가 좀 이상함을 느꼈다. 이 냄새는? 그리고 그가 깨달은 순간 유설희가 저돌적으로 제갈태경을 향해 달려들었다. 제갈태경은 깜짝 놀라 그녀를 밀어내려고 했다. 그런데 무공을 모르는 그녀의 어디서 그런 힘이 나온건지 그녀의 몸은 제갈태경에게서 잘 떨어지지 않았다. 마치 목숨줄이라도 되는 듯이 그를 꼭 끌어안고 그에게 입술을 밀어붙이며 그의 옷을 벗기려 들었다.

"뭐, 뭐야, 이거! 위세천이라도 왔다 간 거야? 얘가 왜 이래?"

기접한 태경이 그녀를 힘으로 밀치며 급한 대로 혈도를 찍었다. 그런데 이게 웬일인가? 무공을 모르는 그녀가 혈도의 위치라도 바꾸었는지 혈도가 찍히지 않았다. 이미 제갈성우가 이 사태를 예상해서 침술로 유설희의 혈도를 바꾸어 버린 것이다. 무공을 몰라 내공이 없는 설희의 음약 발작은 더 빨랐던 것이다. 막무가내로 달려드는 그녀의 눈은 충혈되어 있었고, 이미 이성이라곤 보이지 않았다. 태경은 그제야 자신의 몸이 오늘따라 자꾸 화기가 심해졌음을 기억했다.

"설마…… 현이가…… 내게?"

태경의 몸이 서서히 달아오르기 시작했다. 어쩐지 오늘따라 진현을 안고 싶은 욕구가 평소보다 더한 것 같더라니……. 태경은 욕망이 차오르는 자신의 몸을 느끼며 달라붙는 유설희를 바라보았다. 그의 눈도 점점 붉어졌다. 내부에서 이성과 약의 기운이 충돌하며 갈등이 이는 것인지 얼굴을 찡그리며 괴로워했다. 그리고 다음 순간, 그가 그녀를 자신의 품으로 끌어당겼고 기다렸다는 듯이 설희의 입술이 그의 입술을 덮쳐 갔다.

진현은 절망으로 가슴이 무너지고 말았다. 그녀가 도착했을 땐 이미 방의 불이 꺼지고 방 안에선 자신이 결코 들어선 안 될 신음 소리가 너무나 똑똑히 들려왔던 것이다. 더 이상 이곳에 있을 수가 없었다. 돌아서서 달려 나오는 그녀의 두 눈은 눈물로 뒤범벅이 되어 버렸다. 자기가 저지른 일이지만, 그가 자신 말고 다른 여자를 안고 사랑을 나눈다는 생각에 너무나 원망스러웠고 미웠다.

아무리 약을 먹었어도 자신 외엔 다른 여잔 안지 않을 것이란 그런 막연한 자신감과 믿음이 자리하고 있었던 건지도 몰랐다. 이렇게밖에 못 한 자신이 미워졌고, 이런 운명이 저주스러웠다.

'하늘은 왜! 이제 겨우 나를, 진실한 내 모습을 사랑해 주는 사람이 생겼는데…….'

하지만 그런다고 이미 일어난 일이 없어지진 않았다. 그녀의 울음소리를 삼키는 부엉이 소리가 구슬피 들리며 밤이 깊어 가고 있었다.

도망치듯이 자신의 방으로 돌아온 진현은 늘 버릇처럼 기로 소리를 차단하는 무공을 펼칠 생각도 하지 못하고 큰 소리로 흐느껴 울었다. 다행인지 불행인지 마음껏 신혼 생활을 즐기라고 은밀한 별채를 배정받아 이곳은 사람도 잘 다니지 않았다. 그 덕분에 다른 사람 걱정해 줄 여유가 없는 절박한 그녀의 울음소리가 밤을 타고 퍼져 나가고 있었다.

"흑흑흑……흐흐흑…… 제갈태경…… 제발…… 돌아와. 내게 돌아오란 말이야! 흐흐흑흑흑…… 마음이 너무 아파."

진현은 절망했다. 태어나 한 번도 해 보지 못한 그녀의 한 서린 절규는 미치도록 서러웠다.

감정이 너무 격해서일까…… 갑자기 신음 소리를 흘리며 배를 감싸 안는 진현이 식은땀을 흘리기 시작했다.

"어떡해…… 배가…… 배가…… 너무 아파. 우리 아기 잘못되면 어떻게 해."

진현은 식은땀을 흘리며 결코 올 수 없는 제갈태경을 부르며 아픈 배를 어루만졌다. 그런데 배가 점점 아파지는 게 심상치 않았다. 진현은 자신의 경솔함으로 인해 아이마저 위험하게 되었음을 느끼자 울음을 진정하려고 애썼다.

"제발…… 아가야, 엄마가 잘못했어. 그러니…… 착하지. 너마저 잘못되면 엄만 살 수 없어. 부탁이야."

진현은 겁이 나 죽을 것 같았지만, 너무 격하게 울어서 좀처럼 감정이 가라앉지 않았다. 가슴을 들썩이며 호흡을 조절해 보려고 애썼지만, 사랑하는 사람으로 인해 감정의 혼란을 겪은 그녀였기에 당사자가 없이는 힘들었던 것이다.

"후……후우…… 제발……."

호흡을 처음 하는 사람처럼 진현은 긴장하며 자신의 감정을 진정시키려고 노력했다. 아이를 위해 최대한 침착하며 두 눈을 감고 운기요상을 하기 시작했다. 울어서 몸의 체온이 상승했다가 울음을 그친 지금은 몸의 체온이 급격히 떨어지기 시작한 게 느껴졌다. 진현은 원래가 천음지체였다. 태경의 양기가 자신의 몸에 균형을 주고 있었지만, 천성적으로 그래도 음기가 더 강했다. 음기가 그녀의 균형을 무너뜨리며 자궁을 비롯한 온몸이 차가워지고 있었다. 뭔가 따뜻한 양의 기운이 그녀의 한기를 다스려 줘야만 하는 상황이 된 것이다.

진현은 정신 집중을 하며 숨어 있는 양의 기운을 끌어내려고 노력했다. 지금은 아이만을 생각해야 했지만, 좀처럼 집중이 되지 않아 애를 먹었다. 천신만고 끝에 한 가닥 양기를 찾아 일주천시키기 시작했다. 그러나 그 한 가닥 양기는 그녀의 한기를 감당하기엔 부족했고, 진현과 아이는 갑작스레 닥친 위험에 노출되고 말았다. 배가 점점 팽팽하게 당겨지며 아파 왔지만, 진현은 포기하지 않았다. 절대 이 아이가 잘못되게 할 수는 없었다. 다른 사람을 부르고 싶었지만, 조금이라도 움직이면 상태가 더 심해질까 걱정되었기에 함부로 움직일 수가 없었던 것이다.

"제발! 제발……."

그 간절함이 통했던 것인가. 갑자기 진현의 목에 걸린 목걸이로부터 아름다운 무지갯빛 광채가 나면서 그녀 주위를 감싸기 시작했다. 진현은 목에서부터 따뜻한 기운이 자신을 감싸는 걸느낀 순간, 기회를 놓치지 않고 내공 속에 녹아든 양기를 찾기 시작했다. 령령이 선물한 인어의 눈물은 진현이 운기 중에 약한 양기를 끄집어낸 순간 빛이 나면서 진현을 보호하기 시작했던 것이다. 마치 아무도 손대지 못하게 막아 준다고 해야 하나. 그렇게 진현은 아이가 잘못되지 않기를 비는 간절한 마음으로 운기에 열중했다.

빛은 그녀의 주변을 춤추듯이 돌고 있었다. 얼마의 시간이 흐른 후 가까스로 호흡과 맥박이 정상으로 돌아온 걸 느끼며 진현이 천천히 눈을 떴다. 그리고 그와 동시에 방문이 벌컥 열렸다.

"어디 갔다 온 거야! 꼼짝 말고 여기 있으라고 했잖아!"

그리고 그곳엔 그녀가 그렇게 기다리던 남자가 화가 잔뜩 나고 걱정 가득한 눈빛으로 그녀를 보고 있었다.

"……너…… 어떻게…… 지금……."

태경은 어두운 방 안이었지만 이마에 송골송골 맺힌 땀방울과 얽힌 머리카락을 보고 진현의 상태를 한눈에 알아봤다.

"이게 어떻게 된 거야."

태경은 불안한 마음에 급하게 진현의 맥을 잡아 그녀와 아기의 상태를 확인했다. 그의 수려한 얼굴이 찌푸려지고 있었다. 진현은 그가 불길한 말을 할까 불안해서 물어보지도 못하고 잔뜩 긴장하고 있었다.

　"이상하네. 분명 너의 맥만 잡혀서 뭔가 잘못되었다고 생각했는데, 그 순간 다시 태아의 가는 맥이 같이 잡혔어."

　"아, 아기는 무사한 거야?"

　진현이 떨리는 목소리로 물었다.

　"다행히 이 녀석 명줄은 날 닮아서 질긴 것 같아. 아주 튼튼한 녀석인가 봐."

　"아, 다행이다. 정말 다행이다."

　진현은 그제야 안도의 한숨과 함께 다시 감격의 눈물을 흘렸다. 그러나 또다시 위험을 맞이할까 봐 함부로 소리 내어 울지는 못하고 감정을 다스리려 애쓰고 있었다.

　"아기 문제는 됐고, 너 내게 할 말 없어?"

　제갈태경은 진현을 똑바로 바라보았다. 그의 눈은 아직도 화가 난 듯했다.

　"설희와의 일은 다…… 된 거야?"

　"아마도……."

　'나보다…… 더…… 좋았어?'

　라고 물어보고 싶었지만 진현은 다른 질문으로 대신했다.

　"……잘…… 끝난 거야?"

　"아마도……."

　"그게…… 무슨 말이야?"

진희는 '아마도'란 말만 되풀이하는 태경의 말이 뭔가 이상하여 되물었다.

"우리처럼 극강의 양기와 음기로 인해 몇 번 해야 할걸. 물론 설희의 몸이 얼마나 견뎌 주느냐에 달렸겠지만, 소진 형님이 의술이 뛰어나시니 그걸 감안하고 조절하려고 애쓰시겠지만. 맘대로 될지는 모르겠어. 만년화리의 양기가 부작용을 일으키지 않는다면 괜찮겠지."

영문을 모르겠다는 눈을 들어 그를 보는 그녀였다. 제갈태경은 그제야 참고 있던 화를 폭발시켰다.

"너 땜에 내가 아주 미칠 뻔한 건 알아? 네게 그런 짓을 잘도……."

제갈태경은 더 이상 화를 낼 수가 없었다. 진현이 그에게 와락 안기며 울음을 터트렸던 것이다.

"다행이야…… 네가 아니라서 정말 다행이야…… 흐흐흑……."

"전부터 알고 있었지만 너 정말 바보구나. 이렇게 못 견뎌 하면서 내게 약은 왜 먹었어?"

"응, 나 바보 맞아, 정말 바보야. 무슨 말을 해도 좋아. 네가 여기 있다는 사실만 변하지 않는다면."

"나 여기 있어……. 아무 데도 안 가. 너 외엔 다른 여자는 도저히 안 되겠더라. 아버진 당사자가 아니니까 노력하면 할 수 있다고 하셨지만, 이런 건 노력으론 극복되는 게 아니니까. 난…… 너 아니면 안 돼."

진현을 더욱 세게 안아 주는 태경이었다.

"난 신음이 들리기에 넌 줄 알고 하늘이 무너지는 줄 알았어."

"너 못된 취미가 있구나. 남의 방문 밖에서 엿들을 정도로 욕구불만인 거야?"

"그건! 널 말리려고 뒤따라갔다가……."

"정말?"

태경의 눈매가 장난스럽게 올라간 걸 알고는 진현은 그제야 태경이 자기를 놀린다는 걸 알았다.

"몰라! 나빠."

"알았어, 안 놀릴게. 사실 그때 아무리 임기응변이 뛰어난 나라도 진퇴양난이어서 순간적으로 식은땀이 났어. 방 안에 들어선 순간 설희가 막무가내로 나에게 달려들어 놀라서 혈도를 찍으려고 했지만, 아버지가 침술로 이미 바꿔 버렸더라고. 게다가 나도 서서히 약기운이 나타나고 있었으니까."

"그래서 어떻게 했어?"

"혈도가 안 되니 별수 있어야지. 그냥 눈 딱 감고 콱 안고는……."

"안……고……는?"

진현이 긴장한 채로 그를 올려다보았다.

"목덜미를 살짝 쳐서 기절시켜 버렸지. 설희에게 안됐지만, 어쩔 수 없잖아. 게다가 그 상태로 오래 있을 수도 없었어. 사실 공무 녀석이 아주 많은 양의 음약을 내게 뿌려 대서 그 정도는 이미 면역이 되어 버렸어. 약기운을 느낄 순 있었지만, 관계를 못 한다고 해서 죽거나 하진 않아. 급한 건 설희였어. 그녀를 눕혀 두고 소진 형님을 찾아갔었어."

급하게 들이닥친 태경인 옷매무시도 흐트러진 채였다. 설희가 죽자고 옷을 벗기려고 했는 걸 수습할 시간도 없이 이곳으로 최고의 경공을 써서 날듯이 온 것이다.

"태경아, 너 옷이 왜 그런 거야?"

"헉, 헉. 형님, 형님이 필요합니다."

태경은 미처 숨도 고르지도 못하고 당소진을 향해 다짜고짜 말했다.

"야, 내가 아무리 여자에 굶주린 총각이고 니가 아무리 여자같이 예쁘게 생겼다고 해도 안 되는 건 안 되는 거다."

"형님! 지금 농담할 상황이 아닙니다."

"알았다. 무슨 일이야?"

당소진이 태경의 절박함이 느껴져 그제야 진지하게 물었다.

"만년화리 어디 있습니까? 우선 그것부터 복용하세요."

"저기 있긴 하다만…… 나 보고 지금 죽으라는 거냐? 저걸 지금 먹으면 안 된다는 건 너도 알잖아."

당소진의 말이 떨어지기 무섭게 태경이 만년화리를 손으로 잡았다. 금빛이 찬란하게 도는 황금잉어같이 생긴 잉어는 태경의 손에서 파닥거렸다. 일반인이 만지면 그 뜨거움으로 인해 손에 화상이라도 입을 열기였지만, 태경이에겐 그저 따뜻한 정도였다.

"형님, 죄송합니다."

갑자기 태경이 당소진의 혈도를 찍은 후 만년화리를 강제로 먹여 버렸다.

부지불식간에 당한 당소진은 말도 한 마디 못 하고 놀란 눈으로 태경을 바라만 보고 있었다.

그리고 만년화리가 몸속에서 약효를 발휘하도록 당소진을 앉힌 후 자신의 내공으로 갑자기 삼킨 만년화리의 부작용을 다스리며 다른 곳으로 퍼지지 않게 임시로 한곳으로 양기를 모아 진기를 인도하기 시작했다.

제갈태경의 비정상적으로 많은 내공은 당소진에게 진기를 주입해도 별다른 타격을 받지 않았다. 당소진이 홀로 만년화리를 먹었다면 아마 그 양기에 몸이 감당 못 하고 타 버릴 듯한 고통에 시달리다가 죽어 버릴 수도 있었다. 제갈태경은 자신의 진기로 그걸 억누르고 그 양기를 한쪽에 봉하기까지 한 것이다. 그 봉한 장소가…… 문제여서 그렇지.

"휴우, 일단 급한 불은 됐고. 형님, 아직은 제가 혈도를 풀어 드릴 수 없습니다. 이게 형님과 우리 모두에게 좋은 일이니, 그냥 가만히 계십시오. 이제 곧 총각 딱지 떼게 해 드리겠습니다. 제가 전에 말씀드렸던 적 있죠? 형님은 귀인의 도움이 없이는 평생을 짝사랑만 할 팔자인데 귀인의 도움을 받으면 달라진다고 했던 거, 그거 농담으로 여기셨지만 실은 일부는 사실이었습니다. 오늘 그 귀인의 도움으로 형님께선 이제 좋은 여자 만난다고 생각하세요."

태경이 엄청나게 빠르게 설명하고 있었던 탓도 있었지만, 당소진은 정말 이게 무슨 일인가 싶어 영문을 모르고 눈만 깜빡이고 있었다.

"무슨 말씀이신지 모르겠다고요? 아마 형님의 그곳이 지금쯤이면 아주 고통스럽게도 뜨거우실 겁니다. 만년화리의 정화가 담긴 양기를 그곳으로 제가 모두 밀어 넣어 버렸거든요. 너무 걱정은 마십시오. 그걸 곧 풀어 드리지요."

제갈태경은 당소진을 어깨에 맨 채로 경공을 발휘해 가는 동안 짧게나마 그에게 설명을 해 주었다. 유설희의 방에 도착하자마자 당소진의 혈도를 풀었다.

"너! 이게 무슨 짓이냐!"

그제야 혈도가 풀린 당소진이 분노한 얼굴로 제갈태경에게 폭발하고 말았다.

"형님, 그렇게 화를 내시면 몸속에 양기가 더 빨리 폭발할 겁니다. 시간이 없으니 제발 좀 그대로 계셔 주십시오."

태경은 당소진의 말을 무시하고 유설희에게 진기를 주입 후 그녀의 정신이 들게 했다.

"야! 너!"

그러나 그것도 잠시, 곧이어 그의 아랫도리로부터 무시무시한 욕망의 불길이 일기 시작했다.

유설희는 아까보다 더욱더 안색이 붉어져 있었고 얼굴에 핏줄까지 보일 정도였다.

"이것만이 형님이나 설희, 저와 진현이 네 사람 모두 사는 길입니다. 진현이와 저도 그랬으니 두 사람도 곧 괜찮아질 겁니다. 좋은 밤 보내십시오. 그럼!"

"너! 어디 가는…… 읍."

당소진은 사라지는 태경을 잡을 수가 없었다. 아랫도리가 뜨거워져 움직이기도 힘들었거니와 유설희가 다짜고짜 그를 잡고 입을 맞추더니 침대로 넘어뜨린 것이다.

"소, 소저…… 이러시면…… 이러시면…… 됩니다."

그의 생각은 더 이상 이어지지 않았다. 자신의 남성이 여자의 몸을 느낌과 동시에 좀 전과는 비교도 되지 않게 맹렬히 뜨거워졌기 때문이다. 당소진은 이성을 유지하려고 노력을 했지만, 맘에 둔 미녀가 옷을 훌훌 벗어 던지더니 마침내 하얀 속살을 드러내며 그에게 달려드는 것을 보자 더 이상은 견딜 수가 없었다. 두 남녀의 신음이 격렬하게 이어지고 있었다.

일을 그렇게 처리하고 태경은 곧바로 경공을 전개해 진현에게 왔지만, 그녀와 길이 엇갈려 버린 것이다. 먼저 이곳으로 돌아왔지만, 진현이 보이지 않아 애타게 그녀를 찾아다니다가 태경이 늦어 버린 것이다. 설명은 길지만 이 모든 일은 순식간에 일어난 것과 다를 바 없었다.

"이렇게 된 거야. 조금만 더 기다렸으면 좀 더 차분히 진행할 수도 있었는데 니가 사고를 치는 바람에 내가 발바닥에 땀날 정도로 돌아다닌 거잖아. 너 때문에 한순간에 기운을 써서 그런지 음약 기운이 다시 나타나나 봐."

"정말이야? 아깐 면역이 생겨서 괜찮다고 했잖아."

"니가 이렇게 꼭 달라붙어 있으니까 몹시 뜨거워지는 게 그럼, 약기운 때문이 아니라 너 때문인 건가?"

태경의 입술이 진현의 입술을 부드럽게 더듬었다.

"아, 정말 나 오늘 너한테 무지 화나서 정말 많이 혼내려고 했는데 넌…… 왜 이렇게 점점 더 예뻐져서 화도 못 내게 만드는 거야? 그래도 오늘은 네 몸 상태가 걱정되니까. 아기와 너를 위해서 참을 줄도 알아야겠지."

태경은 참기 힘든 듯 힘겹게 그녀에게서 떨어졌다.

"고마워. 그러고 보니 나, 있잖아. 우리 아기가 무사한 건 령령의 목걸이 덕분인 것 같아. 아까 네가 오기 전에 상태가 정말 촌각을 다툴 정도로 심각했었거든. 그런데 갑자기 이 목걸이에서 빛무리가 나오면서 따뜻한 기운이 우릴 감싸 주었어. 덕분에 겨우 내가 진정하고 운기요상을 끝낼 수 있었으니까."

"정말이야? 령령이 녀석한테 빚을 져 버렸네. 그래도 정말 다행이다. 너, 다음부턴 정말 무모하게 일 좀 저지르지 좀 마. 내가 너 만나고 걱정으로 피가 마른다."

태경이 아직도 걱정스러운지 그녀의 배를 천천히 쓰다듬었다.

"미안…… 이제부터 더 조심할게."

진현의 배는 원래가 탄탄한 근육으로 다져져 완벽한 몸매였지만 태경의 눈엔 조금씩 부풀어 오른 지금이 더 아름다워 보였다.

"너무…… 예뻐……. 널 볼 때마다 심하게 두근거려서 아무것도 생각할 수가 없어."

진현은 태경의 진심이 담긴 그 말이 듣기 좋았다.

"계속 그랬으면 좋겠어."

"걱정 마, 할머니가 되어도 내 눈엔 네가 제일 예쁠 테니까."

"하여간 말 하나는."

태경은 진현의 입술을 자신의 입술로 다시 막아 버렸다.

태경은 진현을 자신의 품에 가만히 끌어안고 그녀의 체온을 느끼고 있었다. 태경의 손길이 진현의 긴 머리를 쓰다듬자 진현은 오늘 하루 참 많은 일이 일어난 것 같았다. 임신한 그녀에겐 너무나 피곤한 하루였기에 피로가 밀려왔다. 달빛이 창문을 통해 진현을 비추자 일명 인어의 눈물로 불리는 흑진주는 밤인데도 불구하고 달빛에 더욱 신비하게 반짝였다. 마치 달무리처럼 달빛을 받아 생명을 가진 것같이 빛났던 것이다.

"음…… 내 부인이지만 목덜미도 정말 예쁘다. 더 빛나는 것을 보니 목걸이도 주인의 목덜미가 마음에 드나 봐. 그런데 이 목걸이가 아무 때고 영험한 것 같진 않아. 잘 봐."

태경이 목걸이를 들어 달빛에 비추더니 자신의 양기를 주입하기 시작했다.

"아……."

진현은 아까 운기하느라 제대로 못 본 걸 지금 다시 보고 있었다. 태경의 양기가 강해선지 더욱더 빛을 내며 밤이지만 아름다운 광채를 뿌리고 있었다.

"예쁘지? 지금 생각해도 정말 다행이었어. 나 없는 동안 이거나 대신 부적처럼 잘 가지고 있어."

"어디 가?"

"내가 가긴 어딜 간다고. 매일 붙어 있진 못하니까. 이제 가장인데 먹고살려면 열심히 일해야 되지 않겠어."

"싱겁긴. 괜히 긴장했네."

"이제 마음 놔. 우리 앞에 장애물은 없어. 난 니가 지겹다고 할 때까지 옆에 붙어 있을 테니까."

"그렇구나. 이제 우리 행복할 일만 남은 거 맞지."

진현이 태경의 품을 파고들자 태경이 진현을 꼬옥 안고 머리를 쓰다듬었다.

그리고 진현은 그의 넓은 품에서 아기처럼 오랜만에 근심 걱정 잊고 단잠에 빠져들었다.

"그래…… 우리에겐 이제 장애물은 없어. 내가 다 치워 버릴 테니 넌 예쁜 꿈만 꿔. 사랑해…… 현……."

오늘따라 밤하늘엔 유난히 별이 많은 밤인 것 같았다.

제32화
천생연분

"오늘 이 자리에 모두 모여 이런 화기애애한 분위기가 얼마 만인지 모르겠습니다."

남궁비헌이 말문을 열었다. 내일이면 모두들 각자 자신들의 집으로 돌아가기로 한 날이었다. 그래서 마지막 만찬을 먹고 있는 중이었다. 남궁홍기와 당유란, 제갈태경과 남궁진현, 당소진과 유설희…… 모두들 쌍쌍이 다정히 앉아 있었다.

제갈성우와 당주용, 그리고 유설희의 할아버지, 즉 태경의 사부님이 이틀 전에 도착해 오늘 이렇게 만찬에 나와 있었다. 예전에 제갈태경이 처음 봤을 때처럼 하얀 백발이었지만 나이답지 않게 홍안이었다. 그는 유설희가 당연히 제갈태경과의 혼인으로 병이 치료된 줄 알았더니, 당소진이라는 엉뚱한 놈이 나타나 손녀딸을 뺏어 갔다고 생각하자 처음엔 마음에 들지 않았다. 그러나 당소진이 유설희를 지극히 아껴 주고 자신에게도 깍듯이 대해 주자 마음을 고쳐 먹었다. 제자인 제갈태경의 첩으로 들어가 홀대를 받는 것보다 자신만을 사랑해 주는 남자를 만났다는 게 더 잘된 것 같았기 때문이다.

애초에 손녀의 병만 아니었어도 제갈태경을 고집하지도 않았을지도 몰랐다. 손녀는 진심으로 행복한 듯했다. 가끔 가다 당소진을 보고 얼굴이 빨갛게 물들이거나 그를 보는 눈이 빛날 때면 행복한 게 저런 거구나 하는 걸 느꼈다. 모두들 행복한 가운데 유독 불만인 한 쌍이 있었다. 바로 제갈태준과 남궁진희였다. 두 사람도 나란히 앉아 있었다. 연일 큰 사건이 많이 터져 어른들은 두 사람의 사이를 눈치채지 못하고 있었다.

"허헛! 정말 빨리 두 사람을 혼례를 시켜 주어야겠구나. 저리 다정하다니. 어르신도 마침 계시니 두 사람 빨리 혼례를 올리는 게 어떨는지요."

당주용은 손주며느리가 마음에 들었다. 사실 만년화리의 양기를 감당해 당소진의 내공을 한층 끌어 올려 준 것만 해도 고마운데, 그녀가 명실공히 천하제일인으로 소문난 유군명의 손녀일 줄이야. 당문으로선 경사가 아닐 수 없었다. 어쨌든 세가를 생각하니 더욱 잘된 일인 것 같았다. 당주용은 유군명 다음 세대의 고수로, 유군명보다 나이가 15살쯤은 어렸다. 유군명은 보기보다 나이가 많았던 것이다.

"허허허…… 그럴까요. 언제가 적당할는지요?"

"어르신들, 말씀 중에 죄송합니다만, 제 아들 녀석도 혼례를 빨리 올려 줘야 할 것 같기에 이왕이면 같이 합동혼례를 시켜 주면 어떨는지요."

남궁비헌은 남궁홍기를 이젠 당연히 아들로 대해 주고 있었다. 그리고 얼른 남궁세가의 장자로서 가문을 잇게 하고 싶었다. 그 후 자신은 뒤로 물러나 조용히 여생을 보내고 싶었다. 두 여자 모두에게 자신이 잘못을 저질렀기에 나머지 여생은 그녀들을 위해 보내고 싶었다.

"그렇군. 그러고 보니 젊은 사람들이 저마다 짝이 다 있군. 그리고 모두들 훌륭한 인재들이고."

"되도록 빨리 날을 잡아 주시지요. 소진 형님과 설희는 급할 겁니다. 혹시 압니까, 우리처럼 벌써 애를 만들어 버렸는지도 모르니 말입니다."

"제갈태경! 조용히 못 해! 너 때문에 안 그래도 설희에게 미안해서 몸 둘 바를 모르겠는데."

당소진이 태경의 노골적인 말에 당황해서 그를 노려보았다. 그러나 이미 유설희의 얼굴은 붉어질 대로 붉어져 있었다.

"형님은 저한테 고마워하셔야 되는 거 아시죠? 아니면 아직 여자도 모르는 형님이 설희와 언제 진도를 나가 보기나 하겠습니까! 하여간 제가 관상 하난 잘 본 것 같다니까요. 제 말대로 맞죠?"

"야! 너…… 너!"

태경의 적나라한 말에 당소진은 그만 말문이 막히고 말았다. 이런 망신스런 일이! 내가 숫총각인 건 아무도 모르는데.

"태경 오라버니, 소진 오라버니를 형님으로 생각하시면 제가 뭐가 되나요? 형님의 부인 될 사람을 아직도 이름을 부르시면 안 되는 거 아닌가요? 저를 형수님이라고 불러 주시고 깍듯이 대해 주세요."

갑자기 유설희가 제갈태경을 똑바로 보더니 당소진 대신 한마디 했다. 당찬 유설희의 말에 이번엔 제갈태경이 한마디도 못하고 유설희를 멍하니 바라보았다. 유설희는 당소진의 손을 꼭 잡고선 그에게만 들리도록 작게 속삭였다.

"저…… 너무 기뻐요. 제가 첫 여자여서."

그러나 여기 고수 아닌 사람이 없는지라 그녀의 얘기를 못 들은 사람은 아무도 없었다.

아마도 무공을 모르는 그녀는 당소진에게만 들리도록 작게 말했다고 생각했겠지만.

"험 험…… 나, 나도 마찬가지요."

벌게진 얼굴의 두 사람 사이에선 사랑의 기운이 절로 느껴졌다.

"며늘아가, 몸은 좀 어떠냐? 내가 일전에 네게 몹쓸 짓을 시켜서 손주를 잃을 뻔했다고 태경이 놈이 얼마나 핏대를 세우던지. 네겐 미안하지만 그때는 다른 수가 없었다."

"아닙니다, 아버님. 당연히 그렇게 할 수밖에 없으셨겠지요."

진현의 그 다소곳한 모습이 제갈성우는 마음에 들었다.

[이 눈치, 저 눈치 보면서 언제 얘기하실 거예요!]

한편 남궁진희가 샐쭉하니 토라진 얼굴로 태준을 재촉하고 있었다. 평소 신중한 제갈태준인지라 오늘은 꼭 분위기 봐서 말씀을 드리려고 하고 있는데, 이 생각 저 생각으로 쉽게 말문을 못

열고 눈치를 보고 있었던 것이다.

[곧 할 거요.]

그러고도 제갈태준이 또다시 반응이 없자 남궁진희가 탁자 밑에서 제갈태준의 허벅지를 쓰다듬기 시작했다. 탁자보로 인해서 다른 사람은 전혀 보이지 않는 점을 아는 진희여서 그런지 대담해지기 시작했다.

[왜, 왜 이러시오!]

제갈태준은 급격히 달아오르는 자신의 몸에 당황했다. 남궁진희가 이렇게 대담하게 나올 줄은 몰랐던 것이다.

[흥, 어디 이래도 참을 수 있으신지?]

남궁진희의 손은 점점 더 대담하게 허벅지를 더듬어 거슬러 올라가기 시작했다. 그리고 마침내 제갈태준의 그곳으로 접근하자, 이미 커질 대로 커져 있는 그의 상징을 있는 힘껏 조절하고 있는 제갈태준은 이를 꽉 깨물어야 했다. 급기야 땀까지 흘리기 시작했다.

"태준아, 너 어디 몸이 안 좋은 게냐? 웬 땀을 이리 흘리느냐? 진맥 한번 해 볼까?"

제갈성우가 걱정스럽게 물어오자 제갈태준은 기겁을 했다.

"아, 아닙니다. 좀…… 더워서 그렇습니다."

"그래? 오늘밤은 좀 쌀쌀한 날씬데…… 더위를 벌써 타나? 무공을 익힌 녀석이 허약하기는."

"하아! 제, 제가…… 무공 연마를 금방 하고 와서."

신음을 삼키는 제갈태준이었다.

[제발…… 이, 이러지 마시오.]

[진심이세요?]

진희의 목소리가 고문하듯이 달콤하게 귓가를 간질였다.

"허허허…… 그러고 보니 제갈가의 차남도 듣던 대로 인재로고. 마침 우리 당문에 참한 아가씨가 있는데 제갈가주 어떠시오?"

"그렇습니까? 그런데 둘째는 좀 있다가 시키려고 생각 중입니다. 큰애가 혼례를 한 지 얼마 되지를 않아서. 첫손주가 태어나고 그때 한번 볼까요?"

제갈성우가 그 말을 할 때 남궁진희의 손이 대담하게 움직여 그의 그곳을 움켜쥐려 했다. 그때 제갈태준이 벌떡 일어섰다.

"저, 저는 그때까지 참을 수 없습니다. 저도 같이 혼례를 올려 주십시오. 저도 이미 선을 넘고 말았습니다."

모두들 갑자기 일어서서 외치는 제갈태준을 깜짝 놀라 쳐다보았다. 제갈태준은 다른 사람은 아무도 눈에 들어오지 않았다. 자신의 부위가 아플 정도로 커져서 도저히 견딜 수가 없는 상태였는데, 제갈성우가 혼례는 나중에 시켜 준다고 하자 도저히 참고 있을 수가 없었던 것이다.

"선을…… 넘다니…… 누구와?"

제갈성우가 놀란 의아한 얼굴로 쳐다보았다.

[당신 무슨 짓이에요! 없는 말까진 안 해도 되잖아요!]

진희가 깜짝 놀란 얼굴로 태준에게 전음을 했지만, 태준은 들은 척하지 않았다.

"죄송합니다. 남궁가주님. 둘째 따님을 사랑합니다. 그녀를 제게 주십시오."

어른들 모두가 놀라서 그 둘을 번갈아 가며 쳐다보았다.

남궁진희의 얼굴이 벌게져 고개를 들지 못하고 있었다.

"그럼…… 넘지 말아야 될 선을 넘었다는 처자가…… 내 딸이라고?"

남궁비헌은 어이가 없었다. 큰딸이나 둘째딸이나 둘 다 혼례도 올리기도 전에 부끄러운 줄도 모르고 일을 저지르다니. 그것도 둘 다 제갈가의 아들들에게. 곱지 않은 그의 눈이 자신을 향하자 제갈성우는 당황했다. 마치 아들들 교육을 어찌 시키셨소, 하는 눈빛이었다.

"흠, 흠……. 이놈들아, 좀 참지 그랬냐. 이 아버진 예전에 안 그랬다."

"흥, 형님도 형수님과 사고 쳐서 태경일 낳았잖습니까?"

남궁비헌의 한마디에 제갈성우의 난처함이 더욱 배가 되었다.

"뭐야! 아버지도 그럼 날 사고 쳐서 낳은 겁니까? 매일 누굴 닮았냐 그러시더니, 우리가 아버지 아들인 건 맞나 보네."

"이 녀석이!"

태경의 능글맞은 말에 제갈성우가 태경을 노려보았다.

"휴우, 여보…… 잘됐지 않아요. 이제 모두들 짝을, 그것도 너무나 훌륭한 짝들을 찾아서. 어서들 혼례를 올려 주세요."

진수아가 눈에는 섭섭함을 담았지만 기쁜 목소리로 남궁비헌을 달랬다. 그러나 둘째 딸마저 너무 갑작스럽게 혼례를 올려야 되는 상황이 되자 남궁비헌은 한없이 서운해졌다.

"형님, 좋으시겠습니다. 내 보물 같은 두 딸을 다 가지시다니."

"아우야, 너무 그러지 마라. 너도 내 아들들을 가지니 공평하지 않으냐. 비록 네 딸들에게는 모자랄진 몰라도."

"형님 아들들이 내 딸들에 비해서 좀 떨어지긴 해도 어쩔 수 없지요. 이미 쌀이 익어 밥이 되었는데."

심기 불편한 남궁비헌에게서 좋은 말이 나올 리 없었으나 제갈성우는 참았다. 뭐 어쨌든 자신은 두 아들과 며느리와 같이 살게 되었으니, 남궁비헌의 말이 기분 나빠도 참기로 했다.

'내 아들들이 어때서? 하나같이 무림에서 알아주는 인재들인데.'

속으로만 중얼거려 보는 제갈성우였다. 그리고 그날 저녁 만찬은 석 달 후에 합동혼례를 올려 주기로 하고 파했다.

"당신 어쩌면 그렇게 말을 해서 날 망신 줄 수가 있어요?"

남궁세가의 정자에서 남궁진희와 제갈태준이 마주 섰다.

"그러게 왜 날 자극하시오!"

"우유부단하니까 그런 거죠! 부모님이 얼마나 절 실망하면서 보시던지."

"그런데 왜 당신은 부인하지 않았소? 결국은 당신도 우리가 빨리 혼인하기를 바란 거 아니오? 그리고 거짓은 진실이 되게 만들면 되는 거요. 좀 전에 어디까지 했는지 똑똑히 기억하고 있소."

그리고 제갈태준은 갑자기 남궁진희를 끌어안고 입 맞추기 시작했다. 뜨겁고도 거친 입맞춤을 시작으로 두 사람의 몸이 타올랐다. 제갈태준의 손이 남궁진희의 몸을 더듬어 갔다. 두 사람의 전율이 한껏 고조되어 뜨겁게 타오를 때였다. 나무 뒤쪽에서 인기척이 느껴지자 두 사람이 화들짝 놀라 떨어졌다.

"누구냐!"

거친 숨결을 가다듬으며 제갈태준이 일갈하더니 곧장 소리 나는 쪽으로 장력을 내뿜었다.

"야! 야! 나야, 나!"

기겁한 목소리를 내며 나타난 사람은 남궁홍기였다. 그리고 남궁홍기의 뒤편에서 당유란이 급하게 옷매무시를 고치고 있었다.

"형님?"

"그게…… 우리가 제일 늦은 것 같다고 사매가 투정 부려서."

남궁진희는 이미 사라지고 없었고, 당유란도 옷매무시를 가다듬기 바쁘게 경공을 전개해 사라져 버리자 남궁홍기와 제갈태준은 서로의 시선을 피한 채 헛기침을 하면서 밤하늘을 쳐다보았다.

"오늘따라 달도 참 밝구나. 험, 험."

"그, 그렇죠?"

"허흠, 험."

그러나 하늘을 보는 두 남자 보이지 않는 달로 인해 더욱더 무안해져 버렸다. 그렇게 두 쌍의 연인은 오늘도 선을 넘지 못하고 말았다.

가족들과 눈물을 머금고 작별을 한 후 남궁진현과 제갈가의 사람들은 제갈가로 돌아왔다. 제갈태준과 남궁진희는 곧 다시 만나기로 하면서도 못내 헤어지기 싫은 듯 안타까워했다.

제갈가에 당도한 남궁진현이 마차에서 내리려고 하자 제갈태경이 얼른 두 팔로 번쩍 안아 들었다.

"이, 이러지 마⋯⋯세요. 어디가 아픈 것도 아닌데 다른 사람이 뭐라고 생각하겠어⋯⋯요."

시댁이고 제갈성우가 있는 자리라 존댓말을 갑자기 쓰려니 어색했지만 어쩔 수 없었다.

"전에 내가 설희 안고 내리는 거 부러워했잖아. 그리고 너는 충분히 소중하게 다뤄질 자격이 있어."

"그래, 아가, 사양하지 말거라. 조심해서 나쁠 거 없다. 더군다나 넌 위험한 순간을 겪기도 했으니 태경이 녀석이 하는 대로 놔두려무나. 나도 이제 네가 어여 건강한 손주를 안겨 주기를 바라는 마음 말고는 아무 욕심 없다."

진현이 태경의 품에 안겨 제갈가로 들어서자 하녀들의 속삭임이 고수인 진현의 귀에 안 들릴 리 없었다.

"얘, 정말 저 바람둥이 공자님이 혼례를 올리시더니 너무 애처가가 되신 거 아니니? 요번에 첩을 들이라는 것도 극구 마다했다고 하더니 정말 작은 마님을 사랑하시나 봐."

기분 좋은 속삭임이 진현의 귀에 들려왔다.

"태준은 나중에 인사드리고, 너희 두 사람 먼저 어머니를 보고 오너라. 난 너희가 나오고 나서 따로 가 보마."

제갈성우가 사라지고도 태경은 여전히 진현을 가뿐하게 안아 들고 천천히 제갈가 안으로 걸어들어 가고 있었다. 아름다움과 운치가 있는 남궁세가와 대조적으로 뭔가 중후한 멋이 풍겼다.

그도 그럴 것이, 제갈가는 겉으론 고요하고 조용한 듯 고즈넉한 풍경을 가진 세가였지만, 자칫 잘못 발을 들이면 곳곳에 진법이 설치되어 외부인이 침입하면 길뿐 아니라 목숨까지 잃기 십상이었다. 태경은 진현이 자칫 진법을 잘못 건드려 다치길 원치 않는 마음도 있었기에 더더욱 내려 줄 마음이 없었다.

"어머닌 편찮으셔서 바깥에 잘 못 나오셔."

"내려 주세요, 여기서부턴 걸어갈게요."

별채에 다 오자 진현을 조심스럽게 내려놓는 태경이었다. 그러나 그녀를 꼬옥 감싸 안는 손은 풀지 않은 채였다.

방 안에 들어선 남궁진현은 파리한 얼굴에 마른 체격의 기품 있는 부인이 단정하게 앉아 있는 걸 보았다. 오랫동안 병을 앓아서 그런지 얼굴이 많이 야위어 있었지만, 잔잔한 미소를 띠고 있는 부인은 그녀를 반갑게 맞아 주었다.

"이리, 이리 가까이 오너라. 자세히 한번 보자꾸나. 우리 바람둥이 아들 녀석을 사로잡은 며늘아기 얼굴을."

따뜻하게 사람을 품어 주는 그런 목소리였다.

"어머니마저 왜 이러십니까? 이 사람이 그대로 믿겠어요."

"호호호…… . 이젠 지나간 얘기로 여겨지지만, 예전에 태경이 녀석이 잘못된 걸 알고는 내 남편이지만 죽이고 싶었다. 그걸 꾹꾹 참고만 있었더니 기혈이 뒤틀려 병이 나고 말았지. 생각보다 처음엔 심각했지만, 태경이 녀석 의술이 뛰어나서 많이 괜찮아졌단다. 태경이가 내 병수발을 다 들었지."

말은 그렇게 하면서도 그녀는 은근히 태경일 칭찬하고 있었다. 아마도 며느리인 진현이 태경을 나쁘게 생각하지 말았으면

하는 맘이 담긴 것 같았다. 병이 나지 않았다면 훨씬 활기가 넘치시는 분이실 것 같았다. 따뜻하고 야윈 손이 진현을 감싸 안았다.

"앞으로 저놈이 속을 썩이면 내게 이르거라. 다리몽둥이를 부러뜨려 버리 마. 난 언제나 네 편이다. 아가야, 그러니 네 몸 걱정만 하거라."

"네, 어머님."

시아버지인 제갈성우에겐 당한 설움(?)을 어디 풀 데도 없었는데, 시어머니가 이렇듯 달래 주시니 너무나 감격스러웠다.

그런 두 사람을 제갈태경이 따뜻하게 바라보았다.

"나…… 네게 할 말이 있어."

두 사람만의 거처는 신혼임이 표 나게 깨끗하고도 아름답게 꾸며져 있었다. 여기저기 신경 쓴 흔적이 곳곳에 보였다.

"무슨 일인지 모르지만 지금은 그냥 이대로 잠시만 그냥 있어 줘. 이 행복이 꿈인지 생신지 아직 실감이 안 나. 내가 너와 같이 여기 이 자리에 있다는 게."

제갈태경은 남궁진현에게 결전에 대해서 말을 해 주려고 했지만, 그녀가 너무나 안락하고 행복한 듯한 표정으로 자신에게 안겨 떨어지지 않자 쉽게 말이 나오지 않았다.

"그래. 지금은 그냥 쉬어."

그의 손이 그녀의 머리를 천천히 쓰다듬었다. 오는 길이 피곤했는지 스르르 잠이 들어 버린 진현이었다. 요즘은 이렇게 자는 일이 많아졌다. 아마도 아기를 가져서 그런 것 같았다.

태경은 진현이 자신의 무릎을 베고 자는 동안 꼼짝 않고 그녀의 긴 머릿결을 쓰다듬어 주고 있었다. 마치 아기를 잠재우는 엄마의 모습처럼 사랑스럽다는 미소를 지은 채 그녀의 얼굴을 보고 또 보고 있었다. 그러나 다음 순간 순하게 자던 진현이 신음을 흘리며 얼굴을 찡그리기 시작했다.

"현! 일어나! 일어나. 괜찮아. 나 여기 있어."

남궁진현은 신음 소리를 지르면서 뜨이지 않는 눈을 전력을 다해 뜨려고 애썼다.

"헉, 헉. 바람둥이…… 괜찮은 거야?"

"왜 그래? 악몽이라도 꾼 거야?"

"휴우…… 꿈이라서 다행이다. 네가 피투성이로 죽어 가는, 아주아주 기분 나쁜 꿈이었어. 너무 무서워서 아직도 떨려."

제갈태경의 실체가 진짜인지 확인이라도 하듯 안겨 오는 진현을 태경은 마주 안았다.

"바보구나. 낮에 꾸는 꿈은 다 개꿈이야. 그리고 너 나 못 믿어? 이제 무공으로 날 어떻게 할 사람 거의 없어. 나중에 우리 부인이 아기 낳으면 유일하게 날 대적할 사람이 될 수도 있겠지만."

'큰일이구나. 위세천과 결전을 약속했다고 말을 해야 되는데 하필, 그런 꿈을 꾼 다음 얘기하면 더 불안해할 텐데.'

제33화

마지막 결전

"내게 할 말이 있다고 했지? 혹시 내 꿈이랑 관계있는 거야?"

"할 말은 있지만 네 꿈이랑은 상관없어. 결과는 다를 테니까. 위세천과 단둘이 결판을 내기로 했어. 이제 두 달 앞으로 다가왔네."

진현의 몸이 굳어 버리자 제갈태경은 급히 덧붙였다.

"걱정하지 마! 나 무적인 거 알잖아. 그리고 확실히 하기 위해서 사부님께 도움을 청할 거야. 그동안 몸 회복되고 나선 계속 나 혼자 연마했었는데, 이참에 사부님께 확실히 지도를 받아서 위세천 그놈을 단번에 박살내 버릴 테니까."

"나 걱정 안 해도 되지? 네 걱정 하나도 안 할 거야. 당연히 이길 테니까. 지금도 이러고 있으면 안 되잖아. 폐관수련을 시작해야지. 이렇게 눈치 없이 시간 낭비하게 만들다니. 내 걱정은 하지도 마. 나 우리 아기와 너를 위해서 열심히 건강을 챙길 테니까."

남궁진현이 의외로 씩씩하게 말을 하자 제갈태경은 다행이라는 생각이 들었다. 그런데 말을 그렇게 하면서도 안겨 있는 그녀는 그의 두 눈을 마주 보지 않았다. 행여라도 제 걱정으로 무공 연마에 방해가 되면 안 된다고 생각했던 것이다. 그녀도 무인으로써 좋은 스승과 고요한 마음가짐이 얼마나 중요한지를 잘 알고 있었던 것이다. 그녀가 태경에게서 떨어졌다.

"사부님과는 이미 얘기가 된 거야?"

"그래. 곧 여기로 오실 거야."

"알았어. 시간 낭비하지 말고 지금부터 바로 연공실로 가."

"이리 와 봐. 바로 시작 안 해도 돼. 너를 한 번 더 안을 시간은 충분해."

제갈태경이 떨어지는 남궁진현을 다시 품으로 끌어당겼다.

"난 절대로 지지 않아. 우리 아기가 태어날 때 내가 꼭 옆에서 손을 잡아 줄 테니까. 넌 나를 믿고 기다리면 돼."

"응. 물론 널 믿어."

제갈태경의 입술이 천천히 남궁진현의 입으로 내려앉았다. 그렇게 입맞춤을 하며 말없이 사랑을 느끼는 두 사람이었다.

그리고 그다음 날 유군명이 오면서 제갈태경은 진현과 짧은 작별을 하고 폐관수련에 들어갔다. 꽉 안아 주고 싶었지만 마치 마지막같이 느껴질까 봐 갔다 온다는 간단한 인사만 하고 돌아섰다. 남겨진 남궁진현은 눈물을 절대 흘리지 않겠다는 결심이 흔들리지 않도록 노력했다. 그는 꼭 이길 거니까.

시간은 빨리 흘렀다. 두 달이라는 시간 동안 진현은 최대한 제갈태경에게 방해가 되지 않기 위해 노력했다. 그리고 시어머 님이랑 보내는 시간이 많아졌다. 어릴 때 제갈태경의 얘기를 해 주면서 추억을 되새기곤 했다.

"호호…… 그 애가 8살 때 네 동생과의 혼약 때문에 남궁세 가에 따라가게 되었지. 어렸지만 제 혼약의 상대가 어떻게 생겼 는지 무척 궁금했을 거야. 그런데 호기심 많은 이 녀석이 어른 들 얘기하는 게 지루했던지 돌아다니다가 널 만난 것 같았다. 태경인 개구쟁이 기질이 참 많은 아이였는데 그날은 좀 풀이 죽 어 왔더구나. 그런 녀석의 모습을 처음 봐서 나는 참 신기하고 궁금해서 무슨 일이 있었는지 끈질기게 물어서 겨우 사건의 전 말을 들을 수 있었단다. 그날 그 녀석이 내게 말하길, 아주 예쁘 게 생긴 아이를 보았는데 처음엔 세상 여자가 아닌 선녀인 줄 알았다고 하더구나. 너에게 한순간 넋이 나갔다는 걸 얘기하는 모습만 봐도 알겠더라. 그런데 그 뒤로 물에 빠진 널 호의로 구 해 주고 죽도록 맞았다고 나한테 얼마나 씩씩거리며 화를 내던 지. 사실 그 녀석이 그토록 화가 난 이유는 네가 여자인 줄 알고 구했는데, 실은 네가 남자라고 해서 그게 더 기분이 나빴던 것 같다. 못내 아쉬운 표정이었거든. 지금 생각해 보니 그 녀석, 그 때부터 본능적으로 네가 여자인 걸 느끼고 반했었던 것 같다."

"전에 언뜻 들은 적은 있었는데 전 아직도 기억이 안 나요."

"기억이 나는 게 더 이상하지. 넌 고작 5살 정도였을 테니. 아무튼 그때부터 너희들의 운명이 시작되었나 보다. 하늘이 정해 준 짝은 다 따로 있는 것 같구나. 아가, 태경일 믿어라. 아무 일도 없을 테니."

자상한 눈빛으로 자신을 바라보는 시어머니가 정말 진현은 좋았다. 마치 진수아를 보는 듯했다.

"네, 믿고 있어요. 그는 해낼 거예요."

그때 밖에서 하녀의 목소리가 들렸다.

"작은 마님, 소가주님이 폐관수련을 끝내고 목욕 중이시라고 하십니다."

하녀의 말이 끝남과 동시에 문을 열면서 제갈태경이 들어왔다. 얼마나 빨리 왔는지 하녀가 소식을 전하기도 전에 당도한 것이다.

그리고 제갈태경은 언제나처럼 다른 사람의 눈을 의식하지 않았다.

"현! 보고 싶었어."

두 달 만에 보는 그는 약간 야윈 것 빼고는 너무나 정상적이고 건강해 보였다. 그리고 알 수 있었다. 그가 더 강해져서 이제는 그 기운이 너무 평범하게 느껴지는 것 같았다. 그리고 그의 몸이 그녀의 부풀어 오른 몸을 조심스레 꼬옥 끌어안았다. 진현의 목소리가 나오지 않았다. 말을 하면 울음이 나올 것 같았기 때문이다. 두 달이었지만 정말 긴 하루하루였다. 그가 없다는 게 이렇게나 하루가 길게 느껴지다니.

딱!

"아얏! 어머니 왜 그러십니까!"

"이 녀석이! 아무리 마누라가 좋아도 이 어미는 눈에 뵈지도 않는 게냐!"

"아이구, 우리 어머니도 안아 달라는 말씀이셨구나. 이리 오
십시오."

제갈태경이 과장되게 팔을 내밀었다.

"징그럽다, 비켜라! 이놈아!"

"거봐요, 이러실 줄 알고 제가 그런 거잖아요. 이런 거 싫어
하시잖아요."

가차 없이 머리에 꿀밤을 때리는 시어머니도, 맞는 제갈태경
도 즐거워 보였다. 그가 피할 수 없어서 맞은 게 아니라는 걸 모
두들 알고 있기 때문이었다.

"나 보고 싶었다고 말해 줘."

"왜 이래……요? 어머님 앞에서."

진현이 안절부절 눈치를 보고 말을 못하고 있자,

"빨리 말해 줘. 빨리…… 얼른…… 안 그럼 나 입맞춤 해 버
린다."

태경이 또다시 예전 남궁가에서처럼 뻔뻔하게 진현을 안으면
서 위협했다.

"정말 징그럽게 왜 이러세요!"

쪽!

"정말이지 너!"

부끄럽고 열 받아서 진현은 반말이 나오고 말았다.

"이 녀석이 정말! 눈꼴 시려워서. 어여 사라지거라."

"어머님, 죄송합니다."

진현은 태경의 뻔뻔스러움에 너무 부끄러워 대신 사죄를 드

렸다.

"아니다, 네가 죄송할 게 뭐 있느냐. 있다면 저런 뻔뻔한 놈을 낳은 내가 죄지. 이만 가서 쉬거라. 떨어져 있는 동안 얼마나 할 말이 많았겠느냐."

"그럼, 정말 갑니다. 어머닌 나중에 따로 오붓한 시간 내 드릴게요."

"허풍 떨지 말고 어여 못 가?"

"가요, 갑니다요."

못 이기는 척 제갈태경은 진현을 데리고 둘만의 오붓한 시간을 보내기 위해 방으로 돌아왔다.

방으로 들어서자마자 제갈태경의 입술이 기다렸다는 듯이 그녀의 입술에 참고 참은 듯 길고 긴 정열의 입맞춤을 하기 시작했다.

"정말, 너무 그리웠어. 이젠 제법 배가 부르구나. 어! 이 녀석 움직임이 활발한걸."

"요즘은 자주 이렇게 놀아. 누굴 닮은 건지 잠시도 가만있질 않아."

"누군 누구겠어. 우리 고집쟁이 마나님 닮은 녀석이겠지. 난 어릴 때 얌전했어."

"얌전? 이미 어머님께 어린 시절 얼마나 개구쟁이였는지 다 들었어. 그리고 전에 네가 잠깐 말한 적 있는, 어릴 때 나와 만난 적이 있었던 얘기도 해 주셨어."

"정말? 우리 어머니가 그걸 기억하고 계셔?"

"그래. 그것도 아주 자세하게 기억하고 계시더라. 그런데 난 기억이 안 나. 미안해."

"미안하긴. 너무 어릴 때 일인데 뭐. 아마도 그때부터 우리의 운명은 정해졌던 것일까?"

"정말 어릴 때지만 내가 정말 너무했었더라. 그때 어디가 제일 아팠어?"

"왜? 그곳에 입맞춤이라도 해 줄 거야?

태경이 장난스럽고 짓궂은 웃음을 지었다.

"그래. 지금이라도 늦지 않았다면."

"음…… 네가 안 때린 데가 없었거든. 나 온몸이 아팠어."

"어휴, 엉큼하긴."

그에게 눈을 흘겼지만 그녀의 입맞춤이 천천히 시작되고 있었다. 방 안에서 제갈태경의 신음 소리가 참을 수 없다는 듯이 점점 커지고 있었다. 아직 밤이 되려면 멀었는데.

그리고…… 이틀 후.

그가 그녀에게 다녀온다는 평범한 인사를 남기고 마치 놀러 가듯이 여유 있는 걸음으로 길을 나섰다.

괜찮을 거라고 생각은 하지만 걱정이 되지 않을 리가 없는 그녀였다. 태경의 사부 유군명이 태경이 누구에게도 지진 않을 거라고 안심시켰지만, 진현의 불안은 사라지지 않았다. 한 번도 뒤돌아보지 않는 제갈태경이 야속할 만도 했지만, 남궁진현은 알고 있었다. 그의 발걸음이 여유 있게 보이는 건 자신을 걱정시키지 않게 하려고 하는 것이고, 뒤돌아보지 않음은 보면 차마 발걸음이 떨어지지 않을 거라는 걸 알고 있었던 것이다. 멀어지는 그를 가족들이 서서 지켜보고 있었다.

길을 나선 제갈태경은 아직 시간이 남았기에 서두르지 않았다. 자신은 이길 것이다. 그건 이미 정해진 사실이라고 자신 있게 스스로를 세뇌시키고 있었다.

"뒤에 숨어서 따라오지 말고 나와."

"하하…… 어차피 들킬 줄은 알았지만 이렇게 빨리 알아채다니 정말 자존심 상하는데요. 형님 경지가 이렇게나 높아지시다니……. 저와 차이가 더 나서 열심히 하지 않으면 형님을 뒤따라가질 못할 것 같습니다."

"네 녀석의 무공도 낮진 않아. 다만 내가 먼저 기연을 얻은 것뿐이라서 그렇지. 어쩐지 인사하는데 보이지 않더라니. 잘됐다. 가서 구경하면 네게도 도움이 많이 될 거야. 상승의 무공으로 갈 때는 고수들의 싸움도 큰 도움이 될 테니까. 그리고 만약 그런 일이 없을 테지만, 내게 무슨 일이 생기면 뒷수습을 부탁할 사람도 필요하고."

"오만방자한 형님답지 않으십니다. 자신 없는 듯한 그런 말은 안 들은 걸로 하겠습니다."

"이그! 예나 지금이나 답답한 건 그대로구나. 내가 언제 자신 없다고 했느냐. 만약이라고 했잖느냐. 만약! 몰라? 똑똑한 놈이 이럴 땐 왜 이렇게 꽉 막혀서는."

그리고 경공을 전개해 휘익 앞장서 가 버렸다.

"형님, 형님! 같이 갑시다."

두 형제가 바람같이 사라져 가고 있었다.

"제갈태경, 오랜만이군. 남궁진현은 잘 있겠지."

오랜만에 보는 위세천은 머리가 많이 길어서 여느 때보다도 세속인처럼 보이면서 훤칠한 인물을 자랑했다.

"니가 왜 남의 마누라 안부를 물어!"

기분 나쁜 듯 얼굴을 찡그리는 제갈태경은 의외로 위세천이 마교의 쌍접만을 대동하고 나타나자 더욱 더 경계심이 들었다. 얼마나 자신 있으면 그 많은 수하를 놔두고 이렇게 달랑 셋만 오다니.

"이제 곧 내 여자가 될 테니까. 당연한 거 아닌가?"

여유 있어진 말투하며 온몸에서 제갈태경처럼 평범하고 깨끗한 기운이 풍겼다. 천마의 무공은 궁극의 경지에 이르면 정마를 초월해 평범하게 되던 사부님이 말씀이 떠올랐다.

"웃기고 있네. 니가 아무리 격장지계를 부려도 내가 넘어갈 것 같아? 그따위 계략은 소싯적 이미 내가 많이 써먹었다고."

"좋아, 대화를 할 만한 사이가 아니지. 준비하지."

"바라던 바다. 그전에 오늘의 대결로 네가 지면, 모든 원한을 잊고 마교도들과 더불어 세상에 나오지 않겠다는 약조를 분명히 해야 할 것이다."

"걱정 마라. 이래 봬도 난 마교 교주다. 한 입으로 두말하진 않는다. 이미 만약의 경우를 대비해 문서로 다 작성해 놓았다. 약속은 지킨다. 내가 이기면 난 무림을 내 발아래 둘 것이다. 그리고 남궁진현도 내 여자가 될 것이다."

제갈태경은 정말 저 녀석이 기분 나빴다. 무림이야 어찌 되든 남궁진현까지 들먹이자 모든 걸 때려치우고 싶었다. 그러나 어차피 자신이 지게 되면 남궁진현도 무사하지 못할 것이라는 데 생각이 미쳐 아무 말도 하지 않았다.

"말이 많다. 시작하자."

태경은 지금껏 한 번도 사용하지 않은 칼을 뽑아 들었다. 이 칼은 남궁진현이 준 칼이었다. 마지막 폐관수련 때 사부 유군명에게 조언을 얻어 남궁세가의 제왕검법과 제갈세가의 장법을 혼합한 무공을 창안했다. 제갈세가에도 좋은 검이 많았지만, 남궁진현은 자신이 못 가는 대신 자신의 애병을 같이 가지고 가길 바랐다. 그리고 수련하는 동안도 태경은 그 검으로 연습을 했던 것이다.

"그렇군. 모든 건 결과가 말해 주는 거니까."

위세천의 칼도 뽑혔다. 드디어 천마의 무공을 완성한 것 같았다. 지난번 봤을 때와는 현저한 기운 차이가 났던 것이다. 위세천은 태경과 마찬가지로 겉으로는 너무 평범한 대갓 집 귀공자 같았다. 무공이 강해진 두 사람은 오히려 일반인같이 평범해져 버린 것이다. 그리고 두 사람 다 그만큼 상대가 강해졌음을 알고 있었다.

그런 평범한 기운의 두 사람이 상대방에 대한 살기를 내뿜자 주변 사람들은 가까이 갈 수가 없을 지경으로 어마어마했다. 활을 당기는 것 같은 팽팽한 긴장감이 넘쳐났다. 두 사람 다 상대방의 허점을 찾기 위해 한시도 눈을 떼지 못하고 노려보고 있었다. 그러나 둘 다 대치만 하고 있을 수 없었기에 어느 순간 위세천의 몸이 공중으로 먼저 도약했다. 아주 까마득하게 올라가는 그의 몸이 햇살 속에 갇혀 보이지 않았다. 본능적으로 위험을 감지한 태경이 아슬아슬하게 피하자 그곳에선 큰 폭발이 일었다. 칼부림에서 나오는 기의 폭발이었다.

'저놈…… 정말 강해졌구나. 나도 질 수 없지. 난 딸린 식구가 있으니까.'

태경이 바람처럼 마주 달려가 칼을 들어 위세천의 칼을 받아쳤다. 서로의 기와 내공이 한순간 부딪히자 주변은 회오리가 일었다. 구경하던 사람들이 더 멀리 물러났다. 주변 경관이 남아나질 않고 회오리에 말려 부서지고 있었다.

콰과쾅!

폭발음이 연속적으로 울리면서 태경과 위세천의 칼은 빛 속에서 춤을 추었다. 위세천의 검에선 붉은 기운이 나와 감싸고 있었고, 태경의 검에서 푸르스름한 빛이 나타나 마치 형형색색의 무지개처럼 부서지고 있었다. 태경과 위세천의 공격은 숨 돌릴 틈 없이 이어졌다.

위세천이 한 번 휘두르면 태경도 지지 않고 연달아 칼을 막으면서 되돌려 주었다. 위세천의 무공은 정말 깜짝 놀랄 정도로 강해져 있었다. 제갈태경이 만약 제왕검법을 바탕으로 자신의 무공을 재정비하지 않으면 지금 밀리고 있었을지도 몰랐다.

두 사람은 비슷한 내력과 비슷한 체력으로 지칠 줄 모르고 싸우고 있었다.

"이제 그만 끝내지!"

"좋아. 그럼 마지막 승부를 하자."

두 사람은 마지막 한 수에 모든 걸 걸기로 했다. 이 한 번으로 승부를 결정된다고 생각하니 모든 공력과 정신을 집중하게 되었다. 제갈태경의 칼이 포효하듯 울어 댔다.

"타앗!"

제갈태경의 몸과 위세천의 몸이 동시에 솟아올랐다. 까마득히 올라간 두 사람은 공중에서 한동안 격전을 벌이는지 연이은 칼 부딪히는 소리가 들려왔다. 하지만 흙먼지와 더불어 회오리가 그들을 감싸고 있어 아래에선 자세하게 보이지 않아 사람들의 속을 태웠다. 그리고 올라간 속도만큼 빠르게 두 사람의 신형이 하강하기 시작했다. 간발의 차이로 위세천이 먼저 땅에 내려오고 제갈태경이 바로 뒤에 내려와 마주하고 섰다. 두 사람 다 안색이 창백하다 못해 파리했다.

위세천이 무너지듯이 무릎을 먼저 꿇었다.

"후훗…… 진 건가? 복수보단 그녈…… 갖고 싶었는데."

"내가 있는 한 어림없는 소리다. 그렇게 소유를 목적으로 하는 게 사랑이라니 말이 된다고 생각해?"

"내가 그녈 사랑하지 않았다고 어떻게 단정할 수 있지? 너의 사랑만큼 나 또한 그녈 진심으로 사랑했다."

"진심으로 사랑했다는 놈이 납치한 여인이 그녀의 쌍둥이 동생인지도 몰랐다니, 웃기지 않아? 게다가 네가 사랑한다고 믿었던 그녀가 이미 나의 아이를 가졌다는 것도."

"뭐라고? 그런!"

위세천은 태경의 말에 충격을 받았는지 다음 말을 잇지 못했다.

"난 꼭 이겨서 돌아간다고 약속했다. 아이를 아비 없이 자라게 하면 안 되니까. 이제 너도 네 아버지 곁으로 보내 주마."

제갈태경이 서서히 공무에게 마지막 일격을 가하려 할 때였다.

"멈춰!"

고개를 돌린 태경은 깜짝 놀라서 칼을 떨어뜨릴 뻔했다. 싸움에 미쳐 주변을 신경 쓰지 못했더니 어느새 나타난 모용란이 남궁진현의 목에 칼을 바짝 대고 다가오고 있었다. 부른 배 때문에 함부로 싸울 수도 없던 남궁진현을 모용란이 손쉽게 납치해 온 것이다.

"너! 그녀 손끝 하나라도 다치게 하면 죽어서도 편히 못 있을 거야!"

제갈태경은 엄청난 살기를 풍기면서 모용란을 노려보았다.

"태경 오라버니, 왜 남궁진현을 그렇게 끔찍하게 사랑하는 거지? 내가 남궁진현보다 뭐가 못해서!"

모용란은 어느새 진현을 인질로 잡고 위세천의 곁으로 천천히 다가왔다.

"사형, 지금은 도망가고 훗날을 기약해요."

"사매…… 그녀를 놔줘. 그녀가 다치지 않도록 해 줘. 부탁이야."

위세천도 이 상황이 놀라운지 당황한 빛을 감추지 못하고 자신이 한 번도 해 본 적 없는 부탁까지 하고 있었다.

"사형도 결국은 똑같군요. 아이까지 가져서 흉하게 배까지 나온 여자를 아직도 좋아하는 거예요?"

모용란의 목소리는 비참하고도 음울하게 들렸다. 칼이 목에 좀 더 깊게 들어가는지 피가 주르르 흐르면서 진현의 안색이 창백해졌다.

"모용란, 그녀를 놔줘! 차라리 날 잡아. 난 지금 닭 한 마리 잡을 힘도 남아 있질 않으니까."

제갈태경의 안색도 덩달아 창백해지면서 긴장한 듯 그녀의 손끝을 주시하고 있었다.

"사매…… 어릴 때 사매는 정말 예뻤어. 내가 뭐라고 하든지 나를 따라다니면서 두 눈을 반짝였지. 유일하게 내가 천마의 아들이건 아니건 상관없이 날 대해 줬어. 그런 널 사랑한다고 생각한 적도 있었어. 하지만 남궁진현을 보고 나서 앓게 된 열병은 너에 대한 감정이 사랑이 아니라고 느끼는 계기가 된 것 같아. 미안해…… 사매."

말을 마친 위세천이 마지막 힘을 낸 듯 숨 가쁘게 모용란을 애처롭게 바라보더니 천천히 일어서 그녀 옆에 섰다.

"사형, 미안해할 필요 없어요. 어서 힘을 내세요. 우린 다시 시작할 수 있어요."

모용란은 안색이 창백한 위세천이 일어서서 자신 옆에 서자 기쁜 듯이 말을 했지만, 제갈태경에게선 한시도 시선을 떼지 않고 남궁진현을 잡은 손끝에 힘을 줬다.

그런데 완전 무방비 상태로 곁을 내준 그 순간이었다.

"헉! 사형? 왜…… 왜 날? 그냥…… 사형이…… 좋았는데."

갑자기 숨 차 하던 위세천이 옆에 떨어진 칼로 모용란의 등을 찔렀다.

미처 다른 말을 할 새도 없이 모용란은 한을 담은 듯 눈을 뜬 채 쓰러져 죽고 말았다. 그런 그녀를 아픈 듯이 바라보며 위세천은 그녀의 눈을 감겨 주었다.

"아무리 너라도…… 그녈 다치게 하는 건 볼 수가 없었어. 정말 미안해. 그래도 다른 사람 손에 죽는 것보단 내 손에 죽는 게 낫잖아. 나와 달리 사랑하는 사람 손에 죽는 게 행복할지도 모르잖아."

위세천이 죽은 모용란의 얼굴을 쓰다듬더니 시선을 남궁진현에게 옮겼다. 그녀의 부른 배가 그제야 그의 눈에 들어왔다. 정말 태경의 말이 사실이란 것을 이제 알게 되었다.

"정말 내가 당신을 많이 좋아했었다는 건 진심이었소."

그리고 그가 진현을 보며 씁쓸한 슬픈 미소를 지음과 동시에 모용란을 찌른 칼로 자신의 심장을 찔렀다. 위세천이의 두 눈은 죽은 모용란을 보며 뿌옇게 흐려져 있었다.

"말해 보시오. 정말 날 한 번도 생각한 적이 없었소? 마지막으로 거짓으로라도 그렇다고 해 주시오. 그러면 나도 편히 눈을 감을 수 있을 것 같소."

애원하듯 말하는 그의 눈을 보고 있으니 남궁진현은 그렇다고 대답이라도 해 주고 싶었다. 그러나 차마 거짓으로라도 그 말은 나오지 않았다. 그녀의 마음은 온통 제갈태경으로 차 있었기에 위세천을 정말 한 번도 생각한 적이 없었던 것이다.

"역시…… 안 되는 것이었나……? 사매 외롭지 않게 날 기다려 주고 있겠지?"

위세천이 희미한 슬픈 미소를 띠더니 미련이 남는 것인지 진현을 한 번 보고 스르르 모용란의 옆에 무너지며 조용히 눈을 감았다.

제갈태경이 재빨리 다가와 놀란 가슴을 진정시키며 남궁진현을 감싸 안았다. 제갈태경에게 안긴 진현이었지만, 마지막 위세천의 눈동자가 너무 슬퍼 보여 눈물이 났다. 그리고 과거에 그를 처음 만났던 그 순간이 생각났다. 어쩌면…… 공무였을 때의 모습이 그의 진실된 모습이 아니었을까 하는 생각이 들었다. 부질없는 생각이었지만, 그는 자신의 위치에서 최선을 다한 삶을 살았을 거란 생각이 들었다. 자신이 위세천이 아니었으니 정답은 알 수 없었지만, 그가 평범한 집안에서 자랐으면 또 다른 삶을 살지 않았을까라는 생각이 드는 건 어쩔 수 없었다.

"슬퍼?"

태경이 자신의 품을 파고들며 어깨를 들썩이는 진현을 더욱 꼭 끌어안고는 다독여 주고 있었다.

"나쁜 놈인 건 아는데……나하고 아기를 구해 줘서 조금은 슬퍼해 줘도 될 것 같아서."

"그래. 어쨌든 널 무사하게 해 준 점은 고마워해야겠지. 그 녀석…… 옛날엔 그래도 좀 괜찮았는데 말이야."

진현은 제갈태경도 그의 옛 모습을 생각하며 안타까워하고 있다는 걸 알았다. 그러나 죽은 사람은 말이 없었다.

맑던 하늘이 구름이 끼더니 비가 내리기 시작했다. 태경이 진현의 몸을 안더니 경공을 전개해 빗속으로 사라져 갔다. 급 전개된 상황에 망연히 있던 제갈태준이 급히 뒤따라가고 있었다. 쌍접은 아직도 교주가 죽었다는 걸 인식하지 못하는 듯 망연히 서 있었다. 하늘같은 자신의 교주가 죽다니.

한 달 후 남궁세가에선 합동혼례식이 있었다. 남궁가의 핏줄이 모두 혼례를 하는 경사스런 날이었던 것이다.

떠들썩하니 모든 사람들이 축하를 하고 있었다. 특히 제갈태준의 숨겨진 사부까지 혼례에 초빙되어 왔다. 그는 바로 마지막 십대 고수인 남해신검 신세후였다. 까칠하고 괴팍한 그는 진희에게 홀라당 넘어가 그녀가 애교를 부리면 귀여워서 어쩔 줄 몰라 했다. 제갈가에선 이번에 모두들 참석해 자리를 빛냈다. 진현은 곧 태어날 아이 때문에 힘들었지만, 태경에게 거의 떼를 부려서 오게 된 것이다.

마교는 사라진 건지 황궁에서도 그들의 흔적을 찾기 힘들었다. 아마도 위세천의 부하들이 약속을 성실히 지킨 것 같았다. 자신을 구해 준 위세천에겐 미안했지만, 남궁진현은 제갈태경이 안 다친 걸 하루하루 감사하며 살아가고 있었다.

"태준이 녀석, 잘하고 있을까? 하긴 설마하니 긴장하고 그러진 않겠지."

제갈태경이 남궁진현의 배를 쓰다듬으며 중얼거리고 있었다. 진현은 산달이 오늘내일 하는 듯 배가 꽤 불렀다.

"별걱정을 다하시네요. 설마……."

제갈태준과 남궁진희는 드디어 둘만이 남게 되었다. 이제 두 사람은 부부가 된 것이다.

어쩌다 보니 진짜로 첫날밤이었던 것이다. 다른 쌍들과는 다르게. 태준은 마른침이 넘어가는 것 같았다. 남궁진희는 가슴이 터질 듯이 두근거렸다. 드디어 둘만 남았다. 그런데 저 사람 왜 저렇게 꼼짝을 하지 않고 있는 거야. 답답하지만 나 혼자 두건을 벗을 수도 없고…….

진희는 태준이 다가와 자신을 안아 주길 기다렸지만, 그는 어찌 된 일인지 다가오는 소리도 들리지 않았다. 진희의 신경은 온통 태준에게로 향하고 있어서 다른 건 신경 쓸 틈이 없었다. 드디어 태준의 발소리가 들려왔다. 한 발 한 발 다가오는 그의 발걸음이 그녀의 마음을 더욱 두근거리게 했다. 콩닥콩닥 이제 조금만 있으면 난 그의 진정한 부인이 되는 것이다.

붉은 두건을 거두는 태준의 손길이 떨리는 것 같았다. 눈앞에 장애물이 없어지자 너무나 아름다운 그녀의 얼굴이 나타났다. 오늘처럼 화려한 신부 복장에 이렇게 곱게 신부 화장을 한 진희의 얼굴은 눈이 부셨다. 천천히 태준의 손이 진희의 얼굴을 감싸 안았다. 너무나 애태우고 사랑하는 얼굴이었다.

"정말 이제야 하나가 되는구려. 너무 아름답소."

사랑하는 사람의 칭찬은 자꾸 들어도 질리지 않았다. 진희의 얼굴이 붉어졌다. 새삼스럽게 새빨개진 진희의 얼굴은 너무나 귀엽고 사랑스러웠다. 태준의 손이 하나둘씩 그녀의 옷을 벗겨 가고 있었다.

"음…… 또 있단 말인가. 정말 양파 껍질처럼 많이도 껴입었소."

"혼례복이 원래가……."

당황한 진희가 자신의 잘못이 아닌데도 변명 아닌 변명을 하게 되었다.

"아니, 괜찮소. 이것도 하나씩 벗기면서 그만큼 기대감이 상승하니까. 가려진 당신의 몸을 상상하면서 하나씩 제거해 가는 것도 나쁘진 않소."

"정말이세요? 언니는 형부가 엄청 화냈다고 말했는데."

"형님의 급한 성격엔 그럴지도…… 그렇지만 이제 나도 슬슬 인내심이 바닥나려 하고 있소. 당신의 몸을 안고 싶어 내 스스로가 자제가 안 되고 있소."

그는 말을 하고 있지만 손을 쉬지 않고 장애물을 제거해 가고 있었다. 드디어 그녀의 속곳만 남겨졌을 때, 태준의 가슴은 더 빠르게 뛰고 있었다. 수줍은 듯 그를 보고 있었지만 그녀의 몸은 아름다웠다. 예술품 같은 아름다움을 간직한 그녀지만 지금은 그만의 것이었다.

"이제…… 나도 벗겨 주시오. 당신도 내가 맛본 즐거움을 느낄 수 있으면 좋겠소."

"제가요?"

"당신은 항상 나를 도발해 왔잖소. 남궁진희, 그 대담한 남궁진희는 어딜 간 거요? 이런 당신도 좋지만 도발적인 당신도 난 좋아하오."

남궁태준의 목소리가 너무 매력적이어서 남궁진희는 전에 없이 부끄러워졌다. 멈칫거리며 그의 옷을 하나둘씩 벗겨 갔다. 남자들의 혼례복은 여자들과는 달라서 몇 개만 벗기자 금방 알몸이 되고 말았다. 구릿빛 몸은 무공으로 다져져 탄탄하고 매끄러웠다. 자신도 모르게 그의 알몸에 손을 대고 쓰다듬고 있는 걸 깨닫고 부끄러워져 손을 거두려 하자 그가 그녀의 손을 잡았다.

"더…… 많이, 더 오래 만져 주시오. 당신의 손길이 너무 좋소. 그리고 당신도 너무 사랑스럽소."

때론 대담한 남궁진희지만 그녀 자신도 첫날밤을 맞이하는 여자로서 막상 그와 단둘이 알몸으로 있게 되자 부끄러움이 밀려왔다. 그러나 그의 목소리가 그녀에게 이렇게 속삭이자 부끄러움보다는 대담함이 자리하게 되었다. 그녀의 손길이 느껴지자 태준은 긴장으로 몸이 떨려 굳어졌다. 너무나 황홀한 느낌이 들었다. 상상했던 것보다 더 자극적인 전율로 몸이 떨려 왔다. 침착하자고 다짐해도 잘되지가 않았다. 그냥 쓰다듬는 것만도 이렇게 가슴이 떨려 오는데…….

"됐소. 더 이상은 참기가…….

그가 진희의 손을 낚아채더니 한순간 그녀를 침대로 뉘었다. 그의 입술이 달콤하게 진희의 귓불을 애무하기 시작했다. 붉게 달아오른 남녀의 몸은 아름답게 빛났다.

귓불을 간질이던 그의 입술이 점점 내려와 그녀의 붉은 입술에 깊디깊게 머물렀다.

타오르는 몸의 열기로 인해 점점 참을 수 없을 정도로 더워졌다. 그녀의 가슴 속곳을 벗겨 내자 아름다운 가슴이 탐스럽게 나타났다. 그가 참을 수 없다는 듯 그녀의 가슴으로 입술을 옮겨 갔다. 입술이 닿자 진희의 몸이 움찔거리며 간질거리는 그 느낌에 몸부림을 쳤다. 그의 손은 쉬지 않고 그녀의 전신을 쓰다듬고 있었다. 이런 느낌일 줄이야. 두 남녀의 사랑은 서서히 시작되어 거대한 불이 되듯이 달아올랐다. 태준의 입술이 진희의 전신을 훑어 내리자 참지 못하고 그녀의 입에서 힘겨운 신음 소리가 새어 나왔다.

"으으음…… 사랑해요. 제갈태준."

"내가 더 많이 사랑하오."

어느 순간 한 몸이 되어 두 사람은 깊고도 달콤한 둘만의 시간을 즐기고 있었다. 사랑은 나눌수록 더 커지는 게 맞는 것 같았다. 아주 긴 기다림의 끝엔 더욱 달콤함이 자리하고 있으니 말이다. 뜨거운 신음 소리는 그 후로도 계속 들렸지만 아무도 신방에서 나는 소리를 신경 쓰지 않았다. 신방에선 당연히 그런 소리가 나야 정상이니까.

"나 한 가지 궁금한 게 있는데 물어봐도 돼?"

"뭐든 물어봐."

진현은 예전 그녀의 방에서 제갈태경의 무릎을 베고 있었다.

"우리 체질 말이야, 난 천음지체, 넌 천양지체, 설희는 극음지체잖아. 근데 극양지체는 없어?"

"그게 갑자기 왜 생각 난 거야?"

"요즘 내가 먹고 자고, 먹고 자고 하다 보니 이런저런 생각이 많아지더라고. 그런데 이게 생각나서 언젠간 네게 물어봐야지 하고 있었어. 넌 의학이나 뭐 잡다한 걸 많이 아니까."

"대부분 사람들은 이런 걸 별로 궁금해하진 않아. 자기하고 먼 얘기라고 생각하니까. 그렇지만 우리처럼 당사자가 되면 궁금할 수도 있지. 극양지체도 당연히 존재는 할 거야. 무슨, 무슨 체질도 이름 짓기 좋아하는 사람들이 정의 내린 거잖아. 사실 내 체질이 천양지체인지, 극양지체인지 누가 명확히 단정할 수 있겠어? 아무리 무슨 무슨 지체가 그렇다고 하더라도 사람마다 완전히 그 특징이 일치하진 않을 것이고, 죽은 위세천 녀석도 그렇게나 천음지체를 찾은 걸 보면 천양이나 극양지체, 둘 중 한 체질일 수도 있었을 테고. 그건 아무도 모르는 거야. 그냥 그렇다고 짐작만 할 뿐이지. 너도 꼭 천음지체가 아닐 수도 있어. 다른 이에 비해 음기가 유난히 많았을 수도 있고. 설희도 마찬가지지. 당연히 음기가 기를 막으면 오래 살지 못해. 그게 극음지체여서 그렇다고 오래 못 산다는 건 아닐 수도 있다는 거지."

"그런 거야? 듣고 보니 그런 것도 같고."

진현이 고개를 갸웃거렸다. 알 듯 모를 듯 했던 것이다. 하긴 체질이 뭐든 이제는 상관이 없으니 얼마나 다행인가. 사랑하는 사람이 옆에 있는 게 중요한 거지.

"그런데 나도 하나 물어볼게. 정말 궁금했는데 모용란이 제갈세가에 있는 당신을 그토록 쉽게 잡을 수 있다곤 생각을 못 했는데 어찌 된 일이야?"

제갈태경은 생각보다 위세천과의 대결에서 내력의 손상을 많이 당했다. 그래서 이제 겨우 회복하고 여유가 생기니 그 의문이 든 것이다.

"그게…… 사실 걱정돼서 몰래 보기만 할 생각에 따라나섰다가 모용란과 맞닥뜨린 거야. 모용란의 무공도 진일보했었고. 내가 홀몸이었으면 문제없었겠지만, 갑자기 내력을 쓰니 이 녀석이 불안했던지 태동이 너무 심해져서 내력을 끌어 올릴 수가 없었어."

"정말 이 여자가!"

제갈태경은 지나간 일이었지만, 진현이 다칠 뻔한 생각을 하자 몸서리가 쳐졌다.

"미안, 미안해. 그렇지만 네가 돌아오기만 초조하게 기다리고 있기엔 내가 너무 미칠 것만 같았는걸. 꿈도 불길하고, 널 보는 게 마지막이면 어떡하나 하는 생각에 가만히 있을 수가 없었어. 걱정 끼쳐서 미안해."

남궁진현이 반성하는 모습으로 사과했지만 태경의 화는 좀처럼 풀어지지 않았다.

"너! 한 번만 더 그러면!"

"용서해 줘, 서방님? 응?"

태경의 화난 모습에 진현은 자신이 평소에 절대 하지 않는 애교를 피우며 그의 품을 파고들었다. 문제는 아직도 어색한 진현의 애교였지만 태경에겐 너무나 잘 먹혔다.

"아휴…… 내가 정말."

그러면서 태경은 진현을 밀어내지 못하고 더욱더 품에 당겨 안을 수밖에 없었다. 아무리 화가 나도 그녀를 밀어낼 의지는 애초에 그에겐 존재하지 않았던 것이다.

"모용란과 공무도 참 안됐구나, 하는 생각이 들었어. 아버지가 죽고 난 후 그도 마교라는 단체의 온갖 무거운 짐을 혼자 져야 했으니, 정상적으로 자라질 못했지 않나 하는 생각이 들었거든."

"너 지금 나 질투하라고 위세천 동정하는 거야? 난 네게서 다른 남자 얘기 조금이라도 나오면 싫어."

진현은 그런 그가 귀여워졌다. 그래서 그의 입술에 살짝 상이라도 주듯이 입맞춤을 하자 갑자기 아랫배가 팽팽하니 당겨

왔다.

"큰일…… 났어. 뭔가 나왔어. 아마도 양수가 터진 것 같아……."

"뭐! 그럼 아기가? 어쩌지. 의원, 의원을 부르자."

갑자기 제갈태경은 허둥댔다.

"의원은 너잖아. 산파하고 어머니를 빨리."

오히려 진현이 더 침착하게 대처를 했다.

"알았어. 금방 올게."

바람같이 달려 나가는 제갈태경은 진수아에게 연락했고, 진수아는 남궁세가에서 거주하는 산파를 데려왔다. 진현이 산달이다 되어 산파를 대기시켜 놓은 진수아였다.

"아아악!"

진현의 비명 소리에 제갈태경은 깜짝 놀라 벌떡 일어나 문을 열고 들어갈 뻔했다. 다행히 남궁비헌이 제때 그를 붙잡았다.

"참게나. 누구나 겪는 일이니."

"그렇지만…… 그녀는 칼 맞고 다 죽어 갈 때도 저런 비명을 지른 적이 없는데."

"산고의 고통을 우리가 직접 느낄 순 없으니 우리는 그저 열심히 기다릴 수밖에."

"아악! 엄마!"

이번에 비명이 더 크게 들리자 제갈태경과 남궁비헌은 동시에 일어나 서성이기 시작했다.

"제가 들어가 보는 게…… 그래도 의원인데."

"아이는 받아 보았나?"

"그게, 책으로는."

"그럼, 여기 있게나. 실전은 또 다르니까. 게다가 눈앞에서 진현이 얼굴을 보고 자네까지 기절하기라도 하면 일이 더 커질 것 같으니."

"제가 기절이라니요! 장인어른. 그런 일은……."

"자네 지금 안색이 백짓장보다 더 하얗게 질려 있네. 기절하지 않는 게 더 이상한 것 같네. 마치 내상을 극도로 입은 사람 같지 않은가!"

"장인어른도 마찬가지십니다. 장인어른은 이런 경험을 해 보신 분인데 아직 익숙해지지 않으신가 봅니다."

그랬다. 다른 쌍들이 첫날밤을 보내는 이 밤에 이 두 남자는 남궁진현의 출산을 기다리면서 초초하다 못해 창백하게 질려 갔다.

"저런 비명 소리는…… 도저히 익숙해지지가 않네. 나중에 자네가 딸을 낳아 보면 알게 될 걸세. 더하면 더했지."

"갑자기 마음이 바뀌었습니다. 전 아들이 태어나면 좋겠습니다. 진현이 닮은 딸을 원했지만 저런 고통을 당한다고 생각하니 차라리 아들이 나을 것 같습니다."

"그게 자네 마음대로 되는가, 이 사람아……. 설마 딸이라고 내 딸 구박하고 그러지는 않겠지?"

"당연하지요! 저를 어떻게 보시고!"

"아아악, 아악!"

"진현아! 힘을 조금만 더 주거라. 이제 다 되었다!"

진수아의 격려하는 목소리와 진현의 비명이 커질수록 두 남자의 심장이 같이 벌렁거렸고, 특히 제갈태경은 초조함으로 미칠 지경이었다. 그녀의 비명에 심장이 너무 심하게 뛰고 있었다.

'설마, 무슨 일이야 없겠지. 두 사람 다 무사할 거야.'

제갈태경은 처음으로 누구에게든 빌고 싶었다.

"아아아아악!"

"더 이상은 못 참아!"

그는 진현의 비명이 이번엔 심상치 않게 너무 커서 도저히 가만히 밖에서 속수무책으로 있을 수가 없었다. 그가 방 문고리를 잡고 들어가려 할 때였다.

"응애, 응애……."

제갈태경은 얼어붙은 듯 제자리에 섰다. 잠시 후 문이 열리고 진수아가 환하게 웃으며 땀을 닦으면서 나왔다.

"이제 끝났네. 들어오게…… 공주님일세."

안으로 들어선 그의 눈이 남궁진현을 제일 먼저 찾았다. 기진맥진한 진현이 땀으로 범벅이 된 창백한 얼굴로 그를 보고 있었다.

"괜찮……은 거지?"

너무나 핼쑥한 그녀의 모습에 겁이 났다.

"바보…… 애는 내가 낳았는데 어떻게 니가 더 안색이 안 좋은 것 같아?"

그녀의 목소리를 듣자 제갈태경은 가까이 다가가 무너지듯 앉아 그녀의 창백한 얼굴을 쓰다듬었다.

"소가주님, 공주님도 한번 보시지요. 정말 너무 예쁘고 귀여운 공주님입니다."

산파가 목욕을 시키고 빨간 강보에 싸인 작고 꼬물꼬물대는 생명체를 그에게 내밀었다. 너무 귀여웠다. 몸이 떨릴 지경으로……. 눈매는 자신을 닮았고 입술은 그녀를 닮은 것 같았다.

"나에게도 줘 봐."

남궁진현은 언제 고통을 겪었냐는 듯이 멀쩡한 얼굴로 딸의 얼굴을 보는 데 정신이 없었다. 두 사람을 보는 제갈태경의 눈이 안도감에 떨려 왔다.

"다행이다. 둘 다 무사해서. 정말 수고 많았어."

"걱정 많이 했지? 딸이라서 실망이야? 표정이 왜 그래? 마치 근심이 생겨 버린 사람처럼. 너 설마…… 막상 딸이 태어나니까 가문을 잇지 못할까 봐 서운한 거야?"

"가문이랑은 아무 상관없는 거야. 단지 우리 딸도 너처럼 커서 이런 고통을 겪는다고 생각하니 걱정이."

"넌…… 정말 갓 태어난 애를 두고 벌써 그런 걱정이나 하고. 난 우리 딸에게도 아빠처럼 근사한 남자가 나타나, 이렇게 아름다운 고통을 느끼고 태어나 준 자식에게 고마운 느낌을 갖게 해 주고 싶어."

"그렇게 말하니 그것도 괜찮긴 하겠지만 또다시 걱정이다. 나처럼 근사한 사람이 잘 없을 텐데."

"뭐야? 정말 못 말려!"

그의 뻔뻔스런 말에 남궁진현은 미소를 지을 수밖에 없었다. 똘망똘망한 눈망울을 가진 채 태어난 이 밤의 주인공 이름은…… 제갈소현이었다. 제갈태경에게 있어 그의 딸은 작은 남궁진현이었던 것이다.

"내가 오늘 이 말 안 했지? 나의 현…… 사랑해. 우리 공주님도…… 너무나."

제갈태경은 남궁진현과 그의 딸에게 살포시 입맞춤을 하면서 꼭 끌어안아 주었다.

"영웅아, 영웅이 어디 간 거야?"

당소진은 유설희와 정말 오랜만에 제갈가에 들렀다. 당가의 가주가 된 그는 바빠서 멀리 있는 제갈세가까지 올 시간이 없었던 것이다. 영웅이를 이번에 처음 데려왔더니 어디 갔는지 사라져 버린 것이었다.

"걱정 마세요, 형님. 제갈세가 내에서 무슨 일이야 나겠습니까."

"그렇지요. 여긴 제갈세가입니다."

제갈태경의 말에 제갈태준도 맞장구를 쳤다. 그렇다. 칠 년의 세월 동안 제갈태경, 제갈태준, 그리고 남궁 자매들까지, 모두들 고수들만 모인 제갈세가는 사돈인 남궁가와 더불어 제일 큰 세력으로 자리 잡았다.

"아빠, 아까 그 형아 저리로 갔어."

5살인 제갈용진이 태준을 보면서 또랑또랑하게 말했다. 진희와 태준 사이에는 아들이 태어났다. 그리고 둘째는 지금 배 속에 있는지 진희의 배가 많이 불러 있었다.

남궁홍기와 당유란은 오늘 둘째 녀석이 갑자기 아파서 이 모임에 올 수 없었다. 큰아이가 6살 남자아이, 둘째도 4살로 남자아이였다. 그래서 당유란은 여자아이를 다시 갖기 위해 필사적이었다. 항상 제갈소현이 남궁가에 올 때면 온 집안 가족들이 그녀 주변에만 몰려들었기 때문이다. 세가에서 그토록 원하는 아들을 둘이나 낳고도 밀리는 느낌이 드는 그녀였던 것이다. 그래서 요즘 홍기는 당유란이 무섭다고 했던가.

세월의 흐름을 비껴간 듯 그림처럼 앉아 있는 그들은 꽤 화기애애한 분위기였다.

"태경아, 넌 왜 외부에는 딸아이를 공개하지 않는 거냐? 딸을 이렇게 안에서만 키우면 남들에게 자랑도 못 하잖아."

당소진은 아주 어릴 때 소현을 한 번 봤다. 돌 때 보고 아직 못 본 것이다.

"호호호…… 오라버니, 이 사람 소현이 누가 채 가기라도 할까 봐 아무에게도 보이고 싶지 않다고 하네요."

남궁진현의 말에 당소진은 어이가 없었다.

"너, 니 딸 끝까지 끼고 살 생각이냐?"

"그게 뭐 어때서요? 능력만 있으면 여자도 혼자 살아도 됩니다. 그리고 난 내 딸에게 어울릴 만한 녀석은 절대 없을 거라고 생각되니까요. 너무 잘났거든요, 나 닮아서."

"형님도 참."

"그래, 너 잘났다, 이놈아."

좌중이 제갈태경을 보면서 어이없어하는 듯했다.

"형님이 내 마음을 알기나 해요? 태준이 너도 딸이 없어서 모를 거야. 내가 얼마나 노심초사하는지. 요즘 세상이 좀 흉흉해야지."

"듣기론 니 딸내미 이미 일반 기재들이랑은 달라서 남궁가의 제왕검법과 네가 창안한 용등검법을 모조리 습득하고 있다며? 걔가 어디 애냐? 그런 실력도 실력이지만, 누가 감히 천하제일 부부의 딸인 그 애를 두고 엄한 생각이라도 하겠느냐?"

"형님은 걔가 애지. 그럼 어른이우? 아직 7살밖에 안 됐는데. 그나저나 형님네 아들 녀석을 오늘 왜 데리고 온 거요? 내가 남자애들 데리고 오는 거 싫어하는 줄 알면서."

제갈태경은 행여 자신의 딸이 또래를 보고 흥미를 가질까 봐 아예 원천 봉쇄를 시켜 버렸다. 또래나, 심지어 조금만 젊어도 제갈소현을 보여 주지 않았다. 이 정도면 딸 사랑이 지나친 거라고 타박 받을 만했다.

"작작 좀 해라, 이 녀석아. 나도 눈 높다. 우리 아들도 어디 가서 빠지지 않는다."

당소진의 아들 당영웅 제갈소현보다 4달 정도 늦었지만도 이미 상당한 미소년이라고 소문이 자자했다. 당가의 사람들이 대체로 큰 키를 자랑했는데 당영웅도 7살치곤 또래보단 컸다. 얼굴은 설희를 많이 닮아 예쁘장한 미소년이었지만, 체격이나 성격은 당소진을 닮은 데가 많았다. 그리고 당소진과 설희가 만년 화리로 맺어져 태어난 아이라 태어날 때부터 내력이 남달랐고,

오성이 뛰어나 이미 유설희의 할아버지 유군명의 귀여움을 독차지해 당가의 무공뿐만 아니라 그의 무공도 배우고 있었던 것이다.

그런데 유군명도 세월은 속이지 못하는지 요즘 들어 기력이 부쩍 약해져 설희의 근심을 사고 있었다. 천수가 다된 듯했다. 그래서 이참에 제갈가로 보내 제갈태경과 진현에게 가르쳐 달라고 할 생각이었는데, 이놈이 이렇게나 딸을 감싸고도니 말을 꺼내도 거절할 게 분명할 것 같았다.

"아무리 형님네 아들이 잘나도 안 되는 건 안 되는 거요. 그건 아시고 계시오."

"알았다니깐! 너 말이야 내게 빚 있는 걸 잊은 것 같은데, 7년 전에 우리 의사를 무시하고 오직 너희 부부만 살겠다고 우릴 맺어지게 한 거 기억 나냐!"

유설희는 갑자기 당소진이 7년 전 일을 꺼내자 당영웅의 일이라고 짐작했다. 그가 후회가 돼서 저런 말을 할 리는 없다는 걸 너무나 잘 알고 있는 그녀였다. 그는 그녀라면 끔찍이 생각해 주는 자상한 남편이었던 것이다. 자고로 남자가 크게 되려면 어미인 자신이 감싸고만 있어선 안 된다는 걸 알고 있었다. 그의 의도를 눈치챈 그녀가 장단을 맞추기 시작했다.

"그러고 보니 그렇군요. 태경 오라버니도, 진현 언니도 우리에게 빚진 게 있었군요. 이제 그 빚 슬슬 갚으실 때가 되신 것 같은데."

남궁진현과 제갈태경이 곤란한 듯한 얼굴로 이들을 보았다. 도대체 무슨 부탁을 하려고 이렇게 옛날 일까지 꺼내는지.

"저기, 오라버니 무슨 일인지 말씀을 하셔야."

남궁진현이 말끝을 흐리며 불안한 듯 그들을 쳐다보았다. 항상 유설희를 보면 미안해지는 그들이었다. 설희의 부모님을 태경이가 본의 아니게 해한 것도 그것이지만, 그녀의 의사를 물어 보지도 않고 당소진과 맺어지게 한 것도 또 다른 빚이 되어 버린 것이다.

"흠…… 흠……. 그게…… 진현아…… 우리 아들 어떻게 제자로."

"안 됩니다!"

제갈태경이 잽싸게 그의 다음 말을 막았다.

"누가 네놈에게 물었냐? 난 진현이에게 물었다."

당소진은 알고 있었다. 제갈태경은 7년 전에도 남궁진현을 위해 끝내 설희를 안지 않은 독한 놈이었다. 하물며 끔찍이 아끼는 딸의 곁에 누군가를 둔다는 걸 허락할 리가 없었기에 우선은 마음 약한 진현을 끌어들인 것이다. 당소진은 예나 지금이나 꾀가 많았고 임기응변이 능했다.

"아무튼 부인이 승낙해도 내가 안 돼! 절대 허락 못 해!"

"시끄러워요! 나한테 물었는데 왜 당신이 결정하는 거예요? 언제부터 내 말을 가로채는 버릇이 생긴 거예요? 말이 나왔으니 말인데, 도대체 소현이를 언제까지 싸고돌 거예요? 당신이 영원이 데리고 살 수 없으니, 세상과 부딪히며 살아가야 한다는 걸 아시잖아요. 어째 갈수록 애들처럼 떼만 느는지."

"부인, 난 그저 소현이가 아까워서……."

제갈태경이 남궁진현의 서슬 퍼런 목소리에 쩔쩔매며 변명을 해 댔다.

"형부, 소현이가 크면 언젠가 형부보다 더 좋아하는 사람이 생길 수 있잖아요. 그런데 혹시라도 형부같이 아버지뻘 남자를 만나거나, 거지같은 놈을 만난 사랑에 빠진다면 어쩌실 거예요? 차라리 영웅이 같은 애들과 어울리면서 눈을 높이는 게 더 나을 것 같은데 잘 생각해 보세요."

남궁진희의 논리 정연한 말을 들어 보니 정말로 그런 일이 일어날 수도 있겠구나 하는 생각이 들어 제갈태경은 아찔해졌다. 진현이가 산고의 고통을 당한 게 너무 충격적이라 아직 둘째도 못 가진 제갈태경이었다. 그런 걸 제삼자인 진희가 나서서 말을 해 주니 머리가 확 트이는 느낌이었다. 예나 지금이나 남궁진희가 눈빛을 반짝이며 말을 하자 태준이 그런 그녀를 향해 멍하니 넋을 놓고 있었다. 아직도 그는 그녀가 처음 만났을 때처럼 설레는 사람이었다. 특히 저렇게 두 눈을 반짝이며 혜지를 발하는 모습을 좋아했다.

"그래, 진희가 뭘 좀 아네. 진현아, 네 생각은 어떠냐! 요즘 영웅이 증조 외할아버님의 건강도 걱정되어 더 이상 영웅일 가르칠 수가 없어서 말이다."

"아, 그렇군요. 알겠어요. 이 사람은 안 한다고 할지 몰라도 전 영웅이를 가르쳐 볼게요. 저도 영웅이 같은 제자면 정말 좋은 재목이라 생각해요."

"그래? 그렇다면 정말 잘 부탁한다. 의리 없고 약아빠진 놈이랑 정말 넌 근본이 달라."

"흠흠…… 알았다구요. 가르치면 될 거 아닙니까."

쑥스러운 듯 헛기침과 더불어 슬며시 허락하는 제갈태경이었다. 정말 딸이 어디 가서 덜떨어진 놈이라도 데려와 혼례를 올려 달라고 하는 것보단 나을 것 같았다.

"정말이냐? 그럼 한 입으로 두말하기 없기다."

"알았다고 했잖습니까!"

왠지 좋지 않은 일이 일어날 것 같은 예감에 제갈태경의 말이 신경질적이 되어 있었다.

'당영웅…… 그 꼬맹이 생긴 게 뭐 내 어릴 때보단 쬐금 못 미치지만, 자질도 뭐…… 그럭저럭 하니 쓸모는 있긴 하던데, 우리 딸하곤 어림도 없지.'

속으로 큰 결심을 하는 제갈태경이었다. 그러나 운명은 그렇게 간단히 그의 생각대로 되어지지 않았다.

"와…… 선녀다……."

제갈가의 한 연무장엔 푸른 하늘 높이 아름다운 검무를 추는 소녀를 보는 소년이 있었다.

딱!

"아얏! 아이씨, 왜 때려! 무슨 선녀가 이렇게 사나워."

"너 왜 밑에서 몰래 훔쳐보는 거야! 누군데 감히 제갈가에 겁도 없이 함부로 들어온 거야!"

땅으로 내려온 그녀의 얼굴은 정말 눈이 부시도록 귀엽고 예뻤다. 뽀오얀 얼굴이 무공 연마로 붉게 상기되어 있었고 깨물어 주고 싶은 두 뺨은 탐스럽게 보였다. 콧날은 오똑하니 솟아 있었고 입술도 붉고도 앙증맞아 보였다. 과연 제갈태경이 꽁꽁 감싸고 돌 만했다.

"누가 몰래 훔쳐봤다고 그래! 난 당영웅이야! 부모님을 따라 왔다가 지루해서 돌아다니는 중이란 말이야."

당영웅은 7살치곤 큰 키였고 얼굴은 까무잡잡했다. 얼굴은 엄마를 닮았는지 오목조목 예쁘게도 생겼다. 그의 얼굴은 태경이가 말하는 것처럼 어린 날의 태경이보다 결코 못하지 않은 외모였지만, 치기를 간직한 아직은 7살 개구쟁이 귀엽고 잘생긴 꼬마였다.

이것은 또 다른 운명처럼 그들의 아이들인 영웅과 소현의 첫 만남이었다.

외전

제1화

사부와 제자

쾅, 콰아앙! 크윽…….

폭발음과 함께 자욱한 먼지가 가라앉자 신음 소리와 함께 한쪽 구석에서 머리가 산발이 된 사람이 꿈틀거리면서 움직였다.

"윽…… 제기랄. 사부님, 이거 혹시 일전에 내가 소현이 똑바로 한 번 봤다고 화풀이하는 것 같은데."

요란한 소리에도 불구하고 산발된 머리를 흔들며 일어선 그가 머리를 뒤로 넘겼다.

까무잡잡한 얼굴에 시원스런 콧날, 그 위에 자리한 두 눈은 분노를 담고 있지만 정기가 넘쳐 강렬한 빛을 발하고 있었고, 약간 말려 올라간 입술이 묘하게 사람을 끌어당기는 매력을 가진 남자였다. 전체적으로 누군가 한 번 보면 쉽게 잊혀지지 않는 강렬한 느낌을 주면서도 수려한 얼굴이었다.

낡은 옷이지만 짧은 옷 위로 드러난 까만 피부는 단단한 근육으로 단련되어 있었고, 여기저기 찢어진 상처가 있었지만 그 상처가 더욱 남자다워 보이게 했다. 키가 커서 또래보다 월등히 강하고 남자다워 보이는 그는 바로 며칠 전에 18세가 지난 당영웅이었다.

"시끄럽다, 이놈아! 난 단지 대련을 했을 뿐이다. 그리고 내가 누누이 말하지만, 소현이 한 번만 더 그런 눈으로 보기만 해 봐라. 그날로 네놈 제삿날이 될 것이다."

당영웅과 대조적으로 깔끔한 하얀 옷차림에 옥같이 잘생긴 얼굴은 세월도 비껴간 것 같은 제갈태경이었다. 고수일수록 세월이 흘러도 시간이 멈춘 듯 노화가 느렸다. 그건 내공의 차이이기도 했다. 어떤 이는 나이가 들어도 높은 무공을 깨우치면 반로환동(返老還童)하여 80세 노인이 20대 청년으로 환골탈퇴를 하기도 한다. 그야말로 회춘을 하는 것이다.

제갈태경이 그런 경우였다. 그의 모습은 이십 대 후반에서 많이 봐야 삼십 대 초반으로 보였다. 예전의 그 얼굴이 그대로인 것 같았다. 못마땅한 듯 앞의 영웅을 보는 눈은 심기가 불편해 보였다.

"쳇, 사부님은 도대체 날 뭘로 보는 거야? 소현이가 좀 예쁘긴 해도…… 아니, 뭐 좀 많이 예쁘긴 해도 사부님이 십 년 동안 내 귀에 대고 하도 세뇌교육을 시켜서 이젠 덤덤하거든요. 치사하게 몰래 제자에게 화풀이나 하시다니. 그냥 줘도 안 갖는다고요."

"뭐얏! 네놈이 아직 매운맛을 덜 봤구나. 오늘 내 손에 한번

죽어 봐라. 뭐가 어째? 그냥 줘도 안 갖아? 내 딸을 무시해
도…….."

분노한 제갈태경의 손에서 어마어마한 장력의 소용돌이가 형
성되었다.

"으아앗! 그럼, 어쩌라고요! 눈길을 줘도 안 되고, 무심해도
안 되고! 사모님, 사모님! 사부님이 오늘은 절 정말 죽이려는 것
같아요!"

당영웅이 빛의 속도를 방불케 할 정도로 빠르게 달아나기 시
작했다.

"게 섯지 못해! 네놈이 네 손을 벗어날 수 있을 것 같아!"

"사모님, 사모님!"

제갈태경의 손을 떠난 장력은 당영웅의 몸을 거의 삼켜 버릴
듯이 가까이 다가오고 있었다. 당영웅이 꼼짝없이 죽었다고 느
낀 순간, 갑자기 부드러운 바람이 불어와 그의 몸을 감싸더니
또 다른 소용돌이를 일으키며 중화시켜 버리자 거짓말처럼 주변
이 고요해졌다. 나타난 사람은 아름다운 초록색 궁장을 입고 긴
머리를 비녀로 틀어 올려 예전보다 더욱 완숙한 아름다움을 뿜
어내는 38세의 남궁진현이었다. 모르는 사람이 보면 아직도 아
가씨로 충분히 보이고도 남았다. 소현이와 같이 있으면 언니로
보아도 무리가 없었다.

"당신! 영웅일 죽일 셈이세요?"

부드럽던 인상이 날카롭게 변하자 한기가 풀풀 날렸다.

"부, 부인…… 그게 아니라……."

"변명 필요 없어요. 영웅이 털끝 하나라도 다치면 그날은 당

신 혼자 독수공방해야 될 거예요!"

"아, 알았소, 내 잘못했으니 그 말만은 마시오. 너무 역정 내면 배 속의 아이에게도 좋지 않소. 그리고 저놈이 이깟 장력에 죽을 놈이 아니란 건 당신이 더 잘 알지 않소."

그러고 보니 남궁진현의 배가 많이 불러 있었다. 제갈태경이 제갈소현에게만 너무 집착하는 것 같자 남궁진현은 제갈태경을 속이고 둘째를 가진 것이다. 제갈태경은 둘째를 갖는 걸 두려워했다. 처음엔 세월이 지나면 괜찮아질 줄 알았는데, 그의 뇌리에 남궁진현이 출산할 때의 고통이 지워지지 않는지 둘째는 한사코 가지지 않으려고 했던 것이다. 진현은 남궁진희와의 연합으로 똑똑하고 빈틈없는 제갈태경을 속여 넘기고 지금 이렇게 둘째를 가지게 된 것이다.

늦둥이지만 남궁진현과 제갈태경은 아이를 기다렸다. 늦어서 그런지 더 설레고 기다려졌다. 남궁진현의 무공은 제갈태경을 제외하곤 아무도 어디까지인지 잘 몰랐다. 만삭의 몸으로 자신의 5할의 공력을 받아쳐 무용지물로 만들 수 있는 건 대단한 능력을 가졌다는 걸 의미했다. 그러나 남궁진현의 실력이 대단하다고 해도 제갈태경의 불안이 덜어진 건 결코 아니었다. 자신의 장력을 받았어야 할 놈은 한쪽에서 멀쩡하게 있고, 하마터면 애지중지 부인이 다칠 뻔한 사실에 미운 제자 놈이 더욱더 미워 보였다.

'저놈을 어디 멀리 보낼 구실이 없을까? 도대체 저 집 사람들은 애를 맡겨 두고 찾아갈 생각을 안 하는 거야?'

영웅이 당가에 아주 가지 않은 건 아니었다. 처음엔 당가의 전문인 독공을 배우기 위해 일 년에 반년은 당가에서 머물렀다. 그런데 점점 머무는 횟수가 줄더니, 급기야는 2년 전부턴 1년에 한 달가량만 머물고 계속 이곳 제갈가에 죽치고 있었다. 당영웅은 다음 대 당가의 가주로 내정된 소가주였지만 지금의 모습은 영락없는 한량의 모습이었다.

옷은 고된 수련 탓에 하루가 멀다고 너덜너덜해져 버렸고, 머리는 산발로 아무렇게나 뻗쳐 있었으니 누가 당가의 소가주로 보겠는가.

당영웅은 사부가 자신을 잡아먹을 듯이 쏘아보자 눈치가 보이는지 슬슬 뒷걸음질 치기 시작했다. 그리고 어느새 제갈태경의 눈을 벗어나 사라지고 없었다. 제갈태경도 객관적으로 당영웅이 괜찮은 놈이란 건 안다. 좋은 가문에 훤칠한 외모는 아무나 가질 수 없었고, 무엇보다 이놈은 정말 괴물 같은 놈이었다. 태어날 때부터 만년화리의 기운을 받아 내공이 대단한 데다가, 당가는 독술과 의술로 유명해서 좋은 영약과 몸에 좋은 시술을 태어나자마자 해서 그런지 그의 몸은 무공을 배우기 전부터 보통 무인들이 꿈꾸는 금강불괴에 가깝게 되어 있었다. 게다가 극음지체인 모친 유설희의 머리를 물려받아 다른 이들보다 유난히 무공을 쉽게 익혔다.

제갈태경은 그 모든 게 자신처럼 똑똑한 사부를 만난 덕이라고 우기고 싶지만, 모두가 그렇지는 않다는 걸 인정하고 있었다.

"당신 정말 영웅이에게 너무하는 거 아니에요? 뭐가 그렇게 마음에 안 들어서 매일 수련을 빙자해 구박하는 거예요?"

남궁진현의 핀잔에 제갈태경의 입이 삐죽 거려졌다.

"나보다 영웅이가 더 좋다 이거야? 매사가 영웅이 편이야."

"정말, 철 좀 들어요. 나이는 대체 어디로 먹은 거예요?"

"내가 나이가 들어서, 불편해도 사람들 앞에선 부인이라고 꼬박꼬박 존칭도 하고 존댓말도 하잖아. 내게 뭘 더 바라는 거야. 난 그냥 내 여자와 내 딸만 있으면 되는데."

"어휴…… 정말 못 말려."

제갈태경은 얽매이는 걸 싫어했다. 그래서 제갈가의 가주 자리도 극구 사양하는 제갈태준에게 억지로 넘겨줘 버렸다. 매사에 가주가 지켜야 될 법도가 너무 많았고, 체통을 지켜야 되는 일도 많아 가족들과 함께하는 시간이 줄어드는 게 너무 싫었던 것이다. 모든 사람의 만류에도 불구하고 분가한다고 협박까지 해 가면서 가주 자리를 놔 버린 것이다.

그렇게 당영웅과 딸에게 무공을 가르치는 시간이 많아지면서 당영웅을 더욱 구박하게 되었다. 당영웅은 대체 누굴 닮았기에 자랄수록 저렇게 뻔뻔하고 안하무인인지. 그런 당영웅을 남궁진현은 아들처럼 예뻐했다. 딸밖에 없는 그녀에겐 영웅이가 아들일 수밖에 없었다. 오고가는 정이 있어서 그런지 당영웅도 유난히 남궁진현을 잘 따랐다. 그것도 제갈태경은 질투했다. 자신보다 당영웅에게 더 애정을 주는 게 아닌가 해서 말이다.

"못된 놈! 누굴 닮아서 저렇게 얼굴이 두꺼운 거야!"

투덜거리는 제갈태경을 보며 남궁진현은 어이가 없었다. 매일 눈만 뜨면 보는 사람이 본인인데, 영웅이 자신을 닮아 간다는 생각은 꿈에도 하지 않는 제갈태경이었다.

"백부님, 무림맹에서 사람이 왔습니다."

나타난 사람은 영웅이보단 조금 작은 듯했지만, 잘생긴 얼굴의 미남자였다.

"무림맹에서? 그게 나하고 무슨 상관있다고? 너희 아버지가 잘 대접하고 있겠지."

"당신도 참⋯⋯ 용진아, 곧 간다고 전하거라."

제갈용진 17세로, 미소년에서 성인으로 넘어가는 중이었다. 아버지 제갈태준을 많이 닮아 입을 **빼**고는 거의 제갈태준 그대로였다.

"또 뭐야? 맹주나부랭이 놈은 일만 있으면 우리에게 서찰을 보내고선 이번 한 번만 도와 달라는 거야? 이번엔 뭐라고 해도 난 아무 데도 안 가. 현이 네가 지금 오늘내일 하는데 널 혼자 두고 갈 거 같아?"

"이번엔 좀 다릅니다. 맹주님이⋯⋯ 직접 오셨습니다."

"직접 오셨다고? 여기서 이럴 게 아니라 일단 한번 가 봐요."

진현은 무슨 일이기에 맹주가 친히 왔는지 걱정되고 궁금해졌다.

당영웅은 속으로 사부가 들으면 필시 작살을 낼 그런 욕을 하면서 연무장을 벗어나고 있었다.

"제기랄, 사부. 정말 내가 언제 소현이를 달랬나? 소현이 같은 여자 열 명을 데리고 와 봐라. 내가 넘어가나! 왜 소현이만 끼어들면 내가 이렇게 깨져야 하냐고! 소현이가 뭐가 그렇게 대단하다고? 우리 당가에도 소현이 정도 되는 여자는⋯⋯."

"내가 뭐?"

"으아악! 뭐, 뭐야!"

당영웅은 갑자기 눈앞에 나타난 사람으로 인해 혼비백산했다.

"너, 너 말이야…… 갑자기 눈앞에 나타나는 그런 짓 좀 하지 말란 말이야."

당영웅은 눈앞의 여인을 보면서 자신의 하려던 말을 삼킬 수밖에 없었다.

당가에든 어디든 이 여자만큼 아름다운 여자는 없을 것이다. 이제는 무감각해질 때도 된 것 같은데 전혀 그렇게 되지 않았다.

양옆으론 땋아 내린 머리가 왠지 우아하게 보였다. 얼굴은 아름답다는 미사여구만으론 아깝다는 느낌을 풍기는, 인간이 아닌 정말 선녀 같은 느낌이 났다. 그녀가 바로 제갈태경이 꽁꽁 숨겨 둔 금지옥엽 제갈소현이었다. 소현이 낮은 목소리로 속삭였다.

"내가…… 어떻다고? 열 명이 어떻고 한 것 같은데?"

맑은 옥음이 아름다운 모습과 잘 어울렸다. 하얀 얼굴에 그린 듯한 눈썹이 살짝 찌푸려지며 당영웅을 지그시 노려보고 있었다.

"저, 저기 소현아, 그건 말이야 그냥, 그냥 내가 홧김에……."

"아하! 홧김에? 응, 그렇지. 홧김에 그럴 수도 있지. 또 아빠한테 혼났구나. 가엾어라, 어디 많이 다쳤니?"

크고 깨끗한 검은 눈동자가 걱정스럽다는 듯이 영웅에게 다가왔다. 움찔 놀란 영웅이 급히 한 걸음 뒤로 물러났다. 그녀의 얼굴을 가까이서 가만히 보고 있을 자신도 없었고, 사부에게 걸리기라도 하면 죽음이었다. 그리고 무엇보다도……

"나를 피해? 내가 그렇게 싫어? 아빠 때문에 내가 미워진 거야? 예전에 넌 분명 10년 후엔 날 네 신부로 맞이할 거라고 했던 것 같은데. 이제 와서 아빠 때문에 포기할 생각이야?"

울먹이는 목소리로 커다란 검은 눈동자를 들어 자신을 보자 한없이 마음이 약해졌다. 영웅은 자신의 나약함을 탓할 수밖에 없었다. 그녀의 눈물엔 항상 약했다.

"아니야, 그럴 리가. 내가 널 어떻게 포기할 수 있겠어."

당영웅이 제갈소현에게 한 걸음 다가가 그녀의 아름다운 얼굴을 바라보았다. 살며시 자신에게 안겨 오는 그녀의 늘씬한 몸에선 향기로운 방향이 묻어났다. 이대로 그녀를 안아 버리고 싶었다. 그런데……

"으윽! ……너, 너!"

"너 정말 바보니? 매번 똑같은 수에 또 속다니. 뭐, 나 같은 여자 열 명을 줘도 싫다고? 누가 네 놈에게 가기라도 한다든? 난 말이야, 아빠처럼 관옥 같은 얼굴에 무공도 아빠만큼 되는 사람이 내 이상형이야. 꿈도 야무지긴!"

옆구리에 소현이 먹인 주먹은 무척이나 아팠다. 소현은 어떨 땐 영웅이조차도 감지할 수조차 없는 고수였던 것이다. 그런 그녀의 주먹이 내공이 실리지 않았지만 아프지 않을 리가 없었다.

'정말 어떻게 그녀의 눈물이 거짓인 줄 알면서도 매번 속는 거야. 나도 참……'

알고 있었다. 그녀의 눈물이 자신을 속이기 위한 거짓된 눈물이라는 걸. 그럼에도 불구하고 그녀의 눈물엔 한없이 약해져 매번 이렇게 당해 버리는 것이다. 스스로 생각해도 대책이 없었다. 제갈소현 18세. 잘 모르는 사람들은 그녀가 조신하고 연약한 미녀라고 생각했다. 그러나 제갈소현이 대책 없는 말괄량이에 입이 험악하다는 건 몇몇 가까운 사람 말고는 아무도 몰랐다. 이런 성격이 된 것은 제갈태경이 너무 감싸고 오냐오냐해서 키운 탓이 컸다. 고운 얼굴에, 어울리지 않는 험한 입담을 자랑하는 아가씨가 바로 제갈태경의 금지옥엽 딸 제갈소현이었다.

제 2 화

세상 밖으로

"못된…… 계집애……. 두고 봐. 언젠가 나의 매력을 알고 매달리게 만들고 말 테다."

당영웅이 분하다는 듯이 말하자 제갈소현의 눈꼬리가 사납게 치켜 올라갔다.

"흥, 백날 해 봐라. 내가 눈 하나 깜빡할 것 같애? 약해 빠진 놈이!"

"내가 왜 약해? 너희 가족이 비정상적으로 강한 거지! 그리고 이번엔 내가 방심해서 그렇지. 너 같은 여자애 하나쯤도 못 이길 줄 알아?"

"오호! 그렇단 말이지 어디 한번 해 보자 이거지!"

두 사람 사이에 심상치 않는 공기의 회오리가 파동 치기 시작했다. 긴장감이 흐르는 공기가 돌기 시작하자 둘 다 바짝 긴

장했다. 두 사람은 어릴 때부터 대련을 하면서 자라서 서로에
대해 너무 잘 알고 있었다. 경시할 수 없는 상대라는 걸 알기에
제갈소현은 눈물로 영웅을 방심하게 만들어 주먹을 날린 것이
다. 그렇지 않으면 쉽게 영웅일 골탕 먹일 방법이 없었던 것이
다.

"형님, 사부님이 오시랍니다."

갑자기 제갈용진이 끼어들면서 두 사람 사이에 급격히 긴장감
이 빠져나갔다.

"뭐야, 왜 난 안 부르시는 거야?"

"형님만 불렀어. 빨리 오시라는데?"

"칫, 아빠는 왜 나만 따돌리는 거야!"

제갈소현이 마음에 안 든다는 듯이 입을 삐죽거렸다. 이런 버
릇은 아버지를 닮은 것 같았다.

당영웅은 찜찜했다. 사부가 자신만 불렀다는 건 결코 좋은 일
이 아니라는 의미였다. 그렇지 않으면 소현이만 쏙 빼고 부를
리가 없기 때문이다.

"사부님, 영웅입니다. 부르셨습니까?"

거실엔 몇몇 사람이 같이 있었다.

"오! 이 젊은이가 자네의 하나밖에 없는 제자인가? 역시 뭔가
달라도 달라. 난 우리 무군이만큼 되는 청년 고수는 없을 거라
도 생각했는데. 반갑네, 난 백리기현이네."

"예? 혹시⋯⋯."

"맞네. 내가 바로 그 미천한 직함을 가진 무림맹주라네. 뭐

그래 봤자 자네 사부보다 유명하진 않지만."

"맹주님을 뵐 수 있어서 영광입니다. 당영웅입니다."

무림맹주 백리기현은 화산파 출신으로, 당대의 평화를 유지하는 데 한몫을 했다. 제갈태경보다 못하다고 자신의 입으로 겸양을 떨지만, 사실은 그렇게 겸손한 인물이 아니었다. 제갈태경 부부를 제외하곤 무림에 적수가 없다고 해도 과언이 아니었다. 예전에 그는 용봉대전 당시 남궁진현과 겨룬 적이 있었다. 그러나 준우승에 머물러 그 충격으로 폐관수련만 몇 년을 했었다. 오죽하면 예전 매화공자 사건 때문에 모두 모였을 때도 정혼녀 진화령만 보내고 나타나지 않았을 정도로 무공에 대한 집착이 강한 인물이었다. 그러나 거대 문파인 화산파라는 뿌리는 그를 지금의 무림맹주로 만들어 주기에 손색이 없었다.

"그래, 여기는 내 아들 백리무군이다. 사이좋은 친구로 지내거라."

당영웅이 고개를 돌리고 인사를 하려고 보니, 아름다운 미남자가 그림같이 서 있었다. 얼굴엔 호감 어린 잔잔한 미소를 띠고 있었다.

"백리무군이야. 반갑네."

"당영웅이야."

'말하는 투나 생긴 거나. 점잖 떠는 명문가의 자제같이 어른스런 말투라니 마음에 안 들어.'

영웅은 첫눈에 백리무군이 마음에 들지 않았다. 반듯한 가문에서 예의범절을 제대로 배우고 자란 그는 영웅의 입장에선 딱

딱해 보일 법도 했고, 답답해 보이기도 했다. 게다가 겉모습이 사부를 닮은 것 같았다. 평소 늘 소현이가 말하는 이상형처럼 관옥 같은 얼굴에 무공도 약하지 않을 것 같았다.

자신의 눈으로 봐도 무림맹주의 아들은 소문으로 듣던 것보다 출중했다. 이런 젊은 녀석을 데려오면 사부가 정말 싫어했는데 가만히 계시다니. 힐끗 제갈태경을 보니 아니나 다를까 백리무군을 못마땅하게 쳐다보고 있었다. 그런 사부를 보고 저도 모르게 슬며시 웃음을 지었다. 그러나 제갈태경은 못마땅해도 무엇 때문인지 참고 있는 것 같았다.

"이보게, 정말 이번 한 번만 좀 도와주게. 이건 이 나라의 운명이 걸린 일이잖나. 나도 웬만하면 자네성격을 알기에 오지 않으려 했지만, 황제 폐하의 어명을 거역할 순 없지 않겠나."

"어명을 내가 받았나, 받은 사람이 알아서 해야지."

"어명은 무림맹에 내려졌지만 자네 가문도 무림맹에 속해 있잖나."

"그래서! 지금 내게 협박하는 거야? 내가 탈퇴한다고 할 때마다 울며불며 바짓가랑이 잡은 사람이 누구야?"

"힘! 무슨 말을 그렇게 하나. 나도 협박은 사람 봐 가면서 한다네. 내가 협박하면 당했지, 자네가 협박당할 사람인가."

"그걸 알면 다행이고! 에이, 귀찮아. 아니, 황제는 사람이 그렇게 없나? 어린애 하나 돌보는데 어명까지 내리면서 무림맹 사람들을 호위무사로 부려 먹으려 들다니!"

"여보, 말조심하세요. 누가 들으면 어쩌려고."

"아, 성질나잖아. 철부지 공주가 강호 유람을 나온다고 호위까지 하라니까. 어쨌든 난 안 되니까 저기 저놈이라도 데려가려면 데려가고."

"자네 제자를? 자네가 그렇게 적극적으로 추천을 하는 거 보니까 정말 강한가 보군."

"쟤가? 뭐…… 우리 집에선 제일 약해도 공주 호위무사로는 그럭저럭 쓸모가 있을 거야."

태경은 예전에 황제가 준 목걸이로 진현과 소현이 무사했던 일이 있었기에 못마땅했지만 이번 일을 완전 거절할 수 없었던 것이다.

그래서…… 거절은 절대 허락하지 않는다는 사부의 무언의 협박 때문에 여기 이렇게 공주의 호위무사로 무림맹의 다른 사람과 함께 뽑혀 온 것이다. 그러나 맹주는 태경이 워낙 강경하게 나와서 할 수 없이 당영웅을 인사치레로 고맙다고 하면서 데려왔지만, 자신의 아들보다 세다는 생각은 꿈에도 하지 않았다. 그냥 척 봐도 자신의 아들은 기를 속으로 갈무리하는 단계에 접어들어 전혀 무림인 같지 않은 서생 같은 느낌을 풍기는 반면, 저놈은 나 무공 쪼끔 익혔소 하는 한량 같은 분위기였던 것이다. 그리고 그 옆에 당영웅을 따라온 정말 못생긴 청년까지. 자칭 당영웅의 사제라고 한 그는 옷차림도 평범한 무사복이었다. 얼굴이 까만 데다 여기저기 곰보 자국이 있는 건 둘째 치고 코도 비가 오면 들어갈 들창코였다.

[너 말이야, 사부님께 용케 허락을 받았다.]

[내가 누구야? 천고의 기재라는 아빠를 한 손에 쥐고 흔드는 엄마의 피를 이어받았는데 그 정도 능력도 없을까 봐? 아빠는 원래 내가 원하는 걸 오래 반대는 못 하시거든. 게다가 내가 이 모습으로 간다고 하니까 더 이상 다른 말 못 하시던데?]

제갈소현은 사실 말처럼 쉽게 허락을 받은 건 아니었다. 이번에 같이 보내 주지 않으면 다시는 제갈태경과 말도 하지 않고, 아무 남자하고 혼례를 해 버릴 거라 협박 아닌 협박을 했기 때문이란 걸 영웅인 몰랐다. 안 그래도 평소 소현이가 너무 세상 물정 몰라서 아무 남자하고 혼례라도 올리면 어쩌려고, 하는 남궁진희의 말을 들었던 터라 태경이 깜짝 놀랐던 것이다.

[휘익! 정말 너 끝내주게 자알생겼다. 누가 너를 제갈소현이라고 생각이나 하겠어? 만변술(萬變術)을 이미 십성까지 익혔구나. 이건 사부님이 널 위해 창안한 거나 다름없지만, 그렇게 쉬운 무공이 아니잖아.]

[너도 익힌 걸 내가 못 익힐 리 없잖아! 날 어떻게 보고 하는 소리야! 나 제갈소현이거든!]

[알았다, 알았어. 자화자찬하는 건 사부님이랑 어찌 그리 똑같냐.]

만변술은 제갈태경이 심심풀이로 내공을 이용해서 얼굴과 몸매를 역용할 수 있도록 만든 무공이었다. 창안 의도는 제갈소현이 너무 눈에 띄는 것 같아서 어찌어찌 좀 가려 보려고 했던 것인데, 그걸 두 사람이 재밌는 놀이나 되듯이 서로 경쟁하듯 익혀 버린 게 문제지만. 그것도 높은 내공과 자질이 뒷받침되지 않으면 아무나 익힐 수 있는 게 아니었지만, 이 두 사람에겐 문제가 되지 않았던 것이다. 그로 인해 당영웅이 때때로 제갈태경의 화를 피하기 위해 제갈소현으로 역용해서 제갈태경마저도 잠시 속여 넘기는 만행을 저지르게 되었다. 그러자 당영웅에게 더이상 만변술을 사용하면 단번에 모든 무공을 폐한다는 으름장을 놓아 더 이상 그는 사용할 수가 없었던 것이다. 때때로 제갈태경이 화를 내면 정말 몸조심해야 했다. 사부는 항상 사모님에겐 꼼짝 못하는 공처가로 보였지만, 자기 가족에게 해를 끼치는 사람들은 용서 없었다. 서늘하고 그 섬뜩한 눈빛은 몇 년 전에 딱한 번 봤지만, 결코 잊을 수 없었던 것이다.

"영웅아, 너 사제가 있는 줄은 몰랐네? 제자는 너뿐이라고 들었던 것 같은데?"

백리무군이 다가와 친근하게 말을 붙였다.

'이 자식이 언제부터 알았다고 저렇게 사근사근하게 말을 붙여!'

뭘 해도 밉게 보이는 백리무군이었다. 더구나 제갈소현은 한눈에 이놈이 마음에 들었는지 이놈만 곁에 오면 미소를 지었다. 다행히 그래 봤자 못생긴 남자 얼굴이지만.

이 녀석이 그녀의 진면목을 모른다는 사실이 참 다행이란 생각이 들었다.

"아, 전 제갈태준 현 가주님의 제자로, 제갈가의 방계 친척입니다. 제갈민이라고 합니다."

"아, 그러시군요. 전 백리무군이라고 합니다. 영웅이와는 무척 친해 보입니다."

"아하하…… 원래 어릴 때부터 자주 보다 보니 참 친하게 지내고 있지요. 그렇죠, 사……형?"

"그렇지. 우린 참 친한 사형제지간이지. 이 녀석이 어릴 때부터 내 말을 안 들으면 이렇게 장난스럽게 많이 혼내 줬지."

그리고 그는 갑자기 제갈민의 목에 손을 감더니 자기 가슴 쪽으로 끌어 당겼다.

"사, 사형! 장난 그만하세요."

[야! 뭐하는 짓이야! 손 안 풀어!]

언제 이렇게 소현을 놀려 보겠나 싶어 당영웅은 잘됐다 생각했다. 그리고 장난이지만, 그녀의 머리를 자신의 가슴으로 끌어당기자 가슴이 설레었다. 소현은 당황했다. 그러나 이런 형태로 심하게 반발하는 것도 모양새가 나빴기에 어쩔 수 없이 장단을 맞춰 줘야 했다.

'아, 젠장. 이거 앞으로 이 녀석이 계속 이러면 정말 걱정인데.'

"하하하…… 정말 사이가 좋아 보입니다. 영웅이와 내가 친구로 지내기로 했으니까 앞으로 나하고도 친하게 되면 이렇게 장난치고 스스럼없이 대해 주면 좋겠……"

"안 돼!"

"안 됩니다."

두 사람이 동시에 백리무군에게 소리치고 나서 순간 아차 싶었다. 백리무군은 단순히 지나가는 인사치레로 한 말을 두 사람이 지나치게 거부하자 눈이 둥그레졌다. 마치 이 사람들 뭐야? 하는 듯이…….

"아, 그게 우리 사제는 낯을 많이 가려서 사람 사귀는 데 문제가 좀 있어서. 나도 친해지는 데 10년이나 걸렸거든."

"……제가 좀 그렇습니다."

"아예, 그렇군요."

'느끼한 놈! 뭐 나처럼 한다고? 저게 죽을라고! 나도 아직 제대로 안아 보지도 못했는데.'

'백리무군, 얼굴은 아빠 느낌인데 어째 좀…… 뭔가 하나 부족한 느낌이야.'

백리무군은 실상 얼굴도 잘생겼고, 모든 사람들에게 가리지 않고 친절했다. 그래서 얼굴이 못생긴 제갈민에게도 다른 사람에게처럼 똑같이 대했다.

한마디로 인격적으로도 모남이 없기에 그를 아는 사람들은 일등신랑감으로 꼽기에 주저함이 없었다.

그러나 제갈소현은 제갈태경과 당영웅 사이에서 지내다 보니 착한 느낌의 남자는 순수하다긴보단 바보 같다는 생각이 들었던 것이다. 어쩔 것인가. 이 모든 게 너무 잘난 남자들과 그들의 뻔뻔한 성격을 겪으며 자라 온 환경 탓인 걸.

선발된 인원 중에 단장을 맡은 자는 무당파의 장로 도강호였다. 도강호는 올해로 40살로, 이미 도호를 받은 도사였다. 그리고 공주의 호위를 맡은 이번 무림맹의 선발단은 청룡단과 백호단에서 각각 정예들로만 뽑았다. 그것도 공주가 요구하는 대로,

될 수 있으면 실력이 출중하고 얼굴이 잘생긴 사람을 위주로 뽑으라고 해서 각각 15명 정도 뽑았던 것이다. 참으로 철이 없는 공주라는 생각이 들었지만, 황제 폐하의 금지옥엽 셋째공주인지라 어쩔 수 없었다.

청룡단과 백호단은 무림맹에서 한 가닥 하는 집안의 자제들로 구성되어 있었다. 게다가 인물도 모두 출중한 편이었고 광태가 났다. 그런 무리 중에서 단연 튀는 두 사람이 있다면, 바로 해진 까만 옷을 입고 앞머리를 아무렇게나 내려뜨려 얼굴이 잘 드러나지 않는 당영웅과 너무나 뛰어나게 못생겨 눈에 띄는 제갈민. 무림맹의 젊은 그들에겐 비웃음의 대상이었던 것이다.

제갈가에서 나왔다는 건 아직 백리무군을 제외하곤 아무도 몰랐다. 그러나 여기 당영웅을 알아보는 몇몇이 있긴 했다. 바로 당가 출신의 당낭희와 남궁세가의 남궁천이었다. 그리고 이 둘은 당영웅을 좀 안다. 그 사부의 그 제자 아니랄까 봐 성격이 능글거리며 말썽이란 말썽은 어릴 때부터 다 피웠다는 걸 말이다. 그들은 속으로 생각했다. 제갈소현이 같이 없어서 천만다행이라고. 두 사람이 같이 있으면 여기 있는 사람들 모두가 있어도 당해낼 재간이 없을 테니까. 둘은 당가와 남궁세가엔 꽤 유명한 악명을 떨치고 있었다.

"공주님께서 도착하셨습니다. 모두들 모이십시오."

갑자기 들려온 목소리에 청룡단과 백룡단은 들뜬 마음으로 공주를 기다렸다.

공주! 그들에겐 동경의 대상이었다. 언제 황제 폐하의 귀한 딸을 볼 기회가 잘 있기나 하겠는가? 남자들은 혹시라도 공주의 눈에라도 띄어 부마가 될지도 모른다는 그런 막연한 꿈을 꾸고 있었던 것이다. 여기 두 사람은 예외지만 말이다.

제3화
애인(愛忍-사랑인내)

　강남으로 유람을 떠나는 공주를 호위하는 금의위들은 모두 20명 남짓이었다. 모두들 무공을 한 가닥씩 할 줄 아는 것 같았다. 공주가 마차에서 내리자 모두들 긴장한 채 그녀를 주시하고 있었다. 올해 19세라고 알려진 공주에 대해선 아무도 몰랐다. 그저 공주라는 것 말고는.

　작고 귀여운 발이 보였다. 중국 사람들은 예로부터 발이 작으면 미인이라고 생각한다. 그런데 공주의 발은 아주 작을 뿐더러 아름다워 보였다. 화사한 빨간색 궁장을 입고 나타난 공주는 무사들이 꿈에라도 한 번 보기를 소망하는 공주다운 아름다움을 간직한 여인이었다. 늘씬한 몸매에 콧대도 적당히 섰으며 뽀얀 그 피부는 분가루가 금방이라도 묻어날 것처럼 희었다. 눈은 얼굴에 어울리게 아름다웠으며 입매도 미소 짓고 있는 게 그림 같았다. 남자들의 시선이 한눈에 꿈꾸듯이 변해 갔다.

공주 주설란은 이런 반응을 즐겼다. 자신을 이렇게 넋을 잃고 쳐다보는 사람들을 즐겼다. 특히 잘생긴 남자들을 홀리는 걸 좋아했다. 그리고 은근히 자신의 마음에 드는 남자가 있는지도 곁눈으로 찾아보았다.

'모두들 미남자들이네. 그리고 나에게 빠져 있고 말이야. 엉? 저것들은 뭐야?'

공주는 제갈소현을 보았다. 저도 모르게 얼굴이 찌푸려지려는 걸 참았다.

'어디서 저런 못생긴 걸 뽑아 와서는. 내 분명 미남자로만 뽑으라고 했거늘. 어쭈, 저건 또 뭐야?'

당영웅과 눈이 마주친 주설란은 뜨끔했다. 마치 너의 가면 같은 얼굴을 알고 있다는 듯 씨익 웃고 있는 입매를 본 것이다.

'별 거지 같은 게 기분 나쁘게 웃네.'

당영웅의 얼굴은 잘 보이지 않았지만 왠지 기분 나쁜 느낌이었다.

'어? 저 사람은 단연코 돋보이잖아!'

바로 백리무군이었다.

당영웅과 제갈소현은 단번에 공주가 겉으로만 얌전 떠는 그런 부류란 걸 알아봤다. 그것은 늘상 제갈소현 본인이 해 왔던 것이었고, 당영웅이 접한 제갈소현이 좀 더 고수였기에 알아보는 건 어렵지 않았던 것이다. 그렇게 일행은 공주를 모시고 강호 유람을 떠나게 되었다.

이번 여행은 겉으로는 철부지 공주의 강호 유람이었지만, 좀 더 다른 중요한 이유가 있었다. 공주의 미모는 모든 남자들의 이상형이었고, 말 그대로 나긋나긋하고 연약한 듯 부러질 듯한 청순한 인상이었지만, 은근슬쩍 도도함이 몸에 밴 건 어쩔 수 없었다. 행렬은 화려한 부잣집 딸이 강호 유람 나온 것처럼 꾸며져 있었다.

"아가씨, 날이 저물었습니다. 오늘은 저기 보이는 객잔에서 하루 유하고 내일 길을 떠나시지요."

하얀 백발 머리에 홍안을 가진 사람은 이 세상에 한 사람밖에 없다.

바로 예전 령령의 유모인 백리홍이었다. 그녀가 이제는 주설란의 호위무사가 되어 있었다. 그녀는 세월이 흘렀지만 여전히 백발이었고 홍안이었다.

"예, 파파(할머니). 그렇게 해요. 모두들 피곤할 테니."

그녀의 말이 떨어지자 도강호가 쩌렁쩌렁한 목소리로 말했다.

"제군들, 지금부터 저녁을 먹고 3명씩 짝을 지어 방을 같이 쓴다."

"영웅아, 나와 너, 그리고 제갈민, 이렇게 세 명으로 방 배정 받도록 내가 부탁했어. 제갈민이 낯을 가린다고 해서, 그래도 안면 있는 우리가 나을 것 같아서 말이야.

백리무군이 웃으며 자신이 세 명이 같은 방을 쓸 수 있도록 손을 썼다며 자랑스럽게 말했다. 그러나 정작 당사자 두 사람은 그만 얼굴이 구겨지고 말았다.

"저기 전 따로 방을 주시면……."

"미안해, 보시다시피 움직이는 인원이 많아서 세 명도 호화로운 편에 속해. 객실이 부족하거든."

[당영웅, 어떻게 좀 해 봐!]

[애초에 왜 그렇게 하고 와선…… 나도 모르겠다.]

당영웅이 툴툴거렸지만 그도 걱정이 되는 건 어쩔 수 없었다.

"유모, 있잖아, 그 사람 무림맹주 아들이라고 했어요? 정말 잘생겼던데, 몇 살이에요?"

백리홍은 입가에 미소를 띠고 빙긋 웃었다. 어린 공주가 예전의 령령 공주를 생각나게 했기 때문에 그녀가 무슨 마음으로 이런 말을 했는지 다 알고 있었다.

"아마 약관(20세)이라고 알고 있어요. 정말 잘나긴 했지요. 그렇지만 공주님, 제가 늘상 드리는 말이지만 사람을 겉모습만 보고 판단하면 안 됩니다. 그러니 아무나 믿으시면 안 됩니다."

"나도 사람 볼 줄 알아요."

"공주님, 그거 아세요? 이렇게 강호 유람을 나오니 예전에 제가 모셨던 령령 공주님이 참 많이 생각나네요. 그때 정말 공주님처럼 귀여우셨거든요."

입술을 뾰로통하게 내밀자 예전 령령 공주와 분위기가 참 많이 닮았다는 생각이 더욱더 들었다.

"정말? 막내 고모도 나처럼 강호 유람을 한 적이 있었던 거야? 지금 고모는 정말 점잖고 우아하던데, 나처럼 잘생긴 미남자를 동경하고 그랬어?"

"호호호…… 네, 그땐 정말 그랬어요. 그 당시엔 정말 눈에 띄는 굉장한 미남자들이 많았죠."

"누구누구? 얘기 좀 해 줘 봐."

눈을 반짝이면 바짝 다가앉은 공주는 잠잘 생각이 없어 보였다.

"흠…… 그럼, 잠시만 얘기해 드릴 테니 끝나고 바로 주무셔야 합니다."

"알았다니까! 어서 해봐."

"아마도 18년 전쯤인 것 같은데…… 지금의 제갈세가와 남궁세가는 사실……."

백리홍의 흥미로운 얘기에 빠져 주설란은 밤늦게 잠이 들 수밖에 없었다. 너무 흥미진진한 영웅들의 얘기였으니 말이다.

한편 그날 밤 숙소에선 백리무군이 소탈하게 잠자리를 준비하고 있었다. 그는 항상 남에게 뭘 시키기 보단 자신이 하는 편이었다.

"자, 다 됐다. 아무래도 민 아우는 낯가림도 좀 고칠 겸 나하고도 옆에 자면서 안면을 좀 트는 게 좋을 것 같아서. 게다가 여름이지만 밤이 되면 서늘하니까 몸에 좋진 않을 거야. 영웅이와 내가 바깥쪽에 자도록 하지."

"뭐, 뭐라고요?"

제갈소현은 깜짝 놀랐다.

'뭐! 아이고, 우리 아빠가 이 사실을 알면 거품 물고 졸도하시겠군. 그리고 저놈도 제삿날이 될 텐데.'

"안 돼! 얘가 보기엔 덩치가 작아서 약한 것 같지만 사실 강골이야. 그리고 몸은 내가 더 약해. 아구구…… 오늘 많이 걸었더니 온몸이 쑤셔 대는구나. 야, 너도 피곤하지. 얼른 여기 누워."

그러면서 자신의 옆자리를 툭툭 쳤다.

제갈소현은 여전히 못마땅했지만 자신을 잘 아는 당영웅이 그래도 생각해 준다고 자리를 마련해 줘서 그나마 다행으로 여기기로 했다.

"그래? 그럼 내가 문 바깥쪽에 자지 뭐."

사람 좋은 미소를 띠며 백리무군이 바깥쪽을 차지했다. 이윽고 밤이 찾아왔다.

마음 편한 남자 백리무군의 코 고는 소리가 울렸지만 두 남녀는 잠을 쉽게 이룰 수가 없었다.

당영웅은 지금껏 이렇게 소현과 가까이 있어 본 적이 없었다. 자신의 속마음을 숨기고 그녀를 대하는 게 너무나 어려웠다. 그녀는 잠이 들었는지 돌아누워서 자고 있었지만, 방이 세 명이 자기엔 협소해서 조금만 움직여도 몸이 닿을 것 같았다.

갑자기 웃음이 나오려고 했다. 사부님은 이렇게 될 줄은 몰랐을 거야. 소현이 남자들과 한 방을 쓰게 될 거라고 생각을 못 했으니 보내 준 걸 거야. 사실 똑똑한 제갈태경이 평소라면 모든 걸 생각했겠지만, 그의 신경이 요즘 부인 남궁진현에게 향해 있어 그렇게 세세하게 생각은 못 했던 것이다.

제갈소현은 잠이 든 게 아니었다. 그녀는 남자와 이렇게 가까이 있어 본 적은 한 번도 없었다. 그녀는 문득 예전에 이모 남궁진희가 해 준 말이 생각났다. 엄마가 남장을 하고 아빠와 사랑하던 그 시대에 이모의 계략으로 두 사람이 한 방을 쓴 적이 있다고 했다. 그리고 이모의 계산대로 모든 게 완벽하게 풀려 나갔다. 아빠는 사랑하는 엄마를 어떻게 했느냐고 물어도 이모는 네가 나중에 크면 알게 된다면서 그다음 답은 말해 주지 않았었다. 그러나 똑똑한 제갈소현은 그때 어쩌면 자신이 생긴 걸 수도 있다 생각했다. 그러자 갑자기 등 뒤에서 느껴지는 당영웅의 숨결에 심장이 두근거리기 시작했다.

[자는 거야?]

[⋯⋯.]

[⋯⋯벌써 잠든 거 맞아? 그럼 내가 이렇게 해도 넌 모르겠지?]

갑자기 등 뒤에서 당영웅이 잠결인 것처럼 팔을 자연스럽게 그녀의 가슴으로 걸쳤다.

[뭐, 뭐야! 저리 안 치워!]

깜짝 놀란 제갈소현이 팔을 뿌리쳤다.

[킥킥킥⋯⋯ 안 자는 줄 알았다.]

[너! 일부러 그런 거지!]

[네가 자는 척하니까. 그런데 너 그 풍만하던 가슴이 다 어딜 간 거야? 혹시 평소엔 가슴에 뭐라도 넣었냐?]

[무슨 헛소리를 하는 거야! 지금은 당연히 변장 중이니까 만변술로 가슴을 평평하게 남자처럼 만든 거잖아.]

[아하! 그런데 너 그렇게 가슴을 평평하게 할 수도 있단 건, 평소에 보이던 네 가슴도 진짜 크기가 아닐 수도 있다는 말이잖아.]

[이 변태! 왜 얘기가 그쪽으로 새는 거야! 넌 할 말이 그런 것밖에 없는 거야?]

[궁금한 걸 어쩌라고! 그리고 너로 변장할 때 참고도 할 겸 말

이야. 어느 정도 크기로 하면 되는 거야? 아마도 이 정도는 되었던 것 같은데.]

그러면서 그의 몸이 누운 상태에서 손으로 엄청 크게 만들었다.

[당영웅! 그게 가슴이야? 수박이지!]

[왜, 아까 공주 가슴이 장난 아니게 크던데? 아마도 너보다 큰 것 같더라.]

두 사람의 대화를 남궁진현이 들었다면, 예전 제갈태경이 가슴 밝히던 그때가 생각 나 제갈태경이 못된 것만 가르쳤다고 했을지도 몰랐다.

[넌 여자들 볼 때 가슴만 보냐! 이 변태가 정말! 잠이나 쳐 자.]

[큭큭큭…… 이제 긴장 좀 풀렸지. 내가 지켜 줄 테니까 잘 때는 변장 풀고 자. 그거 은근히 공력 소모가 심하잖아. 혹시 네가 감당 못 할 적이라도 만나면 변장을 유지하기 힘드니까 잘 때라도 힘쓰지 말고 그냥 자.]

'나 긴장 풀어 주려고 그런 쓸데없는 농담을 한 거야?'

당영웅은 소현의 역용이 풀어지는 걸 보고 행여 백리무군이 보기라도 할까 봐 모로 누워서 그녀를 가려 주었다. 그녀의 아름다운 얼굴은 달빛을 받아 더욱 신비하고도 매혹적이었다. 당영웅의 지켜 준다는 그 말 때문이었는지 잠시 후 깊은 잠이라도 든 듯이 그녀가 똑바로 눕는가 싶더니, 이내 당영웅 쪽으로 모로 누워, 그는 소현의 얼굴을 마주하고 잘 수밖에 없었다.

그리고…… 역용이 풀린 그녀의 몸매는 남자 옷을 입고 있어도 예술이었다. 가슴의 굴곡이 아찔하게 느껴졌다. 당영웅은 괜히 역용을 풀고 자라고 한 것 같아 뒤늦은 후회를 했지만, 그녀의 몸은 점점 그에게 다가와 그의 품을 파고들었다. 뭉클한 감촉과 더불어 언제나 그녀 특유의 싱그런 방향이 그의 코끝을 자극했다. 그의 손이 부르르 떨릴 지경이었다. 참으려고 했지만 그의 손은 그녀의 가슴을 만지고 싶어 했고, 입술은 그녀의 달콤함을 맛보길 원했다.

'정말 못났구나. 그녀를 사랑한다면 이 정도는 참을 줄도 알아야 하는데.'

그는…… 그녀를 사랑한 지 오래되었다. 언제부턴지 정확히 기억도 나지 않았다. 제갈가에서 처음 본 그날이었는지, 사부가 너무나 소현을 싸고돌아서 반발심 때문에 그랬는지, 아니면 집에 가고 싶어 남몰래 울던 그에게 그녀가 손수건을 던져 주고 갔던 날이었는지, 아니면 남자에게 적당한 무공을 나에게만 전수해 준다고 삐쳐서 몰래 익히려다 주화입마될 뻔했던 그때부터였는지…… 여름에 개울가에 고기 잡고 환하게 웃으며 자랑하던 그때부터였는지…… 그는 알지 못했다. 다만 언제부턴가 그에겐 제갈소현이 없는 삶은 상상이 되지 않았고 당가로 돌아가도 그녀가 항상 곁에 있는 것 같았다.

사실 제갈태경이 안 무섭다면 거짓말이지만, 사부가 무섭다고 자신의 사랑을 포기할 정도로 당영웅은 겁쟁이가 아니었다. 다만…… 제갈소현이 자신을 사랑하지 않는 게 문제라면 문제였다. 그녀는 그가 곁에 있다는 걸 너무나 당연히 생각하지만, 그것은 그를 남자로 생각하지 않고 그냥 형제처럼 생각한다는 게 문제였다.

그는 눈을 질끈 감고 머릿속으로 마음을 안정시키는, 사부에게 전수받은 내공심법을 끌어 올렸다. 머리가 맑아지면서 가까스로 진정이 되었지만, 갑자기 그의 오감에 뭔가가 걸려들었다. 그와 동시에 제갈소현이 눈을 번쩍 떴다. 그리고 자신이 당영웅의 품에 있는 걸 확인하고 화들짝 놀라서 그를 밀쳤다.

[변태 짜식! 너, 너 혹시…… 내, 내…… 가슴…….]

[뭐, 정말 네 가슴 맞는지 확인해 보고 싶었지만…… 너도 알다시피 무슨 소리 들렸잖아.]

제갈소현은 만변술을 펼쳐 역용을 순식간에 다시 했다. 아름다운 그녀의 모습이 사라지자 당영웅은 또다시 아쉬움이 남았다.

[쥐새끼들이 꼬였어. 지붕에 가 보자.]

[저 친구는 어떻게 해?]

[뭐, 우리 둘이서 충분하니 그냥 두자.]

그리고 두 사람의 몸이 흐릿해지더니 순식간에 흔적도 없이 사라졌다.

"공주님, 꼼짝 말고 여기 계세요. 뭔가 소리가 들린 것 같으니 제가 잠시 살펴보고 오겠습니다."

"파파, 가지 마. 혼자 무서워."

"걱정 마세요. 문 앞에만 나갔다 올 생각입니다."

파지직! 콰당!

"아아악!"

갑자기 지붕이 내려앉으면서 누군가 떨어졌다.

"웬 놈이냐!"

백리홍이 잔뜩 경계심을 가지고 어둠 속을 노려보았다. 그 소리에 모든 이들이 달려왔다.

"사형, 그렇게 힘 조절을 못하면 어떻게 해요!"

"야, 내가 알았냐. 쥐새끼가 정말 쥐새끼처럼 약해빠진 줄은 몰랐잖아."

그리고 뚫린 지붕으로 떨어져 내린 두 사람.

"어? 여어, 공주 정말 미안하게 됐수다. 조용히 그냥 해치우려고 했는데 이놈이 이렇게나 약한 놈인 줄 모르고 말입니다."

당영웅이 아는 척 속옷만 입은 공주에게 인사를 했다.

제4화
바람둥이(?) 당영웅

방 안의 불이 켜지자 실내 전경이 드러났다. 부서진 방 안에 흑의를 입고 복면한 남자가 쓰러져 있었다. 도강호가 일부는 주변을 경계시키고, 일부는 나머지 도주자를 수색하면서 백리무군과 함께 지붕과 바깥을 다른 침입자를 쫓아 달려 나갔다. 주설란은 너무나 놀라 이 광경을 멍하니 보고 있다가 가까스로 정신을 차리려고 할 때였다.

"위험햇!"

당영웅이 갑자기 침대 위의 공주를 감싸 안고 바닥을 굴렀고, 제갈민의 칼이 보이지 않을 정도로 빠르게 공주 침대 아래를 향해 찔러갔다. 잠시 후 침대 위로 피가 서서히 번져 나왔다.

조금만 늦었으면 살수의 임무는 완성되었을 것이다. 창백하게 질린 주설란은 자신도 모르게 당영웅에게 꼭 매달려 있었다. 너무 놀란 자신의 심장은 미친 듯이 뛰었지만, 안겨 있는 이 남자의 심장은 너무나 규칙적이었다. 게다가 자신은 속옷 차림이었다. 그렇게 야한 속옷이 아니더라도 자신의 몸이 당영웅에게 밀착되어 있는데도 이 남자는 너무 태연해서 자존심이 상했다.

"이런, 무례한 놈! 지금 누굴 껴안고 있는 거야!"

주설란의 손이 당영웅의 얼굴로 향했지만 뜻을 이루지 못했다. 당영웅이 주설란의 손을 잡고 고개를 흔들며 휘파람을 불었다.

"휘익! 그러면 안 되지. 이 잘생긴 얼굴에 상처 나면 어쩌려고……. 민아, 설마 이 공주 그 옛날 얘기에 자주 나오는 공주처럼 오만방자해서 앞뒤 구분 못 하는 그런 공주는 아니겠지? 지금껏 너도 잘생긴 내 얼굴은 안 건드렸는데, 이 공주가 겁도 없이 내 얼굴을 치려고 한다."

주설란은 당영웅이 고개를 살짝 흔들며 가까이 얼굴을 갖다 대자 머리카락이 흐트러지며 살짝 보인 얼굴에 깜짝 놀랐다. 오똑한 콧날과 까만 눈동자가 재밌다는 듯이 웃고 있었다. 까무잡잡한 얼굴에 입매가 묘하게 아름답게 느껴지는 그의 수려한, 남자다운 외모에 주설란의 심장이 다시 미친 듯이 뛰기 시작했다. 설마 거지 같다고 생각한 남자가 백리무군이라는 남자보다 더 잘생기고 매력적일 줄이야.

"사형, 즐기시는 것 같은데요. 언제까지 그렇게 안고 있을 겁니까?"

제갈소현이 기분 나쁘다는 듯이 두 사람을 바라보며 입을 삐죽거렸다.

　[질투하냐?]

　[미쳤어?]

　히죽 웃으면서 일어나는 당영웅을 공주가 넋 나간 얼굴로 쳐다보고 있었고, 제갈민이 무표정하게 보고 있었다.

　[아님, 말고…… 근데 너 화난 거 같다.]

　[아니라니까!]

　"파파! 저, 저 무례한 놈을 혼내 줘요."

　가까스로 정신을 차리고 백리홍에게 분한 듯 소리쳤지만, 산전수전 다 겪은 그녀는 침착하게 다가왔다.

　"공주마마, 이 사람들은 목숨을 구해 준 사람들입니다. 미처 제가 침대 밑의 자객을 눈치채지 못했으니 제 죄가 큽니다. 하마터면 목숨이 위험할 뻔했습니다. 공주마마를 위험에 처하게 한 저를 벌하여 주십시오."

　"파파……."

　공주가 당황한 듯 무릎을 꿇은 파파를 일으켜 세웠다. 조금만 논리적으로 생각하면 당영웅은 칭찬받아 마땅했지만, 오늘 공주는 너무나 놀란 데다가 당영웅에게 자존심까지 상해서 그만 평소보다 안하무인으로 행동했던 것이다.

　"일어나세요. 제가 파파를 곤란하게 했군요."

　주설란이 입술을 깨물며 망설이더니 당영웅에게 돌아섰다.

　"고, 고맙다. 아까는 너무 경황이 없어서."

　"뭐, 막무가내는 아닌 것 같네. 됐수다. 이게 우리 일이니까 뭐."

"이보게, 혹시 제갈태경과 어떻게 되는가? 제갈태경의 무공을 다시 보게 되다니. 그리고 자네의 그 칼은 남궁진현의 칼이었던 것 같은데."

당영웅과 제갈소현은 깜짝 놀랐다.

"사부님과 사모님을 아세요?"

"오! 그럼 네가 당영웅이구나? 난 백리홍이라고 하네. 그런데 남궁진현의 칼을 가진 자네는 누구인가?"

"아, 10대고수 중 한 분이시군요."

"하하…… 예전이지. 이젠 늙은 우리보다 더 강한 네 사부들이 있으니 우리 시대는 이미 지나갔지."

"저는 제갈민이라고 합니다. 제갈가의 친척입니다."

[죄송합니다. 본의 아니게 정체를 숨겼습니다. 예전에 말씀 많이 들었습니다. 제갈소현입니다.]

백리홍의 눈이 반짝하고 빛났다.

[네가 제갈태경이 애지중지한다는 딸이로구나.]

[령령 이모님은 잘 계시는지요?]

[그래, 령령 공주님도 네 얘기를 자주 했다. 나중에 따로 한번 보자꾸나.]

주령령은 남궁진현과 의자매를 맺어서 핑계 삼아 자주 제갈가를 들렸다. 그리고 제갈소현이 어렸을 때 같이 많이 놀아 주면서 이모라고 부르라고 했었다.

시집을 가고 나서부턴 자주 볼 수 없어 아쉬웠던 참이었다.

[역용 솜씨가 대단하군. 내가 역용을 꿰뚫어 볼 수 없는 걸 보니 보통 역용이 아니구나.]

[아버지께서 창안하신 겁니다.]

[역시…… 제갈태경이 물건은 물건이로구나.]

"오늘밤은 괜찮을 겁니다. 뭐, 자객이 와도 그렇게 걱정은 안 해도 될 것 같긴 하지만."

"저희들은 이만 물러가겠습니다."

제갈민이 재빨리 당영웅을 끌고 사라졌다.

"야, 왜 이래? 아직 인사도 제대로 못 했는데?"

"누구한테 인사한다고 그래? 아까 충분히 했잖아."

[너 질투 맞지?]

[아니라고 했지!]

두 사람이 전음으로 티격태격하면서 사라지고서도 공주의 시선은 당영웅의 흔적을 쫓아다니고 있었다. 그런 공주를 백리홍이 말없이 보더니 누군가가 생각났는지 살짝 고개를 가로저었다.

"이봐, 이번에 공주님 암살 자객을 제갈가의 두 명이 잡았다며?"

"그렇다더군. 제갈가에서 나왔다고 하더라고."

"와! 알고 보니 그 대단하다는 제갈세가였구나. 그 두 사람, 그 유명한 천하제일 부부하고 어떻게 되는 사이일까? 한 번이라도 그들 부부를 가까이서 봤으면 좋겠다. 게다가 그 집 딸 제갈소현이 엄청 아름답다고 하더라. 아마도 공주보다 더 아름다울지도 몰라. 꿈에서라도 한번 봤으면 좋겠다."

"야, 제갈소현 말이야. 소문대로 그렇게 예쁠까? 아흐, 생각만 해도 아랫도리가 흐물…… 아얏! 어떤 놈……."

금방이라도 한판 붙을 기세로 소리치며 돌아보다 무시무시한 기세로 서 있는 당영웅을 보자 그만 입이 쑥 들어가 버렸다.

"너…… 주둥아리 간수 잘해라. 한 번만 더 잘못 놀리면 그땐 쥐도 새도 모르게 가는 수가 있다."

"아, 알았습니다."

당영웅의 무서운 기세에 질려 자신도 모르게 존댓말을 하면서 슬슬 뒷걸음치더니 달아나 버린 두 남자는 점창파 출신이었다.

여기저기서 두 사람의 얘기로 연일 얘기꽃을 피우며 서로 힐끔거리기 바빴다.

"영웅아, 너 정말 대단하다고 난리다. 영웅이는 그렇다치고 제갈민까지 실력이 좋은 줄은 정말 몰랐다. 알고 보니 내가 제일 약했던 것 같다. 난 뭐한 거야. 잠을 그렇게 깊게 들어 버리다니."

백리무군은 자신이 한심하다는 듯이 한숨을 쉬었다.

"뭐 살다 보면 그럴 수도 있지. 내가 운이 좋았던 거야. 어? 저 녀석이 누구야? 야! 낭희 아니냐? 너도 여기 왔냐? 너 왜 날 피해 다녀? 지금껏 내가 널 못 본 건, 네가 날 피해 다닌 거라는 얘기잖아. 이리 와 봐."

저만치서 쭈뼛거리며 걸어오는 키 크고 날씬한 체구의 당낭희는 이 무리의 몇 안 되는 여자 중의 하나였다. 긴 머리를 아무렇게나 묶고 있어도 여자다운 얼굴이 가려지지 않았다. 여리면서도 아름다워 보이는 그녀였지만 왠지 당영웅을 꺼리는 것 같았다.

"이리 오라고 했잖아!"

마치 명령하듯이 하는 목소리에 놀란 그녀가 얼떨결에 가까이 오자, 기다렸다는 듯이 당영웅이 당낭희에게 어깨동무를 턱 하니 했다.

"여, 영웅아, 피하다니. 널 못 봤을 뿐이야, 정말이야."

"너 말이야, 너무 그러지 마라. 우리 당가에서 그래도 유일하게 너만 나와 어릴 때부터 스스럼없이 어울려 줬잖아. 소꿉친구끼리 왜 이래?"

당낭희는 정말 이 인간을 피하고 싶었다. 어릴 때부터 항상 이놈 옆에 있으면 피해를 봤다. 아무튼, 자신의 본능은 이놈 옆에는 얼씬도 말라는 것이다. 자라면서 점점 당영웅은 멋있어져서 뭇 여자들의 선망의 대상이 되었어도 자신은 그를 멋있다고 한 번도 생각하지 않았다. 얼굴보다는 어릴 때의 악몽이 더 생생했기 때문이다. 그런데 더 끔직한 것은 어른들 사이에 두 사람을 맺어 주려는 말도 오가는 걸 언뜻 들었던 것이다. 물론 이놈도 알고 있을 것이다. 혼약 말이 나오고부터 웬일인지 당가에 거의 잘 오지 않았던 것이다.

들리는 소문에 제갈소현을 좋아한다는 말도 나돌았지만, 그집 아버지 때문에 힘들 거라는 말도 같이 들었다.

제갈소현이 백리홍과 따로 만나고 돌아오니, 당영웅이 어떤 여자와 스스럼없이 어깨동무를 하고 있는 게 보였다. 그녀의 얼굴이 저도 모르게 찌푸려졌다.

[바람둥이 같으니라고! 얼마 전까지만 해도 공주를 껴안더니 오늘은 다른 여자를 껴안고 있어? 복 터졌구나.]

제갈소현의 눈엔 어깨동무와 껴안는 거랑 별 차이가 없게 보였다.

갑자기 들려온 전음에 당영웅이 고개를 돌렸다. 그가 소현을 발견하고 기쁜 듯이 입꼬리가 올라갔다. 그러나 소현의 눈빛은 서늘했다.

[나 바람 안 피웠다. 장가도 안 갔는데 바람피운다곤 하지 마라. 니가 네 마누라라도 되냐?]

당영웅은 제갈소현이 화를 내자 씨이익 웃더니 더욱더 옆의 당낭희를 자신의 곁으로 끌어당겼다. 당낭희의 몸이 가늘게 떨려 오는 게 느껴졌다. 당낭희는 당영웅 옆에 있으면 뭔가 사고가 터진다는 걸 경험으로 알고 있었다. 그래서 자신도 모르게 두려움으로 몸이 떨렸다. 그러나 제갈소현의 눈엔 당낭희가 당영웅을 너무 좋아해서 어쩔 줄 몰라 몸까지 떨리는 걸로 보였다. 그녀가 자신도 모르게 입술을 깨물었다.

당영웅은 뜻밖에도 제갈소현이 자신이 다른 여자를 안는 걸 무척 기분 나빠한다는 걸 알아채고 즐거운 듯 눈을 반짝였다. 당영웅은 옆에 있는 당낭희를 잘 알고 있었다. 당낭희는 자신을 그냥 싫어하는 게 아니라 아주 싫어한다는 걸 너무나 잘 알고 있었다.

아마도 그게 6살 때였던 것 같다. 동물들에게 독극물 실험을 하다가 문득 사람에게도 같은 효과가 나는지 궁금했다. 그래서 마침 옆에 있던 당낭희에게 이 약을 바르면 머리가 빨리 긴다는 말을 해서 머리를 감게 했다. 그리고 그다음 날 당낭희는……
대머리가 되었다. 어렸지만 여자에게 있어서 머리카락이 얼마나
소중한지 잘 알고 있던 그였는지라 좀 미안했다. 부모님께 엄청
나게 맞았지만, 할아버지가 그럴 수도 있다고 감싸 줘서 그나마
그 정도로 그쳤다.

제갈가에서 무공을 배우고 1년 만에 집으로 돌아온 8살 때는
그녀를 보자 반가운 마음에 실험하던 독을 들고 뛰어가다 넘어
져 그녀의 옷에 튀어, 순식간에 독이 옷을 녹여 버려 알몸으로
만들어 버린 사건도 있었다. 고의는 아니었지만, 아마도 그때가
그녀를 책임지라고 한 사건 계기가 되었을 것이다. 사실 그 독
은 아이들을 가르친다고 중화를 시켜서 옷만 태운 거지, 강력하
면 사람을 살상하는 무서운 독이었다.

그땐 참 철이 없었다. 당낭희는 그 이후 그를 피하면 절대 그
에게 가까이 오지 않았다. 지금도 그녀를 이용하는 게 좀 양심
에 걸렸지만, 소현이 질투를 하는 것 같자 당낭희를 먼저 놓아
줄 생각이 사라졌다.

"민아, 너 어디 갔다 왔어? 이리 와서 앉아."

백리무군이 다정히 제갈민을 불렀다. 제갈소현이 잠시 생각하
는 듯하더니 활짝 웃으며 백리무군의 곁에 앉았다. 갑자기 백리
무군이 제갈민의 손을 잡았다.

"우와, 손이 이렇게 작고 여자같이 생겼는데 어디서 그런 솜
씨가 나온 거야?"

역용으로 다른 건 다 고쳤어도 손만은 고치지 않았는지 백
리무군이 그녀의 투명한 손을 잡고 이리저리 만졌다. 제갈민

이 놀라 손을 빼려고 했지만, 생각보다 손을 잡은 힘이 셌다. 너무 힘 있게 뿌리치는 것도 이상한 것 같아 어쩔 줄 모르고 있었다.

"야, 무군아, 내 손은 어때? 민이 손보다 내 손이 위대한 손이야. 난 어제 공주도 안아 봤거든."

당영웅이 슬그머니 제갈민을 잡고 있는 백리무군의 손을 억지로 떼어 내어 자신의 손을 대신 잡게 했다. 본능일까? 백리무군은 당영웅에게 손을 잡혔지만, 왠지 그의 손을 뿌리치고 제갈민의 손을 다시 만지려고 했다.

"네 손은 민이하고 느낌이 달라. 투박하고 거칠잖아. 민이는 너무 여린 손인데 신기하잖아. 마치, 마치…… 여자 손 같아."

빠져나가려는 백리무군의 손을 당영웅이 꼭 잡고 놓지 않았다.

"야, 이 손이 무슨 여자 손이야? 너 여자 손 안 잡아 봤냐? 자, 여기 낭희 손이라도 잡아 봐. 이 손이 진짜 여자 손이지."

그러고는 당낭희의 손을 가져와 백리무군의 손과 억지로 포개 버렸다. 당낭희의 얼굴이 붉어졌고, 백리무군이 화들짝 놀라 손을 놓았다.

"왜, 왜 이래? 당 낭자에게 이런 무례를…… 죄송합니다. 당 낭자."

백리무군의 사과로 당낭희는 더욱더 무안해져 당영웅을 노려보더니 휙 돌아서 뒤도 돌아보지 않고 가 버렸다.

'당영웅! 역시 네놈 옆에 가면 좋은 일이 없어. 다 큰 여자의

손을 아무렇지도 않게 덥석 다른 남자에게 쥐여 주며 망신을 주
다니!'

씩씩거리는 당낭희의 속마음을 당영웅은 알까나…….

제5화
동정호 뱃놀이

마차는 순조롭게 강남으로 접어들었다. 암살 시도 후 7주야가
흘렀지만 또 다른 암살시도는 없었다. 마차를 타고 가다 한 번
씩 주설란은 밖을 몰래 훔쳐보곤 혼자 얼굴을 붉히곤 했다. 그
러나 백리무군을 쳐다보던 눈이 어느덧 당영웅을 좇고 있는 걸
깨닫곤 스스로 고개를 가로젓기도 했다. 항상 붙어 다니는 당영
웅과 제갈민, 그 사이에 다른 사람이 끼어들 여지는 보이지가
않았다.

주설란은 어떻게든 당영웅과 가까워지고 싶었다. 자신의 진짜
목적지가 가까워 올수록 이제 자유의 시간도 끝나 간다는 걸 알
고 있었다. 이제 치기를 부릴 수 있고, 마음 놓고 누구를 좋아할
수 있는 시간이 얼마 남지 않았던 것이다. 오늘도 언뜻 보니 당
영웅은 너무나 못생겨 고개를 돌리고 싶게 만드는 제갈민과 티

격태격하고 있었다. 격의 없이 지내는 두 사람이 부럽기도 했다.

"파파, 나 동정호 구경하고 싶은데, 안 될까? 어쩌면 마지막이 될지도 모르잖아."

백리홍은 안타까운 듯이 앞의 말괄량이 공주를 쳐다보았다. 공주의 시선이 가끔 가다 누군가에게 머문다는 것은 자신도 잘 알고 있었다. 한시가 급한 일이었지만 공주의 기분도 이해했다. 자신의 의사와 상관없이 나선 이번의 일정은 그렇게 간단한 일이 아니었던 것이다. 말괄량이에 못 말리는 성격이었지만, 결정적인 때 주설란은 령령처럼 이 나라의 공주임을 잊지 않았다.

"그럼, 잠시만 쉬었다가 가시지요."

"당영웅, 넌 공주마마와 함께 저 배를 타고, 백리무군은 제갈민과 같이 타라."

당영웅과 제갈소현 두 사람의 얼굴이 동시에 찌푸려졌다. 공주가 무슨 떼를 썼는지 갑자기 동정호에 오더니, 이번에 아예 노를 저어 탈 수 있는 쪽배를 타고 싶다고 해서 이렇게 된 것이다.

"무군이랑 바꾸면 안 될까요?"

"자네는 제갈태경의 제자가 아닌가? 자네 사부가 자네를 보낸 이유가 뭔가 바로 공주마마의 호위 때문 아닌가."

백리홍이 사부 제갈태경을 들먹이자 어쩔 수 없이 공주와 단둘이 배를 탈 수밖에 없었다. 멀어지는 백리무군과 제갈민을 쳐다보던 당영웅은 할 수 없이 공주를 데리고 배를 탔다. 도대체 이 공주는 무슨 변덕이 이렇게 심해서 또 여기서 이런 쪽배를 타 보고 싶다고 하는 건지.

"이봐! 이보라고!"

주설란이 화가 나서 소리쳤다.

"아, 왜 그러는 거요?"

"네 이놈! 이토록 무례하라고 네 사부가 가르쳤느냐!"

"뭐야! 여기서 왜 또 사부가 나오는 거야! 그래서 뭐요?"

"네놈이 먼저 올라탄 거까지는 용서하겠지만, 나에게 손을 내밀어야 나도 탈 게 아니냐?"

"아우! 정말 귀찮군. 그러게 왜 나와 타자고 하셨소? 마음에 안 들면 지금이라도 다른 놈이랑 타든지."

"이, 이 무례한 놈!"

당영웅의 눈은 이미 저만치 제갈민과 백리무군을 좇고 있었다. 백리무군이 다정하게 제갈민의 손을 잡고 타는 걸 도와주고 있었다.

"뭐야, 저거…… 지가 어린앤가."

갑자기 배에 탄 제갈소현이 당영웅과 공주 쪽을 돌아보았다. 당영웅은 괜히 심술이 나 공주의 손을 잡아 휙 끌어당겼다. 그러나 무공을 조금밖에 알지 못하는 공주임을 간과하고 말았다. 공주가 그 힘에 못 이겨 휘청거리더니 당영웅의 품으로 휙 안기고 말았다. 넓고 사내 냄새가 나는 당영웅의 품. 공주는 갑자기 포근함을 느꼈다.

'저 자식이! 이제 시도 때도 없이 여자를 안아? 바람둥이 놈!'

"이봐요, 공주, 언제까지 이렇게 안겨 있을 거요? 남들이 오해하면 어쩌려고. 설마 날 좋아하는 건 아니겠지?"

공주는 능글거리는 당영웅의 목소리에 환상이 깨지면서 화들짝 놀라 그를 밀쳤다. 시뻘게진 얼굴로 고개를 돌리고, 작은 배지만 멀찍이 떨어져 앉았다. 동정호엔 연인들로 보이는 남녀가 짝을 지어 쪽배를 많이 타고 다녔다. 풍경이 너무나 아름다워 없던 감정도 이곳에 있으면 생길 것 같았다.

[당영웅, 공주님을 부탁하네. 자네를 믿겠네.]

백리홍의 전음을 들으면서 당영웅은 뭔가 이상하다는 생각이 들었다. 왠지 모르겠지만 자신의 예감이 공주의 단순한 투정이라기엔 뭔가가 이상했다. 우선 황제가 아무리 철부지 공주라지만, 어째서 이토록 쉽게 이런 말도 안 되는 유람을 허락을 했을까 하는 점이다. 게다가 자객들이 호시탐탐 공주를 노리고 있었다. 사실 어린 공주 하나 죽인다고 달라질 일이 뭐가 있을까? 황제의 분노만 더 살 뿐인 것을.

"공주, 혹시 뭔가 다른 목적으로 여행을 나온 거요?"

주설란은 속으론 깜짝 놀랐지만 못 들은 척했다. 그러나 당영웅은 지금껏 연기력이 너무나 좋은 제갈소현과 같이 다닌 터라 그것을 꿰뚫어 보는 게 어렵지는 않았다. 뭔가가 분명히 더 있었다.

"흥, 무슨 말을 하는지 모르겠구나."

"뭐, 말하고 싶지 않은 비밀은 누구나 있긴 하지. 그 이유는 나와 상관 없지만, 혹시라도 싸움이 벌어져서 내가 공주를 지키지 못할 어떤 상황이 발생하면 공주는 주저 말고 저기 민이 녀석 곁으로 가 있으시오."

"저 못생기고 힘도 없을 것 같은 녀석에게 한 수가 있는 건 알겠는데, 그렇게 믿을 만 한 거야?"

"후훗…… 아마…… 여기서 가장 강한 사람이 누구냐고 한다면 저 녀석일지도."

주설란은 정말 놀랐다. 저 비리비리해 보이는 놈이 그렇게 강하단 말인가?

이 사람이 인정할 정도로?

"당신도 못 이겨?"

"글쎄……. 저놈이랑…… 끝까지 승부해 본 적이 없어서 말이야."

주설란은 망설이다가 무슨 마음인지 그에게 조금의 사실은 얘기하자는 생각이 들었다.

"이건 기밀사항이지만 말해 줄게. 이 여행이 끝나면 난 아마도 금나라 왕자와 혼례를 해야 할 거야."

"혼례?"

당영웅이 놀라 눈을 크게 떴다. 어느새 주설란은 일국의 공주의 위엄을 풍기는 얼굴이 되었다.

"그래. 사람들은 공주라는 신분을 동경할지도 모르겠지만, 일국의 황족으로 산다는 건 일반 백성으로서의 삶보다 못해. 얼굴도 모르는 사람과 정략 혼례라는 굴레로 묶여야 되니까."

앳된 얼굴로 위엄 있는 얼굴을 했지만, 왠지 당영웅은 공주가 안됐다는 생각이 들었다. 자신은 절대 그럴 생각이 없었다. 그는 저 멀리 떨어져 있는 제갈소현을 돌아보았다.

'젠장할…… 뭐가 저렇게 다정한 거야.'

"사실 지금 금나라의 왕자를 은밀히 만나러 가는 거야. 동맹을 맺기 위해 혼례를 전제로 그와 정혼이라도 미리 하기 위해서 말이야. 그런데 아바마마 말씀으론 두 나라의 동맹을 반대하는 다른 나라가 나를 죽이려고 할지도 모른다고 했어. 우리가 동맹을 맺으면 자신들의 국가가 위협받는다는 생각을 할 수도 있고, 아니면 황좌의 자리를 노리는 무리가 있을 수도 있다고 하더군. 뭐 그래도 난 괜찮은 편이야. 다른 비참한 혼례를 한 황족도 많다는 걸 아니까 말이야. 내가 죽으면…… 동맹이 깨어지기 때문에 아마 전쟁이 일어날지도 몰라. 황좌를 노리는 사람들을 견제하는 세력이 약해지는 거니까. 그래서 말인데…….”

공주의 목소리가 마지막에 가서는 조금 흔들리는 것같이 들려 왔다.

“이 여행이 끝날 때까지만이라도 나와…… 연애해 볼 생각 없어? 정략 혼례를 하기 전에 나도 연애라는 걸 한번 해서 추억이라도 남기고 싶어.”

새빨개진 얼굴로 말하는 공주의 얼굴엔 어디에도 장난기는 보이지 않았다.

“민아, 너 또 영웅이 보는구나. 영웅이와 떨어져 지내는 게 익숙하지 않는 것 같다. 그렇게 둘이 사이가 좋아 보이니 부럽다. 그런데 좀 자제해야 될 것 같다.”

백리무군이 부드러운 목소리로 말을 꺼냈다. 노를 젓고 있었지만 그의 눈은 사방을 경계하고 있었다.

“무슨 말씀이신지?”

“두 사람이 남색 아니냐는 소리까지 나오고 있다. 어떤 땐 내가 봐도 너무 사이가 좋을 때가 있어서 말이야."

"무, 무슨 소리를! 우리가 매일 싸우는 게 안 보이십니까?"

"그래. 두 사람이 매일 싸우기는 하지. 그런데 그 싸우는 모습이 어떤 끊을 수 없는 끈끈한 정이 바탕이 되어 있는 느낌을 주는 걸. 다른 사람 눈에도 확연히 보이는 게 문제지. 마치 오랜 세월 사귀어 온 연인이나 부부 같기고 하고, 어떤 땐 마치 네가 여자가 아닌가 하는 생각도 든다. 영웅이 성격으로 설마 남색을 한다는 생각은 도저히 할 수가 없기 때문이다.

백리무군은 착하기만 한 백면서생이 아니다. 어떤 땐 좀 맹해 보일 정도로 착해 사람들은 종종 그가 얼마나 똑똑한지 잊어버리곤 한다. 그의 실력은 하루아침에 이룬 게 아니었다. 타고난 오성이 뛰어났지만, 마음이 여린 면이 있어서 여러 사람에게 군림하는 걸 잘 못 했다. 그래서 종종 사람들은 착각을 한다. 그가 만만한 백면서생인가 하는.

'이 녀석, 만만치 않다.'

제갈소현은 백리무군이 바보같이 착하기만 한 얼굴 잘난 놈이라고 생각했었다. 그런데 그게 다는 아닌 것 같았다.

"말해 봐. 너의 진짜 정체를 비밀은 지켜줄 테니."

제갈소현은 속으론 아주 당황했지만 겉으론 동요하는 빛이라곤 하나도 비치지 않고 태연히 백리무군의 눈을 빤히 들여다보았다. 정말 연기력 하난 누구도 못 따라갈 것 같다. 그 태연함에 백리무군은 자신이 뭔가 오해한 건가 하는 생각을 하고 말았다. 그때였다. 제갈민의 기에 미세한 기척이 잡혔고 곧이어 폭발하는 소리가 들렸다.

펑!

저 멀리 당영웅과 공주가 탄 배가 폭발하는 소리가 들렸다. 하얀 연기를 봄과 동시에 제갈민의 신형이 믿기 힘들 정도로 빠르게 움직이더니, 백리무군을 뒤로한 채 비상했다. 한 번의 도약으로 백장을 날아가는 듯하더니 곧바로 추락했다. 그러나 그다음은 더욱더 믿을 수 없었다. 물 위를 가볍게 발끝으로 튕기더니 다시 한 번 날아가기 시작했다. 폭발에 가까이 다가오며 제갈소현의 눈이 빠르게 주변을 살폈다. 이따위 조잡한 폭발에 당할 당영웅이 아님을 알면서도 그가 보이지 않자 알 수 없는 불안이 스며들어 자신이 지금 분장한 것도 잊어버리고 본래의 목소리로 외쳤다.

"당영웅! 빨리 안 나와! 셋 셀 때까지 안 나오면 너 다시는 안 본다. 하나, 둘……."

물 위에 파편을 밟고 가볍게 선 채로 당영웅을 부르는 제갈민의 모습을 사람들은 넋을 놓고 쳐다보았다. 젊은 나이에……. 갑자기 물속에서 시커먼 신형이 솟아오르더니 또 다른 파편 위에 사뿐히 올라왔다.

"야, 그렇게 빨리 세면 어떻게 해!"

폭발의 여운인지 상의가 갈가리 찢겨 그의 탄탄한 몸매가 드러났다. 그의 품에는 기절한 공주가 안겨 있었다. 아마 기절하지 않았으면 당영웅의 몸매를 보고 한 번 더 반했을지도 몰랐다.

"야이, 멍청아! 이런 것도 제대로 못 피해서 그 모양을 해 가지고 물속으로 곤두박질 쳤냐!"

"넌, 걱정했다는 표현을 그렇게 과격한 말로밖에 못 하냐?"

사실, 당영웅은 공주가 한 말 때문에 놀란 상태였고, 자기 혼자면 아무런 피해도 없었을 테지만 공주를 폭발로부터 지켜야 했다. 그래서 자신이 몸으로 폭발의 여파를 막는 바람에 공주는 털끝 하나 다치지 않고 무사했던 것이다.

　"시끄럿! 언제까지 다 큰 여자를 벗은 몸으로 안고 있을 거야!"

　그러더니 주설란을 향해 손을 휘젓자 그녀의 몸이 붕 날아서 제갈민의 품으로 들어왔다. 그러고도 그녀는 여전히 작은 파편에 몸을 딛고 서 있었다.

　사람들의 눈에 당영웅과 제갈소현이 사람으로 보이지 않았다. 그러나 그러고 있을 여유가 없어졌다. 갑자기 육지에 있던 사람들도 공격을 받기 시작한 것이다. 모두들 검은 옷을 입었고 얼굴은 무표정했다.

　당영웅과 제갈민이 빠른 경공으로 육지로 가려고 내달리자 물속에서 갑자기 칼이 솟아올랐다. 그러나 그런 칼질이 무색하게 두 사람 다 가볍게 피하더니 순식간에 육지에 당도했다.

　"민아, 넌 여기서 공주를 지키고 있어. 공주가 잘못되면 안 돼. 저들은 내가 처리할게."

　이 마당에 공주는 또 왜 이렇게 끔찍하게 챙기는 건지. 이놈 혹시 공주를 정말로 좋아하는 거 아냐?

　"조심해! 보통 놈들이 아니야."

　"너 지금 나 걱정한 거 맞지?"

　당영웅은 장난스레 제갈민을 놀리듯이 말했다. 평소의 그녀라면 틀림없이 불같이 화를 내며 아니라고 부정할 것을 잘 알고 있었다.

"쪼끔은…… 그럴지도."

당영웅이 피식 웃더니 제갈민의 머리를 쓱쓱 장난스레 쓰다듬었다.

"마음에도 없는 소리 하는 거 다 안다. 네가 나를 몰라? 나 매일 무시무시한 사부의 장력에도 죽지 않고 살아남은 몸이야."

"역시 넌 눈치가 너무 빨라. 네가 어떤 놈인데 내가 걱정을 하겠냐! 흥."

화가 난 듯 토라져 고개를 돌려 버리는 제갈소현을 씨익 웃으며 보더니 싸움에 끼어들었다.

'나쁜 놈! 걱정한 내가 바보다. 모처럼 걱정한 사람 마음도 몰라주고.'

당영웅이 야속하기까지 느껴졌다.

제6화

음요희의 제자들

　　복면을 한 사람들의 숫자는 처음보다 점점 늘어났다. 그리고 그들의 실력은 백호단과 청룡단을 능가하진 못해도 수적으로 많았고, 점점 어려운 싸움이 되어 가고 있었다. 그러나 한 사람의 등장으로 싸움의 양상이 달라졌다. 당영웅의 손에서 불그스름한 기운이 모이더니 그가 손을 휘젓는 곳마다 복면인들이 죽어 나갔고, 그의 몸은 점점 더 신출귀몰하게 움직였다.

　　백리홍은 당영웅이 나타나 일순간 청소하듯 복면인들을 쓸어 버리자 놀라 눈을 휘둥그레 떴다. 공주가 걱정되어 살펴보니 이미 제갈소현이 정신을 차린 공주를 보호하고 있었다. 다행이라는 생각이 들었다. 예전에도 비슷한 상황이 있었다. 령령 공주를 위기에서 구해 준 그들 부모 세대를 떠올렸다. 그만큼 세월의 흐름이 많이 지났다는 것을 새삼 느꼈다.

콰쾅!!

"선배님, 싸울 땐 집중하셔야죠."

어느새 여유 있게 그녀를 돕기까지 하는 당영웅이었다.

"고맙네. 나도 이제 늙었나 보네."

"별말씀을…… 아직도 아가씨로 보이십니다."

"뭐라? 그걸 농담이라고 하는가? 난 아직도 아가씨가 맞네."

"에? 그, 그런가요? 아하하…… 이놈들! 여기가 네놈들 못자리다."

당황한 당영웅이 애꿎은 흑의인들을 조져 댔다.

제갈소현은 주설란을 보호하고 싸워야 하기에 한층 더 신경이 쓰였다. 내공으로 주변의 호신강기를 펼쳐 공주에겐 싸움의 여파가 가지 않도록 신경 썼다.

정신을 차린 주설란은 당영웅의 말이 사실이란 걸 알았다. 제갈민. 그의 무공은 그녀가 도저히 상상할 수조차 없는 경지였다. 자신이 사람을 겉모습만 보고 판단했다는 걸 알았다. 그런데 왜 얼핏 다른 얼굴이 잠시 보인 것 같지? 무공이 높아서 인물이 더 잘생겨 보이는 건가? 그런 황당한 느낌이 들었다. 비교적 여유 있게 싸우고 있던 제갈소현과 당영웅이 어느 순간부터 긴장하기 시작했다.

[소현아, 느꼈지?]

[그래, 조심해. 보통 놈들이 아니다.]

[호신강기를 더 높여. 저들이 독공을 펼치려는 것 같다.]

[걱정 마, 저따위 하급 독에 당할 내가 아니야.]

[독에 있어서만은…… 내가 너보다 한 수 위인 거 알지? 나

당문의 후계자야. 이번 독 심상치 않다. 조심……]

그의 전음이 다 끝나기도 전에 주변 무사들의 얼굴이 시커멓게 변해 갔다. 시커먼 독 연기가 자욱하게 깔리기 시작했다.

"당낭희!"

당낭희는 갑자기 당영웅이 심상치 않은 목소리로 부르자 급하게 곁으로 달려왔다.

"빨리 이들에게 독이 더 이상 퍼지지 않게 일반 해독제라도 줘. 있지?"

당문은 어딜 가든 독을 가지고 다닐 뿐만 아니라 웬만한 해독을 할 수 있는 일반 해독제가 있었다.

"있지만…… 양이 그렇게 많지가……. 그리고 이건 일시적일 뿐이야."

"알았으니 얼른 일단 살 가망이 높은 사람부터 줘. 한 사람이라도 살아야 되니까. 망설이면 그만큼 더 많이 죽어. 이건, 당문의 소가주로서 하는 명이야!"

당영웅은 장난기를 싹 빼고 당낭희에게 말했다. 당낭희는 당영웅이 당문의 소가주라는 걸 잊지 않았다. 그의 몸엔 위엄이 배어 있었고, 좌중을 압도할 것 같은 기세를 발산했다.

그리고 그녀는 자신이 그의 명을 거역할 수 없다는 걸 알았다.

"당낭희, 소가주님의 명을…… 받듭니다."

자신도 모르게 존댓말을 하고 당낭희가 신속하게 움직였다.

사람들은 싸우는 중이라서 사태 파악을 제대로 못 했지만, 아직까지 정신이 멀쩡한 고수들은 당영웅과 당낭희의 말을 다 들고 있었다. 그가 당가의 소가주라는 말에 싸우는 중이었지만 사람들은 다시 한 번 놀랄 수밖에 없었다. 정말 처음엔 아무 존재감도 없던, 비웃음의 대상이었던 두 사람의 배경과 실력에 사람들은 계속해서 놀랄 뿐이었다. 독 기운이 점점 퍼지고 있었다. 고수들은 중독을 피하기 위해 호흡을 멈추고 싸울 수밖에 없어 싸움이 한층 힘들어졌다. 그리고 그들에게도 당문의 해약이 지급되었다.

지금은 싸울 수 있는 사람이 한 사람이라도 더 필요했다. 해약을 먹었지만 완전한 해독은 할 수 없었던 터라 모두들 초조했다. 당영웅은 제갈소현이 이따위 독에 당한다는 생각은 들지 않았지만, 걱정이 되어 가까이 다가왔다.

"어때, 할 만해?"

"보면 몰라? 이들, 공주를 노리고 온 거지? 공주의 행보가 단순한 강호 유람 따위는 아닌 것 같은데."

"역시 넌 속일 수가 없어. 그래, 그들은 공주의 목숨을 노리고 있어. 좀 복잡한 정치적인 사정이 있는가 봐. 난 그런 복잡한 건 딱 질색인데."

옆에서 공주가 헬쑥해진 얼굴로 피로 물들여진 전장을 살피고 있었다. 당영웅이 가까이 다가오자 극도로 안심하는 것 같은 안색이었다.

[그럼 공주를 일단 안전하게 먼저 **빼돌려야** 될 것 같다.]

갑자기 전음으로 얘기하는 제갈소현은 당영웅에게 뭔가를 말했다. 당영웅의 이맛살이 찌푸려지고 고개를 내저었지만 제갈소현이 고집을 부리는 것 같았다. 그러나 이내 할 수 없다는 듯이 고개를 끄덕였다. 그리고 다음 순간, 그들이 있는 곳에선 한 치 앞도 보이지 않는 안개가 끼더니 적들의 시야에서 갑자기 사라졌다. 운무 속으로 아무 생각 없이 가까이 다가간 적들은 비명 소리와 함께 피를 토하며 죽어갔다.

"병신 같은 놈들! 비켜라. 이따위 진법에 허둥대다니. 기다려라. 이건 내공만으로 펼친 진법이다. 시전자는 상당한 내공의 소모로 인해 진법이 풀리면 한동안 힘을 쓰지 못하니까 기다리기만 하란 말이야. 이런 놈들을 믿고 내가 일을 하다니."

"호호홋…… 부하들에게 너무 뭐라 하진 마세요. 그들이 언제 이런 상책의 진법을 경험해 봤어야지요. 진기로만 펼치는 진법이라…… 대단한 자가 여기 섞여 있는 줄은 몰랐네. 정보에 분명 제갈태경 부부는 안 온 걸로 알고 있는데 말이에요. 하긴 제갈태경이란 자가 안 와서 좀 실망스럽긴 했어요. 천하의 미공자라고 소문난 그의 얼굴도 한 번 보고 여차하면 재미도 보려고 했는데 말이에요."

"사매, 제갈태경은 우리의 원수야. 잊지 말아."

나타난 사람은 두 사람이었다. 놀랍게도 두 사람 다 삼십 대로 보이는 젊은 남녀였다. 그리고 둘 다 너무나 잘생긴 남녀였지만, 어딘지 색기가 흐르는 게 평범한 느낌은 아니었다. 남자는 신경질적이었지만, 입술이 얄팍한 것만 빼면 흠잡을 데 없는 외모였다. 여자는 예전에 음요희를 연상시키는 요염함을 풍겼으며, 오른쪽 입술 끝에 점이 있어 음요희보다 더욱 요사스럽고 사이한 느낌을 풍겼다.

"아유, 사형 그 말 몇 번째예요. 나도 알아요. 그렇지만 그놈의 밤일이 상당히 궁금한 건 사실이니까요."

"사매, 그래도 그놈도 내가 널 즐겁게 해 주는 실력엔 못 따라올 거야. 이따 공주 해치우고 한 번할까?"

끈적끈적한 음성으로 말을 하면서도 그는 여자의 육감적인 몸매를 훑었다. 여자는 그의 눈길에 화답이라도 하듯이 한쪽 어깨를 드러내며 똑같은 눈빛으로 그 남자의 중요한 곳을 음탕한 시선으로 바라보았다. 그때였다. 갑자기 운무 속에서 그림자가 튀어나오더니 잽싸게 경공을 펼쳐 그들의 시야에서 멀어져 갔다.

"앗, 저놈이! 공주를 데리고 도망친다. 쫓아라."

운무 속에서 당영웅이 공주를 안고 믿을 수 없을 정도의 빠른 경공으로 사라져 갔다. 두 남녀의 공력은 높아서, 아무리 당영웅이 재빠르게 행동했어도 그들의 눈을 속일 수는 없는 것 같았다. 당영웅의 품에 안긴 그녀는 공주였고, 당영웅이 무서운 속도로 그들을 벗어나고 있었다.

당영웅이 공주를 데리고 사라지자 갑자기 흑의인들이 싸움을 중지하고 모두들 당영웅을 쫓기 시작했다.

"막아라! 공주님의 탈출을 도와라!"

도강호와 백리홍이 필사적으로 막았지만 대부분이 빠르게 공주를 쫓았고, 잔당들은 다른 사람들의 손에 죽을 정도로 약한 놈들뿐이었다.

쫓는 남녀의 경공 실력은 대단해서 당영웅을 순식간에 따라잡는 것 같았다.

그러나 잡힐 듯 잡히지 않아 그들의 화를 더욱더 돋우었다.

"미꾸라지 같은 놈! 경공 실력은 쓸 만하군. 이제 더 이상 도망갈 곳도 없을 것이다."

그렇다. 앞은 끝이 보이지 않는 낭떠러지였다.

"큭큭큭…… 이런 걸 보고 독 안에 든 쥐라고 하지."

당영웅은 안고 있는 공주를 내려놓았다. 공주는 겁에 질렸는지 한마디 하지 않은 채 꼼짝 않고 있었다.

"그렇군. 독 안에 든 쥐로군."

그러나 당영웅의 얼굴엔 아직도 여유가 넘쳐났고, 위기에 처한 느낌이라곤 눈곱만큼도 없는 것 같았다.

"어머, 이 남자 얼굴과 몸매가 장난이 아니잖아. 아잉, 공자, 이 누님이 즐겁게 해 줄까?"

여자는 도발적인 자세로 옷을 내리더니 한쪽 가슴을 거의 드러냈다.

"음, 멋지긴 한데…… 당신 것은 좀 탱탱한 맛이 부족한 것 같아. 난 너무 늙은 여자는 안 좋아해서 말이지. 무림요화 음요랑 맞지."

실제로 음요랑과 그의 사형은 나이가 이미 50대였다.

"오호호홋…… 영광이네. 동생도 내 명성을 들었나 봐. 탱탱한 맛이 부족할지는 맛을 봐야 아는 거야. 이리 와 봐. 내가 새로운 세상을 맛보게 해 주지."

"사매, 일단 공주부터 죽이고 즐기든지 해."

"아이참, 사형. 또 질투하는구나. 사형도 공주랑 즐긴 후에 죽여도 되잖아."

"호호호…… 안 그래도 그러려던 참이다. 공주의 미모가 대단해서 아랫도리가 근질거리는군."

"정말 더러운 출신답게 모조리 더러운 생각만 하는 놈이군. 예전에 사부님이 음요희는 죽였는데 그 제자들이 설치고 다닌다는 얘기를 듣고 무척 기분 나빠 하셨지. 언젠간 씨를 말려 버리겠다고 이를 가시던 게 생각나는군. 음요랑의 사형이면 사공진동인가?"

당영웅의 말에 남녀의 안색이 변했다.

"뭐라! 네놈이 제갈태경의 제자라고? 잘됐군. 사부님의 원수를 오늘 갚을 수 있겠군."

사공진동의 기운이 갑자기 바뀌었다. 그의 주변에 사악한 공기가 흐르며 검은 기운이 그를 둘러싸기 시작했다.

"에구, 아까워라. 젊고 잘생겨서 내 노리개로 하려고 했는데, 유감스럽게도 제갈태경의 제자라니. 사형, 목숨만은 살려 줘요."

"사매, 지금 그 말이 나와? 사부님의 원수를 갚아야지."

사공진동이 차갑게 나무랐다. 그래도 미련이 남는지 그녀의 눈길은 당영웅에게 머물러 있었다.

"웃기고 있네. 타앗!"

갑작스럽게 당영웅이 검은 기운을 향해 뛰어들었다. 그의 손엔 어느샌가 남궁진현의 칼이 들려져 있었다. 그는 제갈태경의 제자일 뿐 아니라 남궁진현의 제자이기도 했다. 그리고 자신의 외할아버지 유군명의 제자이기도 했고. 그러니 그가 칼을 쓰는 건 하등 이상할 것이 없었다. 그의 칼에서 거대한 검강이 생기기 시작했다. 검이 기운을 향해 칼을 휘두르자, 칼에선 백색 기운이 뿜어져 나왔다.

제왕검법은 원래는 남궁가의 장남에게만 전해져 왔었다. 그러나 이미 남궁진현이 익혀 버렸기에 그 전통이 깨진 거나 다름없었다. 그래서 남궁진현은 남궁가의 제자라면 누구든 배울 수 있도록 해 주자는 파격적인 의견을 제시했고, 그 결과 세가의 반대를 거세게 받았다. 그러나 결국엔 가주가 된 오라버니 남궁홍기와 제갈태경의 지지를 등에 업고 재능만 있다면 누구나 배움의 기회를 줄 수 있도록 바뀌게 된 것이다. 그렇다고 제왕검법이 길이 열렸다고 해서 누구나 배울 수 있는 그런 검법이 아니다. 다만…… 당영웅이나 제갈소현 같은 천재들에겐 예외였지만. 백색과 검은색의 기운이 한데 어우러지면서 엄청난 폭발음이 들렸다.

콰아앙! 콰앙!

자욱한 먼지가 가라앉자 장내의 풍경이 눈에 들어왔다. 당영웅은 제자리에서 한 치도 물러섬이 없이 칼을 잡고 서 있는 반면에 사공진동은 뒤로 두 걸음이나 물러나 있었다. 사공진동과 음요랑은 믿을 수가 없었다. 어떻게 머리에 피도 안 마른 것 같은 놈에게 자신이 밀린단 말인가?

"흥, 별것도 아닌 놈이군. 정력 낭비하는 시간에 무공이나 더 배우지 그랬냐."

이죽거리듯이 비웃는 당영웅을 잡아먹을 듯이 노려보더니 사공진동은 다시 전열을 가다듬었다.

"흥, 내가 처음이라 방심했다. 이번엔 쉽지 않을 것이다."

사공진동이 이를 갈며 소리쳤다.

"당영웅, 여기를 봐."

음요랑의 목소리에 고개를 돌린 당영웅의 얼굴이 눈에 띄게 굳어졌다. 음요랑이 주설란의 목에 칼을 들이대고 있었다. 공주의 얼굴이 핼쑥하게 보였다.

"손…… 떼!"

그의 목소리가 한없이 차가워지고 있었다.

"오호홋홋…… 어쩌지. 이 누님은 네가 좋지만 우린 해야 할 일이 있어서 말이야. 순순히 칼을 버리고 반항하지 마. 이따가 이 누님을 즐겁게 해 주면 공주의 목숨만은 살려 줄지도 모르지. 벌써부터 너무 기대가 돼. 나 몸에서 막 열이 나는 것 같애. 널 죽여야 되지만 너무 아까운 것 같아서 말이야. 사형, 내가 공주를 제압했으니 사형은 내 일에 간섭 마세요. 대신에 공주는 사형에게 줄게요."

음탕한 눈빛으로 음요랑이 당영웅의 전신을 훑어 내렸다.

"사매, 잘했어. 공주는 내게 넘겨. 저놈은 니 마음대로 해. 난 공주와 즐겨 볼까."

사공진동 역시 눈빛이 탁해지면서 음심이 이는지 공주의 몸을 눈으로 더듬었다. 당영웅의 시선이 점점 굳어지고 있었지만, 그는 음요랑이 요구하는 대로 천천히 칼을 놓을 수밖에 없었다. 음요랑과 사공진동은 자리를 바꾸더니, 사공진동이 주설란의 혈도를 점해 움직이지 못하게 했고, 음요랑이 천천히 당영웅에게 다가가 그의 탄탄한 근육이 드러난 몸매를 쓸어내리더니 혈도를 찍었다. 당영웅과 주설란은 꼼짝도 못하고 그들의 마수에 떨어진 것 같았다.

무공은 세지만 경험이 부족한 그는 이런 경우를 생각해 본 적이 없는 것 같았다. 그의 윗옷은 폭발로 공주를 감싸다가 이미 너덜해져서 없어진 지 오래였다. 그래서 그의 몸매를 본 음요랑은 더욱더 당영웅이 가지고 싶었다.

"동생…… 이제 우리 즐겨 볼까?"

그러면서 음요랑이 무공은 펼치지 못하지만 움직일 수 있도록 혈도 하나를 풀어 주었다.

"정말…… 당신을 즐겁게 해 주기만 하면 공주는 무사한 거지?"

그의 손이 거칠게 음요랑의 가슴을 움켜쥐었다.

"으음…… 물론이지…… 동생."

음요랑이 끈적끈적한 목소리로 당영웅의 귓가에 속삭였다.

제7화
아빠, 미안해

사공진동은 주설란의 얼굴이 새파랗게 된 걸 보자 알 수 없는 희열감이 스멀거리는 걸 느꼈다.

"흐흐흐…… 공주…… 너무 무서워하지 마. 난 무서운 사람이 아니야. 어쩌면 공주가 나중엔 더 해 달라고 매달릴지도 몰라."

공주가 그를 매섭게 노려보더니 얼굴에 침을 뱉었다.

"이 기집애가! 좋게 좋게 해 주려고 했더니."

노한 사공진동이 갑자기 품에서 약을 꺼내더니 강제로 공주의 입을 열고 삼키게 했다.

"이놈! 무슨 약을 먹인 거야?"

당영웅이 분노해서 소리쳤다.

"어머, 동생은 공주에게 마음이 있나 봐. 너무 신경 쓰지 말고 하던 일마저 해야지. 저건 공주에게도 좋은 거야. 제정신으로 당하는 것보다 같이 즐기는 게 나을 테니 말이야. 들어는 봤어? 그 옛날 매화공자로 유명했던 마교의 교주가 사용하던 음약을 우리가 좀 더 발전시켰어. 저 약은 아무리 유명한 고수라도 내공으로 약의 기운을 누를 수 없어."

"빨리 해독제 내놔."

이를 악물고 말하는 당영웅이 귀엽다는 듯이 음요랑이 얼굴을 쓰다듬었다.

"미안해…… 동생도 이거 먹어. 난 동생과 좀 더 적극적으로 즐기고 싶거든…… 해독제는 곧 줄게. 내 몸이 유일한 해독제야. 너도 들어 봤지? 음약의 해독제는 음양교합 말고는 방법이 없다는 걸 말이야."

마치 다정한 연인에게 말하듯 조목조목 설명하면서 당영웅의 입으로 약을 재빠르게 밀어 넣었다.

당영웅의 눈빛은 차가워지고 있었지만, 그의 몸은 뜨거워지는 것 같았다.

"공주, 이제 마음껏 내게 매달려 봐. 흐흐흐…… 내가 다 들어주지."

사공진동은 약기운이 공주에게 퍼지기를 기다렸다. 그는 느긋했다. 부하들은 그들의 경공을 쫓아올 수가 없었기에 당연히 모두들 이렇게 먼 곳까지 오려면 아직 더 있어야 했고, 상부에서 일의 결과를 본다는 사람들은 자신들이 여기서 즐기고 있으리라 곤 생각 못 하고 있을 것이다. 공주의 얼굴이 점점 붉어지는 것 같았다. 눈을 감고 호흡을 고르는 건지 거친 호흡 소리가 그의 음심을 더욱 자극했다. 그리고 그냥 지켜보자니 그의 인내심이 바닥을 보이고 말았다. 그의 손이 점점 공주에게로 다가가고 있었다.

풍만한 그녀의 가슴에 자신도 모르게 손을 올려 주무르려는 순간…… 그의 눈동자가 한껏 커지고 말았다. 공주의 얼굴이 서서히 변한 것이다. 조금 전의 얼굴도 무척이나 아름다웠지만, 지금 변한 얼굴은 너무나 아름다워 사람이 아닌 것 같았다. 성스럽게 느껴져 자신의 음심이 한순간 부끄러워지기까지 한 미모였다. 오뚝한 콧날에 아름다운 눈매, 눈같이 하얀 목덜미…… 빨갛고 탐스런 입술은 입 맞추고 싶은 생각이 절로 들었다. 참으로 선녀가 따로 없는 것 같았다. 그러나 그가 넋이 빠진 듯이 있는 순간 제갈소현의 눈이 번쩍 떠졌다. 그리고 그녀의 손에서 지풍이 소리 없이 날아가 사공진동의 숨통을 단숨에 끊어 버렸다.

"크어억…… 누, 누구?"

"빌어먹을 놈! 내가 바로 제갈소현이다. 우리 아버지가 바로 제갈태경이지. 영광으로 알아, 마지막 가는 길에 눈 호강하고 가는 걸."

음요랑은 갑자기 바뀐 얼굴의 여자가 제갈태경의 딸이라고 하자 깜짝 놀라고 말았지만, 허둥대지 않고 침착하게 당영웅을 놓치지 않고 인질로 잡았다.

역시 사공진동보다 한 수 위의 침착함이었다.

"감히…… 사부님에 이어 사형까지. 그렇지만 네년의 운도 여기까지겠군. 여기 이 녀석의 목숨은 내 손안에 있으니 너도 이제 그만 순순히 항복하시지."

"당영웅! 너 언제까지 그 여자 가슴 주물럭거릴 거야. 빨리 안 끝낼 거야!"

제갈소현은 음요랑의 말은 들은 체 만 체 하면서 당영웅에게 서릿발 같은 한기가 풍기는 음성을 날렸다.

"호호홋…… 네년이 아직도 정신을 못 차렸구나. 하긴 기습으로 요행히 사형을 죽이긴 했어도 네년이 먹은 약은 내공을 일으키면 그만큼 빨리 퍼지니까 말이야."

"당영웅! 나 진짜 화났다. 하나, 두울……."

"커억!"

갑자기 음요랑의 가슴에서 피분수가 솟구쳤다.

"아, 누님. 미안해. 나도 이러고 싶진 않았지만 누님의 가슴 말이야, 생각만큼 탄력 있진 않았어. 난 단지 그게 좀 궁금했던 것뿐이야. 정말이야. 소현아, 내 말 믿지?"

"시끄럿! 틈만 나면 다른 여자를 껴안거나 주물럭거리는 놈을 뭘 어떻게 믿으란 거야!"

"야, 이번엔 정말 아슬아슬했어. 너 때문에 내 애간장이 다 탔다. 넌 왜 그 진법을 펼쳐서 내공을 소모시키고 그래. 게다가 그걸로 내공 소모한 것도 모자라 무리하게 공주로 역용까지 하다니. 제때에 내공이 회복되지 않았으면…… 어쩔 뻔했어."

"그 상황에선 내가 공주로 역용을 할 시간과 공간이 필요한데, 그 진법을 안 펼치고 어떻게 할 수 있다는 거야."

"그러게, 내가 공주로 역용한다고 했잖아!"

"말이 되는 소리를 했어야지! 공주의 옷을 벗길 동안 누군가는 엄호를 해 줘야 하는데, 그럼 남자인 네가 여자인 공주의 옷을 벗기고 내가 엄호를 하란 거야? 오호라, 너 공주의 알몸이 보고 싶었던 거였어?"

"야, 정말 넌 내가 널 생각해서 하는 말을 죄다 어떻게 그렇게 생각하냐? 그것도 재주다. 그거 질투 맞잖아!"

"질투는 무슨! 네놈의 시커먼 속을 아니까 그런 거지. 가뜩이나 사공진동 저놈 때문에 속이 울렁거려서 토할 것 같았는데, 넌 저 여자랑 즐기기나 하고."

"누가 즐겼다고 그래, 단순한 호기심! 호기심 몰라? 난 그렇다 치더라도 넌 저 망할 놈을 너무 쉽게 죽였어. 내가 좀 더 고통스럽게 죽여 주려고 했는데. 네 몸에 손을 대다니. 나도 아직 제대로 대 보지도 못했는데!"

"뭐라는 거야! 하여튼 이 상황에 어울리는 말을 하란 말이야!"

두 사람은 위기를 넘기자 또다시 티격태격 싸우고 있었다.

"너, 너희들…… 분명히 음약에 중독되어 내공을 일으킬 수가 없었을 텐데……."

아직 숨이 끊어지지 않은 음요랑이 숨넘어가는 소리를 하고 있었다.

"야, 너 왜 한 손에 못 끝내고 저 여자를 아직 살려 둔 거야? 뭔가 많이 아쉬웠나 봐."

"쩝! 그래도 이 누님이 내 얼굴과 몸에 혹해서 네가 내공을 회복할 시간이 있었잖아. 그냥 죽이기엔 좀…… 미안하긴 하네."

"그래? 그럼 저 여자랑 음약 해독이나 하시지. 불청객인 난 사라져 줄 테니."

"야, 야…… 이러지 마. 내 마음 알면서 왜 이래. 그냥 장난 한번 해 본 건데……. 누님, 미안해. 미안하게도 우리는 누님이 생각하는 그 범주는 아닌가 봐. 소현아, 너 정말 괜찮은 거지? 누님, 쟤 아버지가 누군지 잊었어? 내 사부님은…… 괴물이야."

당영웅의 말을 종합해 보면 제갈태경은 언제까지나 딸을 끼고 살 수 없다는 걸 알고는 있었기에 그에 대한 대비도 어릴 때부터 철저하게 했다. 금지옥엽 딸이 언젠간 험악한 강호에 나가야 된다는 걸 알고 있는데, 이런 경우를 생각 못 할 그가 아니었다. 제갈태경은, 젊었을 때 음약 때문에 비록 진현과 맺어지긴 했지만, 음약이라면 치를 떨었다. 그래서 고심 끝에 자신이 발작을 일으킬 때 유군명이 예전에 가르쳐준 마음을 진정시키는 구결을 발전시켜 음약에 상극하는 구결로 만들어 버린 것이다. 그걸 외면서 진기를 돌리면 어떤 음약도 소용없게 되었다. 일명 돌부처 구결! 이름 그대로 돌부처가 되어 음약의 약효를 무로 만들어 버리는 희한한 무공이라면 무공이었다.

당영웅은 그게 필요 없어서 배우지 않으려고 했지만, 제갈태 경이 혹시라도 딸이 아닌 당영웅이 중독되어 자기 딸내미를 어 찌할까 봐 걱정되어 이걸 강제로 배우게 했다. 게다가 그들은 그가 누군지 자세히 몰랐다는 데 패인이 있었다. 그가 바로 당 문의 소가주였던 것이다. 그의 부모님 당소진과 유설란 역시 음 약이라면 그렇게 좋은 기억을 가지고 있지 않아서, 그가 어릴 때부터 특히 음약에 강한 독물을 만들어서 철저하게 복용시켰으니 이런 음약 따윈 그저 그에게 그냥 이질적인 독 정도였다. 게다가…… 만년화리의 기운을 품고 태어나서 웬만한 음기는 그에겐 꼼짝을 못했지만, 그래도 그들은 안심을 못 했던 것이다.

"사실 나도 음약으로 몸이 달은 소현이가 내게 매달리는 상상을 안 한 건 아니지만 말이야."

당영웅이 좀 전의 음요랑이 그런 것처럼 조목조목 상세하게 그녀에게 설명해 주었다.

"무슨 말이 그렇게 길어."

듣고 있던 제갈소현이 뭐 이런 집안을 봤나 하는 눈으로 보고 있는 음요랑을 향해 지풍을 쏘았다. 음요랑의 몸이 몇 번 꿈틀거리더니 움직이지 않았다.

"너, 아무래도 이젠 인정해라. 질투 맞지?"

"지금 이러고 있을 때야? 얼른 공주에게 가 봐야지."

갑자기 당영웅이 제갈소현을 확 끌어당기더니 숨도 쉴 수 없을 정도로 품에 꼬옥 안았다.

"놔, 놔줘!"

제갈소현은 빠져나오려면 얼마든지 빠져나올 수 있었을 텐데 크게 반항하지 않았다.

"괜찮을 거라…… 생각은 했지만…… 걱정돼서 죽는 줄 알았다. 무사해서……정말 다행이야……."

늘 장난스럽던 그가 진지하고 걱정스럽게 그녀에게 속삭였다. 그의 심장 소리가 들렸다. 제갈소현은 처음으로 당영웅의 심장 소리를 제대로 들을 수 있었다. 그의 심장이 한없이 빨리 뛰고 있었다. 그리고 그가 그녀의 고개를 들어 그를 보게 하더니 입술을 천천히 내렸다. 놀란 제갈소현은 자신도 모르게 눈을 꼬옥 감았다. 입술과 입술이 맞닿았다.

당영웅은 생각보다 더 전율스럽고 달콤한 그녀의 입술에 매료되었다. 입맞춤은 더욱더 깊어졌다. 그의 혀가 그녀의 입 안에 맴돌면서 그녀의 감정을 자극했다. 호흡이 거칠어지면서 그녀를 더 깊이 끌어안았다. 제갈소현은 정신을 차릴 수가 없었다. 음약의 기운은 분명히 제거한 것 같았는데 점점 더 이성을 상실하고 욕망에 물들여지는 것 같았다. 그의 입맞춤은 능숙했고, 아무것도 모르는 그녀를 몰아붙였다. 그동안 그가 다른 여자와 이렇게 입맞춤을 했다는 생각이 들자 질투심으로 그녀의 머릿속에서 온갖 것들이 상상되어 자신도 모르게 멈칫거렸다. 그가 그런 그녀를 감지하고 멈추었다.

"그동안 얼마나 많은 여자하고 한 거야. 나도 그중 한 명인 거야?"

"너…… 정말…… 바보 같다. 너만 바라본 지 10년이다. 너 같은 여자만 매일 보면 다른 여자는 절대 눈에 들어오지 않는 걸 몰라서 물어? 나도 첫 입맞춤이야."

당영웅의 진지한 고백에 제갈소현은 기분이 좋으면서도 그의 능숙한 입맞춤이 생각나 믿을 수 없었다.

"정말인 거야? 처음치고는 너무 능숙하잖아."

"왜 내 말을 못 믿는 거야? 그만큼 내 입맞춤이 좋았다는 말이지? 내 심장 뛰는 소리 나보다 네 귀에 더 잘 들릴 거야. 미친 듯이 뛰고 있지? 그리고 내 마음도 미친 듯이 떨려. 널 너무 오래 기다렸거든."

그리고 그의 입술이 다시 한 번 그녀의 아름다운 입술과 마주쳤다. 불꽃처럼 타오르는 두 사람의 몸은 누가 먼저랄 것도 없이 서로를 더듬었다. 당영웅의 손이 그녀의 육감적인 가슴을 애무하기 시작했다. 억눌린 신음 소리가 제갈소현의 입에서 새어나왔다.

이런 느낌일 줄이야. 제갈소현은 이제 인정해야 했다. 영웅이가 다른 여자를 보고 웃는 것도, 껴안는 것도, 만지는 것도, 심지어 얘기하는 것도 싫었다. 그냥 싫은 것이 아니라 너무나 싫었다. 그동안 항상 영웅이는 자신의 곁에서 자신을 좋아한다고 말했다.

늘 장난처럼 놀리듯이 얘기했지만, 아버진 그마저도 싫어했다. 그리고 아버지는 남자는 늘 그런 식으로 여자들에게 작업을 건다고 누누이 말했었다. 그러니 저런 놈은 절대 믿지 말라고 했었다. 그러나 지금은 아버지의 말은 하나도 생각나지 않았고, 그저 영웅이와의 입맞춤에 미친 듯이 끓어오르는 욕망에 몸을 맡기고 싶었다. 그의 거친 숨소리가 자신의 귀에 들리자 그마저도 매력적으로 들렸다.

"이날을…… 너무나 기다려 왔어. 널 가지고…… 싶어."

"절대 혼전에는 안 된다고 아빠가……."

"사부님께…… 맞아 죽는 한이 있어도 지금은 널 가지고 싶어."

욕망으로 그의 이성은 저만치 날아가 버렸고, 탁해진 그의 목소리가 덩달아 그녀의 욕망을 부추겼다. 대화를 하면서도 두 사람은 한 치의 틈도 없이 달라붙었다.

"이건…… 음약 탓인 것 같아. 내가 이런 기분이 되다니."

"그럼…… 그렇다고 해 두자. 허락만 해 주면 장소가 못마땅하니 여기서 조금만 벗어나자. 멈추라고 한다면 그건 너무 가혹한 처사야. 난 너무 오래 기다렸거든."

그의 입술이 그녀의 귓불을 애무하면서 낮게 속삭였다. 욕망이 점점 커지고 있었다. 제갈소현은 대답 대신 그의 매력적인 입술에 자신의 입술을 가져갔다. 당영웅은 기쁨에 몸이 떨려 왔다. 그녀의 행동이 자신을 허락한다는 의사표시라는 건 삼척동자도 알 수 있었다.

여기 시체가 있는 자리에서 그녀와 사랑을 나누고 싶지는 않았다. 아무리 자신이 욕망에 물들었어도 지금껏 기다려 온 그녀와의 관계를 이런 곳에선 하고 싶지 않았다. 생각과 동시에 그의 몸이 그녀의 몸을 가볍게 안았다. 그리고 날듯이 경공을 전개해 자리를 떠났다. 여전히 서로의 입술은 자석처럼 붙어 있었다.

'아빠…… 미안해. 영웅이가 너무 좋아. 아빠와의 약속을 못 지킬 것 같아.'

제갈태경은 왠지 기분이 좋지 않았다. 뭔가 찝찝하면서도 기분 나쁜 느낌이 갑자기 들었다.

'그 애들 별일 없겠지. 아니지, 난 우리 소현이만 걱정하면 돼. 그 녀석까진 내 알 바 아니지.'

고개를 절레절레 흔드는 그는 한순간 자신도 모르게 든 생각을 강하게 부정했다.

"백부님! 얼른요! 백모님, 아니 이모님이 곧 아기를……."

아직도 호칭을 바로잡지 못해 한 번씩 혼란을 겪는 제갈용진은 다급하자 더욱더 혼란스러워했다. 제갈태경은 뒷말은 듣지도 않았다. 눈 한 번 깜빡일 새에 그의 그림자는 이미 남궁진현을 향해 가고 있었다. 제갈태경은 자신이 또 이렇게 불안한 마음으로 서성이게 될 줄은 몰랐다. 정말 이 느낌은 18년 전보다 나아지긴커녕 더 끔찍했다. 남궁진현의 비명 소리가 그의 가슴을 후벼 팠다.

"젠장, 젠장! 내가 왜 속았을까! 처제, 이게 타 처제 탓이야!"

"형님은 형님이 속았으면서 왜 우리 부인 탓을 하고 그러십니까?"

제갈태준이 못마땅하다는 듯이 제갈태경을 보며 한 소리 했다.

"너! 너까지 나를 합세해서 속이더니, 이젠 네 일 아니다 이거지? 두고 보자, 네놈도 이렇게 당해 봐야 내 기분을 알 거다."

"아아악!"

"응애, 응애……."

"형님, 그래도 초산이 아니라서 그런지 빨리 낳는 것 같습니다."

"휴우, 그래…… 다행이다…… 이제 끝인가……."

진이 빠진 제갈태경은 그제야 마음을 놓고 의자에 주저앉았다.

"아악!"

놀란 세갈태경이 벌떡 일어났다.

"무슨 일이야? 뭔가 잘못된 건가?"

그가 곧장 방 안으로 날다시피 뛰어 들어갔다. 그가 문을 엶과 동시에 또다시 어린애의 울음소리가 들렸다.

"응애…… 응애……."

그의 시선이 남궁진현을 향했다. 남궁진희가 똑같은 얼굴로 아이를 안고 그를 보며 웃고 있었다.

"역시…… 형부 성질도 급하셔…… 축하드려요. 아들, 딸 쌍둥이네요."

산파가 지금 딸을 씻기고 있었고, 먼저 나온 아들은 남궁진희가 안고 있었다.

침대엔 기진맥진한 남궁진현이 있었지만, 쌍둥이라는 말에 얼굴에 화색이 돌았다. 제갈태경은 멍했다.

"아, 그래…… 쌍둥이였지. 진맥할 때 알았었는데."

"언니, 내 말이 맞지? 형부 너무 정신이 없어서 자신이 쌍둥이라고 진맥했다는 것도 잊어버리고 언니 비명 소리에 정신이 나갈 거라고 했잖아. 형부 의외로 간이 작잖아."

"호호호…… 정말 널 못 당하겠다."

"자요, 여기 형부 아들이에요."

"마님, 정말 소현 애기씨를 꼭 닮은 딸이네요."

산파도 남궁진현에게 딸을 안겨 주곤 그들 부부만 남겨 두고 자리를 피해 주었다.

"상공…… 어때? 나 잘했지?"

두 사람만이 남게 되자 남궁진현이 편하게 반말을 사용했다. 이제는 상공이라는 소리가 자연스럽게 나왔다.

제갈태경은 가까이 다가와 흐트러진 그녀의 머리를 귀 뒤로 넘겨 주었다. 진현은…… 여전히 예전에 자신이 처음 사랑에 빠졌던 그때처럼 예뻤다. 금방 아이를 출산한 산모답지 않게 여전히 그의 피를 뜨겁게도 할 수 있었다. 그가 다정하게 남궁진현의 이마에 입 맞추더니 입술에도 살짝 입맞춤을 했다. 그녀의 입술은 변함없이, 아니 더욱더 사랑스러웠다. 18년 전 소현일 안았을 때도 감동이 없진 않았지만, 그때는 남궁진현이 너무나 아파서 그 감동도 제대로 느껴보지 못했던 것이다.

작은 아기들은 자신들의 존재를 알리기라도 하듯이 힘차게 울기 시작했다. 작고 정말 빠알간 아기들이었다. 남녀 쌍둥이라고 믿기 어려울 만큼 둘은 닮아 있었고, 흡사 제갈소현을 보는 것 같았다. 부모보다 더 닮는 게 형제라더니.

"부인, 이 녀석 크면 나처럼 여자 여럿 울리겠는걸."

제갈태경의 얼굴에선 숨길 수 없는 자랑스러움이 묻어났다.

"이번엔 딸을 제대로 좀 키워 봐. 얘는 소현이처럼 너무 가둬두고 키우진 말고 세상을 경험시켜 주면서 키워 봐야지."

"그래…… 이번엔 제대로 한번 키워 보자고. 영웅이 같은 녀석이 절대 달라붙지 못하게 할 거야."

"어휴, 정말 그 말이 아니잖아."

한심하다는 듯이 말하는 남궁진현은 머리가 지끈거리는 것 같았다.

"미안해…… 고생 많았지. 나 또 너 힘들게 해서 나 자신을 저주하고 있었어."

남궁진현이 고개를 가로저으며 그의 어깨에 몸을 기대었다.

"그러지 마. 내가 너무나 원하던 일이었어. 그래서 나 엄청 기뻐. 둘이나 되는 귀한 보물을 얻을 수 있다니 말이야."

"말 안 해도…… 내 마음…… 알고 있지?"

"그래도 들으면 더 좋은걸."

"나도 그래. 사랑해…… 아주 많이."

두 사람만의 세상에 빠져 있는 그들의 귀로 급박한 목소리가 들렸다.

"형님! 큰일 났습니다."

갑작스럽게 들려온 제갈태준의 말에 두 사람의 몸이 굳어졌다.

제8화

평평한 접견

당영웅의 손이 다급하게 제갈소현의 옷을 벗겨 갔다. 당영웅
의 윗옷은 이미 벗은 거나 다름없었다. 찢어진 옷을 벗어 던지
자 드러난 그의 구릿빛 몸은 군살이라곤 하나도 없이 근육으로
단단하게 짜여 있었다. 제갈소현은 남자의 몸도 아름다울 수 있
다는 걸 그제야 알았다. 그는 속옷만 입은 그녀의 나신을 조심
스럽게 쓰다듬으면서 열정적인 입맞춤을 계속하였다.

"들렸지?"

"안 들려."

당영웅의 입술이 떨어진 제갈소현의 입술을 다시 찾았다.

"거짓말하지 말고, 우리가 지금 이럴 때가 아닌 것 같아."

"그냥…… 그냥 무시하자."

그의 손은 그녀의 속옷을 벗기려고 하고 있었다. 제갈소현이 그의 손을 잡았다.

"이렇게 신경 쓰이면서 너와 한 몸이 되긴 싫어. 틀림없이 공주에게 무슨 일이 생겼어."

"아아아악! 정말!"

당영웅이 절규하며 마지못한 듯이 제갈소현에게 떨어졌다.

"약속할게. 공주를 먼저 안전하게 데려다 주고 그때……."

제갈소현의 진지한 얼굴을 보며 당영웅은 억울하고 답답한 표정으로 일어난 욕망을 다스리려고 애썼다.

"제기랄! 왜 하필 지금이냐고! 눈앞에 바로 후우…… 알았어. 가자. 이럴 땐 우리가 무공을 몰랐으면 하는 생각이 들어. 이런저런 소리를 못 듣게."

"나도 그냥 평범한 여자였으면 하는 생각을 하던 참이었어."

"그렇지만 넌 평범한 여자가 아니고, 난 그런 너니까 좋은 거야."

그가 그녀의 옷을 다시 입혀 주며 이마에 뽀뽀를 했다. 다시 입술에 하면, 어쩌면 이번엔 정말 참지 못할 것 같았다.

"가자. 어떤 놈들인지 아주 개박살을 내고 말겠어. 감히 우리의 행사(?)를 방해하다니."

그들의 몸은 한순간에 사라졌다. 경공의 최상승 경지인 것 같았다.

주설란은 자신을 이렇게나 악착같이 죽이려는 이들의 정체가 궁금했지만 지금은 어쨌든 살아야 했다. 개인적으로도 그렇지만, 자신이 죽음으로써 혼사가 깨어지면 그때는 황실이 위험할 수도 있었던 것이다. 자신의 행복은 둘째지만 공주인 이상 황실의 안위를 생각하지 않을 수 없었다. 백리홍이 자신의 옆에서 든든하게 보호해 주고 있었고, 백리무군과 도강호가 지금 힘겹게 앞의 괴물 같은 놈들을 박살내고 있었지만 적의 숫자는 많았고, 아직 싸움에 가담하지 않은 뒤쪽의 저 위험한 느낌을 풍기는 5명도 신경 쓰였다.

3남 2녀의 그들은 모두들 하얀 옷을 입고 있었다. 싸움은 점점 밀리고 있었고, 드디어 뒤에 있던 남녀 중에 두 명이 나섰다. 그리고…… 그들은 단번에 청룡단과 주작단을 물리치고 순식간에 공주의 코앞에 다가왔다. 백리무군은 바짝 긴장했다. 보통 놈들이 아니다. 기척이 전혀 없었다. 아마 밤이라면 있는 줄도 모를 정도로 기운이 느껴지지 않았다. 백리무군의 등에서 식은땀이 흘렀다.

남녀 중 남자는 나이가 50대로 보였고, 머리에 머리카락이 하나도 없었다. 옷도 중원의 스님이 아닌 서역 불자의 차림으로, 속세의 사람은 아닌 것 같았다. 여자는 빠짝 마른 몸매에 주름이 가득한 얼굴로 가느다란 두 눈이 날카롭게 보였다.

"흘흘흘…… 여기까지다. 애송아, 공주를 그만 내놓아라."

깡마른 여자가 백리무군을 가소롭다는 듯이 쳐다보며 선심이라도 쓴다는 듯이 말했다.

"당신들은!"

백리홍은 그들이 누군지 알아보자 안색이 창백하게 질렸다.

음요희 시대의 두 노물이 아직까지 살아 있다니. 그들은 올해로 세수가 이미 90을 넘었다. 그런데도 이렇게 정정하고, 전성기 때보다 더한 기운을 풍긴다니.

"우릴 알아보는 것을 보니 얘기가 쉽겠군. 백리홍, 넌 우리가 누군지 알면서 반항할 생각인가?"

입술을 굳게 깨문 백리홍은 그들이 누군지를 알면서도 물러설 수 없었다. 자신은 지켜야 될 사람이 있었다.

"선배님들이 어째서 이런 곳에 계신단 말입니까?"

"우리도 썩 마음에는 안 들지만 매인 몸이다 보니…… 많은 피는 보고 싶지 않다."

"저도 물러설 수 없는 입장입니다. 독고신 선배님. 아마도 옆에 분이 의남매이신 야율복 선배님이시겠군요. 두 분은 항상 같이 다니시니 말입니다."

"잘 알고 있군. 나보다 더 무서운 건 저들이야. 저들이 나서면 여기 자네들은 모두 죽네. 그러니 여기서 그만 공주만 넘겨주고 떠나게."

"……죄송합니다."

백리홍은 칼을 고쳐 잡았다. 독고신은 칼을 빼 들었다. 서로가 더 이상 말이 필요 없었던 것이다. 칼을 들자 조금의 망설임도 없이 그녀가 빠르게 짓쳐 들어왔다. 백리홍은 너무나 빠른 칼을 가까스로 막았다. 그러나 숨 돌릴 새도 없이 독고신의 칼이 다시 무시무시하게 내리쳐졌다. 백리무군과 도강호는 야율복을 상대로 고전하고 있었다. 서로가 말이 없었다.

공주는 몸이 떨려왔지만 떨지 않으려고 노력했다. 왠지 당영웅이 있으면 든든하게 지켜 줄 것 같아 그가 보고 싶어졌다. 백리홍은 자신이 이렇게나 밀릴 줄은 생각도 못 했다. 독고신의 이번 칼엔 엄청난 공력이 들어간 것 같았다. 저 칼을 막으면 아마도 자신의 목숨이 위험할 것 같았다. 그래도 그녀는 해야만 했다. 맞부딪치기 위해 칼을 쳐들었으나, 순간 그녀는 자신의 앞을 가로막고 대신 칼을 맞부딪쳐 가는 사람으로 인해 다치는 걸 면할 수 있었다.

제갈소현이었다. 긴 머리를 나부끼며 당당하게 서 있는 그녀는 성스러운 기운이 느껴질 만큼 당당했다. 사람들은 그 와중에 갑자기 나타난 제갈소현의 미모에 넋이 빠졌다. 그녀는 그만큼 아름다운 외모를 가지고 있었다. 그리고 한쪽에선 야율복의 상대로 당영웅이 밀어붙이고 있었다. 싸움의 판도는 다시 한 번 팽팽해졌다.

"뭐냐? 머리에 피도 안 마른 것이 어른 싸움에 끼어들다니."

말은 이렇게 하면서도 독고신은 긴장을 풀지 못했다. 자신의 공격을 막아내는 그녀의 공력이 보통이 아닌 것 같았기 때문이다.

"할머니, 연세도 있으신 분이 그만하세요."

"뭐얏! 고얀 년!"

제갈소현의 말에 더 열이 받았는지 독고신의 칼이 매서워졌다. 여유 있게 상대하고 있는 제갈소현이었지만, 아직 싸움에 가담하지 않은 삼 인이 신경 쓰였다. 독고신 한 명이면 어떻게 좀 해 보겠지만 뒤에 삼 인이 가담하면 자신이 없었다. 제갈소현은 오늘의 싸움이 쉽지 않겠다는 걸 느꼈다.

백리무군과 도강호는 갑자기 나타난 소현과 당영웅으로 인해 한결 수월해지자 그녀의 아름다움이 이제야 눈에 들어왔다. 사람들은 그녀의 아름다움에 넋을 놓았지만, 그녀가 누군지 금방 알아볼 수 없었다.

"소현아, 조심하거라. 저 노물은 네 아버지 제갈태경보다 훨씬 앞 세대의 고수다. 그러니 경시하지 말거라."

백리홍의 외침에 백리무군은 그녀가 제갈민일지도 모른다는 생각이 들었다.

그토록 아름다운 얼굴을 그렇게 가리고 있었다니. 그러나 그가 그녀의 아름다움에 빠져 있기엔 상황이 너무 긴박했고, 싸움은 계속되었다. 주설란은 제갈소현을 알아보았다. 운무 속에서 자신이 정신이 들었을 때, 제갈소현은 여자로 돌아와 자신의 겉옷을 벗기고 있었던 것이다. 행여라도 자신이 놀랄까 봐 본모습으로 돌아와 옷을 벗긴 것이다. 주설란이 아름다운 그녀의 얼굴에 더 놀랐던 것을 제갈소현이 알았을까는 모르겠지만. 그리고 당영웅의 시선이 항상 그녀를 따라간다는 것도 그때야 깨달았다. 자신은 이미 그에게 다른 의미의 여자는 될 수 없다는 걸 느꼈다. 자신이 남자라도 저런 여자를 매일 본다면 다른 여자는 눈에 들어오지 않았을 것이기 때문이다.

[소현아, 조심해. 저들이 움직이기 시작했어. 힘든 싸움이 될 것 같다. 다치지 않을 거지?]

영웅의 전음이 소현의 귀에 속삭였다.

[걱정 마. 너도 조심해.]

두 사람의 속마음은 긴장으로 팽팽해졌지만 서로에게의 애틋한 마음을 숨기려고 하진 않았다.

"제갈태경의 자식이라고?"

삼 인이 움직이기 시작했다. 여자는 굉장히 차갑고 도도해 보였지만, 그저 예쁜 정도였다. 남자 또한 평범한 얼굴이지만 도도한 건 똑같았다. 그리고 그들은 생각보다 젊은 나이인 삼십 대 초반으로, 무공 실력 또한 만만치 않은 것 같았다. 또 다른 인물은 승려로 어느 절에나 있을 법한 자애로운 주지스님의 느낌이었다. 오십대 초반으로 느낌이 평범했다.

"사조님, 얼른 마무리를 지어 주십시오. 이분들이 기다리십니다."

그는 야율복을 보며 말을 하고 있었다. 야율복의 얼굴이 찌푸려졌지만 아무 소리 하지 않고 당영웅의 장력을 맞받아쳐 갔다.

야율복은 포달랍궁(서역의 절) 소속이었다. 그의 눈은 자세히 보면 중원인의 색깔이 아닌 파란빛을 좀 띠고 있었고, 지금의 포달랍궁 방장인 야율문과는 피가 섞여 있어서 그의 부탁을 거절하지 못하고 이 나이에 속세에 나온 것이다. 그런데 이렇게 새파랗게 젊은 놈이 자신을 가로막을 줄은 상상도 못 했던 것이다.

"제갈태경의 자식은 우리가 상대해 주지. 독고신 비켜라."

독고신의 얼굴이 일그러졌다. 자신의 세수가 적지 않음에도 이렇듯 무시하고 반말로 이래라저래라 하는 이 둘이 마음에 안 들기는 매한가지였지만, 계약은 계약이었기에 물러났다. 제갈소현은 단단히 마음을 먹었다. 당영웅은 야율복을 백리무군과 도강호에게 넘겨주고 본능적으로 제갈소현의 곁으로 다가왔다. 분명히 저 둘…… 심상치 않았다. 뭔가 사부님과 일이 있는 것도 같고.

독고신이 비켜나자 제갈소현과 당영웅, 그리고 젊은 남녀 두 명이 남았다.

"네놈은 또 누구냐?"

여자가 차갑게 물었다.

"나? 나야 물론 우리 사부님 제갈태경의 둘도 없는 골칫……
아니지, 애제자지."

"잘됐구나! 여기서 제갈태경 놈의 자식과 제자를 한꺼번에 처리해서 그나마 그분의 한을 조금이라도 갚을 수 있다면 더 이상 바랄 게 없겠지."

"우리 사부님 알아? 그 양반도 참, 당신도 사부님께 차였어?
하여튼 가는 데마다 여자들이 사부님을 원망하면서 이를 갈고 있으니 뒤치다꺼리하다가 세월 다 가겠군. 웬만하면 바람둥이 우리 사부님은 잊어버리고 그만 새 출발하시지. 아직도 못 잊고……."

"닥치거라, 이놈! 어디서 주둥아리를 함부로 놀리느냐!"

어느새 등 뒤에서 붉은 칼을 뽑은 건지 여자는 당영웅을 향해 쏘아져 갔다.

"홍접, 흥분하지 마. 어린놈의 격장지계에 뭘 그렇게 흥분하고그래."

남자가 뒤에서 충고했지만 홍접의 눈에 깐죽거리는 당영웅밖에 보이지 않았다. 그들은 바로 마교 위세천의 심복인 홍접과 청접이었다. 세월이 지나자 그들의 무공도 엄청나게 변해 있었다. 과거에도 이미 위세천이 그들을 전적으로 신임할 정도로 무공이 높았지만, 지금은 그때와 비교도 할 수 없을 만큼 발전했던 것이다. 비록 위세천이 제갈태경에게 복수는 하지 말라고 했지만, 그들은 포기하지 않았다. 무공이 너무나 높은 제갈태경을 따라가기 위해 실력을 갈고닦아 어마어마한 성취를 이루어 냈던 것이고, 이제는 제갈태경을 만나도 자신 있었던 것이다.

이번 일도 마교의 재건을 위해 엄청난 물질적 대가를 약속받고 수락한 일이었는데, 뜻밖에도 여기서 제갈태경의 자식과 제자를 만날 줄은 몰랐던 것이다. 20년 가까이 원한을 한시도 잊은 적 없는 그들이었기에 피할 수 없는 한판 승부를 펼칠 수밖에 없었다.

홍접의 칼이 눈부시게 현란한 움직임을 보인다면, 청접의 검은 물 흐르듯 자연스럽게 아무런 기교도 없이 움직이는 것 같았다. 네 명이 어우러져 싸우기 시작하자 당연히 주설란을 지키던 백리홍 등은 불리해질 수밖에 없었다. 힘겹게 겨우겨우 버티고 있었지만, 이마저도 언제 깨어질지 모를 위태로운 지경이었다. 둘 중에 누구라도 빨리 도와줘야 할 판이었다.

그러나 승부는 쉽지 않아 보였고 제갈소현과 당영웅은 한눈을 팔 수도 없는 처지였다. 고수의 싸움에선 한순간에 승부가 결정되기 때문이었다. 아직은 실전이 약할 수밖에 없는 제갈소현과 당영웅이 싸움에선 더 불리했다. 기량은 쌍접에게 딸리지 않지만 경험이 부족해서 노련미에선 밀리고 있었던 것이다. 그리고 소현과 당영웅은 공주의 안위에도 신경을 써야 했다. 포달랍궁의 주지는 틈을 놓치지 않고 공주를 해치우려고 다가갔다. 그에게 다른 싸움보다는 이게 중요했던 것이다. 주설란의 얼굴이 새파랗게 질려 갔다.

제갈소현은 그대로 보고 있을 수 없었다. 그녀의 몸이 청접을 상대하다 말고 번개같이 움직였고, 주설란을 보호하기 위해 있는 힘껏 지풍을 쏘아 야율문을 물러나게 했다. 그 덕에 첫 번째 그의 시도는 엇나갔고, 그 분노는 제갈소현에게 향해졌다. 그의 신형이 제갈소현을 향해 날아왔고, 제갈소현은 졸지에 이대 일로 싸우는 형상이 되고 말았다.

당영웅의 마음도 급해졌다. 그의 몸이 현란하게 움직였고, 장력에선 검은 연기가 같이 내뿜어졌다. 웬만하면 잘 사용하지 않는 독을 장법에 섞어 시전했다. 홍접은 독이 자신의 가까이 오지 못하게 몸을 보호하는 호신강기를 두르고 있었지만, 그 독이 워낙 강력해서 자신도 모르게 뒤로 물러났다.

그리고 제갈소현의 곁으로 날아온 당영웅과 그들은 이제 삼대이의 형상이 되었다. 당영웅의 독이 심상치 않아 섣불리 움직이지 못하고 서로를 팽팽하게 응시했다.

긴장감은 점점 높아만 가고 있었다.

제9화

별빛…… 달빛…… 속에

홍접의 칼끝이 당영웅에게로 쏘아져 오자 팽팽하던 긴장감이
끊어지면서 다섯 사람은 치열한 공방전을 시작했다. 홍접의 칼
은 회오리바람이 이는 듯 윙윙거리며 당영웅을 공격하더니 갑자
기 방향을 바꾸어 제갈소현을 공격하기 시작했다. 아마도 제갈
소현이 더 무공이 약할 거라고 생각했던 것 같았다. 그러나 제
갈소현은 여유 있게 그녀의 칼을 막아 냈다.

'어린 계집이 어찌 이리 공력이 심후하단 말인가? 역시 용의
자식이란 말인가?'

홍접은 속으로 놀랐지만 오늘 자신들이 이기리란 확신엔 변함
이 없었다.

[야율문! 남자를 당분간만 막아라. 제갈소현부터 해치우고 보
자.]

그리고 홍접의 전음대로 야율문이 당영웅을 향해 장법을 쏘아 대며 거리를 좁혀 갔다. 당영웅은 뭔가 낌새가 이상했다. 자신이 어느새 제갈소현과 떨어져 있었던 것이다. 그리고 일은 벌어졌다.

쌍접이 동시에 칼을 제갈소현에게 겨누더니 합공을 시작했다. 두 사람의 무공 중 같이 펼치면 더욱 위력적인 무공이 있었는데, 이 무공은 제갈태경이라 해도 막지 못할 거라는 확신이 있을 정도로 위력이 대단한 것이었다.

그들이 신형이 하늘로 솟아오르면서 칼이 교차되었다. 붉고 푸른 기운이 회오리를 형성하면서 제갈소현을 향해 다가오고 있었다. 제갈소현은 다가오고 있는 이 기운이 분명 보통은 넘을 거라는 걸 알고 있었다. 기의 느낌과 크기가 분명히 달랐던 것이다. 긴장감이 더해지면서 그녀는 최대한의 내공을 끌어 올렸다. 엄마의 칼을 꼭 잡았다.

'엄마, 아빠…… 도와줘.'

그리고 그들은 부딪혔다.

콰아앙!!!

큰 폭발음이 들리면서 먼지가 가라앉자 쌍접이 멀쩡한 자세로 칼을 잡고 있는 반면…….

"소현아!"

당영웅은 야율문에게 아무렇게나 독장을 뿌리고 자신의 안위를 돌보지 않고 날아왔다.

제갈소현이 입에서 피를 뿜으며 뒤로 세 걸음 물러난 후 쓰러지는 걸 당영웅이 달려와 안았다.

"너, 너 괜찮은 거지."

언제나 침착한 당영웅이 제갈소현의 피를 보자 이성을 잃기 시작한 건지 말까지 더듬었다. 그의 품에서 가는 숨소리를 내며 눈을 뜬 제갈소현의 손이 당영웅의 얼굴을 쓰다듬었다.

"바, 바보냐. 이게 괜찮……은 거로 보여?"

당영웅의 눈동자가 불안한 듯 흔들리며 제갈소현의 손을 잡았다.

"나 말이야…… 네가 다른 여자랑 있는 거 정말 신경 쓰이고 싫었어."

"이제 안 그럴게. 내겐 처음부터 너밖에 없었어. 그러니 말 그만해."

그의 목소리가 잠기고 손이 떨리는 걸 제갈소현은 처음 봤다. 영웅인 언제나 능글거리고 씩씩한 장난꾸러기였다. 십 년 전 어릴 때 처음 만난 그때부터 이미 제갈소현도 당영웅에게 마음을 뺏겼는지도 몰랐다. 다만 그걸 너무 늦게 깨달은 것 같았기 때문에 미안했다. 숨쉬기가 힘들었다. 이렇게 죽는다면 정말 억울한데.

"여, 영웅아……. 너 우는 거 아니지."

"그만해! 그만하란 말이야. 약속도 꼭 지켜야 돼. 아까 하던 거 못 끝냈잖아."

"아, 그래…… 약속. 이럴 줄 알았으면 그때…… 그때 무시하고 너랑……. 미안해. 약속 못 지킬 것 같다."

"시끄럿! 내가 용납 못 해! 용서하지 않을 거야."

"애송이 놈, 이제 작별할 시간은 그만하면 된 것 같군. 제갈태경이 마지막으로 우리 교주님에게 준 시간과 비슷한 것 같으니 이제 끝내도록 하지."

실로 무시무시한 무공이었다. 과연 제갈태경마저 이길 것 같았다.

"기다려. 널 혼자 내버려 두지 않을 거야. 먼저 거추장스런 저놈들부터 치우고 나서."

당영웅이 마음을 가다듬고 조심스레 제갈소현을 한쪽으로 뉘이고 일어섰다. 그의 몸에서 가공할 만한 무시무시한 기운이 뻗어 나왔다. 당영웅은 소현의 실력을 누구보다도 잘 알았다. 자신도 그들에겐 적수가 아닐 것이다. 그러나 그는 소현에게 없는 장점이 있었다. 바로 독이었다. 당가의 다음 대 가주 당영웅. 그의 독공은 지금껏 제대로 펼쳐진 적이 없었다. 그는 심호흡을 하면서 기를 모았다. 기가 순환하면서 내공이 자신의 손바닥에 모아지는 걸 느끼면서 그의 손이 합장을 하듯이 마주 대였다. 어릴 때부터 먹은 온갖 독에서 뽑은 정화된 독 기운이 혈관을 타고 모여들었다.

"저놈…… 뭔가 수상한데. 한 수가 있긴 한 것 같은데 조심해."

청접이 신중히 관찰하면서 주의를 주고 있었다.

"그래 봤자 이놈이 지는 것도 정해져 있어. 이 무공초식은 무적이야. 제갈태경을 목표로 만든 무공이니까."

그 말을 끝으로 둘은 좀 전의 초식을 펼치기 위해 다시 합공을 시작했다. 당영웅은 그들이 다가와도 눈을 감고 있었다. 제갈소현이 다쳐서 마음을 집중하기가 쉽지 않았던 것이다.

그들이 부딪치면서 또다시 커다란 소음을 내면서 공방이 시작되었다. 당영웅은 정면으로 부딪히면 자신이 승산이 없다는 걸 이미 알고 있었다. 그들의 장력을, 경공을 펼쳐 가까스로 피했다. 그들은 무공만큼 경공도 빨랐던 것이었다. 이리저리 피하면서 당영웅이 독공을 펼쳐 나갔다.

퍽!

"이런 젠장! 미꾸라지 같은 놈! 가만두지 않겠다."

그의 독공이 기습적으로 청접을 공격했다. 청접의 몸이 찰나간 흔들렸다.

호신강기를 뚫고 들어온 독은 순간 그의 정신을 혼미하게 만들 정도로 독했다. 자신은 이미 웬만한 독으론 어떻게 될 몸이 아니었기 때문에 그 충격이 더했다. 그 틈을 영웅인 놓치지 않고 치고 들어갔다. 청접의 허점으로 전세가 흔들리는 것 같자 야율문이 제갈소현에게 다가가는 게 보였다. 당영웅은 싸우면서도 기감은 제갈소현에게 집중하고 있었기에 그 기운을 느끼고 청접의 허점을 공격하려던 걸 포기하고 전속력으로 제갈소현에게로 방향을 바꾸었다.

야율문이 소매에서 출가한 사람답지 않게 소도(小刀)를 제갈소현을 향해서 날리자 당영웅은 아무것도 생각할 수 없었다. 그저 지금도 숨을 간간이 쉬는 소현이가 저 칼을 맞으면 안 된다는 것 외엔 말이다. 야율문은 쌍접과 겨뤄도 손색이 없는 고수였다.

그런 그가 온몸의 내공을 모아 소현에게 던진 칼은 보통 칼이 아니었다. 당영웅의 몸이 먼저 움직여 소현의 앞을 막아섰다. 그

리고 칼은 무시무시한 속도로 날아오면서 당영웅의 기와 맞부딪
쳤다. 너무나 숨 가쁘게 날아온 탓에 내공을 모두 모을 시간이
없던 그의 기가 밀리면서 칼을 완전하게 막지 못하고 칼끝이 그
의 얼굴을 깊숙이 스치고 지나갔다.

"크윽!"

당영웅의 얼굴에서 피가 튀었다.

"영웅아……."

제갈소현이 안타깝게 그의 이름을 불렀다.

"으윽. 괜찮아…… 걱정하지 마."

돌아서는 그의 얼굴에선 피가 뭉게뭉게 흘러내렸다. 생각보다
깊은 상처였다.

저 정도면 흉터가 크게 생길 텐데. 소현은 안타까웠다. 그의
잘생긴 얼굴에 흉터라니.

"너…… 이제 어쩌니. 흉터가 남을 텐데."

"그러게…… 이제 여자들이 다 떨어져 나가겠는걸. 이제 네
가 그 걱정은 덜었네. 다른 여자들이 내 얼굴 보고 반하는 거 싫
어했잖아."

그러면서 지혈을 할 틈도 없이 씨익 웃어 보이곤 바로 싸움자
세를 취했다.

"그래도 다행이다. 이게 아름다운 네 얼굴에 맞는 것보다 내
얼굴에 맞는 게 차라리 낫잖아. 아, 물론 얼굴에 어떤 상처가 나
도 난 여전히 널 사랑할 테지만 말이야."

"어쩔 수 없네. 나 말고는 널 책임져 줄 사람이 없으니 내가
책임질 수밖에."

제갈소현의 힘겨운 대답에 당영웅의 미소가 더욱 짙어졌다.

"칼 맞은 보람이 있네."

"애송아, 지금 연애를 할 때가 아니고 네놈 몸 보전이나 제대로 하거라."

야율문이 첫 시도가 실패로 돌아가자 이번엔 장력을 가슴에 모았다. 그리고 쌍접도 어느새 다가와 세 사람의 합공을 받게 된 당영웅이었다. 이젠…… 정말 마지막일지도…….

'사부님 대체 뭐하고 계시는 겁니까. 죽을 때가 되니까 당신의 그 삐죽거리는 입모양마저 그립습니다.'

당영웅은 항상 자신에겐 너무나 큰 그림자인 사부 제갈태경을 떠올렸다. 그 뒤를 이어 살갑게 챙겨 주던 사모님까지 생각났다.

'정말 죽을 때가 다 된 것인가? 보고 싶은 사람들이 너무 많잖아. 부모님도 보고 싶고, 내가 죽으면 우리 어머니 많이 우실 텐데.'

당영웅은 소현을 다시 한 번 돌아보았다.

'뭐 그래도…… 혼자가 아니니까. 사부 미안하오. 끝까지 소현이를 지켜 주지 못해서.'

"그래, 사부님이 길길이 날뛰시겠지만 어쩌겠어. 이미 물 건너 간 일이라고 하시면 말이야."

그러면서 그의 신형이 그들 셋을 향해 날아올랐다. 아름다운 비상을 하듯이 그의 몸이 솟구쳐 올랐다. 처음부터…… 역부족인 줄은 알고 있었다. 그는 소현에게 받은 칼로 남궁진현에게 배운 초식을 운용하면서, 한편으로 제갈태경에게 받은 장법의 묘리와 독공의 묘리를 한꺼번에 시전하려는 새로운 시도를 하고 있었다. 좀 전에 떠오른 생각이었다. 원래 무공이란 건 실전을 하면서 새로운 걸 깨달아 가는데, 고수들인 경우 그 효과가 더 컸다. 당영웅의 새로운 시도가 그들과 부딪쳤다.

콰아아앙……

우레와 같은 소리가 들리고 나서 당영웅은 피를 토하면서 땅으로 곤두박질쳤다. 그의 얼굴은 엉망이었다. 입가엔 선혈이 흘러내렸고, 얼굴에선 좀 전에 입은 상처로 인해 피가 더 새어 나왔다.

"영……웅……아."

제갈소현이 힘겹고도 안타깝게 부르짖었다.

그러나 상대편도 그리 썩 온전한 상태는 아니었다. 세 명은 좀 전에 당영웅의 무공에 조금씩 영향을 받았던 것이다. 그 결과, 야율문의 손목에선 피가 흘러나왔고, 쌍접은 한 걸음씩 뒤로 물러났다. 내상도 약간 입었던 것이다.

"대단한…… 놈이군. 잘하면 제갈태경의 뒤를 잇는 놈이 되었을지도 모르겠군. 그러나 애석하게도 애송이 놈, 오늘은 네놈의 마지막 날이다."

홍접과 청접의 양칼이 다시 한 번 교차되면서 영웅을 휘몰아쳐 갔다.

이제는 정말 손가락 하나 까닥거릴 힘조차 없는 영웅이었다.

"사부, 나 없다고 너무 서운해 마시오. 소현인 내가 잘 데리고 갈 테니!"

당영웅은 들을 리 없는 사부에게 마지막 작별을 고하듯 큰 소리로 외쳤다.

회오리 기운이 바로 코앞이었다. 이건…… 이제 막을 수 없구나.

그때였다. 그의 앞에 다가온 회오리바람이 갑자기 뭔가 큰 장애를 만난 듯이 한쪽으로 빨려 가는 것이었다.

"뭣이 어쩌고 어째? 네놈이 간이 부었구나! 감히 소현일 데려간다고? 내가 그렇게 둘 것 같으냐!"

관옥 같은 얼굴로 하얀 옷을 휘날리며 제갈태경이 나타난 것이다. 언제나 깔끔한 옷차림에 땀 한 방울 흘리지 않던 사부였는데, 지금은 땀에 젖은 머리카락이 몇 가닥 보였다. 그가 얼마나 힘들게 여길 왔는지 보여 주는 것 같았다. 당영웅은 이 순간만큼은 제갈태경이 그렇게 반가울 수가 없었다. 속 좁고, 잘 삐치고, 철없는 자신의 사부는…… 누가 뭐래도…… 무적이었다.

"사부……."

코끝이 시큰해져 오는 것 같았다.

"아……빠."

"누가 우리 딸을 이렇게 만든 거야! 당영웅, 너 있다가 집에 가서 한번 보자. 무공이 여전히 시원찮구나. 이딴 놈들 하나 처리하지 못하고 말이야."

말을 하면서도 그는 손으로 무시무시한 장력을 방출하면서 셋을 동시에 상대해 나갔다.

"제갈태경! 네놈을 기다렸다. 교주님의 원수를 갚고야 말겠다."

"웃기고 있네! 네놈들이 뭘 할 수 있다는 거야? 예나 지금이나 너희들은 내 적수가 안 돼!"

그리고 그의 말은 사실이란 걸 증명이라도 하듯 쌍접의 합공을 한 방에 무력화시켜 버리고, 야율문을 몰아붙였다. 제갈태경. 아무나 천하제일인을 하는 게 아니었다. 물론 당영웅의 공격으로 세 사람 다 가벼운 내상을 입긴 했지만, 멀쩡한 상태였어도 시간만 더 걸릴 뿐 별 차이는 없었을 것이다.

"이놈아, 이렇게 시시한 놈들에게, 내 체면이 있지, 상처를 그렇게나 입었냐!"

타박하는 그가 당영웅을 잠깐 걱정스레 쳐다보았다. 그리고 제갈소현을 쳐다보더니 시간을 더 끌지 않고 장력을 한 번에 모았다. 그리고 엄청난 기세로 그의 무공이 발현되자 모두들 숨죽이고 그를 바라볼 수밖에 없었다.

그리고 너무나 차이 나는 무공에 기가 죽었는지 싸울 의지를 포기하고 잔당들이 달아나기 시작했다. 물론 그중에선 독고신 등도 해당되었다. 가뜩이나 이번 싸움이 못마땅했던 둘인지라 슬그머니 달아나 버린 것이다. 불과 일각의 시간이 지났을 뿐인데, 제갈태경의 등장은 모든 것을 해결해 버리는 어마어마한 결과를 가져왔다.

한쪽에선 쌍접과 야율문 시체가 나뒹굴고 있었고, 제갈태경이 제갈소현의 몸을 치료하고 있었다. 그는 최고의 의원이기도 했던 것이다. 물론 당영웅이나 제갈소현도 의술을 알고 있었다. 그것도 뛰어난 편이었지만 의술을 펼치기엔 두 사람 다 너무나 위중한 상태였던 것이다.

내공을 넣어 주고 잠시의 시간이 지나자 제갈소현의 입에서 검은 피가 튀어나왔다. 죽은 피였다. 제갈소현은 한 고비를 넘긴 것이다. 제갈소현은 아버지를 보자 안도감에 그제야 정신을 잃었다. 제갈태경이 안쓰러운 마음에 제갈소현의 머리를 쓰다듬어 주었다.

오늘날까지 아까워서 손도 한 번 대지 않은 아이였다. 그런데 이렇게 위중해지다니. 이게 모두 저놈 때문이야. 애꿎은 당영웅만 또 몰아붙일 생각에 그를 돌아보자, 당영웅의 상세도 중하기는 마찬가지였다. 못마땅한 듯 다가가 그를 위해 치료를 시작했다. 당영웅의 얼굴에서도 안도감이 들었다. 사부님이라면 소현일 치료할 줄 알았다는 듯이. 그리고 그를 보자 실실 웃음이 나왔다.

"뭘 잘했다고 웃는 것이냐!"

그의 타박하는 목소리도 듣기 좋았다.

"하하하…… 사부님. 이제 사부님을 못 보겠구나 하는 생각이 들었는데, 때마침 등장해 주셔서 너무……."

"고마워하지 않아도 된다. 네 녀석을 구하려고 내가 발바닥에 땀이 나도록 뛰어온 줄 아느냐! 네 놈하곤 아무 상관도 없다."

"누가 고맙다고 했습니까? 전 그 말을 하려던 게 아니고, 너무 애석하다 뭐 그런 말을 하려던 참이었다고요."

"뭐야? 고얀 놈!"

그러면서도 그의 몸에 기를 불어넣고는 이미 당영웅이 지혈을 한 얼굴 상태를 살펴보았다. 제갈태경의 얼굴이 찌푸려졌다.

"흥…… 지겠구나."

"괜찮아요. 소현이 얼굴에 지는 것보단 낫잖아요. 그리고 칼자국이 있으면 아마도 얼굴에서 벌써 한 수 따고 들어갈걸요."

씨익 웃으면서 말하는 게 실없어 보였다.

"그만 좀 웃어라! 보기 흉하다. 피를 너무 많이 흘렸다. 네놈이 무슨 강시인 줄 아느냐? 이렇게 피를 흘리면 나라도 손쓸 방도가 없게 된다. 좀 자거라."

그의 손이 당영웅의 수혈을 짚었다. 당영웅의 신형이 스르르 제갈태경에게 쓰러져 안겨 왔다. 딸에게 들었다. 자신을 감싸려고 당영웅이 얼굴에 상처 나고 무리하게 무공을 전개해 내상을 입었다고.

"바보같은 놈. 고생……했다."

그 말을 당영웅은 들을 수 없었지만 입가엔 어느덧 미소가 떠올라 있었다.

지금 당장은 아니더라도…… 아마도 훗날엔 이 아이들이 강호의 새 강자로 우뚝 설 것이다. 그때는 자신은 진현이와 쌍둥이를 데리고 강호 유람이나 다녀야겠다는 생각을 했다. 어느덧 하늘은 어두워져 있었고, 밤하늘엔 별들이 빛나고 있었다. 그러나 제갈태경의 눈에 별빛과 더불어 달빛이 스며 들어왔다.

저놈 관상에 도화살이 있어서 내가 더 싫어했는데. 오히려 얼굴을 다쳐서 그 결점도 없어졌구나. 이젠 반대할 명분도 없게 됐군, 젠장.

제갈가의 사람들이 뒤따라와 두 사람을 마차에 태우고 있었다. 둘은 아직도 수면 중이다. 당영웅의 입가엔 아직도 행복한 듯 미소가 떠올라 있었다.

'에잉…… 징그러운 놈. 여전히 마음엔 안 들지만 저놈보다 잘난 놈 또한 보질 못했단 말이야. 내 딸이 훨씬 아깝긴 한데.'

그러면서도 제갈소현에게 시선을 주었다. 혈색이 훨씬 좋아져 있었다. 어둠이 내렸지만 그의 눈에 제갈소현의 아름다운 얼굴이 안 보일 리 없었다.

'잘 자라, 예쁜 내 딸. 언젠간 널 보내야 된다는 건 안다만······ 그게 생각보다 빨리 다가올 것 같구나.'

남궁진현과 쌍둥이가 보고 싶었지만, 그는 천천히 별빛을 받으며 어둠을 산책하듯 걸어가고 있었다. 이렇게라도 해야 제갈소현을 좀 더 늦게 떠나보낼 수 있다는 듯이 말이다.

'이젠 작별하는 법도 미리 연습해야 될까. 아, 그렇지. 시집가도 제갈가에 자주 오는 조건으로 해야겠다.'

좋은 생각이라는 듯이 뒷짐을 진 그의 얼굴에서 미소가 떠오르고 있었다.

'부인, 쌍둥아. 아빠 가고 있다. 급해서 우리 쌍둥이 이름도 못 지었는데 뭐라고 짓지? 달빛과 별빛이 유난히 반짝이는 밤이로군. 별과 달이라······ 제갈성, 제갈월? 이거 괜찮은 것 같은데 부인은 어떻게 생각하려나.'

어디선가······ 이름 모를 산새 울음소리가 그의 귓가를 스쳐가고 있었고, 별빛과 달빛은 그의 넓은 등을 비추고 있었다.

〈完〉

작가 후기

　처음 글을 쓰고 싶다는 열망을 느낀 건 중학생 때 처음 읽은 로맨스 소설 때문이었다. 로맨스 주인공에 빠져 사춘기를 설레고 행복하게 보냈다는 건 지금 생각해도 좋은 추억이다. 주말이면 책을 끼고 살았다. 잡식성 독서광이어서 로맨스는 기본이었고, 추리, 만화책, 그리고 무협소설까지. 무협소설을 모를 때는 로맨스에 살짝 들어간 액션 있는 글을 선호하곤 했다. 강한 남주가 그렇게 멋져 보일 수가 없었다.

　그러던 중 차츰 더 많은 글을 접할수록 뭔가가 부족함을 느끼기 시작했다. 흔히 다른 작가들이 겪는 내가 읽고 싶은, 내가 상상하는 그런 글이 보고 싶은 갈증이었다. 로맨스를 읽고 있으면 무협 같은 호쾌한 액션이 보고 싶고, 무협을 보고 있으면 로맨스 같은 달달함이 보고 싶었다. 불행히도 두 가지를 다 좋아하는 나는 어느 한 쪽을 선택할 수 있는 문제도 아니었고, 무협이든 로맨스든 둘 다 만족하는 글을 원했다. 그래서…… 저질렀다. 내가 읽고 싶은 글을 아직 찾지 못했기에 원하는 내용을 스스로 써 보겠다는 대단히 위험한 결심을 하고 만 것이다.

겁 없이 이 장르를 그것도 초보가 시작을 하다니……. 어쨌든 우려 반, 기대 반이었지만, 나는 충분히 이 글을 쓰는 동안 즐거웠다. 글 쓰는 사람은 어느 정도 소위 말하는 자뻑이 있어야 글을 재밌게 쓸 수 있는 것 같다. 자기가 쓰는 글이 재미없다고 느끼면 글 쓰는 이유가 필요 없을 테니 말이다. 그런 의미에선 나도 상당한 자뻑을 하면서 썼다. 내가 잘 썼다는 게 아니라 그만큼 즐기면서 썼다는 말이다. 아마도 그래서 내 주인공들이 좀 가벼워 보인다는 지적을 받아서 책으로 내면서 그걸 좀 덜 가벼워 보이도록 수정해야 했다. 그 와중에도 본래 주인공들이 가진 성격을 잃지 않으려 애를 써야 했다. 수정을 하긴 했지만 아직도 조금 가벼워 보일 수도 있을 것이다. 그러나 그냥 재밌게 봐주셨으면 좋겠다. 그다지 심각하게 그리고 싶진 않았고, 철없이 질투하고 잘 삐치는 남주지만, 내가 느낀 것처럼 멋있고 귀여워 보이기까지 했으면 좋겠다.

로설과 무협엔 각각 몇 가지 공식을 가지고 있다. 로설의 남주는 돈과 능력, 무엇보다 외모도 출중! 무협의 남주는 돈보다, 얼굴보다 강함을 어필하는 글이 많다. 그 강함이 로설에선 능력이다. 그래도 나는 여자인지라 무협을 아무리 좋아해도 남주에 대한 사심이 들어가지 않을 수 없었다. 여기 남주 태경은 여자들이 너무 잘 반하는 게 귀찮아서 머리카락으로 얼굴의 반을 가리고 다니는 자뻑남으로 비주얼은 최강이지만, 성격은 능글함을 넘어 뻔뻔하고, 화술은 어찌나 좋은지. 여자들이 보면 쓰러질 외모를 가진 그는 여주의 속을 어지간히 긁어 놓기도 한다. 그러나 운명처럼 사랑하게 된 그녀를 위해선 무엇이든 한다. 바람둥이라고 소문난 그였지만, 알고 보면 열렬 순정파였던 것이다.

여주 진현은 그에 비해 태경을 사랑하지만, 여러 가지 복잡한 사정으로 남주처럼 무조건 사랑을 선택할 수 없는 환경이라 남주를 많이 애타게 한다. 쌍둥이 동생의 정혼자를 사랑하게 된 자신의 기구한 팔자가 얼마나 기가 막혔을까. 게다가 덜컥 그의 아이까지 가지고 말았으니……. 그녀야말로 가장 아픈 사연을 가슴에 묻어야만 했을 것이다. 처음 연재할 당시 남주보다 여주의 카리스마에 반한 사람이 많았다. 그만큼 남장한 여주를 진짜 남자라 생각하여 여자라면 누구나 반할 정도로 멋지게 표현하고 싶었다.

여기엔 이들 말고 또 다른 한 쌍이 나온다. 앞에 두 사람의 사랑을 이어 주는 결정적인 역할을 하는 둘은 매우 중요한 주조연이다. 여주 진현이 서늘하고 절제된 사랑을 하는 반면, 쌍둥이 동생 진희는 당돌하고 꾀가 많다. 진희는 언니의 사랑뿐 아니라 자신의 사랑을 쟁취하는 데도 언니와 달리 망설임이 없다. 늘 남장만 하는 언니가 안타까워 자신과 바꿔치기 시켜 주었는데 하필이면 그게 정혼자인 태경과 얽히고설키는 러브 라인을 형성시키고 만다.

이 글에선 사랑은 선택할 수 없다. 그저 그 마음이 운명처럼 다가온다. 서로가 서로를 사랑하면 안 되는 상황이었기에 헤어지고 멀어지려 했지만, 끝내는 다시 만나 하나가 될 수밖에 없는 그들이었다. 내가 만든 주인공이지만, 약간 유치하고 철이 없는 것처럼 보이는 남주 태경인 나를 많이 웃게 만들었다. 그래서 그와 헤어지기 싫어 그의 딸 소현의 얘기를 외전에 많이 넣었다. 그리고 만약…… 쓸 기회가 주어진다면 늦둥이로 본 쌍둥이 아들, 딸 얘기도 구상 중이다. 아들은 무림을 유람하며 정파가 아닌 사파의 아름다운 요녀와 사랑에 빠지고, 딸은 오빠 대신 오빠인 척 태자를 호위하는 엄마의 뒤를 잇는 남장여자로 오만방자하지만 멋진 태자와 사랑에 빠지는 글로 2부를 쓰고 싶다. 이 글을 재밌게 읽어 주시는 분들이 많아 진심으로 그럴 기회가 생겼으면 한다. 원래 나의 거창한 목표는 남자들은 무협을 즐겨 주길 바랐고, 여자들은 로맨스를 즐기길 바랐다. 그래서 남녀 모두가 읽을 수 있는 글이었으면 했다. 그런데 완결하고 나니 이도저도 아닌 글이 되어 모두에게 외면 받는 건 아닌지 걱정만 한가득 늘고 말았다.

어쨌든 부족하고 또 부족한 글이지만 완결을 했다. 2010년쯤 쓴 이 글은 우여곡절 끝에 무림세가라는 제목으로 2012년에야 e-book으로 세상에 나오게 되었다. 그 뒤 종이책으로 나오기 위해 많은 수정을 거쳤다. 전자책에선 볼 수 없는 반전도 나름 넣었고, 제목도 여자들이 읽는 로맨스에 적합하지 못하다 하여 지인들의 힘을 빌어 새로운 제목 짓기에 고심했다. 그래서 탄생한 이름이 바로 수월연심(水月戀心)이다. 물 속에 비춰지는 달의 연심이다. 바로 드러낼 수 없는 남장여주 진현의 사랑을 뜻한다. 무협적인 요소가 있지만, 이 글은 기본적으로 로맨스니 처음 보는 용어가 있어도 로맨스의 감정을 따라가며 읽으면 별 무리 없이 얘기에 빠져 즐길 수 있을 거라 생각한다.

사랑하며 살기에도 부족한 시간 이라고 누군가 말했다. 늙으면 요일별로 만날 수 있는 친구가 있어야 장수한다는 말처럼 내겐 좋은 사람들이 주변에 많이 있다.

예쁜 제목 지어 주실 때 도와주시고, 늘 버겁다 힘들다 할 때마다 위로 해 주시는 맘속의 영원한 동행 벗님들 너무 사랑하고 감사합니다. 그리고 책 표지 골라 주신 첫눈카페 회원님들, 제 블로그에 변함없이 들러 주시는 친구분들 감사합니다. 그리고 처음 글 쓸 때부터 변함없이 무조건의 열렬한 지지를 보내 준 마양, 선미 항상 고맙다. 내 자랑하고 다니는 팔불출 지란지교 혜경이, 나랑 너무 닮은 마음의 친구 현. 항상 너그러운 마음으로 이해해 주는 언니들 정말 고마워. 그리고 사랑하는 가족……. 평일엔 직장 다닌다고, 휴일은 또 글 쓴다고 이런저런 이유로 어린 시절 추억 없이 그냥 보내게 한 엄마는 정말 빵점짜리 엄마로구나. 1학년 동생 머리 묶어 주고, 밥 챙겨 주며, 손잡고 학교 다녀 준 우리 듬직한 6학년 아들 동현아! 엄마는 네가 없었으면 어쩔 뻔했니. 또 우리 막내 다현인 엄마가 글 쓰면 간식 챙겨 입에 넣어 주고, 글 쓴다고 늦게 자는 엄마 때문에 늘 혼자 먼저 자면서도 잠투정 한 번 안 부렸지. 너희들의 어린 시절을 함께해 주지 못하고 어느덧 이렇게 훌쩍 자라 버리다니……. 너희들은 엄마에겐 축복이고 엄청난 행운이란다. 둘 다 너무 너무 고맙고 말로 표현 못 할 정도로 엄마가 사랑한다는 걸 알아줬으면 한다! 글 쓰고 일하는 마누라 때문에 늘 아이들과 함께해 주는 나의 반려 그대! 늘 고생이 많습니다. 모두모두 사랑하고 감사한 마음을 뒤늦게 전합니다. 마지막으로 부모님…… 늘 마음은 있는데 죄송해요. 특히 엄마…… 진심으로 빨리 일어나서 막내딸이 책 냈다는 걸 볼 수 있었으면 좋겠어. 평소에 한 번도 못해 본 이 말을 여기서나마 해봅니다. 엄마…… 사랑……해요.

2013년 6월 3일.

수월연심

초판 1쇄 찍음 2013년 6월 3일
초판 1쇄 펴냄 2013년 6월 10일

지은이 | 정비금
펴낸이 | 정 필
펴낸곳 | 도서출판 뿔미디어

기획 · 편집 | 정시연, 주종숙
편집디자인 | 이진선
관리 · 영업 | 김기환, 임순옥

출판등록 | 2002년 9월 11일 (제1081-1-132호)
주소 | 부천시 원미구 상3동 533-3 아트프라자 503호 (우)420-861
전화 | 032)651-6513 / 팩스 | 032)651-6094
E-mail | dahyangs@naver.com
카페 | http://cafe.daum.net/dahyangs

값 9,000원
ISBN 978-89-6775-344-3 04810
ISBN 978-89-6775-342-9 04810 (세트)

드
향

사랑, 그 설렘에 취하고 향기에 물들다.

ㄷ
향

사랑, 그 설렘에 취하고 향기에 물들다.